Buch

Nach ihrer Scheidung flüchtet Jazz Jasper vor der New Yorker Welt der Akademien und Schönen Künste in die exotischen Weiten der Serengeti nach Afrika und baut in Kenia ein Safariunternehmen auf. Lynn, eine alte Freundin aus New York, vermittelt ihr den ersten Auftrag, als sie zusammen mit ihrem Kollegen Cliff, zwei weltmännischen Shampooherstellern nebst alternden Ehefrauen und dem blonden, schönen, schlanken Model Candy zu Werbeaufnahmen nach Afrika reist. Kurz nach ihrer Ankunft sind zwei aus der Gruppe tot. Jazz stößt auf eine Spur. Im Zweifel darüber, ob sie Jäger oder Gejagte ist, legt sie eine Falle aus, um ein erbarmungsloses menschliches Raubtier zu fangen.

»›Mörderische Safari‹ beschwört Beryl Markham, Dian Fossey, Agatha Christie herauf und steht dennoch für sich allein. Man braucht gar nicht lange nach den richtigen Adjektiven zu suchen. Karin McQuillan ist einfach Spitzenklasse.« *Kinky Friedman*

Autorin

Karin McQuillan hat als Freiwillige eines Friedenstrupps lange Zeit in Afrika verbracht und ist engagierte Naturforscherin. Sie arbeitet gegenwärtig an ihrem dritten Roman mit der Heldin Jazz Jasper.

Außerdem als Goldmann Taschenbuch:
Friedhof der Elefanten (42568)

Karin McQuillan

Mörderische Safari

ROMAN

Aus dem Amerikanischen
von Ellen Schlootz

GOLDMANN VERLAG

Titel der Originalausgabe: »Deadly Safari«

Den Tieren
in freier Wildbahn Afrikas
gewidmet und den
tapferen Bemühungen,
sie vor dem Aussterben
zu retten.

Umwelthinweis:
Alle bedruckten Materialien dieses Taschenbuches
sind chlorfrei und umweltschonend.

Der Goldmann Verlag
ist ein Unternehmen der Verlagsgruppe Bertelsmann

Genehmigte Ausgabe 9/96

Umschlaggestaltung: Design Team München
Umschlagmotiv: Henri Rousseau/AKG, Berlin
Druck: Elsnerdruck, Berlin
Verlagsnummer: 42567
JP · Herstellung: sc
Made in Germany
ISBN 3-442-42567-0

3 5 7 9 10 8 6 4

1

Ich sah Boyce Darnell aus dem Zelt kommen und mit großen Schritten auf den Land Rover zugehen. »Miss Jasper, die Schlüssel.« Seine Stimme dröhnte über die ganze Lichtung und hallte von den gegenüberliegenden Felsenklippen wider.

Ich ging langsam hinter ihm her und bemühte mich, mir meine Angst nicht anmerken zu lassen. Würden wir gleich einen weiteren Wutanfall von Boyce Darnell erleben? Der gestrige hätte für die ganze Reise gereicht, was mich anging. Boyce riß die Tür auf und kletterte auf den Fahrersitz.

Ich stellte einen Fuß auf das Trittbrett und sah Boyce an. Er streckte die Hand nach den Autoschlüsseln aus.

»Chris Mbare hat die Schlüssel. Es ist seine Aufgabe, bei den Pirschtouren zu fahren –«

»Heute abend fahre ich. Ich sitze nicht gern auf dem Beifahrersitz, das hat mir noch nie gefallen.«

»Ich verstehe, was Sie meinen.« Ich sprach ganz ruhig. »Mal überlegen, was ich für Sie tun kann.« Mir fiel nichts ein. Jazz Jasper Safaris würde sich nicht lange halten, wenn ich nicht bald lernte, wie man mit schwierigen Kunden umging. Ich mußte irgendwie ablenken. »Was halten Sie von folgender Idee? Wenn wir am Donnerstag wieder in der Lodge sind, besorge ich Ihnen einen Wagen für Selbstfahrer, wie man das hier nennt.«

»Selbstfahrer?« Boyce starrte mich wütend an. Seine Nase und seine Backen waren mit geplatzten roten Äderchen übersät, wie lauter winzige Wutausbrüche. »Nun hab ich aber die Schnauze voll. Ich hab jetzt Lust zu fahren.«

»Tut mir leid«, sagte ich, »aber der Land Rover darf nicht von den Gästen gefahren werden.« Er verhielt sich genau wie ein großes Pavianmännchen, sagte ich mir, das zähnefletschend in einer Horde herumwütete, mit Stöcken warf und seine Überlegenheit dokumentierte. Die kleineren Paviane liefen weg oder kuschten vor ihm und schnatterten nervös. Der Teufel sollte mich holen, wenn ich mich von Boyce zum Schnattern bringen ließ. Ich drehte mich um und ging ein paar Schritte von dem Wagen weg. Es würde ihm schwerer fallen, vom Fahrersitz herunterzuklettern, wenn ich zusah.

Der Rover war am Rande des Camps geparkt, wo die unbefestigte Piste, der wir in der vergangenen Nacht mehrere Stunden gefolgt waren, am Fuß eines Hangs endete. Das hier war mein Lieblingslagerplatz in der Serengeti, und ich hatte ihn mit Absicht als Höhepunkt der Tour gewählt. Um uns herum erstreckte sich das weite, wellige Grasland von Masai Mara, das von zahlreichen Felsnasen und fernen blauen Hügeln unterbrochen wurde. Der Platz lag in der Biegung eines Flüßchens, wodurch das Gelände eben war, und ich hatte die Zelte in einer Reihe aufstellen lassen. Große Gummibäume, die das ganze Jahr über reichlich Wasser hatten, spendeten tagsüber Schutz vor der Hitze. Genau auf diesem Lagerplatz hatte ich vor einem Jahr den Plan gefaßt, mein eigenes Safari-Unternehmen zu gründen. Und jetzt waren wir hier, kurz vor dem Ende der ersten Tour. Ich konnte mein Glück kaum fassen.

Es hatte sich alles sehr gut entwickelt, wenn man bedachte, daß ich, als ich nach Afrika kam, kaum mehr im Kopf hatte als Kindheitsphantasien von Mowgli, dem Dschungelboy. Jazz Jasper Safaris gab mir die Möglichkeit, so lange in Kenia zu bleiben, wie ich wollte, als mein eigener Chef, und so zu leben, wie es mir paßte. Die akademische Welt, die Kunstgeschichte, die Menschen von damals, die Städte und Museen, das alles gehörte einem anderen Lebensabschnitt an. Zwar vermißte ich meine Freunde, doch der Gedanke an mein früheres Leben löste in mir zwiespältige Gefühle aus, deshalb dachte ich nicht allzu oft darüber nach. Ich war nach Afrika gekommen, weil ich allem entfliehen wollte, nachdem ich mich von meinem Mann getrennt hatte, und nicht weil ich irgendwohin wollte. Schließlich fand ich in der Natur Schönheit und Frieden in einer Weise, die ich nie für möglich gehalten hätte.

Im Camp war es still, es wirkte beinah verlassen. Um diese Tageszeit fielen die Sonnenstrahlen bereits ziemlich niedrig durch die Zweige der Eukalyptusbäume ein. Es war immer noch heiß, und die Luft vibrierte vom lauten Zirpen irgendwelcher Insekten. Es handelte sich vermutlich um ganz gewöhnliche Grashüpfer, dennoch trugen sie zur typisch afrikanischen Atmosphäre bei. Zu Hause waren mir die Grashüpfer nie so laut vorgekommen. Molezzi, Kellner und Faktotum, kam summend mit den Tassen und Untertassen vom Nachmittagstee aus dem Speisezelt. Sonst war niemand zu sehen. Wahrscheinlich würde das Auto auf der Pirschfahrt heute abend nicht voll werden.

Die Leute meiner ersten Reisegruppe waren alles andere als typische Touristen, und das war genau das, was ich wollte. In der Tourismusbranche ist die Konkurrenz riesig, und ich hatte mir überlegt, daß ich als Eine-Frau-Unternehmen nur dann eine Chance hätte, wenn ich auf die Wünsche der Kunden zugeschnittene Trips zu Preisen anbot, die sich die großen Unternehmen nicht leisten konnten. Die größte Schwierigkeit bestand darin, mir einen Namen zu machen. Jazz Jasper Safaris war bereits kurz davor gewesen, sang- und klanglos wieder zu verschwinden, wenn ich nicht ganz schnell den ersten Auftrag kriegte, als sich eine alte Freundin bei mir meldete.

Lynn und ich hatten seit Jahren keinen Kontakt mehr gehabt, aber ich hatte von ihrem kometenhaften Aufstieg in der Werbebranche gehört, und sie hatte zweifellos von meinem, na ja, sagen wir: davon gehört, daß ich in Kenia gelandet war. Ich war ziemlich überrascht, als ich ein Ferngespräch aus New York kriegte und ihre Stimme, blechern, aber klar, aus dem Hörer kam.

»Das mit dir und Adam tut mir leid. Ich hab den Eindruck, im Augenblick lassen sich alle entweder scheiden oder kriegen Kinder... oder beides. Ich hab bei dem Reiseveranstalter angerufen, für den du früher gearbeitet hast, und die haben mir gesagt, du wärst jetzt selbständig. Ich hab vielleicht einen Auftrag für dich. Könntest du einen individuellen Trip für sieben Personen organisieren? Wunderbar! Ich hab für Wild and Free Shampoo eine tolle Werbeserie geschrieben, die in Afrika spielt, und Cliff Edwards, mein Chef – er ist der Leiter der ganzen Agentur – hat beschlossen, mit unseren Kunden dorthin zu fahren und ihnen was zu bieten. Hättest du dir damals, als wir zusammen wohnten, vorstellen können, daß ich mal Werbespots fürs Fernsehen schreibe? Zum Totlachen. Es ist nur eine kleine Agentur, aber Spitzenklasse. Für meine Wild-and-Free-Serie im letzten Jahr bin ich mit einem Cleo ausgezeichnet worden. Jedenfalls sind zwei Wochen vorgesehen, um den Drehort zu erkunden, zu entscheiden, wo genau wir filmen wollen, und alles für die Film-Crew vorzubereiten. Wir müssen unsere Grundmotive festlegen: im Hintergrund der Kilimandscharo, eine Ebene voller Antilopen, ein jagender Gepard und Affen, die sich von Baum zu Baum schwingen, du weißt schon, so à la Tarzan. Ich schick dir schon mal ein Storyboard, damit du siehst, was ich mir so vorgestellt habe. Hab ich schon gesagt, daß es sieben Leute sind? Also ich plus Cliff und Candy Svenson, das Fotomodell – sie ist umwerfend, du wirst schon sehen – sowie die beiden Auftraggeber mit ihren Frauen. Es soll ein Luxustrip sein, mit Hemingway-Touch, verstehst du? Okay! Das hatte ich von dir hören wollen. Kannst du es direkt nach Neujahr einrichten? Großartig. Okay, dann wollen wir jetzt über das Finanzielle reden.«

Seitdem war ich ganz obenauf. Nächsten Monat würde die Film-Crew kommen, um die Werbespots aufzunehmen, und dann, wer weiß? Wenn ich mir bei den New Yorker Werbeagenturen einen Namen machen konnte, könnten meine finanziellen Sorgen vorbei sein.

Bis gestern war die Tour auch ganz glatt verlaufen. Trotz seiner Primadonna-Allüren hatte sich selbst Boyce Darnell, dem Wild and Free Shampoo zur Hälfte gehörte, sehr aufgeschlossen gezeigt. Die Tiere waren aber auch so wunderschön, daß es schwer war, sich dem zu entziehen. Außerdem hatte es Darnell eindeutig Spaß gemacht, mit dem Model zu flirten, obwohl seine Frau dabei war. Eleanor Darnell selbst war zu lieb, um sich über irgendwas zu beklagen, und der andere Firmenteilhaber und seine Frau reisten leidenschaftlich gern.

Ich drehte mich um. Boyce war inzwischen aus dem Land Rover geklettert und kam mit entschlossenem Gesichtsausdruck auf mich zu. Ich merkte, wie sich mein ganzer Körper verkrampfte. Boyce verstand es, den Leuten das Gefühl zu geben, daß er ihr Schicksal in der Hand hielte, aber meins hielt er nicht in der Hand. Bleib ganz ruhig, redete ich mir zu.

Über Boyce landete gerade ein Kampfadler auf einem Nest mit schartigen Kanten in einem der Gummibäume. Sein grauer Rükken und seine weiß gesprenkelte Brust vermischten sich wie ein weiterer Schatten mit dem Hintergrund. Ein zweiter Adler, der etwas im Schnabel hielt, segelte heran. Es war ein Zweig. Sie bauten ein Nest.

Ganz aufgeregt wies ich Boyce darauf hin. »Mr. Darnell, da ist ein Kampfadlerpärchen –«

Er blickte kurz nach oben, konnte das Nest aber nicht entdekken.

»Jazz, ich will Ihnen mal was sagen.« Seine Stimme wurde sanfter. »Wild and Free hat klein angefangen. Wir sehen zwar immer noch klein aus, aber Al und ich haben nie in kleinen Dimensionen gedacht. Wir wollten an die Spitze, und das haben wir auch geschafft, und zwar indem wir die Wünsche unserer Kunden befriedigt haben. Und ich werde Ihnen noch einen Rat geben, sogar ganz kostenlos. Pochen Sie nicht kleinlich auf irgendwelche Vorschriften.«

Ich seufzte innerlich. Es war das erste Mal, daß ich Kampfadler beim Nestbau sah. »Es tut mir leid, daß Sie enttäuscht sind, Mr. Darnell. Ich bin sicher, daß Sie ein ausgezeichneter Fahrer sind.«

Die Adler begannen sich zu paaren. Das Männchen balancierte auf dem Rücken des Weibchens. Um das Gleichgewicht zu halten, breitete es die Flügel weit aus, so daß man die weißen Schwungfedern sehen konnte. Das Weibchen streckte den Hals aus und hielt den Kopf nach unten. Es war ein phantastischer Anblick.

Das Adlermännchen stieg vom Rücken des Weibchens, und ich wandte mich wieder dem verkniffenen Gesicht von Boyce zu. Er hatte alles verpaßt. Ich versuchte es noch einmal. »Bitte, lassen Sie sich doch einfach von uns verwöhnen.« Ich hätte genausogut versuchen können, einem Pavian eine Banane abzuluchsen. »Sie können dann in aller Ruhe die Tiere beobachten. Ich bin ziemlich sicher, daß wir heute abend die Löwin bei der Jagd erleben werden.«

»Wieso sind Sie da so sicher?«

»Nun ja, die Massai sagen, sie hat seit mehreren Tagen kein Tier mehr gerissen. Und wir wissen, daß sie ihre Jungen füttern muß, deshalb wird sie heute abend unterwegs sein und sich ganz schön anstrengen.«

»Was redet ihr da von Löwen?« rief Lynn. Sie kam eilig auf uns zu. Ihr schwarzes, kinnlanges Haar hüpfte bei jedem Schritt. Sie sah aus, als ob sie gerade zu einer wichtigen Besprechung eilte, was in gewissem Sinne auch zutraf. Seit der gestrigen Szene am Swimmingpool hatte sie bei Boyce Überstunden gemacht.

Ich mußte lächeln. Lynn konnte ich mir immer nur in Eile vorstellen. Wir hatten mal mit neun weiteren Leuten in einer Wohngemeinschaft gelebt. Damals hatten Lynns Haare bis zur Taille gereicht, ein glänzender schwarzer Wasserfall. Alle lasen Zeitschriften und konzentrierten sich auf das Sein statt auf das Handeln. Aber einfach nur zu sein entsprach nicht Lynns natürlichem Rhythmus. Sie raste zu ihrem Meditationskurs, dann ging's im Eiltempo ins Café, um dort ein bißchen rumzuhängen, und schließlich hetzte sie zu ihrer feministischen Selbsterfahrungsgruppe. Sie hatte viel zu viel Energie, um etwas langsam zu tun.

»Oh, Boyce«, sagte sie. »Was für ein schönes Cowboy-Hemd.

Sie sollten sich eine Ladung von diesen Abaloneknöpfen besorgen. Können Sie sich vorstellen, daß ich bald nichts mehr zum Anziehen hab, obwohl ich doch so viel Gepäck dabei habe. Es staubt alles so ein. Zum Glück hab ich viele Khakisachen –«

»Jasper hat gesagt, sie würde uns jetzt endlich eine richtig blutige Jagdszene präsentieren«, fiel ihr Boyce ins Wort.

»Hervorragend. Kulturfilm live. Alle werden vor Neid erblassen«, antwortete Lynn. »Ich hoffe, es ist nicht zu blutrünstig, obwohl ich natürlich alles sehen möchte.« Sie lächelte Boyce an. »Ich glaube zwar nicht, daß wir eine solche Szene in der Serie gebrauchen können, aber es würde sicher was fehlen, wenn man Afrika verlassen würde, ohne einen Löwen auf der Jagd beobachtet zu haben.«

»Sie halten also Shampoo und Blut für keine gute Mischung, junge Frau.« Boyce brach in ein schallendes Gelächter aus.

Lynns Lächeln wurde ein wenig dünner.

Boyce legte mit ausholender Geste einen Arm um sie. »Nun ja, Sie sind die Autorin. Sie haben eine verdammt gute Werbeserie geschrieben. Gutes und originelles Konzept. Hat mir auf den ersten Blick gefallen und gefällt mir immer noch. Tiere sind in. Wild and Free Shampoo ist ja auch das Natürlichste, was man sich denken kann.«

Er atmete Lynn ins Gesicht. »Ich hab gerade zu Ihrer Freundin gesagt«, er deutete mit einer Kopfbewegung auf mich, »daß man Jazz Jasper Safaris meiner Meinung nach vergessen kann. Wenn wir die Werbespots aufnehmen, möchte ich, daß wir ein größeres Unternehmen engagieren.« Boyce lächelte süffisant. »Das können Sie Cliff nach der Pirschfahrt mitteilen. Nein, ich werde es ihm selbst sagen.«

Lynn war das Lächeln nun völlig vergangen. »Mr. Darnell, es tut mir leid, daß Sie nicht zufrieden sind.« Sie warf mir einen besorgten Blick zu. Ich zuckte mit den Schultern. »Kann ich etwas dagegen tun?«

Ich sah, wie es in ihrem Kopf arbeitete. Cliff würde nicht begeistert sein. Natürlich war Lynn ein Risiko eingegangen, als sie vorgeschlagen hatte, ein unbekanntes Safari-Unternehmen zu engagieren, das eine alte Freundin von ihr leitete. Cliff hatte sich auf sie verlassen. Er hatte sogar die Kunden zu dem Trip eingeladen. Ich war ihr dankbar und wollte genausowenig wie sie, daß etwas schiefging.

Das bedeutete allerdings noch lange nicht, daß Boyce einfach meinen Land Rover fahren konnte.

Außerdem lief da noch was anderes ab, das mit der Fahrerei nichts zu tun hatte. Heute ließ Boyce seine Wut an mir aus, gestern war Candy dran gewesen. Wer würde als nächstes gefeuert? Lynn?

Ich atmete tief durch. Hatte Candy ihn provoziert, oder war sie einfach nur das erste Opfer gewesen? Gestern morgen in der Masai Mara Lodge hatte er sie ohne Vorwarnung angegriffen. Wir hatten am frühen Morgen eine wunderbare Pirschfahrt gemacht, hatten eine große Elefantenherde beim Baden an einer Wasserstelle beobachtet, und nach dem Frühstück waren die meisten von uns an den Pool gegangen, um ein Sonnenbad zu nehmen oder selbst eine Runde zu schwimmen. Der Pool lag in einem tropischen Garten hinter der Lodge. Ein ultramarinblauer Eisvogel war gerade über uns hinweggeschossen und hatte seinen grellen Schrei ausgestoßen. Lynn, ihr Chef Cliff und ich lagen in den Liegestühlen, sahen zu, wie Candy ihre Runden drehte, und zerflossen in der Sonne.

Als Candy fertig war, stieg sie aus dem Wasser, groß und geschmeidig wie ein Watussi, aber ganz hell. Sie setzte sich auf die Kante des Sprungbretts und ließ ihre Beine über den Rand baumeln, während sie sich das Wasser aus den Haaren schüttelte. Den diversen Touristengruppen verschlug es die Sprache. Ein junger Mann in einer Hawaii-Badehose starrte sie so gebannt an, daß er über meinen Liegestuhl stolperte.

Plötzlich hörte ich hinter der Hibiskushecke die sonore Stimme von Boyce Darnell.

»Ich versteh überhaupt nicht, warum Cliff diese kleine Nutte engagiert hat. Sie ist zwar ganz dekorativ, aber paßt überhaupt nicht zu Wild and Free. Das sieht Cliff gar nicht ähnlich. So eine Geschmacksverirrung.«

Candy drehte sich ruckartig um. Sie kniff ihre blauen Augen zusammen. Ich sah Cliff und Lynn an. Beide waren genauso erschrocken wie ich.

»Ah, Cliff, da bist du ja. Verdammt, ich hab dich überall gesucht.« Boyce kam mit energischen Schritten an den Pool. Sein muskulöser, mit lockigen grauen Haaren bedeckter Oberkörper zitterte leicht bei jedem Schritt. Eleanor, seine Frau, trottete hinter ihm her.

»Liebling, ich setze mich zu den Harts an die Bar«, erklärte sie ihm mit ihrer leisen, hohen Stimme, Eleanors Gesichtsausdruck wirkte wie immer liebenswürdig und leicht besorgt. Sie nahm auf einem Hocker neben Madge Hart Platz, der Frau des anderen Teilhabers, und flüsterte dem Barmann ihre Bestellung zu.

Boyce registrierte Eleanors Verschwinden überhaupt nicht. Er baute sich vor Cliffs Liegestuhl auf. »Warum liegst du immer irgendwo rum, wenn ich dich gerade brauche? Du sollst für mich arbeiten und nicht an deiner Bräune.«

»Boyce, du scheinst irgendwie Probleme zu haben.« Cliff war aalglatt. Er stand auf und präsentierte seine makellose Bräune und seine knappe Badehose, die die gleiche Farbe wie seine blonden Haare hatte. Es war kaum zu glauben, daß er genauso alt war wie Boyce. »Wir sollten uns irgendwo in Ruhe unterhalten.«

Cliff ging auf eine Bank zu, die unter einer Markise am Ende des Pools stand. Er verstand es meisterhaft, Konfrontationen zu entschärfen, aber Boyce war nicht zu bremsen. Er folgte Cliff zwar zu der Bank und ließ sich auch einen Drink spendieren, aber er sprach mit einer Stimme, die alle hören sollten.

»Ich möchte gern wissen, warum du diese blöde Mieze mitgenommen hast, diese Cookie oder Candy oder wie auch immer sie sich nennt.«

»Du meinst sicher die schicke Maus?«

Der Versuch, witzig zu sein, ging daneben. Boyce' Stimme wurde schriller. »Ich will sie raushaben. Wie die schon aussieht. Sie ist nicht der Typ für Shampoo. Wir brauchen jemanden, der Sauberkeit ausstrahlt, keine aufgemotzte Nutte.«

Einen Abend vorher, als seine Frau längst ins Bett gegangen war, hatte er Candy in der Bar immer weiter Champagner spendiert. Es sah ganz so aus, als ob Candy ihm eine Abfuhr erteilt hätte.

Candy sprang auf und stolzierte energiegeladen den Beckenrand entlang, wie eine Löwin, die kurz davor ist, sich auf ihr Opfer zu stürzen. Genau vor Boyce blieb sie stehen. »Sie haben echt Nerven, Mr. Darnell, aber Ihnen ist wohl nicht klar, mit wem Sie sich hier anlegen.«

»Ich habe nicht mit Ihnen geredet, Cookie.«

»Ich warne Sie.« Candys Stimme zitterte vor Wut. »Versuchen Sie bloß nicht, mich in aller Öffentlichkeit oder sonstwo runterzumachen. Ich bin kein Plätzchen, und ich backe auch keine kleinen Brötchen. Ich lasse mich von Ihnen nicht beleidigen.«

Boyce tat so, als ob sie gar nicht da wäre. »Wie ich bereits sagte, Cliff, wir möchten die Vorstellung von Qualität rüberbringen. Nur das Allerbeste. Schmeiß sie raus.«

Hinterher hatte Madge Hart mit Candy und Al Hart mit Boyce geredet, und man war übereingekommen, daß Candy zwar den Erkundungstrip mit uns beenden würde, aber den Job nicht bekäme. Alle waren nach dem Streit sehr höflich miteinander umgegangen, aber jetzt schien Boyce es auf eine Machtprobe mit mir angelegt zu haben.

Lynn versuchte es mit einem weiteren Lächeln, auf das Boyce allerdings nicht reagierte. »Haben Sie einen besonderen Wunsch? Wenn Ihnen das Camp nicht gefällt, könnten wir...«

»Mr. Darnell ist im Augenblick ein bißchen unzufrieden, weil ich ihn bei der Pirschtour nicht ans Steuer lassen will.« Ich sah zu den Zelten rüber. Niemand würde mir zu Hilfe kommen. Ich mußte mich allein durchsetzen. »Ich kann das Risiko nicht eingehen. Wir werden heute abend teilweise durch sehr holpriges Gelände fahren. Und außerdem muß man wissen, wie man das Fahrzeug um die Tiere herum lenkt.«

»Da haben Sie verdammt recht, ich bin unzufrieden.«

»Das tut mir leid, aber in diesem Fall kann ich mich auf keinen Kompromiß einlassen, Mr. Darnell.« Meine Stimme klang ruhig. Ich hoffte, daß mein Gesicht ebenfalls ausdruckslos und höflich wirkte. »Hier gibt es Tiere, die können den ganzen Land Rover samt Insassen hochheben und in einen Baum schleudern.«

Ich bemühte mich um ein versöhnliches Lächeln, ging zu den Zelten zurück und überließ es Lynn, sein gesträubtes Fell zu glätten.

Aus der Nähe des Küchenzelts kam ein Kichern. Ich steuerte darauf zu. Nach ein paar Schritten konnte ich zwischen den Zelten hindurch in den zentralen Arbeitsbereich sehen, eine kreisförmige Fläche festgetretener Erde, die von den Zelten umgeben war, in denen das Personal schlief. Die Küche bestand aus einem Haufen Tische, einem tragbaren Herd und einem mit Kerosin betriebenen Kühlschrank. Über das Ganze war ein Zeltdach gespannt.

Ibrahima, der Koch, ein kräftiger Mann mit dunkler, pockennarbiger Haut, stürzte gerade mit einem Hechtsprung aus seinem Zelt, während er sich noch die Hose hochzog. Ein T-Shirt mit der Aufschrift VISIT DISNEY WORLD spannte sich über seinem Bauch. Es handelte sich ganz bestimmt um ein Geschenk, das er einem Touristen abgeluchst hatte. Ibrahimas bewegliches Gesicht war zu einer Clownsmaske verzogen, auf der sich frohe Erwartung widerspiegelte.

Doch vom übrigen Personal achtete niemand auf Ibrahimas komische Grimasse. Ich sah, wie sich Molezzi mit einem unterdrückten Lachen vornüber beugte und seine Aufmerksamkeit auf etwas richtete, das im Gästeteil des Camps stattfand. Alle anderen reckten ebenfalls die Hälse, um am Küchenzelt vorbeigukken zu können. Ich drehte mich um, um festzustellen, worauf sie starrten.

Candy Svenson war von ihrem Mittagsschläfchen erwacht. Sie stand im Eingang ihres Zelts. Die goldbraune Haarmähne stand wild von ihrem Kopf ab. Über einem hautengen Nachthemd aus grünem Satin trug sie einen offenen gelben Morgenrock mit breiten gepolsterten Schultern und einem Muster von lauter Vogelspuren. Sie trat einen Schritt vor und streckte sich wohlig.

Man konnte dieser Frau gewiß nicht vorwerfen, schüchtern zu sein. Aber warum sollte man auch schüchtern sein, wenn man so aussah?

Molezzi eilte mit einem dampfenden Kessel an mir vorbei und füllte das Leinwandbecken vor Candys Zelt. Candy beugte sich nach vorn und bespritzte sich mit dem warmen Wasser das Gesicht. Molezzi beobachtete sie, als ob er sie genau im Gedächtnis behalten wollte. Sein dreieckiges Gesicht war angespannt und ernst. Ich lächelte in mich hinein. Wenn Candy ganz allein mitten in der Sahara wäre, würden immer noch Männer aus den Dünen herausspringen, um sie anzustarren. Sie richtete sich wieder auf und tupfte ihr Gesicht sorgfältig mit dem Handtuch ab, dann schaute sie sich zum ersten Mal um.

»Oh, Jazz!« Candy winkte und wartete, bis ich zu ihr kam. Sie ignorierte die Gruppe gaffender Männer hinter mir. »Weißt du, wer heute abend alles auf die Pirschfahrt mitkommt?«

Trotz des unaufrichtigen Tonfalls war es leicht, den Grund ihrer Frage zu erraten. Seit der häßlichen Szene mit Boyce hatte sie sich zurückgehalten. Das hatte mich überrascht, da ich eine Reihe kleinerer Dramen erwartet hatte mit Candy in der Haupt- und Madge Hart, der Frau des anderen Teilhabers, in einer Nebenrolle. Vielleicht war das lange Gespräch, das Madge nach dem Streit mit ihr geführt hatte, sehr wirkungsvoll gewesen. Doch ganz gleich was der Grund für ihr Verhalten war, es mußte Candy ganz schön Mühe kosten, im Hintergrund zu bleiben.

Während der ersten Hälfte unserer Reise hatte sie es nämlich bei jeder passenden Gelegenheit geschafft, im Mittelpunkt zu stehen. Ich wollte ihr schon erzählen, daß man mich auch gefeuert hatte, aber dann überlegte ich es mir anders. Vielleicht war mein Rausschmiß ja noch nicht endgültig, außerdem brachte es nichts, Candy davon zu erzählen. Sie war kein besonders mitfühlender Mensch.

Candy warf das feuchte Gesichtshandtuch auf einen der Regiestühle. Dann nahm sie sich einen Handspiegel, trug roten Lippenstift auf und rollte ihre Lippen, um ihn gleichmäßig zu verteilen. Darauf warf sie den Lippenstift zu einem ganzen Haufen Kosmetika auf den Tisch.

»Eleanor fährt nicht mit«, sagte ich zu ihr, »Cliff auch nicht. Damit wären es Boyce, die Harts und Lynn. Willst du mitkommen? Boyce will unbedingt gleich los.«

Ich warf einen Blick in Candys Zelt. Auf dem ungemachten Bett lag ein metallicblaues Trikot, dazu eine glänzende hautfarbene Strumpfhose und ein Walkman. Nicht gerade das übliche Outfit für eine Safari.

Candy wühlte in dem Haufen auf dem Tisch nach ihrer Wimperntusche und färbte ihre blonden Wimpern mit ein paar raschen Strichen marineblau. Dadurch wirkten ihre saphirfarbenen Augen noch blauer, was ich nicht für möglich gehalten hätte.

Candy sprach in den Spiegel. »Nein, ich glaub, diese Tour laß ich ausfallen. Ich habe seit Nairobi nicht mehr trainiert, und das macht sich langsam bemerkbar.« Sie hielt den Spiegel tiefer und versuchte, auf ihrer Taille ein Fettröllchen zu packen, bloß war da kein Fett.

»Du siehst phantastisch aus, Candy. Was redest du da für dummes Zeug? Du brauchst dir doch keine Sorgen wegen deiner Figur zu machen. Außerdem ißt du ja kaum was.«

»Yeah, dank meiner geheimen Waffe, meinen altbewährten Schlankheitspillen. Sonst hätte ich nämlich einen Appetit wie ein Bauernmädchen, und so würde ich auch aussehen, wenn ich nicht aufpasse.« Sie blies ihre Backen auf, um das zu demonstrieren.

»Ach ja. Du hast in etwa soviel Ähnlichkeit mit einem Bauernmädchen wie Mick Jagger. Sei jedenfalls vorsichtig und überanstreng dich nicht. Nicht nur wegen der Hitze, wir sind hier über 1500 Meter hoch.«

»Soll das ein Witz sein?« Candy zog ihren überdimensionalen Morgenrock aus und warf ihn über den anderen Stuhl. Ihre muskulösen, schlanken Arme hatten einen sanften Goldton. »Ich bin es gewohnt, vier Stunden pro Tag zu trainieren. Diese Appetitzügler sind noch viel schädlicher. Das ist im Grunde legales Speed. Die nehm ich nur, wenn ich unterwegs bin.« Sie schob das Moskitonetz beiseite, ging ins Zelt und nahm das Trikot vom Bett. Das glänzende Material hing schlaff in Falten. »Ich wünschte, wir könnten hier joggen, mit den Löwen laufen, uns ganz frei bewegen.«

»Eher vor den Löwen weglaufen, das ist gar nicht so lustig. Du solltest deine Übungen doch lieber hier im Camp machen.«

Die Kenianer würden es genießen. Was würden sie von Aerobic halten? Sie würden vermutlich denken, Candy übe einen rituellen Tanz, um Mitglied einer Geheimgesellschaft zu werden. Was gar nicht so falsch war, je nach dem, wie man es sah.

Ich trat aus dem Eingang des Zelts. »Ich muß den Rest unserer Mannschaft einsammeln und dann geht's los. Wir sind bei Einbruch der Dunkelheit zurück.«

Candy schaute nicht auf. »Bis dann. Könntest du bitte die Zeltplane für mich runter machen?«

Ich hakte die Zelttür los. Sie fiel herunter, als Candy ihr Nachthemd hochziehen wollte.

Eleanor Darnell saß im Schatten ihres Zeltvordachs und beugte sich über einen Block rosafarbenes Luftpostpapier. Vor ihr auf dem Tisch stand ein Glas Eistee. Sie trug ein Hemdblusenkleid mit unzähligen, winzigen Blumensträußen, die aussahen, als seien sie der Tapete eines Kinderzimmers entsprungen. Ihre blonden Haare wurden mit viel Haarspray zu einer steifen Frisur zusammengehalten, der Hitze und Staub nichts anhaben konnten. Man hätte schwören können, daß diese Frau nicht schwitzte.

»Sie haben es sich offenbar gemütlich gemacht«, sagte ich. »Kann ich Sie trotzdem mit einer Pirschfahrt locken?«

Eleanor legte ihren Stift aus der Hand. »Danke, meine Liebe. Ich muß unbedingt an Wendy schreiben. Ich bin gestern schon nicht dazu gekommen, und ich wollte ihr doch jeden Tag wenigstens eine Postkarte schicken. Die Zeit ist auf dieser Reise wie im Fluge vergangen!« Sie lächelte mich auf ihre liebenswürdige und gleichzeitig besorgte Art an. »Glauben Sie, daß sie den Brief noch bekommt, bevor wir zurück sind?«

»Ich fürchte nein.« Ich schüttelte den Kopf. »Einer meiner Leute wird morgen zum Einkaufen fahren, dann kann er ihn für Sie aufgeben, aber Sie müssen trotzdem mit mindestens zwei Wochen rechnen.«

»Natürlich.«

»Dann kriegt sie halt immer noch ein paar lustige Überraschungen, wenn Sie schon wieder zu Hause sind.« Eleanor löste selbst in mir den Impuls aus zu beschwichtigen. Kein Wunder, daß sie und Madge Hart, eine Meisterin im Beschwichtigen, alte Freundinnen waren.

Ich verabschiedete mich von ihr und machte mich auf die Suche nach dem Rest der Gruppe.

Cliff nahm ein Sonnenbad. Seine butterfarbene Badehose war noch knapper als mein Bikiniunterteil. Er stellte seinen Drink ab, zog das Handtuch, das ihm als Kopfkissen diente, sorgfältig gerade und hielt sein klassisches Profil in die Sonne.

»Pirschfahrt, Cliff?«

»Darling, siehst du denn nicht, daß ich mit wichtigeren Dingen beschäftigt bin?«

»Gib's doch zu, selbst du verliebst dich allmählich in Kenia.«

»Ich hab vor langer Zeit beschlossen, mich nur in mich selbst zu verlieben. Das ist sicherer.«

Ich stellte mich so hin, daß mein Schatten auf Cliffs Gesicht fiel. Er öffnete ein blaues Auge. »Cliff, Boyce spielt wieder verrückt. Jetzt besteht er darauf, bei der Pirschtour selbst zu fahren. Ich mußte ihm erklären, daß das nicht geht, und nun ist er ziemlich sauer.«

»Boyce Darnell ist mein Gegenmittel, wenn mich Optimismus hinsichtlich der menschlichen Rasse überkommt.«

»Er erinnert mich an eine Hyäne. Weißt du, wie die jagen? Sie beißen ihrem Opfer die Eier ab. Das Tier erleidet einen Schock und wird dann von dem Rudel in Stücke gerissen.«

»Darling, du erzählst wirklich höchst eklige Sachen.«

»Boyce geht mir langsam auf die Nerven. Ich komme damit besser klar, wenn ich ihn mir als eine neue Subspezies vorstelle, mit einem vollständigen Ökosystem ausgestattet.«

»Bisher hat mich noch niemand als Ökosystem bezeichnet.«

»Warum arbeitest du für ihn?«

»Geld.«

»Er ist unmöglich.«

»Durch das Geld läßt er sich leichter ertragen.«

»Wie hast du es geschafft, ihn all die Jahre als Kunden zu behalten?«

»Ich bitte dich... reine Genialität.« Cliff strich sich mit dem kleinen Finger über eine Augenbraue.

Mir gefielen Cliffs schwule Manieriertheiten. Seit zwei Jahren war ich Amerikanern aus dem Weg gegangen und hatte kulturell wie ein Einsiedler gelebt. Es machte Spaß, mit jemandem herumzualbern ohne die Angst, sich möglicherweise auf eine Beziehung einzulassen. Hinter seinen geistreichen Bemerkungen lag ein kalter Zynismus, der mich früher sicher abgeschreckt hätte. Doch seit meiner Scheidung hatte ich mich ziemlich stark verändert.

Cliff zündete sich eine Zigarette an und schnippte das Streichholz mit einer geübten Bewegung seines Handgelenks aus. »Außerdem fasziniert mich Boyce' Macht. Du hast vielleicht auf dieser Reise nicht viel davon mitgekriegt, aber der Mann weiß, wie er das kriegt, was er will. Wenn er einen will, kann das sehr lukrativ sein. Wenn nicht... nun ja, das hast du bei Candy erlebt. Ich weiß nicht, wie Al ihn davon abgebracht hat, sie sofort nach Hause zu schicken.«

Al Hart traf ich vor seinem Zelt an, wie er gerade eine Tasse heißen Kaffee in sich hineinschüttete. Um seinen Hals hing eine Girlande aus Kamerazubehör plus Fernglas, die von seinem ausufernden Bauch gestützt wurde. Er wandte mir den Rücken zu und unterhielt sich angeregt mit seiner Frau, die noch im Zelt war. Al war laut, ordinär und ungebildet und erzählte dumme Witze. Trotzdem mochte ich ihn. Seine Herzlichkeit war ehrlich, und das galt auch für seine Lebensfreude. Al war einfach nur Al. Er und Boyce Darnell bildeten ein merkwürdiges Gespann, doch nach dem Erfolg von Wild and Free zu urteilen, klappte ihre geschäftliche Zusammenarbeit offenbar sehr gut.

»Hast du die Feldflasche?« rief er Madge zu. »Ich packe noch ein Extra-Tuch ein, falls jemand eins braucht.« Sie steckte ihren Kopf aus der Zelttür. Sie hatte sich ein überdimensionales Gucci-Tuch mit bunten Blumen und Schmetterlingen unterm Kinn zusammengebunden. »Hi, Jazz, ich bin sofort fertig.« Ihr Kopf verschwand wieder im Zelt.

Al stopfte sich den Rest eines Brötchens auf einmal in den Mund. »Was werden Sie uns denn heute zeigen? Baby Godzilla?« Er lachte.

»Sie wissen doch, wie das ist, Al. Wir müssen einfach rausfahren und sehen, was sich tut.«

»Das ist wie beim Verkaufen.« Er klopfte auf den Stapel Videokassetten. »Ich nehm heute reichlich Bänder mit. Ich will doch Joey zeigen, was Oma und Opa so getrieben haben. Gestern hab ich tolle Aufnahmen von den Elefanten gemacht.«

Madge kam aus dem Zelt. Sie trug eine dunkle Sonnenbrille und hatte einen Tropenhelm über ihr Kopftuch gestülpt. Sie sah aus wie Golda Meir an einem schlechten Tag. »Al, du hast alles bis auf deinen Hut und die Videokamera. Sie liegt noch auf dem Bett.«

Al verschwand im Zelt. Madge bemerkte, daß ich sie musterte. »Ich weiß, ich weiß. Aber so krieg ich zumindest nicht soviel Staub ab.« Sie sah mich durchdringend an. »Alles okay?«

»Boyce hat mich gerade gefeuert, aber ansonsten läuft alles wunderbar.«

»Oh, dieser Mann.« Madge schüttelte den Kopf.

Al tauchte aus dem Zelt auf, das Gegenstück zu dem Tropenhelm auf dem Kopf, in der Hand eine Videokamera.

»Al, hast du gehört, was Jazz gerade gesagt hat? Er hat sie gefeuert.«

»Wen gefeuert?«

»Boyce hat Jazz gefeuert.«

Al machte einen empörten Eindruck.

»Kannst du nichts dagegen tun?« fragte Madge.

Al rieb sich mit einer Hand über das Gesicht und dachte einen Augenblick nach. »Okay, ich möchte mal folgendes sagen, Jazz. Meiner Meinung nach – und ich weiß, daß Cliff ebenso denkt – haben Sie hervorragende Arbeit geleistet.«

Madge ging einen Schritt vor und legte ihre Hand auf Als Arm. »Ich hab eben noch zu Al gesagt, was das für eine tolle Reise war. Es ist nicht einfach, einen solchen Trip reibungslos hinzukriegen, gerade in einem Dritte-Welt-Land. Schließlich sind wir hier nicht im Yellowstone Park. Ich weiß, was da an Planung und Organisation hintersteckt. Alles muß immer noch mal vorher abgecheckt werden, damit es auch klappt. Außerdem machen Sie es so interessant. Man kann Ihre Begeisterung spüren.«

Ich stotterte ein paar Dankesworte.

»Yeah, ich stimme Madge zu. Absolut. Es war eine der besten Reisen, die wir je gemacht haben, stimmt's, Babe?« Al lächelte

Madge an, dann machte er wieder ein ernstes Gesicht und schüttelte den Kopf. »Das Problem mit Boyce ist, man darf es bei ihm nicht zu einer offenen Konfrontation kommen lassen. Er fühlt sich gern als König. König des Dschungels.« Al lachte. »Doch im Endeffekt geht es ihm immer nur darum, was gut fürs Geschäft ist. Deshalb machen wir erst mal gar nichts. Wir warten bis zum Ende der Reise und dann sehen wir, wie die Dinge liegen. Wie ich bereits zu Madge sagte, für Candy kann ich wohl nicht viel tun. Bei Wild and Free ist sie raus. Verdammt schade. Aber in dieser Sache warten wir einfach mal ab. Ich wette, das legt sich wieder. Wenn nicht, dann red ich mit ihm.«

Er nahm Madge am Arm und steuerte mit ihr auf den Land Rover zu. Sie beugte sich an sein Ohr. Da ich nur wenige Schritte hinter ihnen war, konnte ich jedes Wort verstehen.

»Ich meine, mit Boyce wird es immer schlimmer, findest du nicht? Ich hab Angst, daß er alles versaut. Was sollen wir nur mit ihm machen?«

2

Zunächst schien es, als ob Al seinen Partner richtig eingeschätzt hätte. Boyce hatte offenbar seine Niederlage überwunden. Er saß vorne auf dem Beifahrersitz und machte Witze mit Chris Mbare, dem Fahrer, der zu meiner großen Erleichterung hinter dem Steuer saß. Beide tranken Tusker-Bier aus der Flasche, was mir weniger gut gefiel. Ich würde mich später mit Chris über das Thema Fahren und Alkohol unterhalten müssen. Vor den anderen wollte ich ihn nicht maßregeln.

Chris Mbare war stämmig und trug stets eine dunkle weite Hose, ein strahlend weißes Hemd und eine undurchsichtige Sonnenbrille. Die dunkle Brille gab ihm ein finsteres Aussehen, was aber täuschte. Er war ein absolut liebenswürdiger Mann, eine wertvolle Eigenschaft für jeden Fahrer, besonders hier in Kenia, wo anscheinend nur wenige Leute – Fahrer wie Fußgänger – auch nur die geringste Ahnung von Verkehrsregeln hatten. Selbst einen Heiligen konnte das zur Weißglut treiben. Asphaltierte Straßen waren in Afrika immer noch etwas Neues. Im Massai-Gebiet, südlich vom Rift Valley, konnte man schon froh sein, wenn man eine feste Erdpiste hatte. Während der Regenzeit wurden die Straßen regelmäßig zu Sümpfen, und wenn der Boden wieder trocknete, entstanden die unglaublichsten Rillen und Furchen. Um einen Achsenbruch zu vermeiden, wechselten die Autos in beiden Richtungen auf die Gegenspur, sobald diese glatter aussah, so daß jede Fahrt zu einer Mutprobe wurde. Wir hatten die größeren Etappen unserer Reise mit dem Flugzeug zurückgelegt, aber wenn wir Tiere sehen wollten, mußten wir mit dem Auto fahren, und das oft genug ohne jegliche Straße. Mbare fuhr mit viel Geschick, Diplomatie und Gelassenheit. Außerdem war er lange genug im Geschäft, daß ihm viele andere Fahrer einen Gefallen schuldeten, wie zum Beispiel gute Tips, wo in letzter Zeit Großwild gesichtet worden war. Ich war froh, daß ich ihn hatte.

Lynn lehnte am Land Rover und sah verträumt in die Baumwipfel. Vermutlich dachte sie darüber nach, wie sie Boyce' Entscheidung, Jazz Jasper Safaris abzuservieren, rückgängig machen könnte.

»Guten Tag, Jazz«, begrüßte Chris Mbare mich mit seinem afrikanisch-britischem Akzent. Wenn er lächelte, blitzten zwei mit Gold überkronte Zähne auf. Er nickte mir vielsagend zu. »Mr. Darnell schmeckt unser kenianisches Bier sehr gut. Er sagt, es gehöre sich nicht, alleine zu trinken.«

Also hatte Boyce ihn zum Trinken genötigt. Vermutlich um mir eins auszuwischen, weil ich darauf bestanden hatte, daß Chris fuhr. Es überraschte mich keineswegs, daß Boyce rachsüchtig war.

»Hiya, Leute, wie geht's?« Al ließ Madges Arm los. »Bist du bereit, Boyce?« Al richtete seine Videokamera auf ihn. »Dreh die

Flasche rum, damit wir das Etikett sehen können. Bleib da, okay, Lynn, du kannst mit drauf. Boyce hat gerne hübsche Mädchen um sich.«

Boyce tat ihm den Gefallen, trug aber zu dick auf. Er lehnte sich aus dem Land Rover und fuchtelte mit der Flasche vor uns herum. Lynn setzte ein Grinsen auf. Spaß auf der Safari.

»Das ist ein Leben!« rief Al. »Wie gefallen euch unsere neuen Hüte?« Er schlug mit der Faust von oben gegen seinen Helm. »Dr. Livingstone, wie ich annehme, eh, was?« Er lachte über seinen eigenen Scherz.

»Eher wie Plisch und Plum«, sagte Boyce.

Al lachte, aber Madge warf Boyce einen giftigen Blick zu. Sie nahm ihren Hut ab und hielt ihn uns hin. »Lynn, möchten Sie ihn aufprobieren? Das sind ausgezeichnete Sonnenhüte. Bei dieser Höhe sollte man vorsichtig sein, selbst Sie mit Ihrem dunklen Haar. Es ist eine Einheitsgröße.«

»Kriegen Sie von denen etwa schon Provision?« fragte Lynn. »Das ging aber schnell.« Sie streckte die Hände aus. »Werfen Sie ihn rüber.«

Madge warf den Helm wie eine Frisbeescheibe. Lynn schnappte ihn und setzte ihn auf. »Oh, der ist wunderbar.«

Al half Madge in den Land Rover. Für eine Frau von mittlerer Größe war alles an Madge riesig; riesig, rund und weich. Große braune Augen, eine große Nase, ein breites Lächeln und ein großer Busen. Ihre Haut wirkte so weich, als ob man mit den Fingern ein Stück darin versinken würde. Mir gefiel, wie Al sie berührte, zum Beispiel gerade jetzt, als er ihr mit einer Hand am Ellbogen die hohe Stufe hinauf half. Es sah aus, als genieße er ihre Nähe.

»Al und ich können hinten sitzen.« Sie manövrierte sich um die mittlere Sitzbank herum. »In der Mitte haben Sie und Lynn mehr Platz für Ihre langen Beine.«

Als nächstes half Al Lynn hoch und kletterte dann selbst in den Wagen.

»Okay. Alle an Bord?« Ich schwang mich in den Land Rover und steckte den Kopf durch das überdimensionale Sonnendach, um in allen Richtungen nach Tieren Ausschau halten zu können. »Chris, laß es uns auf der anderen Seite des Flusses versuchen, da am Westhang. Weißt du, was ich meine? Da wo wir neulich die Topis gesehen haben.«

Topis sind recht häufig, trotzdem gehören sie zu meinen Lieblingsantilopen. Ehrlich gesagt mag ich immer die am liebsten, die ich gerade beobachte. Die Topis mag ich, weil sie so unwirklich aussehen. Sie erinnern mich an ein Buch mit Phantasietieren, das ich als Kind sehr geliebt habe. Sie sind so groß wie Elche, haben Katzenaugen, violette Oberschenkel und gelbe Strümpfe. Ihre großen, runden Ohren sind innen gestreift. Bevor ich nach Kenia kam, hatte ich noch nie von Topis gehört. Vielleicht mag ich sie deshalb so sehr.

Ich hielt mich am Rand des Daches fest, als Chris den Land Rover in Gang setzte. Wir folgten dem von Bäumen gesäumten Ufer des Flüßchens, fuhren dann einen kleinen Hügel hinauf und ließen das Camp hinter uns. Vor uns erstreckte sich eine endlose goldfarbene Grasfläche, die hier und da von Dornensträuchern und niedrigen Akazien unterbrochen wurde. In der Ferne war eine Herde Gnus als kleine Punkte zu erkennen. Und noch weiter dahinter lag ein rechteckiger brauner Fleck, eine aus getrocknetem Rindermist gebaute Massai-Siedlung. Das war die einzige Spur von Menschen weit und breit.

Ich hielt mein Gesicht in den Wind und genoß es, wie er mein Haar zerzauste. Der beißende Geruch von Staub lag über dem würzigen Duft des sonnenbeschienenen Grases.

Chris fuhr an den Rand einer steilen, felsigen Böschung und hielt an. »Alles festhalten!« warnte er. »Jazz, du solltest dich auch lieber hinsetzen.«

Ich ließ mich auf meinen Sitz fallen und stützte mich ab. »Das ist die Furt, an der wir den Fluß überqueren, ob ihr's glaubt oder nicht.«

»Madge, halt dich gut fest«, sagte Al. »Es wird wie verrückt schaukeln.«

»Ich paß schon auf. Halt deine Videoausrüstung gut fest.«

Der Land Rover tauchte in einem Winkel von dreißig Grad hinab und holperte wie wild über vom Wasser abgerundete Felsen. Platschend landeten wir auf dem Grund, durchpflügten den seichten Fluß und fuhren auf die steile gegenüberliegende Böschung zu.

Ich wurde gegen Lynn geschleudert, obwohl ich mich am Vordersitz festklammerte. Boyce' Jacke fiel auf den Boden. Dabei rutschte eine Pillendose aus bernsteinfarbenem Plastik aus der Tasche und rollte zwischen unsere Füße. Ich griff danach, erwischte sie aber nicht. Lynn hob sie mit einer Hand auf, steckte sie in ihre Tasche und grapschte nach der Rückenlehne, um das Gleichgewicht nicht zu verlieren. Boyce hielt sich so konzentriert am Armaturenbrett fest, daß er nichts davon mitbekam.

Der Motor röhrte, als der Vierradantrieb packte und dem Wagen auf dem lockeren Sand und Gestein Halt gab. Mühsam erklommen wir die Böschung. Ein riesiger Dornbusch ragte in die Piste hinein. Als der Land Rover daran vorbeischeuerte, regnete es Zweige und Dornen durch das Sonnendach.

»Wirklich sagenhaft«, sagte Boyce wutschnaubend. »Das nennt ihr eine Furt.« Sein Gesicht war rot vor Hitze und Zorn.

Al half Madge, die fünf Zentimeter langen Dornen aus Kleidern und Haaren zu pflücken. »Wo bleibt denn dein Abenteuergeist?« fragte er seinen Partner.

»Paß bloß auf, Al. Mir reicht's, hast du mich verstanden?«

»Mr. Darnell, da vor uns, das wäre ein Auftakt für unseren Spot. Wie wunderschön«, schaltete sich Lynn ein.

Wir fuhren mitten in eine Gazellenherde hinein. Die Tiere gingen ein Stück zur Seite und grasten dann weiter. Sie bildeten praktisch eine Art Tunnel für uns. Wir fuhren so dicht an den langhalsigen, eleganten Geschöpfen vorbei, daß wir ihre Nasen feucht glänzen sehen und ihr rotgoldenes weiches Fell bewundern konnten. Ein Termitennest versperrte uns den Weg, ein über ein Meter hoher Hügel aus roter Erde mit kleinen, klobigen Türmen, wie eine Sandburg, über die eine Welle hinweggespült ist. Auf dem Hügel stand ein Gazellenmännchen mit schwarzen, leierförmig geschwungenen Hörnern und begutachtete die Weibchen.

»Der Herr steht über dem gemeinen Volk. Was meint ihr?« fragte Lynn.

»Hey, Chris, warte. Ich möchte das filmen.«

Chris Mbare hielt den Wagen an. Al hob seine Videokamera und schwenkte damit über die ganze Herde. Das Gazellenmännchen sprang leichtfüßig von dem Termitenhügel und lief hinter einem der Weibchen her. Es machte den Hals ganz lang und schnupperte unter ihrem Schwanz. Dabei kräuselte es die Lippen wie ein Weinkenner.

»Er schaut nach, ob sie brünstig ist«, erklärte ich. »Also heiß ist.«

»Huch.« Lynn kicherte.

Das Gazellenmännchen schlug mehrmals leicht mit einem Vorderlauf gegen die Flanke des Weibchens und bestieg es.

»Ist das herrlich.« Al drehte eifrig an seinem Zoomobjektiv. »Habt ihr das Vorspiel mitgekriegt?«

»Brauchst du etwa Nachhilfe?« fragte Boyce.

Am Anfang der Reise war Boyce nicht so gehässig gewesen. Zwar schon ein Nörgler, aber er wußte auch, wie er die Leute dazu brachte, für ihn da zu sein. Ich hatte bisher angenommen, daß seine schlechte Laune irgendwas mit Candy zu tun hätte, da sie sein erstes Opfer gewesen war. Doch jetzt fragte ich mich, ob nicht irgendwas zwischen ihm und Al im argen lag. Ich hoffte nur, er würde darüber hinwegkommen und die Reise gutgelaunt beenden.

»Diese verflixten Tiere werden es dauernd miteinander treiben«, sagte Lynn. »Wie sollen wir da bloß einen brauchbaren Film zusammenkriegen?«

»Warum sollten die anders sein als wir?« Al schaltete die Kamera aus und setzte sich wieder hin. Er legte eine Hand auf Madges Knie.

»Walt Disney hat so was nie gezeigt«, antwortete Lynn.

»Mädchen, wenn Sie meinen, Walt Disney hätte es so gezeigt, wie es wirklich ist, dann stimmt mit Ihnen was nicht. Das ist Natur. Leben, Tod, Sex mit allem Drum und Dran.«

Wir fuhren eine weitere halbe Stunde lang und hielten regelmäßig an, damit ich das hügelige Gelände absuchen konnte. Es war kurz vor sechs. Um diese Uhrzeit verwandelt sich die Sonne am Äquator in einen großen roten Ball und fällt hinter den Horizont. Der Übergang zwischen Tag und Nacht ist abrupt. Es gibt keine sanfte ausgedehnte Abenddämmerung, wie ich sie als Kind in Nordamerika erlebt habe. Die Stunde der Jagd.

Ich entspannte meine Augen, wie es mir mein Freund Striker beigebracht hatte, und suchte mit Hilfe der peripheren Wahrnehmung nach Bewegungen. Striker ist mein bester Freund in Kenia. Er ist ein amerikanischer Umweltschützer, der sich dafür einsetzt, die afrikanische Tierwelt vor dem Aussterben zu bewahren. Von ihm hatte ich gelernt, wie man Tiere im Busch ausfindig machen kann. Im Augenblick waren viele grasende Tiere zu sehen, aber kein Löwe. Ich versuchte, mich von dem Druck zu befreien, unbedingt eine Jagd vorführen zu müssen. Das hing einzig und allein von der Löwin ab. Und genau in dem Moment da zu sein, wenn die Jagd stattfand, erforderte ebensoviel Glück wie Geschicklichkeit. Das war ein Teil des Wunders.

Boyce lehnte sich zurück und verschränkte die Arme über der Brust. »Es wird dunkel«, verkündete er.

Schließlich bemerkte ich es am Verhalten des Zebras.

Oben auf einem Hügel stand eine Zebrafamilie, fünf Stuten, von denen drei ein Fohlen hatten, ein paar jüngere männliche Tiere und ihr derzeitiger Hengst. Ich betrachtete sie durch das Fernglas. Sie kauten friedlich und verscheuchten mit ihren Schwänzen die Fliegen.

Das Fernglas war eines der kostbarsten Dinge, die ich besaß, ein Überraschungsgeschenk von Striker, als ich Jazz Jasper Safaris gründete, für das er sich echt in Unkosten gestürzt hatte. Als ich es das erste Mal benutzte, war das für mich eine Offenbarung, eine neue Dimension des Sehens. Mit diesen Linsen hatte ich die Fernsicht eines Adlers und die Nachtsicht einer Eule.

Eins der Fohlen trat mit den Hinterbeinen aus, lief ein paar Schritte und drehte sich dann zu seinem Spielgefährten um. Das dritte Fohlen war jünger und wich seiner Mutter nicht von der Seite. Die Mutter war ein stämmiges Tier mit einem mächtigen Brustkorb, ein wahres Kraftpaket. Das Kleine war eher wie ein Araber gebaut. Es hatte lange, zierliche Beine, sein Maul sah so weich aus, daß ich es am liebsten gestreichelt hätte, und zwischen seinen großen Augen zeichnete sich deutlich eine schwarzweiße Raute ab.

»Noch mehr Zebras. Tolle Geschichte«, sagte Boyce.

»Achtet auf den Hengst«, forderte ich die Gruppe leise auf. Der Hengst fühlte sich nicht wohl in seiner Haut. Er hielt den Kopf hoch und starrte auf eine Stelle im Gras, die ungefähr hundert Meter rechts von unserem Landrover lag. Er machte ein paar tänzelnde Schritte und schnaubte.

»Das könnte es sein.« Ich folgte mit dem Fernglas dem Blick des Hengstes. Zunächst konnte ich überhaupt nichts sehen. Dann bemerkte ich eine leichte Bewegung. Wieder nichts. Dann wieder eine Bewegung. Es war das Zucken eines Schwanzes. Als ich das Fernglas ein Stück weiter bewegte, konnte ich ein rundes Ohr erkennen. »Da ist die Löwin.«

»Okay, es geht los«, rief Lynn.

Sekunden später hatten alle ihre Ferngläser auf die durchbrochene Silhouette der Löwin gerichtet. Sie kroch vorwärts, ohne daß die Zebras oben am Hang sie sehen konnten. Ihr Kopf war dicht über dem Boden, ihr Körper sprungbereit. Ihr Hinterteil bewegte sich hin und her. Man konnte die gezügelte Kampfbereitschaft spüren. Sie war wie ein Pfeil, der in einem bis aufs äußerste gespannten Bogen zitterte. Jede Linie ihres Körpers war schön, voller Energie und tödlich.

Der Hengst spürte die Gegenwart der Löwin. Er tänzelte ein paar Schritte nach rechts, dann nach links. Die anderen Zebras drehten sich in die gleiche Richtung, eine komische Reihe großer runder Ohren, die vor und zurück zuckten. Das Fohlen drängte sich noch dichter an seine Mutter.

»Chris, fahr noch ein Stück vor«, befahl Boyce.

Chris rührte sich nicht. Ich beugte mich nach vorn und erklärte: »Wir wollen sie nicht stören.«

Der Hengst stieß einen durchdringenden zweitonigen Alarmschrei aus. Er hatte beschlossen, daß es Zeit war zu handeln. Würde sich die Herde nach rechts bewegen, in Sicherheit? Oder nach links, an der Löwin vorbei? Es war ein schicksalhafter Augenblick. Ich hielt die Luft an.

Er wählte die linke Seite.

Die Löwin legte sich flach auf den Bauch und kroch weiter. Ihr Schwanz zuckte, sie selbst verschwand im Gras. Der Hengst verlangsamte seinen Schritt und trieb die Alphastute durch einen Biß in die Flanke an. Vielleicht könnte er es schaffen.

»Sie hat es vermasselt«, sagte Boyce angewidert. »Warum hat sie die Tiere vorbeigelassen?«

Dann stoben die Zebras auseinander. Mit einem kurzen schrillen Schrei, von dem sich mir die Nackenhaare sträubten, stieg der Hengst auf die Hinterbeine. Die Stute mit dem kleinsten Fohlen fing ganz plötzlich an, im Zickzack zu rennen. Die Löwin sprintete ihr nach, den Körper dicht über dem Boden, den ihre Pfoten gar nicht zu berühren schienen. Die übrigen Zebras verschwanden hinter der Hügelkuppe. Die Stute schlug verzweifelt einen Bogen, um wieder Anschluß an die Herde zu bekommen.

Das war ein Fehler. Das Fohlen blieb ein paar Schritte zurück, und mit einer raschen Drehung schnitt die Löwin es von seiner Mutter ab. Das Fohlen schrie jämmerlich und lief auf den Land Rover zu. Der Schrei hörte sich fast menschlich an.

Mir blieb beinah die Luft weg. Einerseits wollte ich von ganzem Herzen, daß das Kleine entkam, andererseits bewunderte ich die anmutige Stärke der Löwin. Das Fohlen lief im Zickzack und kam immer näher auf uns zu. Die Löwin schnitt die Kurven immer schneller. Es lagen nur noch einige Schritte zwischen den beiden.

»Sie hat es, sie hat es.« Boyce hämmerte mit der Faust gegen das Armaturenbrett.

Er hatte unrecht. Die Mutter des kleinen Zebras war direkt hinter der Löwin. Die drei Tiere zischten an dem Land Rover vorbei.

Das Zebraweibchen streckte den Hals aus. Die steife Mähne erinnerte an den hochstehenden Helmkamm eines Zenturios. Es stürzte direkt auf die Löwin zu und bäumte sich auf, um ihr mit den Vorderhufen einen Schlag zu verpassen. Die Löwin wich aus und stand nun ihrer Angreiferin gegenüber.

Das Fohlen eilte sofort an die Seite seiner Mutter. Die Stute drehte sich von der Löwin weg. Die Löwin knurrte und machte einen Satz nach vorn. Mit einem schnellen Prankenhieb fuhr sie dem Zebra über die Seite. Aus seiner Flanke spritzte Blut. Die Stute schrie. Das Fohlen blökte ganz erbärmlich.

»Das kann ich nicht mit ansehen!« sagte Madge.

Boyce ermunterte die Löwin lautstark, als sähe er dem Superbowl in der Verlängerung zu.

Ein dumpfes Donnern ertönte aus der hereinbrechenden Dunkelheit und wurde immer lauter. Die übrigen Zebras preschten über die Hügelkuppe und rasten auf das Trio unten im Gras zu.

»Sehr schön«, rief Al hinter seiner Kamera.

Die Herde wirbelte so schnell am Land Rover vorbei, daß man nur ganz verschwommene Streifen sowie Staub und den Geruch von Pferdeschweiß wahrnahm. Die Tiere nahmen die gejagte Stute und ihr Fohlen in die Mitte und rannten immer weiter. Die verletzte Stute und ihr Fohlen waren verschwunden, geborgen mitten in der Herde.

Die Löwin war allein. Sie beobachtete, wie die Staubwolke verschwand. Ihr Schwanz zuckte und die Seiten bebten, während sie allmählich wieder zu Atem kam. Sie schien empört. Ohne sich noch einmal nach ihrem menschlichen Publikum umzusehen, verschwand sie im Gras.

Ich ließ mich in meinen Sitz sinken. »Puh…«

»Das war sagenhaft!« rief Al. Er, Madge und Lynn plauderten aufgeregt über die Jagd. »Na, Boyce, was sagst du dazu, heiße Sache, was?«

Boyce saß schweigend da und starrte geradeaus durch die Windschutzscheibe. Vermutlich war er sauer, weil das kleine Zebra davongekommen war. Bei seiner Laune würde ihm sicher noch was einfallen, wie er Jazz Jasper Safaris dafür die Schuld geben könnte.

Ich drehte mich zu den Harts um. »Al, haben Sie alles auf Film? Das ist erst das zweite Mal, daß ich so eine Jagd erlebe. Wir haben echt Glück gehabt.« Mein Herz klopfte immer noch heftig.

»Boyce, geht's dir nicht gut?« fragte Madge. Immer noch keine Antwort.

»Mr. Darnell?« Lynn hörte sich besorgt an. Sie streckte die Hand aus und schüttelte ihn leicht an der Schulter.

Ohne einen Ton sank Boyce zur Seite und rutschte auf den Boden.

3

Ich schwang meine Beine über die offene Seite des Land Rover, sprang auf die Erde, riß die Beifahrertür auf und beugte mich über Boyce. Er war in den schmalen Fußraum zwischen Sitz und Armaturenbrett gerutscht. Sein Mund war geöffnet, und er atmete geräuschvoll durch seine gelben Zähne. Ich beugte mich noch weiter vor, um ihm ins Gesicht zu sehen. Er sah mich stumpfsinnig an und schloß die Augen. Seine Haut war blaß und mit Schweißperlen überströmt. Ich strich mit den Fingerspitzen über seine Wange, sie war feucht.

Ich schaute auf und traf Mbares Blick. Seine Pupillen waren schwarze Löcher, wie dunkle Strudel. Ich fragte mich, ob ich genauso erschrocken aussah. Al drängte sich hinter mir.

»Lassen Sie mich mal sehen«, sagte Madge.

Ich überließ ihr meinen Platz. Sie beugte sich vor und lauschte. »Er ist nicht völlig bewußtlos, aber seine Farbe macht mir Sorgen.«

»Er sieht gar nicht gut aus«, bestätigte ich. »Wir sollten ihn auf die mittlere Sitzbank legen.«

Mbare packte seine Füße, und ich hielt ihn zusammen mit Al an den Schultern. Irgendwie schafften wir es, Boyce auf die lange Sitzbank in der Mitte zu legen. Sein Körper hing stark durch, und wir mußten aufpassen, daß wir nirgendwo anstießen. Boyce öffnete kurz die Augenlieder und murmelte etwas. Wir legten ihn auf den Rücken.

»Das sieht mir nicht sehr bequem aus«, sagte Madge. »Ich setze mich zu ihm.« Sie bettete Boyce' Kopf auf ihren Schoß. »Er sollte ohnehin nicht flach liegen.«

»Laßt uns lieber wieder in den Land Rover steigen. Die Löwin könnte noch in der Nähe sein«, sagte ich.

Lynn zwängte sich mit Al auf die Rückbank. Ich nahm wieder meinen gewohnten Platz vorne neben Mbare ein und drehte mich um, um nach Boyce zu sehen.

Al griff über die Lehne und nahm Boyce' Hand. Sie hing ganz schlaff herunter.

»Keine Angst, Boyce«, sagte Al. »Es wird schon wieder gut.«

»Ich hab sein Herzmedikament«, sagte Lynn und klopfte gegen die Pillendose in ihrer Tasche.

»Was machen Sie mit seinen Pillen?« wollte Madge wissen.

»Sie sind aus seiner Jackentasche gefallen, als wir den Fluß überquerten.«

»Die helfen ihm jetzt nicht. Sie sind gegen zu hohen Blutdruck«, sagte Madge. »Die nützen nichts bei einem Herzinfarkt.« Ihre Stimme zitterte. »Außerdem könnte er jetzt eh keine Pille schlucken.«

Herzinfarkt. Sie hatte ausgesprochen, was alle befürchteten.

»Zumindest ist er halb bei Bewußtsein«, sagte ich. »Laßt uns sofort ins Camp zurückfahren. Ich besorge über Funk ein Flugzeug und einen Arzt.«

Mbare setzte den Land Rover in Gang, und wir holperten die unebene Strecke zurück. Platt gedrücktes Gras markierte den Weg, den wir gekommen waren. Keiner sagte etwas. Die Nacht war finster. Im Scheinwerferlicht blitzten die Augen unsichtbarer Tiere auf. In Kniehöhe die Augen von Hyänen, weit oben die von Giraffen. Sie schwebten im Dunkeln wie winzige rote Laternen.

Urplötzlich tauchte ein hellbrauner Buschbock im Scheinwerferlicht auf. Ich sah sein weiches Fell und seine erschrockenen Augen, dann war er schon wieder verschwunden. Mbare hatte den Land Rover heftig nach rechts herumgerissen, und wir verließen holpernd den Weg und fuhren durch das hohe Gras. Boyce wurde stark hin und her geschüttelt, und Madge umklammerte seinen Oberkörper. Das Gras schlug raschelnd gegen die Scheinwerfer, sog uns auf wie eine plötzlich hereinbrechende Flut. Wir waren erleichtert, als Mbare den Land Rover wieder auf die feste Piste lenkte.

Die Klippschliefer hatten mit ihrem nächtlichen Gesang begonnen. Ihr Gekreisch und Gestöhne hörte sich an wie der Soundtrack zu einem Horrorfilm. Ich hielt mich am Armaturenbrett fest. Der Land Rover schien sich mit großer Geschwindigkeit fortzubewegen, aber gleichzeitig hatte ich das Gefühl, als kämen wir nicht von der Stelle, als wären wir in einem Alptraum gefangen.

Endlich leuchteten die Kerosinlampen des Camps schwach vor uns auf. Nach weiteren hundert Metern konnten wir bereits die Schatten sehen, die die Zelte gegen die Bäume warfen. Vor dem Speisezelt brannte ein riesiges Lagerfeuer. Umrahmt von Flammen war Cliffs schmale Silhouette zu sehen. Er stand da mit einem Drink in der Hand, nicht ahnend, welche Hiobsbotschaft ihm der Rover brachte. Cliff hatte für Boyce schon Werbekampagnen produziert, als sie beide noch ganz jung gewesen waren. Laß ihn bitte nicht sterben, betete ich schweigend.

Mbare fuhr direkt vor Boyce' Zelt. Wie vorhin packte Mbare ihn an den Füßen und Al und ich an den Schultern, und so trugen wir ihn vorsichtig ins Zelt. Bildete ich mir das ein, oder fühlte er sich tatsächlich schwerer an? Eleanor und Cliff eilten herbei.

»Was ist passiert?« schrie Eleanor. Ihre Stimme war schrill vor Entsetzen. »Ist Boyce verletzt?«

Ohne eine Antwort abzuwarten, schob sie sich an uns vorbei ins Zelt. Cliff war direkt hinter ihr, immer noch den Drink in der Hand.

»War das der Löwe?« fragte Candy.

Ich überließ es den anderen, alles zu erklären, und rannte in den Personalbereich, wo der Service-Wagen stand. Ich nahm Funkkontakt mit der Masai Mara Lodge – etwa dreißig Kilometer von hier – auf und bat sie, einen fliegenden Arzt zu schicken. Es täte ihnen furchtbar leid, aber es wäre unmöglich, nachts beim Camp zu landen. Ich überlegte rasch. Es würde mindestens zwei Stunden dauern, ihn zur Lodge zu fahren. Vielleicht wäre es sicherer, bis morgen früh auf das Flugzeug zu warten. In der Zwischenzeit konnte er sich ausruhen. Verdammt. Ich hörte, wie sich jemand im Laufschritt näherte, und als ich mich umdrehte, tauchte Madge aus dem Dunkeln auf. Sie griff nach der Tür des Kastenwagens, als ob sie Halt suchte. »Er hat aufgehört zu atmen!«

Mein Herz fing an zu hämmern. Während ich zu Boyce' Zelt rannte, ging ich in Gedanken die einzelnen Schritte einer Herzmassage durch. Mein Erste-Hilfe-Kurs lag Ewigkeiten zurück. Das Lagerfeuer brannte einsam vor sich hin. Alle hatten sich vor Boyce' Zelt versammelt.

Cliff hatte Eleanor aus dem Zelt gezogen und unbeholfen einen Arm um sie gelegt. Eleanor wirkte noch kleiner als sonst, schien vor Angst erstarrt zu sein. Lynn und Candy standen daneben. Lynn erzählte Candy mit viel zu lauter Stimme, wie Boyce zusammengebrochen war. Es klang bereits wie Schnee von gestern.

Ich lief an ihnen vorbei und drängte mich ins Zelt. Al war über Boyce gebeugt und gab ihm eine Mund-zu-Mund-Beatmung. Irgendwer hatte eine Kerosinlampe an die Firststange gehängt. Sie warf einen großen, bedrohlichen Schatten über das Bett.

»Während Sie das machen, mache ich eine Herzmassage«, schlug ich vor. Ich schlug Boyce heftig gegen das Herz, wie man es mir beigebracht hatte, dann legte ich mit durchgedrückten Armen beide Hände aufeinander und pumpte gleichmäßig im Rhythmus meines eigenen Atmens. Drücken, entspannen. Drücken, entspannen. Ich setzte alles daran, Leben und Kraft durch meine Arme in den reglosen Körper unter mir fließen zu lassen.

Die Hoffnung starb langsam. Ich brachte es nicht über mich, die Niederlage einzugestehen. Boyce war zwar ein Widerling gewesen, aber so vital und voller Lebenskraft. Es schien nicht richtig. Jemand in der Blüte seiner Jahre sollte nicht so einfach sterben, jedenfalls nicht auf diese Weise. Das ergab keinen Sinn. Die arme Eleanor. Vier Kinder, und das jüngste noch zu Hause. Tränen traten mir in die Augen. Die Abaloneknöpfe an Boyce' Hemd glitzerten im Schein der Lampe. Meine Arme wurden lahm. Drücken, entspannen. Drücken, entspannen.

Wir machten weiter, auch nachdem schon längst keine Hoffnung mehr bestand. Schließlich bereitete Al der Sache ein Ende. Er prüfte, ob Boyce atmete, und hielt die Wange an seine Brust, um zu hören, ob sein Herz noch schlug. Dann griff er nach der Decke und zog sie ihm übers Gesicht.

Wir gingen zu den anderen nach draußen. »Er ist tot«, sagte Al schlicht. Seine Schultern begannen zu beben. Er verbarg mit einer Hand sein Gesicht und weinte. Madge schlang ihre Arme um ihn und weinte ebenfalls ein wenig.

Ich ging zu Eleanor. Ich wollte sie in den Arm nehmen, doch sie wurde ganz starr. Deshalb tätschelte ich ihr nur den Arm. »Ich glaube nicht, daß er gelitten hat. Er ist bewußtlos geworden und nicht mehr zu sich gekommen.«

Eleanor sah mich mit ratlosen Augen an, die durch die Tränen noch größer wirkten.

»Was soll ich denn bloß machen?« Sie wühlte in ihrer Tasche nach einem Taschentuch und putzte sich die Nase. »Ich hätte nicht zulassen sollen, daß er diese Reise mitmacht, nicht bei seinem angegriffenen Herzen. Aber Sie wissen ja, wie er war. Er wollte auf niemanden hören.« Sie tupfte sich die Augen und wandte sich schniefend an Cliff. »Wie kommen wir nun nach Hause? Was geschieht mit Boyce?«

»Wir rufen deine Schwester an, und sie kann sich mit einem Beerdigungsinstitut in Verbindung setzen, das sich um Boyce kümmert, wenn wir zurückkommen. Was hältst du davon?« Cliff fuhr sich nervös mit einer Hand durch seine glatten blonden Haare. Er gab sich die allergrößte Mühe, doch seine Stärke lag darin, stets die Wogen zu glätten. Für einen plötzlichen Todesfall gab es auch einfach keine geistreichen Bemerkungen.

Madge kam auf Eleanor zu und bot ihr ein sauberes Taschentuch an. »Du solltest dich lieber hinlegen, bevor du uns noch umfällst«, sagte sie. »Wir kümmern uns schon um die Heimreise und um alles andere. Mach dir keine Sorgen. Wir fliegen zusammen mit dir zurück.« Madge nahm Eleanor in den Arm und führte sie weg.

Um neun hatte ich alles erledigt, was ich vom Camp aus tun konnte, einen Doktor angefordert, der den Totenschein ausstellen sollte, ein Bestattungsunternehmen beauftragt, das sich um den Transport der Leiche kümmern würde, und neue Hotel- und Flugzeugreservierungen gebucht. Ich bedauerte fast, daß ich nichts mehr zu tun hatte. Eleanor bekam ihr Abendessen auf einem Tablett ins Zelt gebracht. Die übrigen stocherten bei einem freudlosen Mahl in ihrem Essen herum und setzten sich anschließend um das Feuer. Es war ein allabendliches Ritual, neben dem Speisezelt ein großes Feuer im Freien zu entzünden. Aufgrund der Höhe waren die Abende zwar kühl, aber nicht so kalt, daß man tatsächlich ein Feuer gebraucht hätte, um sich zu wärmen. Doch das Feuer gab dem Camp in der Nacht ein festes Zentrum. Man sah in die züngelnden Flammen und wandte der Dunkelheit und den Geräuschen den Rücken zu.

Ich hatte eigentlich keine Lust auf Gesellschaft, aber andererseits wollte ich mich auch nicht ins Bett legen und in Depressionen versinken. Warum also nicht dem Tod auf die altbewährte Weise begegnen und sich beim Schein des Feuers zusammensetzen, um den Gedanken an die lange Nacht zu verdrängen, die uns alle erwartet. Die Klippschliefer hatten erneut losgelegt, und zwar mit einer solchen Lautstärke, als ob sie mir direkt ins Ohr schrien. Normalerweise gefielen mir ihre seltsamen Geräusche. Doch heute abend nicht. Mir war selbst zu sehr zum Heulen zumute.

Cliff zog mich in die Runde um das Feuer. »Du siehst müde aus, Darling. Trinken, Tod und Steuern sind das einzige, worauf man sich im Leben verlassen kann, und Trinken steht an erster Stelle. Molezzi!« rief er und wandte sich wieder mir zu. »Cognac?«

Molezzi brachte mir einen Cognac, und ich nahm vorsichtig einen Schluck. Der Geruch stieg mir seltsam in die Nase.

»Ich kann es nicht vertragen, wenn Leute einfach tot umfallen, geht's dir auch so?« sagte Cliff. Er ließ den Cognac im Glas kreisen. »Das ist das einzige, was mich verunsichert. Es ist bestimmt schlecht für meine Gesundheit.«

Cliff war wieder in Form; es war unmöglich zu wissen, was er wirklich dachte. Ich sah mich nach Lynn um. Sie stand in einem dunklen Baumwollanzug auf der anderen Seite des Feuers und unterhielt sich mit Al und Madge. Ich hoffte für sie, daß die Serie nicht gestoppt wurde. Auch wenn Boyce tot war, bestand Wild and Free Shampoo fort und brauchte weiterhin Werbespots. Wem gehörte die Firma jetzt überhaupt? Eleanor und den Harts? Es wäre unhöflich gewesen, an diesem Abend eine solche Frage zu stellen.

Candy hatte ein langes schwarzes Kleid angezogen, das sich mit der Dunkelheit vermischte. Der Stoff lag eng an ihrem Körper an, und sie sah darin aus wie Jane Avril auf einem Toulouse-Lautrec-Poster. Ihr blondes Haar schimmerte im Schein des Feuers und bildete eine Art Heiligenschein um ihr blasses Gesicht. Eine schwere Goldkette und ein leuchtendroter Lippenstift waren die einzigen Accessoires.

Mit ihrem halbleeren Glas gestikulierend wandte sie sich an Cliff. »Was hat das für Konsequenzen für die Arbeit?« fragte sie. »Fliegen wir jetzt alle in die Staaten zurück? Für mich und Lynn besteht wirklich kein Anlaß zurückzufliegen –«

Cliff wedelte mit seiner langen, manikürten Hand. »Darling, ich kann jetzt nicht klar denken. Weißt du, wie lange ich Eleanor schon kenne? Seit der High School. Boyce war mein erster Kunde.«

»Yeah, ich kenn die ganze Geschichte«, sagte Candy. »Madge hat mir erzählt, wie sie im vorletzten Studienjahr versucht hat, dich mit Eleanor zu verkuppeln. Köstlich. Ich hab mich nur gefragt, inwieweit das den Zeitplan für die Dreharbeiten verändert. Du weißt doch, daß ich im Februar einen Job in der Karibik habe. Du hast mir versprochen, daß wir in vier Wochen mit den Dreharbeiten hier fertig wären. Ich hab keine Lust, nach Hause zu fliegen und gleich wieder zurückzukommen.«

Ein solches Verhalten schien selbst für Candy ein bißchen kraß. Es klang so, als würde sie automatisch annehmen, daß sie wieder mitmachte, nun wo Boyce nicht mehr da war. Ich betrachtete ihr Gesicht. Sie schmollte, aber es wirkte nicht sehr überzeugend. Es war eher eine Aufforderung, ihre volle Unterlippe zu bewundern, als echte Verdrossenheit. Dann begriff ich. Candy hielt sich nicht mehr versteckt, sie wollte wieder im Mittelpunkt stehen, selbst wenn sie dafür eine Szene machen mußte. Es war ziemlich schwer, mit einer Leiche um die Aufmerksamkeit zu wetteifern. Ich nippte erneut an meinem Drink. Es wurde Zeit, zu Lynn und den Harts rüberzugehen.

In diesem Augenblick gesellte sich Eleanor zu uns. Sie hatte ebenfalls etwas Schwarzes angezogen, ein Kleid mit einem ausgestellten Rock und Rüschen am Hals und an den Handgelenken. Sie blieb stehen und blinzelte ins Feuer. Lynn kam herüber und begrüßte sie ein wenig zu überschwenglich, doch Eleanor ignorierte Lynn und wandte sich an Cliff.

»Jemand hat die Lampe in Boyce' Zelt ausgemacht. Das ist nicht richtig...« Sie schaute hilflos zu ihm auf, eine Femme fatale aus einer anderen Generation, in einem anderen Stil.

Lynn wandte sich zu mir. »Ich hab immer noch Boyce' Pillen«, sagte sie leise. »Ich weiß nicht, was ich damit machen soll. Irgendwie ist es mir unheimlich, sie wegzuwerfen.«

Das hatte Candy zufällig mitbekommen. »Was ist unheimlich?«

»Ich hab Jazz gerade erzählt, daß ich die Herztabletten von Boyce habe.«

»Ach so.« Candy wirkte enttäuscht. Das war ihr nicht unheimlich genug.

»Ich werd sie wohl erst mal behalten«, sagte Lynn.

Ich schob ein Holzscheit mit dem Fuß ein Stück vor, worauf das Feuer hell aufloderte. Zwar hatte ich meinen Exmann Adam nicht durch Tod verloren, aber ich konnte mir in etwa vorstellen, wie Eleanor sich fühlen mußte. Während der ersten Tage kommt es einem unwirklich vor. Sie würde in einer Art emotionalem Kokon stecken. Man konnte nur hoffen, daß sie bereits zu Hause wäre, wenn ihr das volle Ausmaß ihres Verlustes bewußt wurde.

Molezzi erschien neben Candy und bot ihr einen neuen Cognac an. Er trug ihr leeres Glas weg, ohne von sonst jemandem

Notiz zu nehmen. Ich mußte ihn zurückrufen. Candy nahm seine Huldigung überhaupt nicht zur Kenntnis. Sie streckte Eleanor eine Hand entgegen. Eleanor guckte überrascht und berührte dann kurz Candys Finger.

»Das muß furchtbar für Sie sein«, sagte Candy. »Boyce hat Sie auf seine Art angebetet.« Sie legte beide Hände um ihr Glas und hielt es mit einer theatralischen Geste an ihre Brust. »Ich hoffe, daß Sie das wissen.« Eleanor starrte sie an, unfähig etwas zu sagen. Candy fuhr fort: »Es tut mir leid, wenn ich die Sache für Sie noch schlimmer gemacht habe.«

Eleanor erstarrte. »Sie haben meinen Mann nicht sehr gut verstanden. Ich glaube kaum, daß Sie die Beziehung zwischen Boyce und mir irgendwie beeinflußt haben.« Sie sah Cliff hilfesuchend an.

»Boyce war eine starke Persönlichkeit. Wir werden ihn alle vermissen«, setzte Cliff hinzu und hob sein Glas zum Salut. »Zumindest ist Boyce stilvoll von uns gegangen.«

In der Ferne kreischte ein Klippschliefer.

»Noch mal zu dem Drehtermin«, setzte Candy an.

»Könnte jemand vom Personal... das Licht«, sagte Eleanor.

Cliff fuhr sich mit der Hand durch die Haare. »Molezzi!« rief er. »Die Lampe wird sofort für dich angemacht.« Dann wandte er sich an Candy. »Laß uns später darüber reden, okay?«

Candy lächelte ihn verkniffen an und begann, Eleanor von ihren Terminschwierigkeiten zu erzählen.

Al fiel ihr ins Wort. »Die Arbeit geht planmäßig weiter. Nur der restliche Urlaub fällt aus.« Candy öffnete den Mund, um etwas zu sagen, doch Al hob gebieterisch seine gedrungene Hand. »Von mir aus kann Cliff einstellen, wen er will, falls Ihnen das Bauchschmerzen bereitet. Okay. Und jetzt reicht's. Was fällt Ihnen überhaupt ein, Eleanor damit zu belästigen?«

»Hören Sie« – Candy erhob ihre Stimme – »ich muß mir meinen Lebensunterhalt verdienen und muß wissen, wo ich dran bin. Ich kann mir nicht erlauben, mit meinen Terminen rumzuschlampen. Wissen Sie, was man heutzutage in Manhattan für Mieten zahlt?«

Lynn – wie immer darauf bedacht, Frieden zu stiften – sagte: »Ich weiß, wie Candy sich fühlt. Wir sind alle erschüttert. So was verunsichert einen völlig.«

»Kann ich Ihnen helfen?« wandte sich Cliff an jemanden hinter mir.

Ich drehte mich um, um zu sehen, mit wem er sprach. Ein schlanker, muskulöser Schwarzer mit einem großen Speer in der Hand stand am Rande des Feuerscheins. Er war nackt bis auf einen groben ockerfarbenen Umhang und ein hellrotes Tuch, das er sich um die Hüften geschlungen hatte. Das Weiße in seinen Augen hob sich deutlich von seiner dunklen Haut ab.

»Jambo! Habari gani?« begrüßte er uns und begann zu summen.

Er trat in den Lichtkreis. Nun konnte ich die feingliedrige Knochenstruktur erkennen, die typisch für die Massai ist, das lange, schmale Gesicht, die hohen Wangenknochen und die Adlernase. Sein Schmuck schimmerte im Schein des Feuers. Um Stirn, Hals und Taille hatte er kunstvolle Perlenketten geschlungen. Seine Ohrläppchen hatten circa drei Zentimeter lange Schlitze, in denen Perlen und Silberschmuck hingen. Er hatte eine hohe Stirn und trug sein Haar in Dutzenden von schulterlangen Zöpfen, die mit tierischem Fett und Ocker bestrichen waren. Trotz des starken Geruchs nach Ziegenfett sah er in seinem Umhang aus wie ein griechischer Gott.

»Jambo!« antwortete ich. *»Mzuri sana.«* Ich schüttelte ihm die Hand. Seine Handfläche war hart und voller Schwielen.

»Was will er?« fragte Madge.

»Ich weiß es nicht. Entweder besucht er uns aus Neugierde, oder er möchte was verkaufen.« Ich hätte fast gefragt, ob ich für sie einen Besuch im Dorf arrangieren sollte, doch dann fiel es mir wieder ein. Sie waren ja keine Touristen mehr. Durch den Tod von Boyce waren wir alle zu Trauergästen geworden.

»Jambo«, sagten Al und Madge im Chor.

Cliff streckte eine Hand aus.

»Seht euch diese Wangenknochen an«, sagte Candy. Sie stellte sich neben ihn, als ob sie seine Größe abschätzen wollte. Die Massai wirken dermaßen hochgewachsen, daß man sich nur mit Mühe vorstellen kann, daß sie tatsächlich nur so groß sind wie ganz gewöhnliche Sterbliche.

Lynn blieb in einigem Abstand auf der anderen Seite des Feuers stehen. Eleanor trat ein paar Schritte zur Seite, aus dem Lichtkreis heraus, Lynn winkte sie zu sich herüber.

Meine Suaheli-Kenntnisse beschränken sich auf *Jambo* und eine Handvoll weiterer Sätze, die ich mir eingeprägt hatte. Zum hundertsten Mal nahm ich mir vor, mehr zu lernen. Wo war Chris Mbare bloß?

Als ob er meine Gedanken gelesen hätte, kam Chris auf uns zu, während er sich den Mund mit dem Handrücken abwischte. Der Besuch hatte ihn offenbar beim Essen gestört. Chris gehörte zu den Kikuyu und war kleiner, rundlicher und aufgeschlossener als unser Massai-Besucher. Die Kikuyu waren Bauern, die Massai nomadische Hirten. Während die Kikuyu den westlichen Einfluß aufgenommen und schließlich die Engländer vertrieben hatten, um das Land selbst zu regieren, hatten sich die Massai abseits gehalten. Sie waren einer der wenigen Stämme in Afrika, die hartnäckig an ihrer Lebensweise festhielten.

Ich fragte mich, ob ihr aristokratisches Aussehen der Grund war, weshalb sie auf alle anderen herabsahen. Doch vermutlich hatte es mehr damit zu tun, daß sie Nomaden waren und ihre Wildheit kultivierten anstatt ihr Land. Die jungen männlichen Massai mußten vor ihrer Aufnahme in die Erwachsenengemeinschaft einen Löwen mit den Händen erlegen, obwohl das mittlerweile natürlich verboten war.

Chris Mbare und der Fremde begrüßten einander ausgiebig. Die Standardformeln wurden in einem raschen Rhythmus heruntergerasselt, von Summen unterbrochen. Dann führten sie ein sehr kurzes Gespräch. Darauf erklärte mir Chris, daß der Massai einen Speer verkaufen wolle. Er hätte eine astronomische Summe verlangt, aber wenn jemand interessiert sei, würde Chris für ihn handeln. Eleanor murmelte, sie brauche eine Strickjacke, und ging in ihr Zelt. Ich hoffte nur, daß sie an dieser Sache keinen Anstoß nahm. Hätte ich den Mann fortschicken sollen?

Al war eindeutig interessiert. Er nahm den Speer und stellte sich in Pose.

»Hey, Madge, was hältst du davon? Joey wäre bestimmt ganz außer sich.«

Joey war der heißgeliebte Enkel, von dem wir während der Reise schon viel gehört hatten. Al hatte für ihn bereits eine Safariausrüstung gekauft, eine Felltrommel, einen Satz geschnitzter Holztiere und ein T-Shirt mit der Aufschrift I CLIMBED MOUNT KILIMANJARO.

»Hältst du das nicht für ein bißchen gefährlich?« Madge beäugte die scharfe Spitze.

»Er ist doch schon dreizehn. Er kann damit umgehen.«

»Wie kriegen wir das Ding ins Flugzeug?«

»Sie werden es im Hotel für uns in eine Kiste packen.«

Madge konnte sich Als Begeisterung nicht entziehen. Er wirkte selbst aufgeregt wie ein kleiner Junge, während er den zwei Meter langen Speer in der Hand hielt. Es war eine eindrucksvolle Waffe. In der Mitte war ein kleines Stück aus hellem Holz, in das dunkle Linien eingeritzt waren. Darüber befand sich eine spitz zulaufende, lange scharfe Klinge. Das Metallstück am anderen Ende von dem Holz war ebenfalls spitz und sah fast genauso gefährlich aus.

»Okay. Aber wenn was passiert, ich habe dich gewarnt.«

Mbare agierte als Vermittler. Es wurde lebhaft gehandelt, aber schließlich wechselte Geld den Besitzer. Der Massai stieß den spitzen Schaft in den Boden. Die Speerspitze zitterte wie eine lose Stahlfeder, während der Mann in der Dunkelheit verschwand.

4 Als ich am nächsten Morgen aufwachte, war das Geschrei der Klippschliefer dem Gesang der Vögel gewichen, aber ich war immer noch deprimiert. Die Ereignisse von gestern abend stürmten erneut auf mich ein: unsere lange Suche nach der Löwin, die Jagd, Boyce' regloser, zusammengesunkener Körper auf dem Vordersitz des Land Rover. Ich starrte gegen das Zeltdach und ging in Gedanken noch einmal die alptraumhafte Rückfahrt zum Camp durch, sah, wie Al das Laken über Boyce' Gesicht zog. Ich wickelte mich noch fester in die Decken. Wenn wir die Löwin nicht gefunden hätten, wäre Boyce dann noch am Leben? Ein lächerlicher Gedanke. Niemand hatte Boyce umgebracht, ich nicht und auch die Jagd nicht. Das hatte sein eigenes Herz getan.

Der heutige Tag würde hart werden. Ich wollte nicht zurück nach Nairobi. Ich wollte nicht mit Eleanors Trauer konfrontiert sein. Ich wollte nicht, daß Boyce tot war. Ich wollte nicht, daß meine erste Tour danebenging. Ich wollte kein Selbstmitleid empfinden. Ich drückte mich in die warme Vertiefung der Matratze und schloß die Augen.

Zwei Vögel sangen ein Duett. Kurze, melodische Phrasen ertönten im Wechsel und wiederholten sich. »Wiii-uuu, wiii-uuu«, rief ein anderer Vogel. »Der Tag bricht an. Hier bin ich.« Wenn Striker hier wäre, würde er wissen, wer da sang, wie der Prinz im Märchen, der die Sprache der Vögel verstand. Die Raben gaben ihm den Schlüssel, und er bekam sein Königreich zurück oder die Prinzessin oder sonst was.

Das war wunderbar. Ich drehte mich auf den Bauch und drückte mich an mein Kopfkissen. Dann erinnerte ich mich daran, daß ich ja nicht mehr an Prinzen glaubte. Die Zeit, wo ich eine Prinzessin gewesen war, war längst vorbei und kam nie wieder, wie Boyce Darnell. Ich ertappte mich dabei, wie ich voller Bitterkeit an Adam dachte, meinen Exmann. Ich drehte mich wieder auf den Rücken und strich mir die Haare aus den Augen. Seit Wochen hatte ich nicht mehr an ihn gedacht, vielleicht sogar schon seit Monaten. Es ging mir eindeutig immer besser. Doch Boyce' Tod riß meine eigenen Wunden wieder auf. Warum mußte das passieren? Ich starrte gegen das Zeltdach, das über mir leicht durchhing. Falls ich vor meinem nächsten Auftrag nicht noch einen Kunden einschieben konnte, würde ich Striker fragen, ob er bereit war, mich eine Woche am Mount Kenya zu ertragen.

Striker war, wie gesagt, mein bester Freund in Kenia. Er war ein Freigeist, ein amerikanischer Schriftsteller, der in den letzten zehn Jahren am Fuße des Mount Kenya sein Zuhause gefunden hatte. Das heißt, wenn er nicht auf Safari war. Er verbrachte ebensoviel Zeit unter Tieren wie ein Naturwissenschaftler und schrieb flammende Artikel über die Notwendigkeit, jetzt zu handeln. Wenn sich die Dinge in dem Tempo weiterentwickelten, würde die nächste Generation die großen Säugetiere nur noch aus Zoos kennen. Naturschutzgebiete boten nämlich keinen Schutz vor Wilderei für den japanischen Elfenbeinhandel. Es sah so aus, als ob die Elefanten innerhalb des nächsten Jahrzehnts aussterben würden, und wenn es sie nicht mehr gab, würden die Grassavannen zuwachsen, und letztlich würden auch alle anderen Tiere verschwinden, vom Impala bis zum Löwen. Nach Meinung von Striker und anderen Experten würde sich in diesem Jahrzehnt alles entscheiden. Er kämpfte, als ob er selbst von Gefangenschaft bedroht wäre, was ja in gewissem Sinne tatsächlich auf uns alle zutraf. Man muß sich nur mal vorstellen, wie es auf dieser Welt sein wird, nachdem wir alles andere ausgerottet haben.

Ich bewunderte Striker und lernte von ihm soviel wie möglich über Kenia. Er war ein Einzelgänger und konnte manchmal ziemlich unleidlich sein, aber das störte mich nicht. Ich konnte ebenfalls viel Zeit für mich gebrauchen.

Wir hatten uns kennengelernt, kurz nachdem ich in Nairobi angekommen war. Er befreite mich aus einem Job als Getränkekellnerin im Grand Palace – obwohl ich eigentlich froh sein konnte, schon nach einer Woche Aufenthalt so etwas ergattert zu haben – und verhalf mir zu einer Stelle als Reiseleiterin bei Seven Seas. Dadurch erhielt ich die Chance, viel vom Land zu sehen und Erfahrungen im Safarigeschäft zu sammeln. Andernfalls wäre Jazz Jasper Safaris nie zustande gekommen.

Zwischen meinen einzelnen Touren für Seven Seas unternahmen Striker und ich einige unvergeßliche Trips. Wir beobachteten nachts am Mount Kenya Leoparden bei der Jagd, sahen Nilpferde am Strand des Victoriasees miteinander kämpfen, beobachteten, wie zwei Millionen Flamingos den Himmel über dem Lake Nakuru rosa färbten. Das Kampfadlerpärchen, das ich gestern beim Nestbau gesehen hatte, war dagegen nur eine Kleinigkeit, aber Striker hätte trotzdem seine Freude daran gehabt.

Striker und ich hatten uns gleich bei unserer ersten Begegnung an jenem Abend im Grand Palace gut verstanden. Er spazierte in seiner üblichen lockeren Art in die Cocktail-Lounge, einen breitkrempigen Hut in der Hand, und starrte staunend auf die aufwendige Ausstattung, so wie Leute das taten, die lange Zeit im Busch gelebt hatten. Er merkte nicht, daß ich aufstand und mich neben ihn stellte.

»Kaum zu glauben, daß das derselbe Planet ist?« fragte ich.

Der hinterwäldlerische Eindruck verschwand, sobald er mich mit seinen blitzenden, intelligenten grün-braunen Augen ansah.

»Ah, genau die Frau, die ich sehen wollte«, sagte er. »Ich hab gehört, daß eine neue Amerikanerin in der Stadt ist, die sich für den Umweltschutz engagieren will, und da dachte ich, ich schau mal vorbei und sag hallo.« Er streckte eine kräftige, gebräunte Hand aus. »Dan Striker. Meine Freunde nennen mich einfach Striker.«

Er lud mich für später auf einen Drink ein. Als ich mit der Arbeit fertig war, setzte ich mich zu ihm an den Tisch, und wir unterhielten uns. Es war einer dieser Fälle, wo man jemanden kennenlernt und gleich stundenlang mit ihm redet und sich gegenseitig zu immer neuen Geschichten und Ideen anregt. Am Ende des Abends waren wir gute Freunde geworden. Es war »Sympathie auf den ersten Blick«, wie Striker es ausdrückte. Ich war zweifellos die erste alleinstehende weiße Frau in Kenia, die nicht versucht hatte, ihn anzumachen. Zumindest zu Anfang machte es ihm auch nichts aus, in dieser Hinsicht abgewiesen zu werden. Doch in jüngster Zeit hatte es gewisse Spannungen in unserer Beziehung gegeben, ich hoffte allerdings, daß sich das legen würde.

Von diesem Gedanken aufgemuntert, schaffte ich es endlich aufzustehen. Die Strohmatte auf dem Fußboden war kalt, deshalb stellte ich mich nur auf die Fußkanten. Ich nahm Jeans, dicke Socken und einen schweren Baumwollpullover aus meinem Koffer und zog mich rasch an. Dann wollte ich den Reißverschluß am Moskitonetz meines Zeltes öffnen, doch er verhakte sich im Stoff. Nachdem ich zehn Minuten damit gekämpft hatte und meine schlechte Laune zurückgekehrt war, gab ich es schließlich auf, zog den Reißverschluß am unteren Ende auf und kroch auf dem Bauch hinaus. Der ganze Tag würde so sein, das war mir schon klar.

Sobald ich draußen war, besserte sich meine Stimmung. Ein sanftes Morgenlicht hatte den Himmel überzogen. Die Sonne war noch nicht aufgegangen. Molezzi hatte Feuer gemacht, und kleine graue Rauchwölkchen stiegen begleitet vom Gesang der Vögel gen Himmel. Er hatte das Becken vor meinem Zelt mit heißem Wasser gefüllt, und ich wusch mir dankbar das Gesicht. Der Krug auf meinem kleinen Tisch war ebenfalls nachgefüllt worden. Ich goß ein Glas Wasser ein und putzte mir vor dem Zelt die Zähne. Vielleicht würde alles doch nicht so schlimm, oder ich schaffte es zumindest, das Beste daraus zu machen. Die anderen waren lange aufgeblieben, hatten sich unterhalten und getrunken. Trotzdem könnte ich womöglich auf einen Frühaufsteher stoßen, wenn ich mir jetzt eine Tasse Tee holte. Ich würde später Tee trinken. Erst mußte ich ein bißchen Ordnung in meine Gedanken bringen.

Ich holte mein Fernglas vom Nachttisch neben meinem Bett und ging zum Fluß. Schon bald war ich außer Sichtweite des

Camps. Auf einem kleinen Pfad, der zum Wasser führte, schlängelte ich mich durchs Gestrüpp. Der Fluß war seicht und floß hier an der Verengung hinter dem Felsvorsprung sehr schnell.

Ich schlenderte über das sandige Ufer und hielt Ausschau nach Fährten. Etwas war hier entlang gelaufen, vermutlich irgendeine Antilope. Die einzige Fährte, die ich immer erkannte, war die von Elefanten. Darauf brauchte ich mir allerdings nichts einzubilden. Ihre Fußabdrücke hatten die Größe und Form eines großen flachen Tellers, ein Teller mit einer geriffelten Oberfläche, der von acht Zentnern in den Boden gedrückt wird. Ganz zu schweigen von den abgebrochenen Ästen und entwurzelten Bäumen oder den gigantischen Kothaufen, die zurückblieben. Wenn Elefanten irgendwo vorbeigekommen waren, konnte ich das erkennen.

Inzwischen war die Sonne aufgegangen, und ein Lichtstrahl drang in die Senke wie auf einem Rembrandt-Gemälde. Ein schwalbenartiger Vogel mit cremefarbenem Kopf und grün schillernden Flügeln schoß durch das Licht. Ein goldener Webervogel landete auf einem Busch und plusterte seine Schultern auf.

Goldene Weber erinnern mich immer an Rotdrosseln, abgesehen von Spatzen und Tauben die erste Vogelart, die ich identifizieren konnte. Das war zu der Zeit, als Lynn und ich zusammenwohnten. Gemeinsam mit unseren Mitbewohnern bauten wir zwei Sommer lang in einem ländlichen Gebiet in Vermont an einer Hütte. Wir kochten uns auf dem Holzofen ein opulentes Frühstück, arbeiteten den ganzen Tag und kletterten abends auf den Hügel, um den Sonnenuntergang zu betrachten. Anschließend setzten wir uns draußen zusammen, redeten bis tief in die Nacht und beobachteten die Sterne. Ich fragte mich, ob Lynn sich auch noch so lebhaft an diese Zeit erinnerte. Falls ja, merkte man nichts davon. Ich sollte sie mal darauf ansprechen.

Ich setzte mich auf einen Felsen und beobachtete den goldenen Weber durch das Fernglas. Er gab piepsende und zwitschernde

Laute von sich, und wenn er sang, konnte man sehen, wie seine Kehle anschwoll und bebte. Ein winziger türkisfarbener Vogel landete neben meinen Füßen und pickte nicht erkennbare Samenkörner auf. Er glänzte und war so fein gezeichnet wie ein Fabergé-Schmuckstück. Es war ein Orangebäckchen. Striker hatte mir den Namen auf unserem ersten gemeinsamen Trip beigebracht. Zufrieden stand ich auf und ging zum Camp zurück.

Das Buschwerk hinter mir bildete eine dichte Mauer aus Laub und Schatten. Aus den Augenwinkeln nahm ich schemenhafte Umrisse wahr. Zwei Massai standen bewegungslos am Ufer. Mein Herz setzte aus. Sie hatten sich ihre Beine mit den Fingern mit rosafarbenem Schlamm bemalt. Die Körperfarbe verwischte ihre Umrisse so wirkungsvoll wie ein Tarnanzug. Sie waren mit rostfarbenen Umhängen bekleidet, die auf einer Schulter verknotet waren, und mit kurzen Lederröcken. Einer von ihnen trug einen Bogen über der Schulter und ein breites Schwert an der Taille. Der andere hielt ein modernes, ziemlich schwer aussehendes Gewehr in der Hand. Wie lange mochten sie mich schon beobachten? Wir sagten *jambo*, ohne zu lächeln. Sie starrten mich weiter an. Dann verschwanden sie, ohne daß sich die Büsche auch nur bewegten.

Der mit dem Gewehr war mir bekannt vorgekommen. Ich senkte den Kopf und kramte in meinem Gedächtnis. Dann fiel es mir ein, und mein Gesicht verfinsterte sich. Er war ein Wilderer. Das war allgemein bekannt. Im letzten Jahr hatte er angeblich einen Park-Ranger ermordet, ebenfalls ein Massai, aber man konnte es ihm nicht beweisen. Zwischen den Wilderern und den Park-Rangern fand ein regelrechter Krieg statt, und die Wilderer waren dabei, ihn zu gewinnen. Es gab nur noch so wenige Nashörner, daß der Park bald für jedes dieser Tiere einen eigenen Wächter abstellen könnte und auch einen Käfig, wenn sie schon mal dabei waren. Als nächstes würden die Elefanten verschwinden, dreiviertel von ihnen waren im letzten Jahrzehnt ausgerottet worden.

Ich starrte auf die Büsche, in denen die beiden Wilderer verschwunden waren. Es gab absolut nichts zu befürchten, solange ich kein Horn auf der Nase oder Stoßzähne aus Elfenbein hatte. Trotzdem rannte ich ins Camp zurück. Der Gedanke an eine heiße Tasse Tee im Speisezelt schien plötzlich sehr verlockend.

Al, Madge und Cliff waren bereits beim Frühstück. Sie saßen alle drei an einem Ende des langen Eßtischs wie die Teegesellschaft beim Verrückten Hutmacher in »Alice im Wunderland«. An einer Wand hatte man ein Büffet aufgebaut mit großen Kannen Kaffee und Tee und zugedeckten Eierspeisen sowie mit Toast, Speck und Würstchen auf Warmhalteplatten. Das britische Empire mochte zwar untergegangen sein, aber das kräftige englische Frühstück war geblieben.

Al saß über einen mit Rührei und knusprigem Speck beladenen Teller gebeugt und aß hastig. Madge stand neben ihm und goß ihm aus einer silbernen Kanne noch eine Tasse Kaffee ein. Dabei redete sie.

»Ich hab sie neben Boyce' Leiche gefunden, wie sie sich die Augen ausweinte«, sagte Madge. Mit einer Hand schob sie Al das Sahnekännchen hin, während sie mit der anderen die Kaffeekanne hochhob und mir welchen anbot. Ich schüttelte den Kopf, nein danke. Darauf setzte sich Madge neben Al und wischte mit einem Stück Toast die Reste von einem Spiegelei auf.

Cliff aß nichts. Er hatte sich mit seinem Stuhl soweit zurückgelehnt, daß dieser nur noch auf den Hinterbeinen stand, und trank eine Tasse schwarzen Kaffee. »Ich hab auch schlecht geschlafen. Ich kann es nicht glauben, daß dieser Mistkerl tot ist«, sagte er. »Er hinterläßt eine richtige Lücke in meinem Leben. Im Vergleich mit ihm wirkten alle anderen Leute immer so angenehm.«

Man merkte Cliff nicht an, daß er wenig geschlafen hatte. Er trug einen Anzug aus weißer Rohseide mit einem hellgelben Hemd, wodurch seine Bräune gut zur Geltung kam. Er sah sehr viel jünger aus als Al und Madge, aber nach dem, was Candy gestern abend gesagt hatte, mußte er mit Eleanor und Madge auf der High School gewesen sein. Mit einem Schlag wurde mir klar, daß Cliff sich die Haare färbte. Die Werbebranche.

»Ich hoffe, bei mir geht's genauso schnell, wenn ich dran bin«, sagte Al. »Hey, Schatz, wie wär's mit noch was Ei und einem Würstchen?« Er reichte Madge seinen Teller. Sie stand auf und bediente ihn.

»Da bist du auf dem besten Weg«, sagte Cliff. »Ich würd das ein Selbstmörderfrühstück nennen.«

»Ach, man muß auch nicht alles glauben, was diese Fachleute einem erzählen«, antwortete Al und schaufelte unverzagt sein Frühstück weiter in sich hinein.

Ich goß mir eine Tasse dunklen Kenia-Tee ein, fügte Milch hinzu und setzte mich neben Cliff.

»Ich hab's grade schon den anderen erzählt. Als ich mitten in der Nacht aufstand, um auf die Toilette zu gehen...« sagte Madge.

»Was erwartest du denn?« fiel Al ihr ins Wort und nahm seinen neu gefüllten Teller entgegen. »Natürlich ist sie völlig fertig. Das wärst du doch auch. Wir sorgen dafür, daß sie so schnell wie möglich nach Hause kommt.«

»Ich seh mal nach, ob sie wach ist. Vielleicht möchte sie ihr Frühstück ans Bett gebracht haben«, sagte Madge und eilte davon.

»Hast du Lynn schon gesehen?« fragte Cliff.

»Ich bin weggegangen, bevor irgend jemand auf war. Hab einen Spaziergang am Fluß gemacht. Die einzigen, die mir begegnet sind, waren zwei mit Fingerfarbe bemalte Massai in Lederröcken.«

Cliff wollte alles über sie wissen. »Die Massai sind wahnsinnig photogen«, bemerkte er. Er fuchtelte mit seiner Kaffeetasse herum. »Das liegt nicht nur an ihrer guten Knochenstruktur. Es ist diese überhebliche Unnahbarkeit, fast so wie bei der britischen Aristokratie, aber gutaussehend und ohne deren Steifheit. Einfach großartig. Ich hätte für unsere Serie gern eine Einstellung, wie einer von ihnen neben seiner Herde einherschreitet.«

»Das geht nicht mit deren Klamotten«, sagte Al. »Zuviel Bein.« Er lachte herzhaft.

»Wir drehen mal ein paar Meter. Du kannst dich ja entscheiden, wenn du die erste Kopie gesehen hast. Das paßt sehr gut zum Thema Wild and Free. Wart's mal ab.«

Für Cliff, den kreativen Werbemann, war alles eine Ware. Ich trank meinen Tee und sagte nichts dazu. Vielleicht käme ich mit normalen Touristen besser zurecht, die beim Anblick der Tiere Ahh und Ohh schreien würden, und das wär's dann. Doch andererseits, je mehr Publicity die Tiere bekamen, und sei es nur in einem Werbespot für Shampoo, um so besser war das für ihr Überleben. Wenn man diese Werbefilme doch nur auch den Leuten hier in Kenia zeigen würde und sie dazu brächte, ihre Parks mit raffiniertem westlichen Amüsement in Verbindung zu bringen. Die eine Woche mit Cliff und Lynn färbte bereits auf mich ab.

Madge kam zurück und schenkte eine weitere Runde Kaffee aus. »Ich hab einen Blick in ihr Zelt geworfen. Sie schläft wie ein Baby. Ich bin froh, daß sie das nachholt. Es ist schwer, nach so etwas nachts zu schlafen. Es dauert lange, bis man wieder ganz man selber ist.«

Demonstrativ gähnend kam Candy in ihrem grünen Nachthemd und dem gelben Morgenrock, der an den Zauberer Merlin erinnerte, zum Frühstück. Mir fiel auf, daß sie es geschafft hatte, ein komplettes Make-up aufzulegen.

»Habt ihr mir noch was übrig gelassen? Ich hab Hunger wie ein Löwe«, sagte sie. Als sie am Büffet entlangging, erschien auf wundersame Weise Molezzi und hob die Deckel von jedem Gericht, damit sie es begutachten konnte. Sie kam mit einem Teller zurück, der mit Eiern und Wurst beladen war, und einem zweiten mit frischen Ananas- und Papayascheiben und setzte sich hin. Molezzi goß ihr eine Tasse Kaffee ein.

»Hast du auch wirklich genug zu essen?« fragte Cliff sie.

»Ich hab einen teuflischen Hunger heute morgen.« Candy spießte sich ein Würstchen auf die Gabel und biß vorsichtig ein Ende ab. »Ich werde Stunden brauchen, um alles einzupacken. Mein Zelt ist ein einziger Misthaufen. Ich kann nichts mehr finden. Auch die neue Pillendose ist weg, die ich mir in Nairobi gekauft habe.«

»Wenn das nicht unser kleiner Sonnenschein ist. Wir haben alle schlechte Laune, Darling. Soll ich dir mal was vorjammern?« fragte Cliff.

»Ich kann den Speer, den ich gestern abend gekauft habe, auch nicht finden«, warf Al ein.

»Molezzi hat ihn vermutlich für Sie weggepackt«, sagte ich. »Möchten Sie ihn haben?«

Al winkte mit seiner gedrungenen Hand ab. »Nöh, er kann ihn mit der Trommel für uns aufbewahren. Das Zelt ist ohnehin schon total vollgestopft.«

Candy aß weiter, völlig ruhig und gelassen. »Ich bin froh, daß wir auf dem Rückweg noch mal in der Lodge Halt machen. Dann kann ich heute nachmittag schwimmen gehen.«

»Hack nicht auf ihr herum«, sagte Madge zu Cliff. »Es ist gut, daß sie was ißt. Das wird heute ein langer Tag.«

Eine Stunde später – ich gab Ibrahima Anweisungen, wie das Lager abgebaut werden sollte – kam Cliff auf mich zu und fragte mich erneut, ob ich Lynn gesehen hätte. Er wollte mit ihr den neuen Terminplan besprechen. Bisher war sie fast immer unter den Frühaufstehern gewesen.

Ich wies ihn darauf hin, daß Lynns Zelt noch zugezogen war. Es war eine harte Nacht gewesen, und sie hatte vielleicht nicht schlafen können. Man sollte sie ruhig ausschlafen lassen, zumindest solange auch Eleanor noch schlief. Es gab ja keinen besonderen Grund zur Eile, da das Flugzeug nach Nairobi erst am Abend abflog.

Cliff machte einen besorgten Eindruck. »Lynn ist sonst jeden Morgen um sieben Uhr auf.«

»Nun komm schon, Cliff. Gönn der armen Frau ihren Schlaf. Du bist bloß nervös wie wir alle.«

So ging ich erst am späten Vormittag zu Lynns Zelt und rief leise ihren Namen. Keine Antwort. Ich rief lauter. Immer noch keine Antwort. Vielleicht war Lynn schon früh aufgestanden, während ich meinen Spaziergang machte, und war alleine umhergestreift. Nein, so leichtsinnig würde sie nicht sein. Ich hatte der Gruppe immer wieder eingeschärft, wie gefährlich die Tiere waren.

Ärgerlich schlug ich mir diese besorgniserregende Vorstellung aus dem Kopf und zog ganz leise die Zelttür auf. Ein lautes Fliegengesumme war zu hören, worauf ich jedoch zunächst gar nicht reagierte. Das Zelt lag im Halbdunkel. Ich zog das Moskitonetz auf und schob meinen Kopf durch die Öffnung. Eine der Campingliegen war ordentlich gemacht und Lynns Koffer darunter verstaut. Das andere Bett war ein einziger zerwühlter Haufen. Lynns Arm ragte unter der grauen Decke hervor. Sie hatte es geschafft, sich während der ganzen Reise keinen ihrer langen Fingernägel abzubrechen. Makelloser roter Nagellack – was für eine Frau.

»Lynn.« Ich machte einen Schritt ins Zelt. Mein Fuß verursachte auf dem nassen Boden ein glucksendes Geräusch. Ich sah nach unten, alles war naß und dunkel und mit summenden Fliegen übersät. »Lynn.«

Ich stand neben dem Bett meiner Freundin, aber ich konnte nicht begreifen, was ich da sah. Irgendwas stimmte nicht. Lynns Hals sah merkwürdig aus. Überall Blut und Fliegen. Ich beugte mich tiefer, um etwas erkennen zu können. Die Fliegen schwirrten auf, und ich schreckte zurück, als ob ich gestochen worden wäre. In Lynns Kehle war an der Stelle, wo die Luftröhre hätte sein müssen, ein ausgefranstes Loch. Die Haut hing in blutverschmierten Fetzen herunter.

Ich schloß die Augen, weil ich einfach nicht sehen wollte, was da vor mir lag. »Nein!« schrie ich. »Nein!« Doch ich brachte nur ein heiseres Krächzen heraus.

Als nächstes erinnere ich mich daran, daß ich vor dem Zelt stand. Ich hatte Magenkrämpfe und beugte mich vornüber. Mir drehte sich der Magen um, und mein Frühstück landete mit einem häßlichen Platschen auf dem Boden. Ich mußte immer wieder würgen, meine Kehle brannte, ich hatte einen furchtbaren Geschmack im Mund, und meine Augen waren heiß und feucht.

Cliff kam aus seinem Zelt, das direkt nebenan war. »Jazz! Was ist los?«

Es war eine schaurige Wiederholung der gestrigen Ereignisse.

»Geh da nicht rein.« Ich bekam einen weiteren Würgeanfall. »Es ist furchtbar. Jemand hat sie umgebracht.«

Cliff ging auf den Eingang des Zeltes zu, und ich packte ihn am Arm. »Hör zu. Da darf jetzt keiner rein. Wir müssen die Polizei rufen.«

5

Cliff reichte mir ein großes weißes Taschentuch. Ich spuckte auf den Boden und wischte mir den Mund ab. Auf Cliffs starrem Gesicht zeichneten sich Schock und Entsetzen ab. »Bist du sicher? Hast du geguckt, ob sie noch atmet?«

Ich schüttelte matt den Kopf. »Cliff, glaub mir, es ist völlig ausgeschlossen, daß sie noch lebt. Das brauchst du dir nicht anzusehen. Überall ist Blut.«

»Ich glaube, ich seh besser nach.«

»Halt«, fauchte ich ihn an, als er nach der Zelttür griff. »Du willst doch wohl nicht irgendwelche Spuren zerstören? Die Polizei muß alles genau so sehen, wie es war. Bitte, wir wollen uns doch nicht streiten.«

Cliff fuhr sich mit einer Hand über die Stirn. »Du hast recht.

Ich hab nicht nachgedacht. Es ist unfaßbar. Hör mal, trink einen Schluck Wasser und verständige dann die Polizei über Funk. Ich bleibe solange hier und paß auf, daß niemand dem Zelt zu nahe kommt.«

Ich war einverstanden und ging los. Es erforderte einige Konzentration, einen Fuß vor den anderen zu setzen. Mein Körper schien zu schwer zu sein, um sich überhaupt zu bewegen. Trotz des strahlenden Sonnenscheins hatte ich das Gefühl, daß es vor meinen Augen dunkel war. Es konnte nicht wahr sein. Bei der Erinnerung an summende Fliegen, die sich mit Blut vollgesaugt hatten, zuckte ich zusammen. Es konnte nicht wahr sein.

Ich stand vor meinem eigenen Zelt, ohne genau zu wissen, wie ich dorthin gekommen war. Cliffs Taschentuch, das jetzt ganz schmutzig war, hielt ich zusammengeballt in der Hand. Ich warf es auf die Fußmatte, bespritzte mir das Gesicht mit Wasser, was ein bißchen half, und spülte mir immer wieder den Mund aus. Der gallige Geschmack in meiner Kehle blieb. Ich warf einen verstohlenen Blick über die Lichtung. Niemand hatte etwas von der Aufregung bemerkt. Al saß vor seinem Zelt und legte einen neuen Film ein. Neben ihm standen zahlreiche Gepäckstücke ordentlich aufgestapelt. Madge ging mit dem Rücken zu mir an der Zeltreihe entlang. Sie trug ein Tablett mit einer Teekanne und einer Tasse. Sicherlich wollte sie Eleanor wecken. Eleanor schlief vermutlich noch, vielleicht war sie zu deprimiert, um sich überhaupt zu rühren. Candy war nirgends zu sehen.

Ich mußte die Polizei verständigen. Ich schleppte mich in den Personalbereich, wo der Service-Wagen stand. Hier herrschte rege Betriebsamkeit. Die Männer hatten bereits den größten Teil der Küchengeräte verpackt, und überall standen Kisten und Kartons herum. Zwei Männer waren dabei, die Zelte abzubauen. Ibrahima stand an seinem Arbeitstisch und schnitt mit einem großen Messer Sandwiches. Molezzi und Ngueye saßen im Schatten und erteilten den Arbeitenden gute Ratschläge. Ihr Lachen erschien mir sehr laut.

Ich kletterte in den Wagen, ließ die Tür einfach offen, und begann an dem Funkgerät herumzufummeln. Ngueye, der Hilfskoch, ein stämmiger Bursche mit Stammesnarben an den Schläfen, rief mir eine spaßige Bemerkung zu, die ich nicht mitbekam.

»Halt die Klappe, du Dummkopf«, sagte Ibrahima zu ihm. »Merkst du denn nicht, daß was passiert ist?«

»Ihr könnt von mir aus ruhig zuhören«, sagte ich zu ihnen. Mein Mund klappte auf und zu wie bei einer hölzernen Marionette.

Anstatt sofort die Polizei über Funk anzurufen, rief ich Striker an. Ich wollte ihn um Rat fragen, wie ich am besten mit dem kenianischen System umging. Eines hatte ich nämlich in den zwei Jahren hier gelernt, daß ich praktisch nichts über Kenia wußte. Ich wollte nicht, daß dieser Fall zu einem Politikum wurde; ich wollte, daß Lynns Mörder gefaßt wurde. Sollte ich selbst die Polizei rufen oder erst die Botschaft benachrichtigen? Die ersten Schritte, die ich unternahm, könnten das Ergebnis entscheidend beeinflussen.

Striker hörte sich meine nervösen Erklärungen an. »Lynn ermordet? Das ist unfaßbar.« Er dachte nach. »Hör mal, möchtest du, daß ich mich mit der Polizei in Verbindung setze? Ich würde sagen, man sollte dort anfangen, außerdem kenne ich einen guten Detective bei der Polizei in Nairobi, einen gewissen Inspector Omondi. Ich rufe ihn an und komm dann sofort rüber.«

Sofort rüber? Mount Kenya lag am anderen Ende des Landes.

»Danke, daß du für mich anrufen willst, das ist eine große Hilfe. Aber du brauchst wirklich nicht zu kommen. Es wäre mir sogar lieber, wenn du es nicht tust. Es würde mich nur ablenken, und hier ist bestimmt viel zu tun.«

»Bist du sicher? Ich hätte ein besseres Gefühl, wenn ich bei dir wäre, wo da ein Mörder frei rumläuft.«

»Es ist merkwürdig, aber ich bin bisher noch nicht dazu gekommen, Angst zu haben.«

»Warum mußt du nur die knallharte Frau spielen?«

»Ich spiele überhaupt nicht die knallharte Frau, verdammt noch mal. Ich versuche nur, meine Arbeit zu tun. Jetzt fang bitte nicht an, auf mir rumzuhacken, okay?«

»Okay, ich hab schon verstanden. Hör mal, falls du's dir noch anders überlegst oder über die Sache reden möchtest, ich bin hier. Wenn ich irgendwas tun...«

»Danke. Ich werde mich an deiner Schulter ausweinen, wenn alles vorbei ist.«

»Abgemacht. Du wirst bestimmt alles gut hinkriegen.«

Nachdem ich das Gespräch beendet hatte, fühlte ich mich ein bißchen besser. Es wäre schön gewesen, Striker hier zu haben. Warum hatte ich nein gesagt? Ich redete mir ein, daß es so schon in Ordnung war. Er mußte ein Exposé über den Elfenbeinhandel fertigstellen, hatte nur noch wenige Tage bis zum Abgabetermin, und außerdem kam ich ja hier auch allein zurecht.

Molezzi und die anderen standen um die Tür des Kastenwagens herum. Es war das erste Mal, daß ich Ibrahima mit einem langen Gesicht sah. Er sah mich mitfühlend an.

»Üble Sache, Miss«, sagte er.

Mir traten die Tränen in die Augen. Ich wünschte, ich wäre tatsächlich knallhart. Ich wollte nicht vor dem Personal losheulen. Ich wartete, bis ich meine Stimme wieder halbwegs im Griff hatte, und bat dann Ibrahima, zwei Männer zu Cliff zu schicken, um ihn abzulösen. Sie sollten Lynns Zelt im Auge behalten und aufpassen, daß niemand hineinging. Absolut niemand.

Als ich am Speisezelt vorbeiging, traf ich Al und erzählte ihm von Lynn.

»Die Kehle durchgeschnitten«, sagte Al. Er sank auf einen der Stühle, die um die Reste des Lagerfeuers standen, ballte eine Hand zur Faust, umklammerte sie mit der anderen Hand und war einen Augenblick sprachlos. Er schüttelte den Kopf. »Wer sollte ein so nettes Mädchen wie Lynn umbringen wollen? Wir sind hier mitten im verdammten Nichts.« Er blickte ruckartig auf. »Ist sie vergewaltigt worden?«

»Ich glaube nicht, Al. Ich weiß es nicht.«

Al trommelte auf seinem Bein herum. »Gut, daß Madge heute nachmittag von hier wegkommt. Erst Boyce und jetzt Lynn. Diese Gegend ist verhext.«

Wenn Al glaubte, daß er tatsächlich heute abend Masai Mara mit dem Flugzeug verlassen konnte, dann machte er sich selbst was vor, aber ich hatte keine Lust, darüber zu debattieren. Ich wechselte das Thema und schickte Al los, vor dem Mittagessen was zu trinken aufzutreiben. Wenn es alle erfahren hatten, würden sie ein paar Drinks brauchen. In der Zwischenzeit raffte ich mich zu einem weiteren Kraftakt auf. Ich wollte Madge persönlich erzählen, was mit Lynn passiert war.

Statt einfach nur zu fühlen, begann ich nun nachzudenken. Erst Boyce und jetzt Lynn. War Lynn wegen Boyce ermordet worden? Natürlich gibt es Zufälle, sogar äußerst bizarre Zufälle. War das hier ein Zufall oder nicht? Dann kam mir ein noch schlimmerer Gedanke. Hatte jemand aus dem Camp Lynn umgebracht? Jeder könnte es gewesen sein, einer der Gäste oder jemand vom Personal.

Ich dachte darüber nach, wie Al die Nachricht aufgenommen hatte. Er schien wirklich schockiert zu sein. Natürlich könnte der Mörder eine überzeugende Reaktion einstudiert haben. Doch abgesehen von Candy waren das alles keine professionellen Schauspieler, und man brauchte schon einiges an Talent, um eine natürliche Reaktion vorzutäuschen. Oder vielleicht auch nicht. Ich selbst war eine schlechte Lügnerin, deshalb überschätzte ich wohl die Schwierigkeiten, überzeugend zu lügen. Wie dem auch sei, die Leute mußten informiert werden. Auch wenn ich niemandem die Schuld vom Gesicht würde ablesen können, wollte ich doch die Reaktion der einzelnen Leute beobachten.

Sobald Al in Richtung Personalzelte verschwunden war, suchte ich nach Madge. Wie ich mir hätte denken können, war sie in Eleanors Zelt, wo sie gerade mit erstaunlicher Geschwindigkeit die Waschutensilien vom Nachttisch räumte und in einer Reisetasche verstaute. Eleanors Kleidung lag bereits ordentlich gefaltet in einem aufgeklappten Koffer. Madge bewegte sich, ohne zu zögern, jeder Handgriff war effektiv.

Eleanor saß draußen, vermutlich damit sie nicht im Weg war. Sie hatte eine Tasse Tee auf halber Strecke an ihre Lippen geführt, als ob sie mittendrin vergessen hätte, was sie tun wollte. Neben ihr auf dem Tisch stand ein Teller mit den Resten von einer Scheibe Toast. Sie trug ein khakifarbenes Hemdblusenkleid mit einem schwarzen Tuch. Unter ihrer Sonnenbräune wirkte sie blutleer. Sie hatte zuviel Haarspray genommen, und ihr Haar sah verklebt aus. Ich wollte ihr nur ungern von Lynn erzählen. Für sie war das Ganze noch viel grauenhafter als für mich. Ich hatte eine Freundin von früher verloren, sie einen Ehemann. Während ich noch zögerte, sahen mich beide Frauen an. Jetzt war es zu spät.

»Madge, könnte ich Sie einen Augenblick sprechen?« Mit einer Kopfbewegung gab ich ihr zu verstehen, daß ich einen kurzen Spaziergang ohne Eleanor im Sinn hatte. Madge sah mich durchdringend an, verstaute, was sie gerade in der Hand hielt, und kam auf mich zu.

»Ich glaube, Al hat dich eben gesucht«, sagte Eleanor. Ihre Hand zitterte leicht. »Er muß hier irgendwo sein.« Sie ließ ihren Blick ziellos über das Camp schweifen. »Reisen wir bald ab?«

»Schätzchen, ich bin gleich wieder da«, sagte Madge zu Eleanor. Dann fragte sie mich mit gesenkter Stimme: »Alles okay? Sie sehen furchtbar aus. Was ist passiert?«

Die Sonne stand inzwischen fast im Zenit, und trotz der Bäume gab es wenig Schatten. Die Vögel waren verstummt, doch die Luft dröhnte vom monotonen Zirpen der Insekten. Direkt über uns durchschnitt eine Zikade die Stille wie ein verrückt gewordener Geigenspieler. Immer wieder derselbe Ton.

In ihrem düsteren Aufzug sah Madge fremd aus, nachdem sie die ganze Zeit auffallend gemusterte Sachen in leuchtenden Farben getragen hatte. Ihr Gesicht wirkte zerfurcht. Empfand sie es als so anstrengend, sich um Eleanor zu kümmern? Oder wußte Madge, was ich sagen wollte?

Wir blieben neben dem sich schälenden grün-grauen Stamm eines Gummibaumes stehen, an dem ich Halt suchte. Ich berichtete ihr mit wenigen Worten, daß ich Lynn tot aufgefunden hatte. Auch wenn man es immer wieder erzählte, wurde es nicht einfacher. Madge fischte ein zerknittertes Papiertuch aus ihrer Tasche und fing an zu weinen, ganz leise, damit Eleanor sie nicht hören konnte. Meine Augen füllte sich ebenfalls mit Tränen.

»Ich verstehe das nicht«, sagte Madge. Sie tupfte sich die Augen. »Ich verwische mir bestimmt ganz schlimm die Wimperntusche. Gleich sehe ich genauso furchtbar aus wie Sie.« Sie lachte trotz der Tränen.

Ich riß die Rinde, die ich von dem Baum abgemacht hatte, in Streifen. Genausogut hätte ich ein Gänseblümchen zerpflücken können. Sie ist schuldig, sie ist nicht schuldig. Aus diesem Gespräch konnte ich überhaupt keine Schlüsse ziehen.

»Hatte Lynn ein Verhältnis mit Boyce?« unterbrach Madge meine Gedanken.

Ich spürte Wut in mir aufsteigen und unterdrückte sie. Solche Fragen und noch schlimmere würden gestellt werden müssen. »Das kann ich Ihnen nicht sagen. Lynn und ich haben vor vielen Jahren mal zusammengewohnt. Sie hätte es mir nicht unbedingt erzählt.« Mich überfiel eine Woge der Erschöpfung. Ich hatte das Bedürfnis, mich zu waschen und hinzulegen.

»Sie haben Boyce ja erlebt. Er war immer hinter hübschen Mädchen her. Er scheute auch nicht davor zurück, sie mit Hinweisen auf geschäftliche Vorteile zu ködern.«

Madge war eine kluge Frau. Sie hatte Lynns Ehrgeiz erkannt und auch gesehen, inwieweit sie dadurch Boyce ausgeliefert war. Dennoch konnte ich mir nicht vorstellen, daß Lynn sich an das alte sexistische Drehbuch gehalten hatte. Gewiß, Lynn wollte vorankommen, aber das wollte sie, um damit ihr Talent und ihre

Fähigkeiten zu beweisen. Mit einem Kunden zu schlafen bewies doch nur, daß man schwach war. Oder war das nur mein naiver Idealismus? Die Vorstellung, daß Lynn Sex als Mittel bei Boyce eingesetzt haben könnte, um ihre Karriere voranzutreiben, war mir äußerst zuwider. Ich hatte die Nase voll von diesem Gespräch.

Ich warf den Streifen Rinde auf die Erde und steuerte wieder auf Eleanors Zelt zu. »Sie sollten Ihre Vermutungen wohl der Polizei mitteilen«, sagte ich. Wir gingen zwischen den Zelten durch. »Al und Cliff sind bei Eleanor. Ob sie ihr schon was gesagt haben?«

»Sie machen wohl Witze? Männer? Das werden die uns überlassen«, sagte Madge.

Und prompt sagte Al, als wir zu den anderen stießen: »Wir haben auf euch gewartet.« Er richtete einen vielsagenden Blick auf Eleanor.

Madge lächelte mir komplizenhaft zu, was ich allerdings ignorierte. Ich mag nicht, wenn Frauen Männer herablassend behandeln, genausowenig wie umgekehrt. Ich bot ihr ein Bier von dem Tablett auf dem Tisch an und schenkte jedem von uns eins ein. Dabei hielt ich die Gläser schräg, damit sie nicht überschäumten. Die Flaschen waren angenehm kalt.

»Nun, meine Damen«, begann Al.

Eleanor hatte Lippenstift und etwas Rouge aufgelegt, aber dadurch wirkte sie nur noch blasser.

»Wie fühlen Sie sich?« fragte ich sie.

»Eleanor hält sich großartig«, sagte Al.

»Es geht schon, danke. Es wird sehr heiß, oder?« Sie bemühte sich zu lächeln. »Ich fragte mich gerade...«

»Ja?«

Eleanor spielte an ihrem Halstuch herum. »Ich hab's gerade schon zu Cliff und Al gesagt. Ich wäre froh, wenn wir so schnell wie möglich zur Lodge kämen. Wissen Sie, bei der Hitze und mit Boyce...«

Eleanor mußte von Lynn erfahren. Die Polizei würde erst am Nachmittag hier sein. Wenn wir sie jetzt wie ein rohes Ei behandelten, würde hinterher alles nur noch schlimmer. Und selbstverständlich hatte sie recht. Wir mußten beide Leichen so schnell wie möglich von hier wegschaffen, sonst würde es grauenhaft.

Cliff wischte mit dem Daumen über das Kondenswasser an seinem Glas. »Trink mal was schönes Kaltes, Darling. Du mußt dich stärken.« Es sah aus, als würde er Scotch on the rocks trinken, und nicht den ersten, nach seinen glasigen Augen zu urteilen.

»Ihr kümmert euch alle so nett um mich«, sagte Eleanor. »Ich weiß gar nicht, was ich ohne euch täte.«

Ich sah Cliff an. Er nahm einen weiteren Schluck Scotch.

»Nun, was das zeitliche Problem angeht«, sagte ich zu Eleanor, »wir erwarten ein Flugzeug aus Nairobi. Ich weiß nicht genau, wann es ankommt. Sie wissen ja, was die Afrikaner für eine Auffassung von Zeit haben. Dann können wir Boyce ausfliegen lassen, womit das schon mal geregelt wäre.«

»Danke. Das war alles, was ich wissen wollte.« Sie strich ihren Rock glatt. »Das hört sich gut an.«

»Einen Augenblick bitte. Ich bin froh, daß Sie sitzen.« War das nicht die übliche Andeutung, daß gleich etwas Schreckliches auf einen zukam?

Eleanor hockte wie eine aufmerksame Schülerin auf der Stuhlkante, aber ein Hauch von Entsetzen lag in ihren Augen. Irgendwie brachte ich heraus, daß Lynn von uns gegangen sei. Ich hasse Euphemismen, aber es war schwer, das Wort *tot* in Eleanors Gegenwart auszusprechen.

Eleanors Kinn begann zu zittern. Sie rang die Hände und preßte dann eine Hand gegen ihre Lippen, als ob sie verhindern wollte, daß irgendwas herausdrang.

Madge setzte sich neben sie und sagte leise. »Sei tapfer. Wir werden dir helfen.« Sie tätschelte Eleanors Kinn. »Das hat nichts mit Boyce zu tun.«

Das war typisch Madge, wie sie beschwichtigte und versuchte, den Geruch von Skandal herunterzuspielen, den sie wahrzunehmen glaubte.

»Ich schaff es schon. Mach dir keine Sorgen um mich.« Eleanor stand unsicher auf. Sie rang immer noch die Hände, aber zumindest hatte sie ihr Kinn unter Kontrolle bekommen. »Dann brechen wir also auf, sobald das Flugzeug da ist? Werden wir direkt nach Nairobi gebracht?«

»Darauf habe ich keinen Einfluß. Wir mußten leider die Polizei verständigen. Es muß ermittelt werden.«

»Ach so. Ein Polizeiflugzeug. Ich verstehe.« Eleanor nickte mehrmals hastig. »Wir fliegen also nicht sofort zurück? Vielleicht sollten wir Boyce jetzt gleich zur Lodge fahren, statt auf sie zu warten.«

»Laß uns zumindest warten, bis sie da sind«, sagte Cliff. Er ließ das Eis in seinem Glas kreisen und nahm einen letzten Schluck. »Wenn sie ihn nach Nairobi fliegen können, wäre das die schnellste Lösung.«

Ich sah auf die Uhr. »Weiß jemand von euch, ob Candy in ihrem Zelt ist? Ich möchte es ihr auch sagen... ich nehme an, ihr habt es ihr noch nicht erzählt.«

Cliff und Al sagten, sie hätten sie noch nicht gesehen, seit wir Lynns Leiche entdeckt hatten.

Candy war nicht in ihrem Zelt, auch nicht im Speisezelt. Ich wurde langsam unruhig.

Molezzi tauchte auf, ein riesiges Tablett mit Tellern und Sandwiches auf einem erhobenen Arm balancierend. Seine Muskeln wölbten sich unter seinem T-Shirt. Mir fielen die Amulette auf seiner Brust auf, die an einem Lederriemen hingen. Ein bißchen Magie könnte mir auch nichts schaden. Wenn Candy etwas zugestoßen war, wüßte ich nicht mehr, was ich tun sollte.

Molezzi konnte mir helfen. Ja, er hätte Candy gesehen. Sie wäre vor nicht allzu langer Zeit in den Personalbereich gekommen und hätte um Zigaretten gebeten. Er glaubte, daß sie hinten bei dem umgestürzten Baum rauchte. Ich kam mir gleichzeitig töricht und erleichtert vor, als ich Candy am äußersten Ende des Camps fand. Das Plätschern des Flusses war hier stärker zu hören.

Candy saß auf dem Stamm und hatte ihre langen Beine vor sich ausgestreckt. Sie trug ein hautenges weißes Kleid und um den Hals eine Massai-Kette, die sie in der Masai Mara Lodge gekauft hatte. Die Kette war ein breites starres Band, eine flache Version der Halskrause, die niederländische Bürger auf Portraits aus dem 17. Jahrhundert tragen. Statt aus Leinen bestand es aus winzigen Perlen, die zu breiten einfarbigen Streifen in rot, blau, orange und gelb zusammengefaßt waren.

Die exotische Wirkung wurde ein wenig durch den Kopfhörer ihres Walkman zerstört. Ich hörte ein winziges Geräusch, als Candy ihn abnahm und sich um den Hals legte. Das Gerät mußte auf volle Lautstärke stehen. Sie schaltete es aus.

»Setz dich.« Sie hatte einen kleinen Stapel Zigaretten neben sich liegen. Sie nahm sich eine, zündete sie an und hustete. »Diese kenianischen Billigzigaretten sind so stark.«

Ich hatte Candy bisher auf der Reise noch nicht rauchen sehen. Ich widerstand dem Wunsch, mir eine Zigarette zu schnorren. Seit fünf Jahren hatte ich nicht mehr geraucht, aber manchmal geriet ich immer noch in Versuchung.

»Brechen wir bald auf?« fragte sie.

»Ich weiß es nicht. Wir müssen auf die Polizei warten.« Ich erzählte ihr von Lynn.

»Hey, willst du dich nicht setzen?« Candy deutete auf das lange Stück Stamm neben ihr. Wir saßen einen Augenblick schweigend da. Candy nahm einen langen Zug und stieß den Rauch durch ihre Nase aus. »Ich hab mich schon gefragt, warum die beiden Typen da vor ihrem Zelt rumhängen und Karten spielen.« Candy warf ihre Zigarette halb aufgeraucht auf den Boden. »Igitt, die schmecken furchtbar.«

Sie nahm eine neue Zigarette, klopfte mit einem Ende gegen den Stamm, um die losen Tabakkrümel zu entfernen und steckte sie zwischen die Lippen. Sie drückte das Streichholz so fest gegen die Schachtel, daß der Kopf abbrach. Beim zweiten Versuch gelang es ihr, die Zigarette anzuzünden.

»Lynn war okay. Ich hab sie gern gemocht.« Sie paffte vor sich hin, ohne zu inhalieren. »Aber wozu die Polizei? Sie wurde doch nicht umgebracht, oder?«

»Das könnte schon sein.«

Candy schlug die Beine übereinander und streckte sie wieder nebeneinander aus. »Dieser Trip entwickelt sich zu einer absoluten Katastrophe.« Sie musterte mich kritisch. »Du siehst völlig fertig aus. Außerdem solltest du dich besser saubermachen, sonst denken die Cops noch, du hast es getan.«

Eine irrationale Furcht ergriff mich. »Was redest du da?«

»Sieh dir nur mal deine Schuhe an. Du bist durch Blut gelaufen.«

6

Ich ließ Candy allein und schlich mich hinter den Zelten vorbei in den Personalbereich. Die Schatten der Bäume waren auf kleine unregelmäßige Flecken um die Stämme herum geschrumpft. Da allerdings das Sonnenlicht vielfältig reflektiert wurde, gab es praktisch überhaupt keinen Schutz. Ich mußte unbedingt Striker erreichen und mich vergewissern, daß dieser Inspector Omondi tatsächlich mit dem Flugzeug kam. Ich hätte Eleanor nichts von einem Flugzeug erzählen sollen, bevor ich es genau wußte. Verdammt!

Unter dem Küchenvordach saß das Personal im Kreis auf einer Strohmatte. Sie aßen gemeinsam Reiseintopf aus einer großen Schüssel, aus der ein scharf-würziges Aroma aufstieg. Zwar benutzten sie statt der Finger Löffel, und die Schüssel war keine

Kalebasse, sondern eine Waschschüssel made in Hong Kong, aber ansonsten war es eine ganz traditionelle Szene. Ibrahima stand auf, als ich mich näherte, doch ich gab ihm zu verstehen, daß er sich wieder setzen solle, und steuerte direkt auf den Kastenwagen zu.

Drinnen war es unerträglich heiß, obwohl alle Fenster offen waren und es sogar ein bißchen Schatten gab. Auf dem Kunststoffsitz verbrannte ich mir die Oberschenkel. Ich griff um das Lenkrad herum und nahm das Mikrophon aus der Halterung. Es dauerte eine Weile, bis Striker sich meldete. Er sollte um diese heiße Tageszeit eigentlich zu Hause sein. Selbst die Tiere verkrochen sich oder lagen japsend im kleinsten Fleckchen Schatten. Ich war kurz davor loszuschreien, als ich endlich seine Stimme hörte. Das war übel. Ich verlor allmählich die Beherrschung.

Zumindest hatte er eine gute Nachricht für mich. Er hatte den Chef der Mordkommission erreicht, und man hatte Inspector Omondi den Fall übertragen und ihm ein Flugzeug zur Verfügung gestellt. Er würde im Lauf des Nachmittags mit einem Assistenten eintreffen, spätestens gegen vier.

»Tausend Dank«, sagte ich erleichtert. »Ich melde mich wieder und sag dir, wie alles läuft. Und mach dir bitte keine Sorgen um mich.«

»Wer, ich? Warum sollte ich mir Sorgen machen? Bloß weil die Frau, die ich liebe, darauf besteht, allein mit einem Mord fertig zu werden?«

Ich beschloß, das mit der »Frau, die ich liebe« zu ignorieren. Mir fehlte im Augenblick die Energie, mich mit ihm über unsere Beziehung zu streiten. Mein Privatleben schien ganz weit in den Hintergrund gerückt zu sein. Ich würde alle Kraft brauchen, um die nächsten Stunden und Tage zu überstehen.

»Ich bin ja nicht allein. Es sind viele Leute hier.«

»Das hat Lynn nichts genutzt.«

»Es ist mitten in der Nacht passiert«, sagte ich. »Man muß sie umgebracht haben, bevor sie auch nur schreien konnte.«

»Macht es das besser?«

»Hör auf, ich fühle mich ohnehin schon schuldig genug.«

»Schuldig? Was hättest du tun sollen? Ich versuche, dir angst zu machen, nicht dir Schuldgefühle einzureden.«

»Du willst mir angst machen, Striker? Das kann ich gar nicht gebrauchen.«

»Ich meine, du solltest schon ein bißchen Angst haben.«

»Das finde ich nicht. Angst gibt einem kein bißchen mehr Sicherheit. Außerdem glaube ich nicht, daß ich in Gefahr bin.«

»Schlimme Sachen stoßen also nur den anderen zu?«

»Warum willst du dich unbedingt mit mir streiten?«

»Weil ich mir Sorgen mache! Weil ich dich liebe!«

Ich schloß die Augen. Mein Magen verkrampfte sich. Er hatte diese Worte nie direkt ausgesprochen. Sie gingen mir immer wieder im Kopf herum. Mit den scherzhaften Liebeserklärungen, die Striker in letzter Zeit gemacht hatte, konnte ich umgehen. Doch diese Worte machten mir angst. Das war das einzige, was meinen Schutzpanzer bedrohen konnte, meine nette, warme, sichere Rüstung, die gemütliche Höhle, in der ich seit meiner Flucht aus den Staaten gelebt hatte. Damit wollte ich nichts zu tun haben.

»Es tut mir leid, Striker. Ich bin sehr angespannt. Du bist für mich ein guter Freund, und ich hab dich auch lieb.«

Ich wußte, daß er es nicht in diesem Sinne gemeint hatte, und ihm war klar, daß ich das wußte und nichts davon hören wollte. Die Kommunikation zwischen uns hat wie gesagt immer sehr gut geklappt. Wir beendeten das Gespräch in aller Freundschaft.

Mein Magen zog sich noch mehr zusammen, als ich mir vorstellte, mit den anderen Mittag essen zu müssen. Im Augenblick hatte ich alles getan, was ich tun konnte. Ich hatte keine Lust, mich an den Tisch zu setzen, das Essen herunterzuwürgen und alle verstohlen zu beobachten, um festzustellen, wer sich wie ein Mörder verhielt. Bevor die Polizei kam, könnte ich mir ein bißchen Zeit für mich gönnen.

Ich wies Ibrahima und Molezzi an, Lynns Zelt weiter nicht aus den Augen zu lassen, und machte mich auf den Weg. Ich ging in einem Bogen um die Rückseite der Personalzelte herum, zwängte mich durch das Gebüsch am Fluß und gelangte auf einen Trampelpfad, der zu einer Stelle führte, an der Felsen die Strömung blockierten, wodurch ein flacher Teich entstanden war. Ich fragte mich, ob die Männer manchmal tagsüber hierhergingen, um sich abzukühlen oder vielleicht um zu angeln. Die Luft war feucht und roch stark nach modrigen Blättern. Ich platschte mit meinen Turnschuhen im Wasser herum, in der Hoffnung, sie abzuwaschen. Selbst der Schlamm schien sauber verglichen mit dem, wo ich in Lynns Zelt durchgelaufen war.

Der Felsvorsprung türmte sich so dicht vor mir auf, daß ich die gezackte Spitze nicht sehen konnte. Die Klippe hatte eine bröckelige Oberfläche aus verwittertem Gestein, das von Ocker und Rost durchzogen war. An einigen Stellen hatten verkümmerte Bäume Halt gefunden. Es sah so aus, als könnte man ohne größere Mühe hinaufklettern.

Ich stieg über die Felsbrocken, die wild verstreut am Fuß der Klippe lagen. Dabei bewegte ich mich rasch, aber unachtsam vorwärts. Unter einem Fuß löste sich ein kleiner Stein. Ich fiel hin und schürfte mir die Handfläche auf. Sie fing an zu bluten. Ich spuckte darauf und wischte das Blut und den Schmutz so gut ich konnte an meiner Jeans ab.

Der untere Rand der Klippe hing nach außen über, was mir den Weg nach oben versperrte. Ich ging weiter, bis ich über mir einen Vorsprung entdeckte. Zwar hatte ich seit Jahren keine Klimmzüge mehr gemacht, trotzdem schaffte ich es, mich hochzuziehen und irgendwie auf dem Bauch zu landen. Lose Steine, die ich mit den Füßen wegtrat, schlugen klappernd auf die Felsen unter mir. Ich hob einen faustgroßen Brocken auf und zielte auf den Teich. Dann warf ich wieder und wieder. Ein Stein traf auf einen Felsen und zersplitterte. »Verdammt«, murmelte ich mit zusammengebissenen Zähnen. Ich hätte am liebsten laut geschrien, aber ich war zu nah am Camp. »Verdammt, verdammt, verdammt, verdammt.«

Der Anfall ging vorüber. Es schien leichter, weiter nach oben zu klettern als umzukehren. Der Vorsprung wurde schmaler. Ich klammerte mich mit Fingern und Fußspitzen fest, bis es selbst dafür zu eng wurde. Eine Sackgasse. Ich lehnte mich gegen den Felsen, um auszuruhen. Eine Felsspitze bohrte sich in mein Schulterblatt, aber ich achtete nicht darauf. Ich war aus dem Schatten in die Sonne geklettert und war jetzt bereits über den Baumwipfeln. Von hier aus konnte ich das gesamte Camp überblicken. Die Leute sahen aus wie kleine Figuren. Ich wollte überhaupt nicht sehen, was sie machten und schloß für einen Moment die Augen. Rote Sterne explodierten unter meinen Augenlidern.

Ich drehte mich wieder zur Felswand. Es gab genügend Vorsprünge, wo man Halt für die Fußspitzen finden konnte. Freeclimber brauchten dafür gerade mal zwei Zentimeter. Ich schaute mich um. Ich war kein Freeclimber. Das war Wahnsinn. Ich sah zur Spitze der Klippe hinauf. Wenn ich dorthin wollte, durfte ich einfach nicht nach unten gucken.

Ich testete die Festigkeit einer Felsnase über meinem Kopf. Sie schien zu halten. Ich zog stärker, aber sie löste sich immer noch nicht. Nun legte ich meine Finger darum und schaffte es, mich hochzuziehen. Ein Kinderspiel. Meine Finger zitterten zwar von der Anstrengung, aber sie fühlten sich nicht schwach an. Mir war nie klargewesen, wieviel Kraft ich darin hatte.

Blind tastete ich mit meinem linken Fuß herum, bis ich einen guten Halt gefunden hatte. Als nächstes brauchte ich einen neuen Halt für meinen rechten Arm. Langsam und bedächtig kletterte ich auf eine Felsspalte zu. Ich war völlig erschöpft. Ich legte eine Wange an die Felswand. Das Gestein war heiß. Schmutz blieb an meiner feuchten Haut kleben, und ich spürte, wie mir der Schweiß an den Seiten und zwischen meinen Brüsten herunterlief. Die Sonne war eine spürbare Kraft, die gegen mich kämpfte, mich blendete und nach unten drückte.

Was glaubte ich eigentlich, was ich da machte? Das war die dämlichste Nummer, die ich je abgezogen hatte. Jetzt steckte ich fest. Ich mußte weitermachen; es gab keine Möglichkeit, von hier nach unten zu gelangen. Mit zusammengekniffenen Augen betrachtete ich die Felsspalte. Wie zum Teufel sollte ich da reinkommen? Ich sah vor mir, wie ich kopfüber trudelnd wie eine Stoffpuppe ins Leere fiel, den Mund zu einem lautlosen Schrei geöffnet. Es lag ein gewisser Reiz in dieser Vorstellung – kein gutes Zeichen.

Ich begann wieder zu klettern, verließ mich dabei mehr auf den Tastsinn als auf die Augen. Ein Fuß fand Halt auf einem Stück Felsen. Mit einem knirschenden Geräusch gab der Stein nach, und ich schürfte mir das Knie an der Felswand auf. Mit einem Bein in der Luft baumelnd klammerte ich mich fest. Die Vorstellung vom Fallen wurde atemberaubend real.

Ich geriet in Panik. Mein Puls tobte in den Adern wie Wellen gegen einen Deich, und mir drohten die Sinne zu schwinden. Ich spürte, wie mir Tränen in die Augen stiegen. Das war aber nun wirklich der falsche Zeitpunkt und der falsche Ort, um hysterisch zu werden. Ich klammerte mich an die Felswand und verbot mir, mich gehenzulassen. Es ist alles okay, du schaffst es, sprach ich immer wieder wie ein Mantra vor mich hin. Ich atmete konzentriert in tiefen, langen Zügen durch. Etwas ruhiger, wenn auch immer noch mit klopfendem Herzen, setzte ich meinen krebsartigen Aufstieg fort.

Endlich konnte ich in die Felsspalte hineinspähen. Sie war einen guten Meter tief und wurde nach oben rasch breiter. Der hintere Teil war voller Geröll, heruntergefallene Felsbrocken, Blätter und abgestorbene Äste. Ein Klippschliefer, der aussah wie ein riesiges Meerschweinchen, stand auf einem Felsblock und schimpfte mich aus. Dann verschwand er in einem Loch. Gut, das bedeutete keine Schlangen.

Ich kletterte hinunter zu dem Felsblock. Es war sehr angenehm, mal wieder abwärts zu gehen und von zwei Wänden eng umgeben zu sein. Wenn ich jetzt stürzte, würde ich in der Felsspalte steckenbleiben, und man würde mich irgendwann finden. Ich lächelte bei der Vorstellung, wie ich mitten in der Luft festhing. Es war das erste Mal, daß ich lächelte, seit ich Lynn gefunden hatte, und das löste in mir das Bedürfnis aus zu weinen.

Das tat ich auch. Ich suchte mir einen schönen flachen Felsblock im Schatten aus, setzte mich hin und weinte. Erinnerungen an Lynn blitzten in meinem Gedächtnis auf; Lynn, wie sie mit zwei vollen Einkaufstaschen unter den Armen in die Küche raste; Lynn, wie sie nackt auf einem Feld in Vermont ein Sonnenbad nahm, die langen, glänzenden Haare ausgebreitet wie der Flügel einer Amsel; Lynn, wie sie mit überkreuzten Beinen auf dem Fußboden des Geräteraums meditierte; Lynn, die länger als alle anderen duschte und laut sang, wenn man gegen die Badezimmertür hämmerte. Sie hatte eine saumäßige Stimme und brachte immer die Texte durcheinander.

Ich überließ mich ganz einem tiefen, verzweifelten Schluchzen. In meinem Kopf herrschte gähnende Leere gepaart mit einem formlosen Elend, das sich dann und wann zu einem lebhaften Bild verfestigte, welches sich dann wieder in Leere auflöste. Nach einer Weile begann ich wegen Adam zu weinen, zu dem alle meine Tränen führen. Beim Abendessen in unserem Lieblingsrestaurant hatte er es mir gesagt. Er hätte seit einiger Zeit eine Affäre mit einer Studentin, und sie sei schwanger geworden. Sie wollten das Baby haben, erklärte er mir. Meine Gabel schwebte gerade über einem köstlichen Scampi. Ganz automatisch spießte ich ihn auf, stellte fest, daß ich ihn nicht runterkriegen würde, weil meine Kehle wie zugeschnürt war, und legte die Gabel vorsichtig auf den Tellerrand. In dem Moment schien es furchtbar wichtig, daß nur ja keine Knoblauchbutter auf das schwere weiße Tischtuch tropfte, doch die Gabel bekam das Übergewicht, rutschte vom Teller und kullerte über den Tisch. Ich tunkte die Serviette in mein Wasserglas und rieb über den Fettfleck. »Hast du mich verstanden?« fragte Adam gereizt. Ich sah ihn an und schüttelte ungläubig den Kopf. »Ich lasse mich von dir scheiden. Ich werde Elise heiraten«, sagte er zu mir. »Es tut mir leid.« Ich hörte eine Stimme »Du verdammter Scheißkerl« schreien. Überall im Restaurant fuhren die Gesichter herum, rosafarbene Kleckse mit starrenden Augen. Mein Teller mit den Scampi landete mitten auf Adams Brust.

Bei der Erinnerung daran stöhnte ich laut auf. Tod, ja selbst Mord schien im Vergleich dazu eine saubere Sache zu sein. Adams schäbiger Betrug hatte in mir all meine Liebe zu ihm zerstört, als ob man mir das Herz aus dem Leib gerissen hätte. Was war mir noch geblieben, das mir über den Verlust hätte hinweghelfen können? Ich schlich auf Zehenspitzen um ein schwarzes Loch, das der neue Schwerpunkt meines Universums geworden war. Kein Wunder, daß ich fluchtartig den Kontinent verlassen hatte. Aber würde es überhaupt genug Sonnenauf- und -untergänge geben, genügend Zebras, die einander den Hof machten, und Elefanten, die in Schlammlöchern badeten, genügend Adler und Strauße, um je dieses Loch zu füllen?

Nach einer Weile versiegten meine Tränen. Mit einem Papiertaschentuch machte ich mir das Gesicht so gut es ging sauber. Ich fühlte mich besser. Es wurde Zeit zurückzukehren. Die anderen wunderten sich bestimmt schon, wo ich war. Und keine waghalsigen Felsenklettereien mehr.

Ich kraxelte aus der Spalte und stellte fest, daß ich mich am Rand der Klippe befand. An einigen Stellen wuchsen Büsche bis an diesen Rand. Baumkronen verbargen den Fluß unter mir, doch ein Stück weiter konnte ich eine Flußbiegung erkennen. Außerdem sah ich ein paar von den Zelten, unter anderem die kleine Leinwandkabine der Dusche, den verbrannten Fleck, wo das Lagerfeuer gewesen war, und den umgestürzten Baum, dort wo sich die Lichtung verengte. Die Kampfadler segelten unter mir dahin und verschwanden in den Bäumen. Es sah aus wie die Miniaturwelt im Hintergrund eines Gemäldes aus der Frührenaissance, jedes Detail war deutlich zu erkennen.

Eleanor kam aus Cliffs Zelt. Ihr Schatten war bloß ein dunkler Fleck unter ihren Füßen. Ich hoffte, daß sie Cliff nicht bedrängt hatte, Boyce' Leiche fortzuschaffen, bevor die Polizei kam. Auf ihre passive Art konnte Eleanor sehr beharrlich sein, obwohl ich ihr keinen Vorwurf machte, daß sie die Leiche aus dem glühend heißen Zelt heraushaben wollte. Ich ließ meinen Blick über den Himmel schweifen. Kein Polizeiflugzeug in Sicht, nur die übliche Gruppe von Geiern, die sich ohne einen Flügelschlag von der Thermik tragen ließen und darauf warteten, daß irgendwas starb.

Das grelle Licht ließ mich blinzeln. Ich würde oben auf der Klippe nach Westen gehen. Sie fiel dort rasch zu der Straße hin ab, die zum Camp führte. Es war zwar nur eine halbe Meile, aber es würde ein heißer Spaziergang werden.

7

»Wo zum Teufel haben Sie gesteckt?« Al entdeckte mich, als ich durch das Camp lief. »Ibrahima hat gesagt, Sie seien spazierengegangen, aber das ist jetzt« – er sah auf seine Uhr – »fast zwei Stunden her. Wir wollen Sie nicht auch noch verlieren, Kind. Madge hat sich furchtbare Sorgen gemacht.« Er nahm meinen Arm und drückte ihn fürsorglich an seinen Bauch.

Ich lächelte schwach und machte mich von seiner Hand los. »Ich bin ganz schmutzig, fassen Sie mich lieber nicht an.« Mein Arm hatte einen rostfarbenen Schmutzstreifen auf seinem weißen Hemd hinterlassen. »Tut mir leid, daß Sie sich Sorgen gemacht haben. Es ist alles in Ordnung. Mein Spaziergang ist etwas abenteuerlicher geworden, als ich das geplant hatte, aber mir fehlt nichts.«

Die Sonne brannte unbarmherzig. Ich ging schnurstracks auf mein Zelt zu. Al zog seine dichten Augenbrauen besorgt zusammen, während er neben mir hertrottete. Mir war klar, daß ich fürchterlich aussah, die Schuhe schwarz vom Flußschlamm, die

Hände aufgekratzt von der Felsenkletterei und das Gesicht mit rotem Staub verdreckt und von Schweiß und Tränen verschmiert. Al rief nach Madge, die unverzüglich ebenfalls zu meinem Zelt kam. Ich goß mir ein Glas Wasser ein und ließ mich – die Karaffe noch am Hals gepackt – auf einen Stuhl fallen. Hastig trank ich das Glas leer und füllte es erneut. Wasser war das Wunderbarste auf der Welt. Ich war dankbar, am Leben zu sein.

»Könnte einer von Ihnen mir einen Gefallen tun und Molezzi bitten, mir Wasser zum Duschen zu machen? Ich bin so froh, daß ich sitze, ich möchte mich im Augenblick kein bißchen bewegen.«

»Hat Sie jemand angegriffen?« fragte Madge.

»Nein, ich bin nur gestolpert, es ist nichts passiert. Halten die anderen alle Siesta?«

Madge nahm ihren Tropenhelm ab und wedelte sich damit vor dem Gesicht herum wie mit einem Fächer. »Laß Molezzi auch ein paar Sandwiches bringen«, sagte sie zu Al, der sich aufmachte. »Ich wette, Sie haben heute noch nichts gegessen, stimmt's?«

Erstaunt stellte ich fest, daß sie recht hatte. Ich hatte furchtbaren Hunger.

Als ich aus dem Camp gerannt war, hatte ich alles auslöschen wollen, hatte allen und allem entfliehen wollen – Lynns Tod, der Tour, Striker, meiner eigenen Vergangenheit. Doch seit ich auf diese Klippe gestiegen war, hatte sich etwas in mir verändert. Ich hatte in meinem ganzen Leben noch nie soviel Angst gehabt, aber auch noch nie soviel Mut. Ich würde vor diesem Mord nicht davonlaufen. Ich würde alles tun, was in meinen Kräften stand, um der Polizei zu helfen, den Mörder zu finden. Und wenn sie es nicht schafften, so wurde mir mit Erstaunen bewußt, dann würde ich es eben allein tun.

Madge sah zu, wie ich einen Liter Wasser trank und zwei Sandwiches mit Schinken und Käse aß, bevor sie auf Als Drängen zu ihrem Zelt zurückkehrte und mich duschen ließ.

In der Dusche gab es eine Umkleidezelle mit einer Holzbank, auf die ich Handtücher und saubere Sachen legte. Dann zog ich mich aus und ließ alles in einem staubigen Haufen auf dem Boden liegen. Ich untersuchte meinen nackten Körper. Abgesehen von dem Dreck hatte ich einen kleineren Kratzer am Knie und eine Hand war aufgeschürft. Am schlimmsten sahen meine Fingernägel aus, sie waren abgebrochen, eingerissen und schmutzig. Der Schmutz ließ sich beseitigen, und da ich meine Fingernägel ohnehin meist kurz trug, fiel es nicht so sehr auf, daß sie abgebrochen waren. Ich ließ meinen rechten Bizeps spielen. Meine Arme waren von der Kletterei überanstrengt. Ich hatte verdammtes Schwein gehabt, daß ich diesen Morgen heil überlebt hatte. Ich trat auf das hölzerne Lattenbrett.

Ich zog an der Kette und hielt mein Gesicht in das lauwarme Wasser, das durch die in den Eimer gestanzten Löcher strömte. Ahhh. Das tat gut. Das hölzerne Lattenbrett sorgte dafür, daß ich nicht in dem Matsch stand, der sich unter mir bildete. Ich tastete nach dem Shampoo und tat mir ein bißchen auf die Hand. Was hatte ich also – falls überhaupt – aus den Reaktionen der Leute auf die Nachricht von Lynns Tod gelernt? Al tippte auf Vergewaltigung; Madge glaubte, es sei eine Sexgeschichte; Cliff hatte zur Flasche gegriffen; Eleanor schied aus, und Candy warf mir vor, Blut an den Händen zu haben, beziehungsweise an den Schuhen. Nun ja, sie warf es mir nicht direkt vor, sie bemerkte es nur. Ich verteilte das Shampoo auf meine nassen Haare und schäumte sie gut durch.

Die beiden Harts hatten sofort eine Erklärung parat, die sie von jedem Verdacht ausschloß. Ich massierte mir kräftig die Kopfhaut. War das ein Zeichen dafür, daß sie sich diese Theorien vorher ausgedacht hatten? Andererseits schien es nicht so ungewöhnlich, auf eine plausible Erklärung zu kommen. Es bewies nur, daß sie clever waren und auch unter Streß noch denken konnten. Im Gegensatz zu anderen Leuten. Ich zog an der Schnur, damit mehr Wasser kam. Meine eigene Reaktion mußte sehr viel seltsamer wirken – oh, ich bin eine Klippe hinaufgestiegen und habe über meine gescheiterte Ehe geweint.

Ich hielt den Kopf unter das Wasser und bewegte ihn hin und her, um sämtlichen Schaum abzuspülen. Daß Cliff den Scotch in sich hineinschüttete, war kaum als Zeichen von Schuld zu werten. In manchen ethnischen Gruppen wurde sogar erwartet, daß man sich betrank, wenn jemand gestorben war. Wie kam ich dazu, darüber zu urteilen, auf welche Weise jemand ausflippte? Ich strich mit den Fingern über mein Haar. Es quietschte ein wenig. Ebensowenig konnte man aus der Tatsache, daß Candy sich Zigaretten geschnorrt hatte, irgendwelche Rückschlüsse ziehen. Boyce' Tod und die Atmosphäre im Camp hatten sie reichlich nervös gemacht. Euer Ehren, die Mörderin rauchte an diesem Tag zum ersten Mal auf der Reise. Es war lächerlich.

Ich seifte meinen Körper ein und sah zu, wie die Seife braun vom Schmutz wurde, weil ich sehr sparsam mit dem Wasser umging. Zum Schluß duschte ich mich solange ab, bis das ganze Wasser verbraucht war, dann ging ich in die Umkleidezelle und trocknete mich ab. Vielleicht hatte ich etwas aufgeschnappt, ohne es zu merken. Wenn einer von ihnen einen Mord begangen hatte, mußte es dafür ein Anzeichen geben. Das war wie beim Fährtenlesen. Nicht jedes Tier hinterläßt eine so markante Spur wie der Elefant, aber irgendwann tritt es in Morast, bleibt mit ein paar Haaren an einem Zweig hängen oder hinterläßt Exkremente. Wenn man geduldig war und die Augen offenhielt, konnte man herausfinden, was da vorbeigekommen war.

Ich zog meine Jeans und ein Khakihemd an und schlüpfte in ein Paar Sandalen. Meine Haare tropften auf das Hemd und hinterließen nasse Streifen. Ich wickelte mir ein zweites Handtuch wie einen Turban um den Kopf und ging zu meinem Zelt zurück.

Auf dem Nachttisch lag unter einem Stapel Bücher ein Block. Ich zog ihn heraus, setzte mich an den Klapptisch vor dem Zelt und notierte mir vier Stichworte: Verdächtige, Motive, Mittel und Gelegenheit. Dabei kam ich mir ein bißchen blöd vor, so als ob ich Detektiv spielte, wie in einem Krimi. Aber ich konnte nicht ertragen, tatenlos herumzusitzen, bis die Polizei kam.

Ich klopfte mit dem Stift gegen meine Lippen. Verdächtige. Ich schrieb alle aus der Gruppe auf, das Personal, den Massai, der Al den Speer verkauft hatte, sowie die beiden, die ich im Morgengrauen gesehen hatte. Dann setzte ich noch ein Fragezeichen hinzu. Als ich Schritte hörte, blickte ich auf.

Cliff kam auf mich zu mit einem Highball in der Hand. Das blonde Haar war perfekt frisiert, seine Baumwollhose sah aus, als sei sie gerade frisch gebügelt worden, und selbst das hellgrüne Polohemd wirkte frisch und luftig. Er schielte auf mein Blatt und zog es ein Stück herum, damit er es lesen konnte. »Was sehen meine müden Augen? Du versuchst, den Mord aufzuklären.« Er zog sich einen Stuhl heran. »Das ist ja wahnsinnig aufregend. Du hast uns alle aufgeschrieben. Stehe ich ganz oben auf deiner Liste?«

»Hast du Lust, mir zu helfen? Ich bin gerade bei den Motiven.«

Ich kritzelte einen Totenkopf mit gekreuzten Knochen an den Rand der Seite. Cliffs Spötteleien waren eine willkommene Auflockerung bei meiner gedrückten Stimmung.

»Was treibt einen Menschen zum Mord?« Ganz locker stellte Cliff die rhetorische Frage. »Habgier... stand Lynn irgendwem bei einer Sache im Weg, wo's um viel Geld ging?« Ich schrieb mit. »Leidenschaft«, fuhr Cliff fort. »Eine heimliche Affäre mit Boyce? Oder mit einem der anderen Männer.«

»Das bedeutet Al?« Ich sah ihn skeptisch an.

»Wir machen nur Brainstorming, oder? Du schreibst alles auf, und am Ende suchen wir uns die besten Ideen raus. Unterbrich meinen kreativen Höhenflug nicht.«

Ich notierte unter Liebhaber: Boyce, Al, Cliff, Personal.

Cliff las, was ich geschrieben hatte. »Jede Liste muß vollständig sein. Ich spüre da bei dir einen zwanghaften Zug, den ich nicht erwartet hätte, Darling.«

»Angst«, sagte ich. »Wer könnte vor Lynn Angst gehabt haben?«

»Aha.« Cliff klatschte in die Hände. »Etwa so: Lynn hat Boyce erpreßt. Er hatte die Nase voll davon und wollte sie auffliegen lassen. Sie hat ihn mit einer Hutnadel durch die Schädeldecke umgebracht. Eleanor hat das herausgefunden und Lynn aus Rache ermordet.«

»Sehr phantasievoll. Du hast den Beruf verfehlt mit dem Werbekram.«

»Überhaupt nicht, Darling. Das ist auch alles reine Erfindung. Nun, ich glaube, wir haben den Punkt Motiv abgedeckt.« Er las das nächste Stichwort auf meinem Blatt. »Mal sehen. Was fällt uns denn zu Mittel ein.«

Der Punkt schien vielversprechend. »Waffe suchen«, schrieb ich in Blockbuchstaben. »Wer hatte die Möglichkeit, an ein Messer ranzukommen?«

»Ich würde sagen alle«, meinte Cliff.

Er hatte recht. Zwar war fast immer jemand in der Küche, aber die Messer wurden nicht unter Verschluß gehalten. Es hätte ein Steakmesser sein können, das jemand beim Essen eingesteckt hatte. Schrecklicher Gedanke. Ich stellte mir das Massai-Schwert vor, das ich heute morgen am Gürtel des einen Mannes gesehen hatte, doch verdrängte ich das Bild rasch wieder.

Ich überflog das Blatt noch einmal. »Unsere Liste mit den Motiven ist völlig verworren.«

»Wir werden das Motiv erst herausfinden, wenn wir den Mörder haben. Zunächst brauchen wir konkrete Beweise.«

»Was ist mit Blut, ist das konkret genug?«

Es war sehr viel Blut geflossen. Und wenn man im Zelt lebte, war es nicht leicht, blutige Kleidungsstücke zu säubern oder loszuwerden. Zum ersten Mal spürte ich einen Hoffnungsschimmer. Ich schrieb »Blut« auf, und darunter: »Kleidung, Schuhe, Fußabdrücke«, sowie als eine Art Nachgedanke: »Spuren – Haut, Nägel.«

Ein leises Geräusch ließ mich aufblicken. Ich hatte mich so sehr konzentriert, daß ich nicht bemerkt hatte, daß Eleanor auf uns zukam. Ich drehte rasch den Block um und legte mein Fernglas darauf. Ihre Haare waren nicht mehr so verklebt, und ihr Gesicht hatte eine bessere Farbe. Auch ihr Gang wirkte wieder sicherer.

»Haben Sie ein bißchen schlafen können?« frage ich sie.

»Ich hab mich eine Weile hingelegt. Störe ich bei irgendwas?«

»Bleib nur. Ich hol dir was zu trinken.« Mit der Zigarette in der Hand nahm er sein leeres Glas. »Sieht aus, als könnte ich auch Nachschub gebrauchen.«

»Ein Eistee wäre wunderbar.« Eleanor ließ sich schwer auf einen Stuhl fallen. »Ich mache mir Sorgen wegen dieser Hitze.«

Über dem lauten Zirpen der Zikaden konnte ich das Brummen eines Flugzeugs hören. Die Polizei war da.

8

Ich sprang so hastig auf, daß ich gegen den Klapptisch stieß. Wasserkrug, Fernglas, Stifte und Block gerieten ins Rutschen. Mit einem Satz nach vorne fing ich das Fernglas mitten in der Luft auf, freute mich jedoch zu früh über meinen Triumph, verlor das Gleichgewicht, ruderte mit den Armen und landete selbst auf dem Boden. Der Krug lag unbeschädigt in einer Wasserpfütze. Wenigstens war ich nicht in die Pfütze gefallen.

»Verdammt.« Ich raffte mich auf.

»O Gott.« Eleanor bückte sich, um mir zu helfen, die verstreuten Sachen aufzusammeln.

Die Liste mit den Verdächtigen war nur noch ein Tintengeschmier auf einem nassen Blatt. Na toll. Ich knüllte sie zusammen und warf das Papierknäuel ins Zelt zu meinen schmutzigen Sachen, die dort auf dem Boden lagen. Die Liste hatte ohnehin nicht viel getaugt, war lediglich ein Gedankenspiel gewesen.

»Haben Sie was, womit wir das aufwischen können?« fragte Eleanor.

»Außer meinem Taschentuch«, sagte Cliff und tupfte an dem nassen Zeug auf dem Mattenboden herum.

»Tut mir leid, Cliff. Ich werd es waschen, bevor ich es dir zurückgebe. Macht euch keine Sorgen wegen dem Wasser. Es wird durch die Matte sickern und verschwinden. Das ist einer der Vorteile beim Campen.«

Das Brummen des Flugzeugmotors wurde lauter. Ich ging in die Mitte der Lichtung und schaute nach oben. Über der Lücke zwischen den Bäumen tauchte ein Buschflugzeug auf.

»Ich hol sie ab.« Ich nahm meine Autoschlüssel und einen Hut und ging auf den Land Rover zu. »Bin gleich wieder da.«

»Kann ich mitkommen?« fragte Cliff. »Eine Sekunde, ich hol mir auch schnell einen Hut.«

»Ich bin in meinem Zelt«, sagte Eleanor. »Hoffentlich sind Sie schnell hier fertig und lassen uns nach Hause.«

Al kam in T-Shirt und Hose aus seinem Zelt. »Ist das die Polizei?«

»Ich nehm's an. Cliff und ich fahren rüber zum Landeplatz.« Ich klimperte mit den Schlüsseln.

»Okay. Ich sag Madge, sie soll auch aufstehen. Bis ihr wieder da seid, sind wir fertig.«

Cliff kam mit einem weißen Panamahut auf dem Kopf zurück. Ohne zu zögern kletterte er auf den Beifahrersitz. Hatte wirklich erst gestern abend Boyce auf diesem Platz gesessen?

Ich startete und fuhr aus dem Camp. Wie erstaunlich schön war doch diese Jagd gewesen. Es war eines der unvergeßlichsten Erlebnisse, die ich in Kenia gehabt hatte. In Kenia? In meinem ganzen Leben. Nie würde ich die wilde Anmut der Löwin vergessen, den Mut der Zebramutter oder den erregenden Augenblick, als die ganze Zebraherde donnernd den Hügel herunter galoppierte, um die beiden Tiere zu retten. Kaum zu glauben, wie plötzlich und absolut sich alles ändern konnte.

»Ich hoffe, diese Kerle wissen, was sie tun«, sagte Cliff.

»Amen.«

»Es sollte doch nicht allzu schwer sein. Schließlich haben sie nur uns sechs zur Auswahl.« Er lachte freudlos. »Was für ein Sextett.«

»Sechs?«

»Du mußt dich auch mitzählen. Die Polizei tut das bestimmt.«

Cliff fischte eine Rolle Pfefferminzbonbons aus seiner Tasche und bot mir eins an. »Möchtest du eins?«

Ich schüttelte den Kopf. Cliff nahm also an, daß es einer aus der Gruppe war.

»Hast du irgendeine Vermutung?« fragte ich.

»Nein, das überlasse ich den Profis.«

Wir verfielen in Schweigen, während wir durch die Hitze holperten. Wir scheuchten ein Helmperlhuhn auf. Es schoß wie eine kleine schwarze Bombe unter dem Auto hervor und schwirrte mit seinen kurzen Flügeln davon.

Ich hielt am Rande der Landebahn und stellte den Motor ab. *Landebahn* war ein hochtrabender Name für etwas, das bloß eine 600 Meter lange, halbwegs flache Strecke war, auf der man die Dornbüsche mit Macheten abgehackt hatte und die mit leeren Ölfässern markiert war. Ich war benommen von dem Lärm, den das landende Flugzeug machte. Nach einigen Tagen hier in der Wildnis hatte ich ganz vergessen, wie laut die von Menschen gemachten Dinge sind.

Etwa ein Dutzend Kaffernbüffel weidete im trockenen Gras oder käuten mit stoischer Ruhe wieder. Ihr Fell war von einem matten Braun. Riesige Hörner wuchsen mitten aus ihren Schädeln in einem einzigen Stück, das von zwei wulstigen Ausbuchtungen geteilt wurde, wie bei einem klassischen Mittelscheitel, nur daß die Hörner wie Krummsäbel nach oben gebogen waren. Neben dem Nilpferd sind das die Tiere, die für den Menschen am gefährlichsten sind. Wenn ich heute mittag auf dem Heimweg einen Büffel getroffen hätte, wäre ich wahrscheinlich tot.

Das Flugzeug brauste einmal über das Feld, um die Tiere zu verscheuchen. Die Büffel verzogen sich widerwillig. Ein Warzenschwein rannte quiekend davon und reckte dabei seinen buschigen Schwanz in die Luft. Ein Büffel stapfte direkt an dem Land Rover vorbei und starrte uns aggressiv an, ging aber trotzdem weiter.

Das Flugzeug kreiste und setzte dann zur Landung an. Ein rumpelnder Aufschlag, ein zweiter, das Kreischen des Motors, als das Flugzeug ausrollte, dann plötzlich Stille. Der Propeller an der spitzen Nase blieb in der Waagerechten stehen und vermittelte den fröhlichen Eindruck eines schnauzbärtigen Franzosen. Mir dröhnten immer noch die Ohren. Das Ding wirkte riesig im Vergleich zu den Zweipersonen-Flugzeugen, die ich normalerweise auf nicht-asphaltierten Pisten landen sah. An der Seite sprang eine Tür auf. Zwei Gestalten stiegen aus und kamen auf uns zu. Eine dritte begann, Gepäck und Koffer mit Ausrüstungsgegenständen aus dem hinteren Teil des Flugzeugs auszuladen.

Cliff und ich gingen auf die beiden Männer zu, um sie zu begrüßen. Der erstere von ihnen bewegte sich schneller, als ich das je bei einem Afrikaner erlebt hatte. Die Geschmeidigkeit, mit der er auf uns zu lief, erinnerte mich an ein Eichhörnchen – fröhlich, aber zielstrebig. Er trug einen grauen Tropenanzug und ein leichtes Baumwollhemd mit offenem Kragen.

Sein Begleiter hatte ungefähr den doppelten Umfang von ihm, einiges davon war wohl Fett, aber zum größten Teil waren es Muskeln. In dem halbherzigen Bemühen, Schritt zu halten, holte er weiter aus, doch der Abstand zwischen den beiden Männern wurde immer größer.

Ein breites Lächeln zerfurchte das Gesicht des ersten Mannes, der bereits seinen Arm ausstreckte, als er noch ungefähr sechs Meter von uns entfernt war. »Inspector Omondi«, sagte er in singendem Tonfall. »Und Sie müssen Jazz Jasper sein, von der mir mein guter Freund Striker soviel Gutes erzählt hat.« Inzwischen war er bei uns, schüttelte meine Hand, bewegte sie energisch auf und ab, während er mit der anderen Hand meinen Ellbogen stützte, und sagte: »Äußerst erfreut, Sie kennenzulernen.«

Die Haut des Inspectors war warm und seidig. Während er meine Hand in seiner hielt, betrachtete er voller Interesse mein Gesicht. »Sie sind noch jung für eine Leiterin eines eigenen Safari-Unternehmens. Kenianische Frauen sind auch clevere Geschäftsfrauen. Sehr gut.« Er schüttelte meine Hand noch einmal. »Es ist sehr gut, daß Sie Ihre Energie in unser Land stecken.«

Er wandte sich an Cliff. »Was für ein schöner Hut«, sagte er, während er Cliff die Hand schüttelte. »Sie müssen sich vor der Äquatorsonne in acht nehmen.« Er fuhr über sein eigenes wuscheliges schwarzes Haar und lachte. »Sie sind nicht so gut geschützt wie wir.«

»Cliff Edwards. Sehr erfreut, Sie kennenzulernen, Inspector.«

»Und das ist mein unbezahlbarer Assistent, Sergeant Kakombe.« Omondi drehte sich blitzschnell um und wies auf seinen Begleiter, der gerade zu uns gestoßen war. Kakombe begrüßte Cliff und mich mit einem leichten Nicken. Er überragte uns alle. Seine Handgelenke waren so dick wie meine Arme und jeder Oberschenkel so breit wie meine Hüfte. Seine Nase und seine Lippen waren sehr ausdrucksvoll, als ob sie von einem Bildhauer gemeißelt wären. Sein Blick wirkte abschätzig und nicht allzu freundlich. Striker wäre bestimmt erleichtert, wenn er wüßte, wen man uns da geschickt hatte.

Inspector Omondi gestikulierte beim Sprechen mit seinen langen feingliedrigen Händen. »Machen Sie sich deswegen keine Sorgen«, sagte er und wies auf den Berg von Gepäck, der sich rasch unter dem Flugzeug ansammelte. »Wir haben nicht vor, einen ganzen Monat mit diesem Fall zu verbringen. Ich habe genau drei Tage Zeit, bevor ich wieder in Nairobi sein muß, um bei einem wichtigen Prozeß auszusagen. Deshalb müssen wir uns beeilen.«

»Drei Tage?« Ich war sprachlos. Drei Tage schien mir sehr wenig, um einen Mordfall zu klären. Das war wohl reine Gefälligkeit, die übliche afrikanische Marotte, nicht nein sagen zu wollen. Warum hatte man Striker erklärt, daß dieser Inspector keine Zeit für uns hatte?

Omondi betrachtete das Gepäck. »Ja. Ich fürchte, Sergeant Kakombe braucht diese entsetzliche Menge an Ausrüstung.« Er wandte sich uns zu. »Deshalb sehen wir aus wie eine neunmonatige Safari-Expedition.« Wenn er lächelte, strahlte sein ganzes Gesicht gute Laune aus. »Fotografie. Wir müssen alles ganz genau in situ dokumentieren, wie der Lateiner sagen würde.«

»Kein Problem, wir haben ein paar Extrazelte, in denen wir Sie unterbringen können«, erklärte ich ihm und überschlug im Kopf rasch, wie ich dieses Versprechen in die Tat umsetzen konnte. »Wir sind sehr froh, daß Sie da sind.«

Omondi schob uns in den Land Rover. »Wir haben viel zu tun. Und nicht viel Zeit. Fahren Sie bitte dorthin, direkt neben das Gepäck.«

Der Pilot war ein junger Mann, erst Anfang Zwanzig, der sehr stolz auf sich zu sein schien, auf seine Uniform und auf sein Flugzeug. Ich fragte mich, wieviele Stunden Flugerfahrung für diesen Job verlangt wurden. Mir sind Piloten lieber, die eher distinguiert als aufgeregt wirken und leicht graue Schläfen haben. Dieser Typ sah aus, als ob er sich noch nicht zu rasieren brauchte.

Omondi redete weiter, während der Pilot und Kakombe die Sachen in den Land Rover luden. »Ich möchte mir erst die Leichen ansehen. Dann kann unser Pilot sie heute abend nach Nairobi fliegen, wo der Arzt sie untersuchen wird.« Er nickte, um seine Worte zu unterstreichen. »Die Autopsien, die Laboruntersuchungen und so weiter. Es wäre besser gewesen, wenn der Polizeiarzt mitgekommen wäre, aber er hat leider sehr viel Arbeit, und Sie sind hier ziemlich weit draußen. Also werden Sergeant Kakombe und ich tun, was wir können. Ja, ich glaube, es wird alles ganz gut klappen.«

Ich stellte fest, daß ich im Einklang mit Omondi zu nicken begonnen hatte. Er kletterte auf den Beifahrersitz, Cliff und Kakombe setzten sich nach hinten. Ich wendete den Rover in Richtung Camp. Der Pilot blieb gegen das Rad gelehnt im Schatten des Flugzeugs zurück. Er hatte seinen Hut tief in die Stirn gezogen und ließ den Blick über die leere Landschaft schweifen.

Der Himmel vor uns war klar und tiefblau, die Farbe prächtiger Morgenstunden. Eine einzige Gewitterwolke schwebte über dem östlichen Horizont, eine Zusammenballung blendendweißer Alabasterkuppeln. Mir kamen Erinnerungen an einen Nachmittag vor vielen Jahren in Granada, an dem ich verträumt durch die Alhambra geschlendert war, filigrane weiße Stuckarbeiten, blaue Fliesen mit komplizierten Mustern und plätschernde Brunnen. Ich senkte den Blick wieder. Die Hitze flimmerte über der doppelten Spur, die wir auf der Hinfahrt im Gras hinterlassen hatten. Die Wolke könnte durchaus ein Trugbild sein. Denn um diese Jahreszeit war die Wahrscheinlichkeit, daß es regnete, gleich Null. Bis zum Einbruch der Dunkelheit gab es vor der Hitze kein Entrinnen.

Omondi drehte sich etwas aus seinem Sitz, damit er uns alle im Blickwinkel hatte. »Striker hat mir erzählt, daß wir es mit zwei Leichen zu tun haben. Ein mittelalter Mann, der anscheinend einen Herzinfarkt gehabt hat, und eine junge Frau, die anscheinend ermordet wurde. Ein merkwürdiger Zufall.«

Omondi wartete nicht, bis er allen vorgestellt worden war, sondern machte sich unverzüglich an die Arbeit. Es blieben ihm nur noch ein paar Stunden Tageslicht, erklärte er uns, als wir ins Camp fuhren, und es sei sehr wichtig, den Tatort zu inspizieren und die Leichen nach Nairobi zu schicken. Er wollte das erledigen, und zwar heute noch und nicht erst morgen.

»Sie denken, das ist höchst unafrikanisch«, sagte er mit leuchtenden Augen zu mir. »Sergeant, würden Sie bitte Ihre Kamera holen, auspacken können wir später.«

»Ja, Sir.« Kakombe hatte eine sanfte Baßstimme, die ganz tief aus seinem Brustkorb kam.

Wir stiegen alle aus dem Land Rover und warteten, bis Kakombe aus dem Gepäck rausgesucht hatte, was er brauchte. Die Kamera wirkte in seiner Hand winzig.

»Ich kann meine Männer bitten, Ihre Sachen auszuladen und die Zelte für Sie aufzubauen, wenn Ihnen das recht ist.«

»Ja, sehr schön. Es tut mir so leid, daß ich Ihnen all diese Mühe mache. Ja, wenn es um Mord geht«, fuhr Omondi fort, »kann es mir nicht schnell genug gehen.« Er dachte einen Augenblick nach. »Doch wenn es notwendig ist, kann ich auch sehr, sehr langsam sein. So langsam wie ein Krokodil, das geduldig an der Stelle wartet, wo die Antilope zum Trinken kommt.« Seine rechte Hand schnellte nach vorn, und er ließ die Finger wie das Maul eines Krokodils zuschnappen. Cliff fuhr zusammen. »Wenn Sie mir jetzt bitte den Tatort zeigen könnten.« Ohne zu warten, steuerte Omondi auf die Zelte zu. Wir eilten hinter ihm her.

Cliff deutete auf Lynns Zelt. »Hier ist es, Inspector. Niemand ist in die Nähe des Zeltes gekommen, nachdem Jazz heute morgen reingegangen war, um Lynn zu wecken. Darauf haben diese beiden Burschen aufgepaßt.«

Ich war ein paar Schritte zurückgeblieben. Omondi sprach auf Suaheli mit den Männern, die vor dem Zelt Karten spielten, und schickte sie weg. Er zog den Reißverschluß an der Tür auf und sah eine lange Zeit schweigend hinein. Dann trat er zur Seite und ließ Kakombe vom Eingang aus einige Fotos machen. Als sie die Zeltplane hochschlugen, um mehr Licht hineinzulassen, wandte ich mich ab. Da wollte ich nicht noch einmal hineinsehen.

Ich überbrachte Ibrahima die schlechte Nachricht, daß alles wieder ausgepackt werden müßte. »Wir werden mindestens eine weitere Nacht hier bleiben, wenn nicht sogar länger.«

»Das macht nichts, Jazz. Ich kümmer mich drum.« Er nickte ernst, dann drehte er sich um und machte irgendeinen Witz auf Suaheli, worauf die Männer lachend aufstanden.

»Molezzi, ich glaub, es wird Zeit für die Cocktails.«

»Bereits erledigt.« Er lächelte wie eine Katze. »Möchten Sie einen Gin Tonic?«

Mit dem Drink in der Hand ging ich zum Speisezelt. Al, Madge und Eleanor saßen davor, um die Asche des Lagerfeuers der vergangenen Nacht herum.

»Sind das die afrikanischen Polizisten?« fragte Al. »Sie sehen aus wie ein Komiker-Duo. Ist der Mickrige der, der das Sagen hat?«

Madge brachte ihn zum Schweigen, und er tätschelte ihr rundliches Knie.

Ich trank einen Schluck, statt zu antworten. Die Sonne stand jetzt so tief, daß sie lange Schatten über die Lichtung warf. Ein leichter Wind war aufgekommen, und der Fluß plätscherte leise. Doch die Zeichen trogen. Es war immer noch heiß.

»Werden Sie uns nach Nairobi zurückfliegen?« fragte Madge.

»Inspector Omondi hat angedeutet, wir müßten noch ein oder zwei Nächte hierbleiben«, sagte ich.

»Oh nein, oh nein.« Al schüttelte nachdrücklich den Kopf. »Das kommt überhaupt nicht in Frage. Auf gar keinen Fall.«

»Aber, Al«, begann Madge.

»Hör auf mit deinem ›Aber, Al‹. Ich lasse nicht zu, daß du – und auch Eleanor und Jazz – hier schlafen, wo ein Mörder frei rumläuft. Zelte kann man nicht abschließen.«

Cliff gesellte sich rechtzeitig zu uns, um Als letzten Satz mitzukriegen. »Du glaubst also, wir hätten es mit einem Serienmörder zu tun? Laßt uns erst mal abwarten, was der Inspector zu sagen hat, bevor wir in Panik ausbrechen, was haltet ihr davon?« Er nahm sich eine Zigarette und zündete sie an. Als er Molezzi auf der anderen Seite der Lichtung sah, winkte er ihm mit erhobenem Arm: »Scotch mit Soda«, rief er.

»Wer ist hier in Panik? Ich will bloß nicht –« sagte Al.

»Pst, du machst Eleanor nervös«, fiel Madge ihm ins Wort. »Ehrlich, Al, ich bin kein bißchen beunruhigt. Ich denke, Lynn hat sich selbst umgebracht.«

Sie sah kurz zu Eleanor, als ob sie befürchtete, diese könne überlegen, ob etwas zwischen Lynn und Boyce gewesen sei, aber Eleanor dachte überhaupt nicht in diese Richtung.

»Meinetwegen mache ich mir auch keine Sorgen«, sagte Eleanor. »Solange man sich um Boyce kümmert.«

Mir fiel auf, daß alle verstohlene Blicke zu Lynns Zelt warfen. Auch ich konnte mich nicht zurückhalten. Die beiden Polizisten waren drinnen, und es gab nichts zu sehen.

Candy gesellte sich zu uns. Sie trug das hautenge weiße Kleid und die Massai-Halskrause aus Perlen. Sie ließ sich auf einen Stuhl fallen, streckte die Beine aus und strich sich die Haare aus der Stirn. »Puh, ist das immer noch heiß. Cliff, kann ich 'ne Zigarette von dir schnorren?« Cliff schnippte das Ende einer Filterzigarette aus der Packung. Mit einer gezierten Bewegung zog sie sie heraus. »Ah, prima. Von denen wird mir nicht schwindlig.« Sie zündete die Zigarette an, nahm einen tiefen Zug und atmete den Rauch durch die Nase aus.

»Ich wußte gar nicht, daß Sie rauchen«, sagte Madge.

»Ach.« Candy wedelte mit der Hand. »Ich gewöhn's mir immer wieder an und ab.«

»Candy tut nur so, als ob sie nicht raucht, indem sie sich nie Zigaretten kauft«, sagte Cliff.

Molezzi brachte Cliffs Scotch und einen Weißwein für Candy. Wie hatte er gemerkt, daß sie gekommen war? Druckwellen?

Omondi und Kakombe tauchten aus dem Zelt auf. Alle starrten hinüber, selbst Candy. Kakombe hockte sich hin und suchte mit langsamen Bewegungen sorgfältig den ganzen Bereich ab. An einer Stelle legte er sich der Länge nach auf den Bauch und hielt die Wange an den Boden. Omondi hockte sich neben ihn. Kakombe wechselte das Objektiv an seiner Kamera und machte ein paar Nahaufnahmen vom Boden. Sie schienen die Spuren ein Stück zu verfolgen, dann kehrten sie zu der ersten Stelle zurück, maßen sie aus und nahmen eine Erdprobe. Darauf verschwanden sie längere Zeit hinter dem Zelt.

Schließlich tauchte Kakombe wieder auf und kam gemächlich auf uns zu. Er schien die Strecke mit nur wenigen Schritten zurückzulegen. »Miss Jasper, würden Sie bitte mitkommen?«

Seine tiefe Stimme klang weich wie Samt, doch unter seinen schweren Augenlidern sah er mich kalt an. Sein Blick schien einen schuldig zu sprechen, solange nicht das Gegenteil bewiesen war. Ich erwiderte seinen eisigen Blick, während ich mich fragte, was Omondi wohl wollte. Dann nahm ich einen großen Schluck von meinem Drink, stellte das Glas unter meinen Stuhl, damit niemand dagegen treten konnte, und folgte Kakombe. Mein Mund fühlte sich trocken an.

Er führte mich zu Lynns Zelt. Ich starrte auf den dunklen Schweißfleck zwischen seinen Schulterblättern. Ich hatte Angst vor dem, was mich erwartete. Wir machten einen Bogen um das Zelt, um den Bereich vor dem Eingang zu umgehen, den er eben fotografiert hatte. Vermutlich hatten sie dort Fußabdrücke gefunden. Ich hatte die starke Befürchtung, daß alle vorhandenen Fußabdrücke wahrscheinlich von mir stammten.

Omondi stand etwa einen Meter neben dem Zelt. Neben ihm lag etwas Kleines und Dunkles auf der Erde. Ich starrte nervös darauf, dann sah ich, daß es eine Jeans war.

»Sehen Sie sich das an.« Omondi zeigte mit dem Fuß auf die Jeans.

Während ich sie betrachtete, erregte etwas an der Rückwand des Zeltes meine Aufmerksamkeit. Sie war zerschnitten worden. In der Mitte war ein senkrechter Schlitz von einem Meter. Die losen Segeltuchenden flatterten im Wind.

»Sie können ruhig näher treten«, erklärte mir Omondi. »Leider ist der Boden hier sehr festgetreten, es gibt kaum Fußabdrücke.«

»Haben Sie auf der anderen Seite Abdrücke gefunden?« Meine Stimme klang gekünstelt.

Omondi sah mich freundlich lächelnd an. »Ja, vermutlich von Ihnen, kein Zweifel!«

»Das wollte ich gerade sagen. Als ich heute morgen reinging, hab ich mir meine Turnschuhe blutig gemacht.«

Er schaute auf meine Sandalen. »Wir werden uns diese Schuhe ein bißchen später angucken müssen.« Er tippte mit der Fußspitze neben der Jeans auf den Boden. »Ich habe Sie gerufen, weil ich Sie fragen wollte, ob diese Jeans Lynn gehörte.«

Ich trat neben ihn. Seine Gegenwart war beunruhigend. Designer-Jeans, gebleicht. Ich nickte, dann fügte ich ein leises »Ja« hinzu. Meine Stimme kam ganz normal heraus, deshalb riskierte ich einen längeren Satz. »Zumindest sieht das so aus wie die Hose, die sie gestern abend auf unserer Pirschfahrt getragen hat. Candy trägt auch Jeans.«

Omondi hob die Hand, um Kakombe zu stoppen. »Wir fragen Candy später.« Er beugte sich hinunter und hob mit den Fingerspitzen die Jeans hoch. »Das ist sehr interessant«, sagte Omondi. »Da drinnen«, er wies mit einer Kopfbewegung auf das Zelt, »schwimmt alles in Blut. Aber sehen Sie.« Er krempelte die Jeans nach links und rechts. »Auf dieser Hose ist kein Tropfen Blut. Hier draußen ist überhaupt nirgends Blut.«

9

Omondi erklärte, er wolle nun die übrigen Leute kennenlernen. Wir gingen zu der Gruppe vor dem Speisezelt hinüber. Omondi lief vor mir her. Ich bat ihn, auf einem der freien Stühle Platz zu nehmen, setzte mich selber hin und griff unter den Stuhl nach meinem Drink.

»Was kann ich Ihnen anbieten?« fragte Cliff.

Omondi drehte seinen Stuhl so, daß er alle sehen konnte, und lächelte. »Ein Tusker wäre sehr angenehm.«

Cliff gab die Bestellung an Molezzi weiter, während Omondi neugierig die Anwesenden betrachtete. Da ich mit meinen Gedanken woanders war, bekam ich kaum etwas mit. Ich zerbrach mir den Kopf über das aufgeschnittene Zelt, die draußen liegende Jeans, das nicht vorhandene Blut. Es war schwierig, sich ein Bild von den Ereignissen der vergangenen Nacht zu machen. Und ich hatte geglaubt, eine blutige Spur würde uns direkt zum Mörder führen.

Cliff sprang auf und fing an, die Leute vorzustellen. Omondi hielt Eleanors Hand lange fest und klopfte sie beruhigend, während er sein Beileid aussprach. Sie erklärte ihm ihr Anliegen, daß Boyce' sterbliche Überreste so bald wie möglich nach Hause geflogen werden sollten.

»Machen Sie sich keine Sorgen, Madam«, fügte er hinzu. »Wir werden die Leiche Ihres Mannes vor Einbruch der Dunkelheit in das Flugzeug nach Nairobi schaffen, und wenn alles wie erwartet verläuft, können wir bald folgen. Wie ich bereits Jazz und Cliff gesagt habe, hoffe ich, in spätestens drei Tagen hier fertig zu sein.« Er tätschelte ihr noch einmal abschließend die Hand.

Al schob seinen Stuhl zurück und stand auf. Omondi hatte ungefähr meine Größe, war also ein paar Zentimeter größer als Al, aber sie waren völlig gegensätzlicher Statur. Al streckte seine plumpe Hand aus und schüttelte die lange, feingliedrige Hand von Omondi. »Hi, Al Hart. Und das ist meine Frau Madge.«

Omondi und Madge gaben sich die Hand.

»Schön, Sie kennenzulernen, Inspector.« Ohne die gewohnte Lebhaftigkeit wirkten ihre schweren Gesichtszüge schlaff und müde. »Drei Tage, das hört sich furchtbar lange an. Das alles war sehr qualvoll, besonders für Eleanor und Jazz.«

Al fuhr sich mit der Hand über den sommersprossigen Schädel. »Alle machen mich nieder, aber ich kann Ihnen sagen, ich bin überhaupt nicht glücklich darüber, die Frauen hierzubehalten, wo ein Mörder frei rumläuft. Ich meine, wir sollten sie noch heute abend zurückfliegen lassen.«

Omondi nickte ernst. »Ich bin froh, daß Sie sich über die Sicherheit von allen hier Gedanken machen. Nur die arglose Antilope erwischt der Leopard.«

»Ich würd eine tolle Antilope abgeben, Inspector.« Al klopfte auf seinen Bauch. »Ich bin nicht mehr so schnell, wie ich mal war, und was ist, wenn wir schlafen? Wie ich gerade den anderen sagte, hier kann man ja keine Türen abschließen.«

»Mr. Hart, wenn es einen Grund gibt, mit einem weiteren Angriff zu rechnen, werden wir Sie alle von hier wegbringen. Doch machen Sie sich im Augenblick bitte keine Sorgen. Ich habe noch nie gehört, daß eine Gruppe von Leuten einer nach dem anderen umgebracht worden wäre, außer im unschätzbaren britischen Kriminalroman. Sagen Sie, sind Sie ein Fan von Agatha Christie?«

Cliff warf den Kopf zurück und lachte.

Al lächelte verkniffen. »Also gut, Sie wollen die Frauen heute abend nicht ausfliegen lassen, das ist Ihre Entscheidung. Madge, Eleanor und ich haben jedenfalls eine Buchung für den morgigen Flug Nairobi–New York, und ich habe vor, die auch einzuhalten, und wenn ich selbst nach Nairobi fahren muß.«

Madge tätschelte seinen Arm, ob zur Ermutigung oder um ihn zu beruhigen, war mir nicht klar.

Omondi lächelte. »Sie stellen mir eine noch schwierigere Aufgabe als meine Vorgesetzten. Die haben mir drei Nächte für meine Ermittlungen gegeben, Sie geben mir nur eine.«

»Ihre Ermittlungen gehen uns nichts an«, sagte Al. Er stieß einen ausgestreckten Finger in die Luft. »Das ist Ihre Aufgabe. Meine Aufgabe ist es, mich um Madge und Eleanor zu kümmern.«

»Ich fürchte, daß es Ihnen vielleicht nicht möglich sein wird, so früh zurückzufliegen«, sagte Omondi. »Sie brauchen ein Ausreisevisum, um das Land zu verlassen.«

Würden sie die Ausreisevisa verweigern können? Mir war nicht klar, ob Omondi mit seiner diplomatischen Formulierung eine Schreierei vermeiden oder die Tatsache verschleiern wollte, daß die Polizei gar nicht die Macht hatte, jemanden hierzubehalten.

»Ich will auch nach Hause«, sagte Candy.

»Hey, hey, Augenblick mal, Leute«, sagte ich. »Gebt dem Mann eine Chance. Wir wollen doch alle, daß Lynns Mörder gefaßt wird. Je kooperativer wir uns verhalten, um so schneller wird es gehen.«

Al setzte sich wieder hin, aber seine Hände waren zu Fäusten geballt, die kampfbereit auf seinen kräftigen Oberschenkeln ruhten. »Wenn sie Beweise finden, die es ihnen erlauben, mich hierzubehalten, dann bleibe ich.«

Madge sah Omondi mitfühlend an. »Al, du vermittelst dem Inspector einen ganz falschen Eindruck. Ich denke, wir können uns darauf einigen, einen Flug später zu nehmen. Wann ist der, am Freitag? Damit hätten sie drei Tage.«

»Ich hab gesagt, was ich denke«, erklärte Al. Er sah Madge an und fügte schroff hinzu: »Aber mach, was du willst.«

»Kannst du es ertragen, bis zu dem Flug Ende der Woche zu bleiben?« fragte Madge Eleanor.

»Macht euch um mich bitte keine Sorgen«, sagte Eleanor mit ihrer liebenswürdigen Stimme. »Es scheint uns ohnehin nicht viel anderes übrigzubleiben. Hauptsache wir kriegen Boyce in das Bestattungsinstitut... Dann könnte die Beerdigung wohl am Sonntag stattfinden. Das müßte klappen.«

»Schön, dann buche ich die Flüge um«, sagte ich. Obwohl man sie praktisch zu ihrer Einwilligung gedrängt hatte, verspürte ich ein Gefühl der Dankbarkeit gegenüber Eleanor. Mehr als alle anderen hatte sie das Recht, auf der Abreise zu bestehen. Ich betrachtete die Zitronenscheibe auf dem Boden meines Glases. Die Eisklumpen waren geschmolzen, ich stürzte den letzten Rest des verwässerten Gin Tonic hinunter. Auch wenn ich Als Standpunkt verstehen konnte, war ich wütend auf ihn. Er empfand nicht die gleiche Loyalität Lynn gegenüber wie ich. Oder hatte er einen weniger unschuldigen Grund? Der Mörder hätte sicher kein Interesse daran, solange dazubleiben, bis die Ermittlungen abgeschlossen waren.

»Ich weiß Ihre Kooperation zu schätzen.« Omondi beugte sich vor. Falls er verärgert oder argwöhnisch war, so war er zu professionell, um sich das anmerken zu lassen. »Nun helfen Sie mir bitte zu verstehen, wer von Ihnen wer ist.« Er wandte sich an Al. »Sie waren Mr. Darnells Partner?«

»Ich bin bei Wild and Free Shampoo für Marketing und Verkauf zuständig. Boyce und ich haben die Firma vor über dreißig Jahren gegründet.«

Omondi sprach auch den Harts sein Beileid aus und stellte ein paar Fragen über das Shampoogeschäft.

Candy war als nächstes dran. Sie sortierte ihre langen Beine und stand zur Begrüßung auf. Cliff reichte ihr nur bis zur Stirn, aber neben Omondi wirkte sie geradezu riesig.

Omondis Gesicht leuchtete auf. »Sie sind wie eine Göttin«, sagte er zu ihr. »Nur wenige Frauen können den Schmuck der Massai so stolz tragen.«

Candy lächelte und ließ sich dann über die Schönheit der Massai aus. »Zwei von ihnen sind gestern abend hier ins Camp gekommen. Unglaublich dünn, aber topfit, wissen Sie? Die sehen aus, als wären sie mindestens drei Meter.«

Zunächst glaubte ich, Candy wolle, unsensibel wie sie war, Omondi unfairerweise wegen seiner mangelnden Größe beleidigen. Dann fragte ich mich, ob sie ihm nebenbei mitteilen wollte, daß Fremde im Lager gewesen waren. Manchmal fand ich es schwierig, Candy zu verstehen.

Molezzi kam mit Omondis Bier und einem weiteren Scotch für Cliff.

»Bier«, sagte Omondi, »hat in der Geschichte Afrikas eine große Bedeutung gehabt. Mit Bier haben die Pharaonen ihr Volk ernährt. Ohne Bier würde es keine Pyramiden geben und die Kultur dieser Welt wäre viel ärmer.«

»Tolle Idee für eine Bierwerbung«, sagte Cliff. »Pyramiden machen sich optisch sehr gut. ›Der Mensch lebt nicht vom Brot allein.‹ «

Omondi trank einen Schluck und ging dann weiter auf Candys Bemerkungen ein. Er befragte sie ausführlich über den Besuch der Massai, und ich ergänzte einige Details.

»Er hat Ihnen also einen Speer verkauft?« fragte er Al. »Würden Sie ihn mir bitte zeigen?«

Al verzog das Gesicht. »Sagen Sie bloß nicht, der hat was mit dem Mord zu tun«, sagte er. »Ich konnte ihn heute morgen nicht finden. Jazz, haben Sie daran gedacht, Molezzi zu fragen?«

Ich mußte zugeben, daß ich es vergessen hatte. Kakombe kam zu uns herüber, und Omondi erteilte ihm Anweisungen in Suaheli. Kakombe musterte ganz kurz Candy, dann schlenderte er zum Personalbereich.

»Wo hatten Sie den Speer hingetan?« wollte Omondi von Al wissen.

Al wirkte betreten. »Ehrlich gesagt, ich hab ihn nirgendwo hingetan.« Er sah Madge an, als ob er das von ihr bestätigt haben wollte. »Wir haben bis gegen Mitternacht um das Lagerfeuer gesessen und was getrunken. Und der Speer war da.« Er deutete auf einen Punkt etwa zwei Meter von den schwarz gewordenen Steinen, die um die Feuerstelle lagen. »Ich bin ins Bett gegangen und hab ihn dort stehenlassen.«

»Haben Sie heute morgen nicht bemerkt, daß er weg war?« mischte sich Candy ein.

Madge sah sie sorgenvoll an.

»Ja, Candy, ich glaube, ich hab das beim Frühstück erwähnt.« Al hakte seine Finger ineinander und zog so lange, bis die Knöchel knackten. »Ich nahm an, daß einer der Burschen ihn weggetan hatte. Sie räumen ständig hinter einem her und waschen die Wäsche, ohne daß man sie darum bittet«, erklärte er Omondi.

Molezzi kam. In militärischer Haltung beantwortete er Omondis Fragen. Ich bemerkte, wie sein Blick nach der ersten Frage zu Candy abschweifte und dort hängenblieb. Das tat seiner Glaubwürdigkeit einigen Abbruch. Nein, er hätte den Speer nicht weggenommen. Ja, er hätte ihn letzte Nacht gesehen, als er nach der Trinkerei aufgeräumt habe. Nein, der Speer sei nicht neben der Feuerstelle gewesen, als er am Morgen das Frühstück rausgebracht hatte.

Omondi schickte Kakombe noch einmal zum Personal. Als er wiederkam, musterte er die Gruppe mit einem starren, absolut unfreundlichen Blick. »Ich habe das gesamte Personal befragt, Sir«, berichtete er Omondi. »Niemand kann sich erinnern, den Speer heute morgen gesehen zu haben. Er scheint während der Nacht verschwunden zu sein.«

»Ich denke, damit haben wir die Mordwaffe identifiziert«, sagte Omondi.

»Verdammt.« Al ließ seine Knöchel erneut knacken.

Magde griff nach seiner Hand. »Honey, das ist nicht deine Schuld. Das konntest du wirklich nicht ahnen.«

»Wie unheimlich«, sagte Candy. »Hat jemand eine Zigarette?«

Molezzi sprang zu ihr herüber und fischte eine offene Packung aus seiner Tasche. Er schüttelte drei oder vier Zigaretten ein Stück heraus. »Bitte, nehmen Sie so viele Sie wollen, Miss.«

»Unsere nächste Aufgabe ist es«, sagte Omondi, »diesen Speer zu finden. Dürfen wir Ihren Wagen und den Fahrer eine Weile ausleihen?«

Verwundert gab ich meine Zustimmung. Kakombe wurde erneut zu den Personalzelten geschickt. Wenige Minuten später kletterte er mit Mbare in den Minibus des Personals, und sie verließen mit dröhnendem Motor das Camp.

»Hier bei uns in Afrika« – Omondi machte mit der Hand eine ausholende Geste – »haben wir eine traditionelle Methode, ein Verbrechen aufzuklären. Sie heißt Palaver. Jeder aus dem Dorf, die Familie der Opfers, der Angeklagte und seine Familie, Verwandte aus den umliegenden Dörfern, alle kommen und setzen sich unter den Baum in der Mitte des Dorfes. Jeder erhält die Gelegenheit zu reden. Vom wichtigsten bis zum ganz kleinen Mann, alle sagen, was sie wissen und was sie denken. Nach sehr vielem Reden, vielleicht mehrere Tage lang, entdecken sie die

Wahrheit. Häufig liegt das Problem nicht in der Gegenwart, sondern bei der vorherigen Generation, oder sogar bei der davor. Manchmal muß man einen ganz bestimmten Zauberer hinzuziehen, der mit ein bißchen Magie die Hexe oder den unglücklichen Geist identifiziert. Das funktioniert sehr gut.«

»Sie und Sergeant Kakombe, der Zauberer und sein Lehrling«, sagte Cliff.

»Ha, das gefällt mir.« Omondi lachte. »Aber ich verspreche Ihnen, wir werden keine Ziegen opfern. Wir werden uns alle zusammensetzen, und jeder von Ihnen wird die Geschichte so erzählen, wie er sie sieht. Die Gruppe wird schließlich die Wahrheit erkennen.« Er nickte emphatisch. »Doch zunächst werden wir noch ein paar Ermittlungen im westlichen Stil anstellen. Im Westen will man Tatsachen. Wissenschaft, nicht Magie! Materielle Anhaltspunkte, keine menschlichen Wahrheiten. Wenn Sie mir gestatten, möchte ich jetzt erst mal alle Zelte durchsuchen.« Er sah auf die große goldene Uhr an seinem schmalen Handgelenk. »Vor Sonnenuntergang bleibt nicht mehr viel Zeit. Mal sehen, was wir finden. Und dann halten wir das Palaver ab.«

10

Omondi schlug sich auf die Oberschenkel und ging auf die Zeltreihe zu. »Als nächstes werde ich mir Boyce' Zelt ansehen. Zeigen Sie mir bitte, welches es ist.«

Ich führte Omondi zu Boyce' Zelt und versuchte mir nicht vorzustellen, was er dort drinnen tat. Die Zikaden lärmten in der spätnachmittäglichen Hitze. Eine Eidechse flitzte über den Boden. Ihre Schuppen hatten den kupfergrauen Farbton von herabgefallenen Gummibaumblättern, deshalb verlor ich sie aus den Augen, als sie unter den Blättern verschwand.

Omondi steckte den Kopf aus dem Zelt und bat mich, Eleanor zu holen. Wir warteten beide draußen, bis Omondi fertig war.

Sie fummelte an ihrem schwarzen Halstuch herum. »Ich bin ja so froh, daß wir Wendy nicht mitgenommen haben. Ich hatte daran gedacht, doch dann wollte ich nicht, daß sie soviel in der Schule versäumt. Sie hat in diesem Jahr eine ganz phantastische Lehrerin, die wunderbare Sachen mit ihnen macht.«

Ich war froh, daß sie sich bemühte, sich normal zu verhalten, war allerdings selbst nicht so gut im Verstellen. Zum Glück kam Omondi in diesem Augenblick aus dem Zelt. Er hatte etwas in der Hand, das wie ein Telegramm aussah.

»Ah, Mrs. Darnell, nur ein paar Fragen.« Er gab ihr das Blatt Papier. »Können Sie mir das erklären?«

Eleanor sah auf den gelben Zettel. »Ich sollte mir meine Lesebrille holen.« Sie eilte zu ihrem Zelt und kam mit einer glitzernden rosa Hornbrille zurück. Sie setzte sie sich auf die Nase. »Mal sehen. Boyce hat ständig nach Hause getelext... hielt sich in geschäftlichen Dingen immer auf dem laufenden. Er war so ein gründlicher Mensch!«

Langsam und bedächtig las sie, die Lippen gekräuselt, den Zettel durch. Ich hätte ihn ihr am liebsten aus der Hand gerissen.

Endlich war sie fertig. »Das ist von seinem Börsenmakler. Sie sollten Al fragen, der hat Ahnung von solchen Dingen.« Sie betrachtete das Blatt noch einmal, dann nahm sie die Brille ab. »Boyce hat immer die Preise für die Wild-and-Free-Aktien verfolgt.« Sie gab Omondi das Telegramm zurück. »Siebzehn Dreiviertel gefallen. Das hört sich ziemlich viel an. Glauben Sie, daß die Firma in Schwierigkeiten ist?« Sie sah uns mit großen Augen an. »Ob Al davon weiß? Boyce hat ihm vielleicht nichts sagen wollen, um ihm den Urlaub nicht zu verderben.«

Ich versuchte, mir meine Zweifel nicht anmerken zu lassen. Dem Boyce, den ich kennengelernt hatte, machte es nichts aus, anderen Leuten irgend etwas zu verderben. Warum Omondi etwas anderes vorspielen? Um nicht schlecht von dem Toten zu reden? Oder hatte Eleanor nur eine idealisierte Version ihres Mannes wahrgenommen? Jedenfalls hatte sie mit dem Telegramm vermutlich recht. Al hatte nicht zu erkennen gegeben, daß er über die Aktien Bescheid wußte, und normalerweise machte er kein Hehl aus seinen Gefühlen. Wenn Boyce Al davon erzählt hätte, hätten wir es alle erfahren. Doch wie dem auch sei, inwiefern könnte das irgendwas mit Lynns Tod zu tun haben? Es sei denn, die Firma steckte in großen Schwierigkeiten und sie hätte das irgendwie herausgefunden und – und was? Ich kam mit meinen Überlegungen nicht weiter.

Omondi nahm das Telegramm wieder, faltete es und steckte es in seine Tasche. »Ich werde Al nachher fragen. Danke für Ihre Hilfe. Sagen Sie im Augenblick bitte nichts davon.«

Ich sah zu, wie er Cliffs Zelt durchsuchte und sich dann an das von Candy machte. Es ist wirklich amüsant, wie Leute innerhalb von nur achtundvierzig Stunden ihrem Schlafquartier ihre Individualität aufdrücken. Cliffs weißer Seidenanzug hing tadellos auf einem Bügel an der Firststange. Ein lederner Kulturbeutel mit zugezogenem Reißverschluß stand so auf dem Nachttisch, daß er genau mit der Kante abschloß. Gegenüber lag ein brandneu aussehender Bestseller, ebenso fein säuberlich ausgerichtet. Sein Koffer stand aufgeklappt auf der unbenutzten Liege. Die Socken waren zusammengezogen, daneben lag ein Stapel Minislips und Unterhemden, auf der anderen Seite ein Stoß gebügelter Hemden, um die noch Papierstreifen waren. Omondi untersuchte alles gründlich. Er fand nichts.

In Candys Zelt sah es aus wie in einer Schauspielergarderobe. Überall stapelten sich Kleidungsstücke, als ob sie sich nicht hätte entscheiden können, was sie anziehen sollte, und in blinder Panik ihre Koffer ausgekippt hätte. Oder war das bei ihr normal? Badeanzüge und Trikots lagen in wirrem Durcheinander herum, außerdem das grüne Nachthemd und der gelbe Morgenrock, seidene Unterwäsche, das schwarze Kleid, das sie gestern abend getragen hatte, Strandkleider in leuchtenden Farben, lange Hosen und Shorts mit spärlichen Oberteilen, raffiniert geschnittene Abendkleider, ein romantischer Sonnenhut mit breiter Krempe und Band, ein Safari-Kostüm mit Minirock und gepolsterten Schultern, ganz zu schweigen von dem Haufen Schuhe und Sandalen unter dem Bett. Kein Wunder, daß sie vier große Koffer gebraucht hatte. Omondi arbeitete sich methodisch durch das Kleider-Tohuwabohu und hinterließ alles so, wie er es gefunden hatte. Wieder nichts.

Omondi blieb ungerührt. »Bleibt also noch Ihr Zelt und –«

Das Ende seines Satzes ging in lautem Rufen und Lachen unter. Cliff und Al sprangen auf.

»Hört ihr das?« rief Madge.

Wir drehten uns in die Richtung, aus der der Lärm kam. Zwanzig Massai marschierten in das Camp ein.

Es waren Stammesälteste darunter, betagte Männer mit rasierten Köpfen. Außerdem Krieger, die ihre Locken mit Ocker eingeschmiert hatten und Schwerter im Rockbund trugen. Heranwachsende Jungen, ganz staubig von ihrer harten Arbeit als Hirten, hingen in einer Gruppe zusammen. Auch Frauen waren dabei mit kahl rasierten Köpfen. Sie trugen rote Tücher, Leder und Perlen. Einige hatten sich ihre Babys auf den Rücken gebunden. Kinder liefen schreiend hin und her.

Die Massai blieben auf der anderen Seite der Lichtung stehen und starrten zu uns herüber. Ihre Schatten fielen um diese Tageszeit lang und dünn vor ihnen auf die Erde.

»Ich hab nicht erwartet, daß Kakombe so viele mitbringen würde.« Omondi lachte. »Sieht aus, als wäre der ganze Kral gekommen. Sehr gut, sie sollen uns helfen. Entschuldigen Sie mich bitte einen Augenblick.« Er durchquerte die Lichtung und gesellte sich zu Kakombe und den Massai, während ich zu den anderen zurückging.

»Hat er sie absichtlich holen lassen?« fragte Eleanor.

»Wißt ihr, ich hätte nie geglaubt, daß ich das sagen würde, aber bei denen sehen Glatzen richtig gut aus«, sagte Al.

»Das liegt an der Knochenstruktur«, sagte Cliff. Er warf seine Zigarette auf den Boden. Ich drückte sie mit dem Fuß aus. »Entschuldige, Darling. Hab ich deine unverdorbene Luft verpestet? Soll ich mir die Kippe in die Tasche stecken? Du hast offenbar keine Aschenbecher besorgt.« Er nahm eine neue Zigarette heraus und zündete sie an.

»Du solltest nicht eine nach der anderen rauchen. Gönn deiner Lunge mal eine Pause«, ermahnte ihn Madge. »Wieviel rauchst du, zwei Päckchen pro Tag? Das ist das Schlimmste, was du deinem Herzen antun kannst.«

»Ich werde dir das Geheimnis meines Wohlbefindens verraten, ganz umsonst. Kein Herz.« Er schlug sich gegen die Brust. Es hörte sich hohl an. »Deshalb kann ich rauchen, soviel ich will.« Cliff blies einen Rauchring in die Luft.

Uns gegenüber hielt Omondi eine längere Rede in Suaheli, begleitet von zahlreichen Armbewegungen, mit denen er in verschiedenen Richtungen um das Camp herum Kreise beschrieb. Einige der Männer und Frauen diskutierten lautstark miteinander. Ein junger Mann trat vor und sprach mit Omondi. Ich war mir nicht sicher, aber er sah aus wie unser Besucher von gestern abend, derjenige, der Al den Speer verkauft hatte. Ich ließ meinen Blick über die übrigen Männer in der Gruppe wandern, doch den Wilderer, den ich am Morgen gesehen hatte, konnte ich nicht entdecken.

Omondi kam zurück. Er winkte zu den Massai hinüber. »Diese Familien haben sich freundlicherweise bereit erklärt, uns bei der Suche nach dem Speer zu helfen. Ich glaube, wir werden in Kürze feststellen, ob das die Mordwaffe ist.«

Die Massai zerstreuten sich unter lautem Lachen und gegenseitigen Zurufen in kleine Gruppen.

Mein Zelt war als nächstes an der Reihe. Omondi wog mein Fernglas in der Hand, während er sich den Krimskrams auf dem Tisch ansah. Er ging zum Eingang und ließ seinen Blick durch das Innere des Zeltes schweifen. Meine schmutzigen Klamotten lagen auf dem Fußboden, die zusammengeknüllte Liste mit den Überlegungen zum Mord war unter dem Bett gelandet. Das

Durcheinander war mir peinlich, doch ich widerstand dem Impuls, mich dafür zu entschuldigen. Schließlich überprüfte Omondi nicht, ob ich eine gute Hausfrau war. Er angelte sich das zerknitterte Blatt, strich es glatt und las es. Ich erwartete, daß er mich damit aufziehen würde, aber er sagte kein Wort. Er legte das Blatt auf eins der Feldbetten.

»Ich –«

Er hob die Hand. »Das ist ganz verständlich. Natürlich wollen Sie wissen, wer Ihre Freundin umgebracht hat. Auch ich finde es nützlich, Listen zu schreiben.«

Er blickte zu dem kleinen Stapel Bücher auf meinem Nachttisch und las die Titel – ein Bestimmungsbuch für Vögel, ein weiteres für Säugetiere, George Schallers Buch über Löwen, *Among the Elephants* von Hamilton und ein paar Kriminalromane. Ich hab es nicht gern, wenn man in meinen Sachen herumschnüffelt, und wandte dem Zelt den Rücken zu.

»Sergeant!« Omondis Stimme klang durchdringend. »Nehmen Sie bitte diese Kleidungsstücke mit und etikettieren Sie sie. Aber seien Sie vorsichtig. Es klebt etwas Blut dran.«

Ich fuhr zu ihm herum. Omondi sah mich an, ohne zu lächeln. Ich ging zur Seite, um Kakombe ins Zelt zu lassen.

»Ist das alles, Sir?« dröhnte seine tiefe Stimme. Er packte den Kleiderhaufen zu einem Bündel zusammen und hob ihn hoch. »Was ist mit diesen Turnschuhen?«

»Ja, nehmen Sie die auch mit. Vergleichen Sie sie mit den Abdrücken vor dem Mordzelt und nehmen Sie eine Probe von dem getrockneten Blut, das daran klebt.«

Kakombe schob sich an mir vorbei, als ob ich gar nicht da wäre.

»Ich hab mir heute morgen das Knie aufgeschlagen.«

»Ja?« Omondi sah auf mein Knie, das unter den Jeans verborgen war. »Wie ist das passiert?«

»Ich war ziemlich durcheinander, nachdem ich Lynn gefunden hatte.« Ich nahm mein Fernglas vom Tisch und spielte an dem Riemen herum. »Als erstes hab ich Striker angerufen, und er hat gesagt, er würde sich darum bemühen, daß Sie den Fall bekämen. Dann mußte ich es den anderen sagen.«

Omondi nickte.

»Nachdem ich mich nochmals mit Striker in Verbindung gesetzt hatte und er mir gesagt hatte, Sie wären unterwegs, bat ich zwei Leute vom Personal, das Zelt zu bewachen, und verließ das Camp.«

»Sie verließen das Camp.«

Ich fragte mich, wieviel ich wohl erklären müßte. Ich hatte keine Lust, vor der Polizei meine Seele auszubreiten. Andererseits, wenn ich mich vage ausdrückte, würde das Ganze verdächtig klingen. Es hätte mir gerade noch gefehlt, daß die Ermittlungen in die falsche Richtung liefen, weil ich zur Hauptverdächtigen geworden war.

»Ich hatte das Bedürfnis, allein zu sein.« Das würde doch sicher jeder verstehen. Zumindest jeder Amerikaner, ein Afrikaner vielleicht nicht. Ich dachte an eine kenianische Familie, die ich neulich in der Stadt besucht hatte. Als ich in die Siedlung kam, saß die Mutter mit einer Verwandten und mindestens fünf Kindern, vielleicht sogar noch mehr, auf einer kleinen Matte. Alle waren ineinander verschlungen, berührten sich an Armen und Beinen, den Seiten und am Rücken trotz der Hitze. Sie genossen es einfach, so eng beieinander zu sitzen. Allein wegzugehen war für einen Afrikaner eine merkwürdige Vorstellung.

Ich versuchte es noch einmal. »Ich hatte das Bedürfnis zu weinen und wollte nicht, daß mir jemand dabei zusah. Deshalb schlich ich mich einen Pfad hinter den Küchenzelten hinunter. Er führte zu der Stelle, an der der Fluß unter der Klippe herfließt.« Ich deutete auf die Nordseite des Camps, wo die Felswand durch die Bäume zu sehen war.

»Und dabei haben Sie sich Ihr Knie aufgeschlagen?«

»Ich bin dann auf die Klippe gestiegen. Dabei ist es, glaub ich, passiert.«

»Weshalb sind Sie auf die Klippe gestiegen?« Omondis Stimme klang eher neugierig als argwöhnisch. Zumindest hoffte ich das.

Seufzend legte ich das Fernglas wieder hin. »Ich war in einem merkwürdigen Zustand. Wie betäubt, aber gleichzeitig hatte ich den Wunsch, etwas zu zerschmettern. Ich hab überhaupt nicht nachgedacht. Ich hab die Klippe gesehen und beschlossen hinaufzuklettern.« Tränen traten mir in die Augen. »Vielleicht wollte ich mich selbst zerschmettern.«

»Fühlen Sie sich für den Tod Ihrer Freundin verantwortlich?« fragte mich Omondi sanft.

Der Mann war gut. Ich nahm mir einen Stuhl und setzte mich hin. Omondi setzte sich ebenfalls hin und beugte sich zu mir. Ich spürte den Drang, immer weiterzureden, zu erklären, mich jemandem anzuvertrauen, zu bekennen. Würde der Mörder das gleiche empfinden?

Ich bekämpfte den Impuls und sah ihn kühl an. »Nein, natürlich nicht. Ich mußte nur irgendwie meine Gefühle herauslassen, körperliche Anstrengung hilft dabei.«

»Und was dann?«

»Nichts weiter. Ich bin bis nach oben geklettert, hab mich ganz allein ausgeweint, und bin dann die längere Strecke zurückgegangen.« Ich beschrieb mit dem Arm einen weiten Bogen, um meinen Rückweg anzudeuten.

»Haben Sie jemanden gesehen? Hat jemand Sie gesehen?«

»Inspector, was ist so interessant an der Tatsache, daß ich einen Spaziergang gemacht habe?«

Omondi tätschelte sanft meinen Arm. »Jazz, beruhigen Sie sich, ganz ruhig. Ich stelle viele Fragen und mach mir nicht allzu viele Gedanken, ob es eine gute Frage ist oder ob es eine sinnlose Frage ist. Ich frage alles. Irgendwann kommt die Wahrheit heraus.«

Ich blickte zur Spitze des Kliffs hin. »Das einzige Lebewesen, das ich gesehen habe, war ein Klippschliefer. Als ich ins Camp zurückkam, hab ich mit Al und Magde gesprochen, die sich große Sorgen um mich gemacht hatten. Dann hab ich meine schmutzigen Sachen ausgezogen, mich geduscht und auf Sie gewartet. Cliff und ich haben übrigens zusammen an dieser Liste gearbeitet, während wir gewartet haben.«

Der Kampfadler war wieder da. Er schwebte wie ein dunkler Schatten über den Spitzen der Bäume. Als er auf seinem Nest landete, sah man etwas Weißes an seinen ausgestreckten Flügeln aufblitzen, dann den Schimmer seiner hellen Brust. Den zweiten Vogel konnte ich nicht sehen, aber das Licht war zu schwach, um mir ganz sicher zu sein. Ich widerstand dem Impuls, das Nest durch mein Fernglas zu betrachten.

»Sie mögen Vögel«, bemerkte Omondi.

Ihm entging nichts. Ich begann zu verstehen, weshalb Striker gewollt hatte, daß er den Fall übernahm. Ich sagte: »Ja, ich liebe Vögel. Dabei fällt mir ein, ich hab heute morgen, als es gerade hell wurde, schon einen Spaziergang gemacht, ein Stückchen flußabwärts von hier. Ich bemerkte, wie mich zwei Massai oben von der Böschung aus beobachteten. Einen von ihnen hab ich erkannt. Ich weiß seinen Namen nicht mehr, aber Sie können Striker nach ihm fragen. Viele Leute hier in der Gegend glauben, daß er im letzten Jahr einen Park-Ranger umgebracht hat.«

»Ja, ich kenne diesen Fall. Mit Wilderern ist nicht zu spaßen hier«, sagte Omondi.

Ich versuchte zu lächeln, aber ich war sehr beunruhigt. »Inspector, ich will wissen, wer meine Freundin umgebracht hat. Sagen Sie mir, wie ich Ihnen helfen kann. Wenn Sie eine Blutprobe von mir brauchen, um sie mit dem Blut an meinen Sachen zu vergleichen, kein Problem.«

»Danke. Je mehr Kooperationsbereitschaft, um so schneller wird es gehen.« Omondi stand auf.

»Ich habe geglaubt, daß blutige Kleidungsstücke der Schlüssel sein würden, doch bisher stammen die einzigen Sachen, an denen Blut ist, von mir.«

»Ja, Blut ist hier ein wichtiger Anhaltspunkt. Blut und kein Blut.«

Eleanor führte Omondi zu ihrem Zelt, damit er es durchsuchen konnte, und ich schloß mich wieder der Gruppe vor der ausgebrannten Feuerstelle an. Wir bemühten uns verzweifelt, uns zu unterhalten. Omondi war immer noch bei Eleanor, als die Massai anfingen zu singen. Zuerst kamen Stimmen von einer Seite des Camps, dann von einer anderen, bis wir ganz davon umgeben waren. Eine Gruppe sang einige Sätze, eine andere antwortete. Ganz automatisch begann ich, mich im Rhythmus zu wiegen, doch dann beherrschte ich mich und hörte auf.

»Hey, Molezzi, was singen die da?« fragte Al.

Molezzi legte gerade die langen schmalen Scheite für das allabendliche Lagerfeuer in Form eines Sonnenrades aus. Er setzte sich auf die Fersen. »Ich weiß es nicht. Es ist in ihrer eigenen Sprache. Vielleicht darüber, wie sie den Speer finden wollen. Oder über ihre Rinder.« Er beugte sich vor und legte etwas Material zum Anzünden zurecht. »Diese Massai, sie lieben ihr Vieh mehr als ihre Frauen.«

»Besser als daß sie ihre Frauen wie Vieh lieben.« Al lachte. »Er hat mir neulich erzählt, daß sein Vater zwei Frauen hat. Stimmt doch, Molezzi? Die Kikuyu können so viele Frauen haben, wie sie sich leisten können.«

»Nicht viel anders als bei uns«, sagte Cliff.

Der Kreis der Stimmen wurde enger und kam immer näher.

Candy sprang auf und fing an, auf und ab zu gehen. »Von deren Gesang krieg ich Gänsehaut. Ich hab das Gefühl, als ob sie uns einkreisten.«

Ich spürte, wie sich mein Nacken von Minute zu Minute stärker verkrampfte. Omondi und Kakombe kamen aus Eleanors Zelt und gingen zum nächsten.

»Das letzte. Das muß das von den Harts sein«, sagte Omondi in seiner singenden Sprechweise.

»Nun mal langsam.« Al schoß von seinem Stuhl auf. Er

schwankte ein wenig, und seine Augen waren glasig vom Trinken. »Ich hab nichts davon gesagt, daß Sie in unser Zelt reingukken dürfen.« Er marschierte zu Omondi rüber.

»Gibt es ein Problem?« fragte Omondi mit eisiger Höflichkeit.

»Ich mag nicht, wenn Leute in meinen Sachen rumwühlen, okay? Wenn Sie meine persönlichen Dinge durchsehen wollen, müssen Sie sich einen Durchsuchungsbefehl besorgen.«

Magde war Al gefolgt und tätschelte nun seinen Arm. »Na komm schon, Honey. Sei vernünftig. Inspector Omondi hat sich alle anderen Zelte angesehen. Willst du, daß er glaubt, wir hätten was zu verbergen?«

Al schüttelte sie ab. »In Kenia ist das nicht anders als in England oder Amerika, stimmt's? Unschuldig, bis das Gegenteil bewiesen ist. Ich muß nicht beweisen, daß ich nichts versteckt habe. Es paßt mir nicht, wie ein Krimineller behandelt zu werden.«

»Sir, ich versichere Ihnen –«

»Versicherungen, mein –«

»Inspector, vielleicht morgen«, schaltete sich Madge laut ein und schob Al praktisch in ihr Zelt.

»Was glaubt er denn, was wir hier haben? Noch 'ne Leiche?« Die schwere Zeltplane fiel zu und erstickte Madges Erwiderung.

Omondi trat einen taktischen Rückzug an und gesellte sich mit Eleanor wieder zu uns.

»Die Hitze geht allen auf die Nerven«, erklärte sie ihm. »Sie sollten das Al nicht übelnehmen.«

Omondi lächelte. »Ich glaube, er ist nicht gewohnt, in dieser Höhe zu trinken. Das geht einem gleich in den Kopf.« Er deutete auf seine Schläfe.

»Wie lange werden Sie brauchen, um einen Durchsuchungsbefehl zu kriegen?« fragte ich. »Falls Al Sie wirklich nicht in sein Zelt reingucken läßt.«

Omondi sah mich amüsiert an. »Keine Sorge, ich glaube, wir haben die Macht hinter dem Thron auf unserer Seite.« Ich muß ziemlich skeptisch dreingeblickt haben, denn er fügte hinzu: »Wenn Madge ihn nicht umstimmt, kann ich schon morgen einen Durchsuchungsbefehl hier haben.« Er drohte mir mit dem Finger. »Sie hören immer nur das Tick Tick Tick des Sekundenzeigers, bis sie genauso angespannt sind wie die Uhrfeder. Das ist nicht gut. Sie werden zerspringen, bevor der Wettlauf gegen die Uhr vorbei ist.«

Omondis Haltung beruhigte mich keineswegs. Afrikaner leben nicht nach der Uhr und haben keinen Respekt davor. Omondi konnte nicht verstehen, was für jemanden wie Al ein Termin bedeutete. Falls wir nicht belastendes Material fanden, um ihn festzuhalten, würde Al am Freitag im Flugzeug nach New York sitzen.

»Wenn die nicht aufhören zu singen, fange ich an zu schreien«, sagte Candy und ließ sich wieder auf ihren Stuhl fallen. »Das macht mich verrückt.«

Es klang, als ob die Massai nun ganz nah wären, direkt am Rand der Lichtung. Das Tageslicht war nur noch spärlich. Mir verkrampfte sich der Magen.

So nach und nach tauchten die Massai zwischen den Büschen auf. Zuerst ein großer junger Mann, dann einige Frauen und ein Mann mittleren Alters. Langsam betraten alle die Lichtung. Einer der Ältesten trat vor und sagte etwas in Suaheli. Er deutete nach Norden, Westen, Süden und Osten. Ich brauchte kein Suaheli, um die Worte zu verstehen.

Sie hatten den Speer nicht gefunden.

11

Zwei Kerosinlampen warfen einen warmen Schein auf die Gesichter an dem langen Tisch. Winzige Flämmchen spiegelten sich in dem Silberzeug und den Gläsern. Molezzi stand diskret in der Nähe, bereit, noch mehr Essen und Getränke zu bringen. Man hatte sich mit dem Abendessen verspätet, da Omondi und Kakombe das Personal befragt und deren Zelte durchsucht hatten, als Ibrahima gerade mitten im Kochen war. Trotz allem hielt das Personal an der britischen Tradition eines gepflegten Dinners fest, ungeachtet aller Umstände, ob man nun im Busch kampierte oder ob sich ein Mord ereignet hatte. Lustlos nahm ich die Gabel in die Hand und legte sie wieder hin. Ich war nicht gerade in Feiertagsstimmung. Omondi schien sich zu amüsieren, und Kakombe schien das Essen zu genießen, doch alle anderen waren niedergedrückt.

Der Pilot war in der Abenddämmerung abgeflogen. Verpackt in Leichensäcken der Polizei hatte er Boyce und Lynn mitgenommen sowie meine schmutzigen Klamotten. Omondi hatte gesagt, daß die Leute von der Pathologie ihm einen Gefallen schuldeten und versprochen hätten, die Autopsie noch heute abend durchzuführen.

Dennoch war ich wegen der mißlungenen Suche entmutigt. Wie konnte ein zwei Meter langer Speer einfach verschwinden? Wenn es den Massai nicht gelungen war, ihn im Unterholz um das Camp herum zu finden, mußte er entweder weit weg sein, oder wieder in dem Massai-Kral, gereinigt und von den übrigen Speeren nicht zu unterscheiden. Omondi war davon überzeugt, daß ein Massai ein solches Verbrechen niemals begehen würde, daß es für so etwas keinen Platz im Universum der Massai gab. Ich neigte prinzipiell dazu, ihm zuzustimmen, aber andererseits war er auch davon überzeugt gewesen, daß sie den Speer finden würden. Er mochte zwar schnell sein, aber bisher hatte er noch nichts erreicht.

Ich nahm einen Bissen von der kärglichen Portion, die ich mir hatte geben lassen. Wir würden ihn nie finden. Keine blutigen Kleidungsstücke, keine Spuren außer meinen, keine Mordwaffe. Was hatten wir da für eine Chance, den Mörder zu finden?

Die Unterhaltung verlief in Schüben mit langen Unterbrechungen. In einer dieser Pausen konnte ich das Tap Tap Tap eines sprechenden Käfers hören, der nach einem Weibchen telegraphierte. Die Zirpfrösche schlossen sich mit einem lebhaften Chorgesang an. Ihr kleines Leben ging weiter, als ob nichts geschehen wäre, während für uns die Zeit stehengeblieben zu sein schien wie ein Schlüssel, der in einem rostigen Schloß klemmte.

»Inspector, wohnen Sie in Nairobi?« fragte Eleanor.

»Ja, auf dem Land ist es mir zu ruhig. Ich mag das geschäftige Treiben der Menschen um mich.« Er schüttelte lächelnd den Kopf. »Oh, Nairobi. Da halten sie mich ganz schön auf Trab.«

»Kommen Sie aus einer großen Familie?« Im Lampenlicht wirkte Eleanors Gesichtsfarbe weniger kränklich, als sie den ganzen Tag über ausgesehen hatte. Sie hatte wieder das schwarze Kleid mit den Rüschen am Hals und an den Handgelenken angezogen. Es war eher für eine Party als für ein Begräbnis geeignet, doch jedesmal, wenn ich sie ansah, erinnerte es mich daran, daß sie Witwe war, und mir wurde schwer ums Herz.

»Sehr groß.« Omondi machte eine ausholende Geste. »Wir sind eine starke Familie.«

»Wie viele sind Sie denn?« fragte Eleanor.

»Etwa zweihundert.«

Al fing an zu lachen.

»Die Familienfeiern müssen eine echte Strapaze sein«, sagte Cliff.

»Wir hatten im letzten Monat eine Hochzeit. Eine große Party. Aber ich sehe meine Familie nicht so oft, wie ich es gerne tun würde. Meine Mutter und fast alle meine Tanten und Onkel sind Bauern«, sagte Omondi, »oben im Norden, im Teeland.«

»Gibt es dort auch Tiere in freier Wildbahn?« fragte Madge. Einige Strähnen hatten sich aus ihrem Haarknoten gelöst, und sie hatte dunkle Tränensäcke unter den Augen.

»O nein, schon seit einiger Zeit nicht mehr.« Omondi legte sein Besteck hin und beugte sich vor. »Wissen Sie, die Tiere machen viel kaputt.« Mit seinen Händen machte er rupfende Bewegungen, wie Affen, die ein Feld plündern. »Erst kamen die Briten. Sie haben alles Wild getötet, das sie finden konnten, zum Vergnügen. Hui, denen hat die Jagd Spaß gemacht, diesen Briten. Die haben immer irgendwas getötet.« Er schüttelte den Kopf.

»Jetzt ist aber Jagen nicht mehr erlaubt, oder?« fragte Madge. »Hat Kenia nicht mehr Parks eingerichtet als jedes andere Land auf der Welt?«

»Das große Problem ist, es gibt nicht mehr genug freies Land. Gleichzeitig sind aber nicht mal genügend Farmen vorhanden. Das ist schlecht, weil wir die Tiere nämlich brauchen, um unser lukrativstes Produkt zu hegen – die Touristen.« Er lachte. Das war offensichtlich einer seiner Lieblingsscherze.

Eleanor gelang es zu lächeln. Dann herrschte wieder mürrisches Schweigen. Dieses Gespräch deprimierte mich ebensosehr wie Lynns Tod. Keine Jagd mehr? War Wildern denn was anderes? Der größte Teil der Elefanten in Kenia ist seit den siebziger Jahren getötet worden. Alle lieben Elefanten, doch die Leute kaufen immer weiter Elfenbeinschmuck, als ob da kein Zusammenhang bestünde. Mir war zum Heulen zumute.

Als das Geschirr abgeräumt war und Kaffee serviert wurde, beugte sich Omondi vor, die Ellbogen auf den Tisch gestützt. »Ich weiß, Sie sind müde. Das kann ich sehen.« Er zeigte auf sein rechtes Auge. »Sie sind entmutigt. Lassen Sie das nicht zu. Nur der Mörder soll sich unbehaglich fühlen, denn wir sind ihm auf der Spur. Wir wollen gemeinsam seine Fährte aufspüren.«

Dann ging er mit uns von allen Seiten die Ereignisse der ganzen Reise durch, besonders die des Vortags, der mit Boyce' Herzinfarkt und dem Kauf des Speers geendet hatte. Ich glaubte zu wissen, warum er sich auf Boyce konzentrierte. Wenn die beiden Todesfälle nichts miteinander zu tun hatten, dann war es denkbar, daß Lynn von einem herumstreunenden Psychopathen ermordet worden war, der den Speer gefunden, sie aufs Geratewohl umgebracht hatte und dann wieder in der Dunkelheit verschwunden war. Wenn Lynns Tod allerdings mit Boyce' Herzinfarkt in Verbindung stand, dann war der Mörder unter uns.

»Das ist eine einzige Zeitverschwendung«, sagte Al. »Wir kommen nicht weiter, wenn wir nur hier rumsitzen und schwafeln.«

»Vielleicht sollten wir es doch mit dem Opfern einer Ziege versuchen, Inspector«, sagte Cliff auf seine lockere Art. »Die kann man zumindest hinterher essen.«

Ich ließ mir von Molezzi etwas heißen Kaffee einschenken. Er lächelte mir mitfühlend zu. Ich umklammerte die Tasse und bemühte mich, nicht in Pessimismus zu versinken.

»Ich höre zu, ich lerne«, antwortete Omondi. »Erzählen Sie mir noch einmal, wer war bei der letzten Pirschfahrt dabei?« Er gab Molezzi ein Zeichen, ihm noch mehr Kaffee zu bringen, schüttete drei Teelöffel Zucker hinein und rührte heftig um.

»Chris Mbare und Boyce saßen auf den vorderen Sitzen, Lynn und ich in der Mitte und die Harts auf dem Rücksitz«, erklärte ich ihm.

Omondi fragte die drei, die nicht dabei waren, warum sie nicht mitgefahren waren und was sie statt dessen getan hätten. Es war, als hätte er bei der Betrachtung eines Escher-Drucks die Perspektive gewechselt. Plötzlich sah man, daß die Treppe, die so stabil ausgesehen hatte, im Raum schwebte und sich merkwürdig um sich selbst drehte. Cliff erklärte, er habe ein Sonnenbad genommen, Eleanor, sie habe Briefe geschrieben, Candy, sie habe Aerobic gemacht. Doch Omondi hinterfragte beharrlich ihre Gründe. Hatten sie bereits andere Pirschfahrten ausfallen lassen? Nein? Warum denn ausgerechnet diese, wo doch die Aussicht bestand, eine Löwin bei der Jagd beobachten zu können?

Ich befand mich in einem Dilemma. Niemand sagte etwas von dem Streit zwischen Candy und Boyce, und ich wollte mich natürlich nicht unbeliebt machen, indem ich davon anfing. Mein Lebensunterhalt hing vom Wohlwollen dieser Leute ab. Sollte ich es Omondi später unter vier Augen erzählen? Wir hatten keine Zeit. Wenn ich wartete, würde er morgen alle noch einmal befragen müssen und damit kostbare Zeit verlieren.

Ich setzte mich aufrecht. »Ich frage mich, ob außer mir noch jemand das Gefühl hatte, daß Boyce etwas beunruhigte, daß er in den letzten Tagen nicht ganz er selbst war?« Ich sah Omondi in die Augen, und die warme Direktheit seines Blicks gab mir einen inneren Ruck.

Eleanor versuchte abzustreiten, was ich gesagt hatte, doch Candy erkannte vermutlich, daß ihr Streit mit Boyce ohnehin ans Licht kommen würde und es wohl besser wäre, wenn sie selbst davon sprach. Wir saßen in der Lodge am Swimmingpool herum, erzählte sie Omondi, da stürmte Boyce plötzlich durch die Hibiskushecke, schnappte sich Cliff und fing an, Candy vor allen Anwesenden lautstark zu beleidigen.

»Sie zu beleidigen?« Omondi klang überrascht.

»Er wollte mich aus der Serie raushaben, sagte, ich sei der falsche Typ für Wild and Free. Können Sie sich das vorstellen?« Candy schmollte, was ihre vollen Lippen besonders vorteilhaft zur Geltung brachte.

»Was stimmt an Ihrem Aussehen nicht?« fragte Omondi.

»Er hat gesagt, Candy sähe aus wie eine Nutte. Also wie eine Prostituierte«, fügte ich hinzu, als ob ich für Omondi übersetzen müßte. Wenn das Candy nicht zum Reden brachte, würde es nie gelingen. Sie war so wütend auf Boyce gewesen, als er das gesagt hatte, daß sie ihn am liebsten auf der Stelle umgebracht hätte. Erschrocken über meine eigenen Gedanken fiel mir der Teelöffel mit lautem Geklapper auf den Unterteller. Der ganze Tisch fuhr bei dem Geräusch zusammen.

»Eine Nutte«, wiederholte Omondi.

»Es ist mir unangenehm, schlecht von dem Toten zu reden«, sagte Candy. Sie warf ihr Haar zurück. »Aber Mr. Darnell war so ein gewisser Typ. Bloß weil ihm die Firma gehörte oder weil wir am Abend vorher geflirtet hatten und ich mir von ihm Champagner hatte spendieren lassen, bedeutete das noch lange nicht, daß ich ihm gehörte, wissen Sie, was ich meine? Ich verdiene mir mein Geld selbst. Ich schuldete ihm keinen Gefallen.«

»Sie meinen, daß Mr. Darnell Sie so rüde rausgeschmissen hat, weil Sie seine Annäherungsversuche zurückgewiesen haben?« fragte Omondi.

Candy nickte und blickte traurig auf ihren Schoß. Das Ebenbild verletzter Unschuld.

»Tatsächlich«, sagte Eleanor schockiert.

»Tut mir leid, Eleanor. Ich wollte das eigentlich nicht verbreiten, aber ich will auch nicht, daß man den falschen Eindruck von mir bekommt.« Sie wandte sich an Omondi. »Natürlich war ich wütend auf ihn, weil er mich beleidigt hatte. Ich sagte ihm, er solle sich bloß nicht mit mir anlegen, dann bin ich gegangen.«

Längere Zeit herrschte Schweigen. Candy blickte wütend in die Runde. »Ich würde doch so einen alten Arsch nicht gleich umbringen, bloß weil er mich gefeuert hat.«

»Denkt ja auch niemand, daß du's getan hast«, schaltete sich Cliff ein. »Das war ein ganz normaler Wortwechsel – für Boyce jedenfalls, nicht für dich, Candy«, fügte er rasch hinzu.

Omondi fragte: »Was war normal?«

Cliff signalisierte Molezzi, ihm einen Cognac zu bringen. »Ich hab zwar sehr an Boyce gehangen, aber wir alle wissen, daß er seine kleinen Eigenheiten hatte. Ich persönlich fand seine Wutanfälle ganz liebenswert. Es ging auch nicht nur um Candy. Gestern hatte er sich über Jazz geärgert und wollte, daß ich nach dieser Reise ein anderes Safari-Unternehmen engagiere.«

Omondi wandte sich an Madge. »Sie waren so still, Mrs. Hart. Was denken Sie?«

»Über Boyce' Verhalten in der letzten Zeit?« Madge zog ihre dunklen Augenbrauen hoch. »Da kann ich eigentlich nur Cliff zustimmen. Wir waren alle recht gut an Boyce gewöhnt. Jazz und Candy sind nicht die ersten, die er gefeuert hat. Diese Reise lief sogar besser als das gewöhnlich der Fall war.«

Madge log, und ich fragte mich warum. Ich hatte eindeutig mitbekommen, wie sie zu Al gesagt hatte, daß es mit Boyce immer schlimmer würde.

»Er hat Sie auch mal gefeuert, nicht wahr, Madge?« sagte Candy.

Madge wirkte verärgert.

»Nachdem Boyce so eklig zu mir war, hat sie mir erzählt, daß er mit ihr mal dasselbe gemacht hätte«, erklärte Candy. »Wissen Sie, um mich aufzumuntern, daß ich nicht die einzige sei, die er je rausgeschmissen hat.«

»Erzählen Sie mir davon, wie Sie gefeuert wurden«, forderte Omondi Madge auf.

Al beugte sich vor, die Ellbogen auf den Tisch gestützt. »Als wir mit der Firma anfingen, hat Madge bei uns die Buchführung gemacht. Das war vor dreißig Jahren, oder? Nach der Geburt unserer ersten Tochter hatte Boyce das Gefühl, daß Madge nicht mehr genügend Zeit für ihren Job aufbrachte. Es war eher eine gemeinsame Entscheidung. Aber zum Teufel, das ist lange her.«

»So hat Madge mir das aber nicht erzählt«, sagte Candy. »Sie sagte, Boyce habe sie beschuldigt, die Bücher frisiert zu haben, weil da eine kleine Unstimmigkeit bestand, und sie rausgeekelt. Wenn sie es sich hätten leisten können, hätte Al damals auf der Stelle seinen Anteil verkauft.« Sie fing wütende Blicke der beiden Harts auf. »Schließlich sollen wir doch die Wahrheit sagen, oder etwa nicht? Ich möchte nicht, daß der Inspector glaubt, ich wäre die einzige, die kein Fan von Boyce Darnell war.«

Madges Mund wurde ganz schmal, und sie starrte Candy durchdringend an. »Wollen Sie etwa Al als Lügner bezeichnen? Nach allem, was wir für Sie getan haben? Candy, an Ihrer Stelle würde ich es mir zweimal überlegen, bevor ich so was ausplaudern würde.«

Candy war einen Augenblick sprachlos angesichts dieser unerwarteten Aggressivität von Madge, dann murmelte sie: »Ich hab das nicht böse gemeint.«

Madges Gesicht entspannte sich. »Das weiß ich, aber Sie geben dem Inspector einen falschen Eindruck. Ich hab Ihnen diese Geschichte nicht erzählt, damit Sie sie verbreiten.« Sie sah nun wieder aus wie immer. »Das hört sich viel schlimmer an, als es damals war, Inspector. Ich hab mich mit Candy nur so von Frau zu Frau unterhalten, um sie wegen Boyce zu beruhigen, ihr zu sagen, sie solle es nicht so persönlich nehmen.«

»Haben Sie es auch nicht persönlich genommen, als Mr. Darnell Sie der Unterschlagung beschuldigte?« fragte Omondi.

Madge schüttelte den Kopf. »So war das nicht. Es ging nie darum, daß ich etwas unterschlagen hätte. Was Al gesagt hat, stimmt. Ich wollte mich ausschließlich mit meinen Kindern beschäftigen, und die Finanzen der Firma waren mir über den Kopf gewachsen. Boyce hat sich zwar nicht sehr nett verhalten, aber er hatte recht. Ich hatte tatsächlich die Bücher durcheinandergebracht. Nachdem wir uns alle beruhigt hatten, wurde die Entscheidung einstimmig getroffen. Negative Gefühle vergehen, und davon geht die Welt nicht unter. Das war das einzige, was ich Candy klarmachen wollte.« Sie sah zu Candy, die wieder schmollte. »Vielleicht hab ich meine eigenen beruflichen Ambitionen überbetont, um ihr zu zeigen, daß ich ihren Standpunkt verstehe – obwohl ich Buchhaltung nicht gerade als Karriere bezeichnen würde.«

»Boyce hat nie verstanden, wie sehr man junge Leute wie Candy durch spitze Bemerkungen verletzen kann«, fügte Eleanor hinzu. »Das erkläre ich meinen Töchtern immer wieder. Es ist ein furchtbarer Streß, ein so großes Unternehmen wie Wild and Free zu leiten, und manchmal hat er Leute runtergemacht, obwohl er es gar nicht so meinte.«

Omondi war dabei, merkwürdige kleine Geheimnisse auszugraben. Ich blickte in die Runde und fragte mich, ob wir die ganze Wahrheit erfahren hatten. Plötzlich sah ich Madge in einem neuen Licht. Nach einem so üblen Vorwurf wie dem, die Bücher frisiert zu haben, hätte ich nicht mehr friedlich mit Boyce umgehen können. Hatte sie Boyce wirklich verziehen, oder hatte sie all die Jahre ihre Wut hinter einer höflichen Fassade versteckt?

Omondi wandte sich an Al. »War es üblich, daß beide Partner zusammen verreisten?«

Al lehnte sich zurück, so daß sich sein Bauch deutlich unter seinem Polohemd abzeichnete. »Boyce und ich dachten, daß den Frauen dieser Trip gefallen könnte. Das schien uns damals eine gute Idee.«

»Haben Sie vier sehr viel privaten Kontakt miteinander gehabt?«

»Die Frauen sind schon seit ewigen Zeiten miteinander befreundet. Boyce und ich haben uns erst durch sie kennengelernt. Wir vier haben früher mehr zusammengemacht, doch dann kamen die Kinder, die Firma wurde immer größer, Sie wissen, wie das ist. Wir haben nicht denselben Bekanntenkreis, aber es ist immer schön, Eleanor zu sehen.«

»Können Sie mir vielleicht dieses Telegramm erklären?« Omondi griff in seine Tasche, zog das gelbe Blatt Papier hervor und gab es Al. »Das hab ich unter Boyce' Sachen gefunden.«

Al sah auf das Telegramm, und sein Gesicht wurde ausdruckslos. Er setzte sich gerader und machte einen merkwürdig verkrampften Eindruck. Falls er versuchte, sich nichts anmerken zu lassen, gelang ihm das sehr schlecht.

»Was ist das?« Madge beugte sich über seine Schulter und überflog rasch das Blatt. »Wann hat Boyce das bekommen? Al!« Sie warf Eleanor einen Blick zu.

»Das beunruhigt Sie, Mrs. Hart?« fragte Omondi.

Al warf das Telegramm auf den Tisch. »Ich hatte ein größeres Darlehen aufgenommen, Inspector, darüber hat Madge sich Gedanken gemacht. Madge ist, was Investitionen angeht, etwas konservativer als ich. Zum Glück hab ich vor der Abreise alles zurückgezahlt.«

Madge sah in ihren Schoß, wobei sie fortwährend die Finger ineinander verschränkte. Ich glaubte Al nicht, und ihrem Verhalten nach zu urteilen, tat Madge das ebensowenig.

Al schlug auf das Telegramm. »Es sieht so aus, als hätte Boyce den Stand der Wild-and-Free-Aktien überprüft, und sie sind ein bißchen gesunken. Das hat mich einen Augenblick schockiert. Ha ha! Aber es ist wirklich nichts, worüber man sich Sorgen machen müßte. Der ganze Markt war in letzter Zeit sehr unbeständig.«

Ich sah von Al zu Omondi und wieder zurück. Würde Omondi Al der Lüge bezichtigen?

Omondi nahm das Telex vom Tisch, faltete es und legte es wieder hin. »Ja, vor dem Essen hat Cliff mir erklärt, was für eine außerordentliche Hausse Sie im Augenblick erlebten. Das gefiel mir... Spekulieren auf Hausse und Baisse. Merkwürdig diese plötzliche Bewegung gegen den Strom.«

Al klopfte auf seinen Bauch, als ob er in seinem Körperumfang eine Bestätigung suchte. »Yeah, wenn man so lange im Geschäft ist wie ich, hat man gelernt, sich nicht über jeden kleinen Aufschwung oder Rückgang aufzuregen, wissen Sie, was ich meine?«

Ich wollte versuchen, Madge später danach zu fragen, doch ich bezweifelte, daß sie mir sagen würde, was los war. Vielleicht wußte Cliff etwas. Mein Verstand begann zu rasen. Steckte Wild and Free in großen Schwierigkeiten? Was hatten die Harts vor? Hatte die in geschäftlichen Dingen sehr clevere Lynn etwas entdeckt, das sie für diese Leute zu einer Bedrohung machte?

»Ich frage mich, ob Boyce die schlechte Nachricht mehr mitgenommen hat als Sie, Al«, sagte ich. »Könnte dieses Telegramm seine Herzprobleme noch verstärkt haben?«

Madge runzelte konzentriert die Stirn. »Da fällt mir was ein. Ein paar Stunden bevor wir von der Lodge hierher aufgebrochen sind, sah ich Boyce aus der Telefonzelle kommen. Er wirkte wie betäubt. Krank. Vielleicht hatte er gerade die Sache mit den Aktien erfahren.« Sie schien diesen Augenblick, der sich vor zwei Tagen abgespielt hatte, vor sich zu sehen. »Ich hab ihn gefragt, ob alles in Ordnung wäre, und er hat noch nicht mal geantwortet. Er ist einfach in einer merkwürdig ruckartigen Weise weitergegangen.« Sie schüttelte den Kopf, als ob sie sich von diesem Blick befreien wollte. »Als ich ihn das nächste Mal sah, kam er mir wie immer vor, und ich hab ihn nicht darauf angesprochen. Er mochte nicht, wenn man Aufhebens um ihn machte.«

»War das vor oder nach dem Streit mit Candy?« wollte Omondi von ihr wissen.

»Oh, auf jeden Fall nachher, etwa drei oder vier Stunden später.«

Al nahm das Telex in die Hand und las die Kopfzeile. »Das war keine Reaktion auf dieses Telex. Das hat er bereits letzte Woche bekommen, als wir in Nairobi waren. Falls die Situation nicht noch schlimmer geworden ist. Verdammt. Ich sollte sehen, daß ich selbst bald an ein Telefon rankomme.«

Omondi könnte vermutlich Boyce' Anruf zurückverfolgen. Ich wollte diese Aktiengeschichte überprüfen. Plötzlich sah ich in Gedanken die Wall Street vor mir, die Trinity Church, die in den Straßenschluchten zwischen den Wolkenkratzern ganz klein wirkt. Susan Greenburg, eine Freundin von mir, arbeitete in New York als Börsenmaklerin. Sie könnte das für mich feststellen. Ich würde morgen zur Lodge fahren und sie von dort anrufen müssen. Es war zu kompliziert, diese Sache in einem Telegramm zu erklären.

Die Leute am Tisch schwiegen, alle waren mit ihren eigenen Gedanken beschäftigt. Mit erhobener Tasse begann Omondi zu sprechen. »Hat jemand von Ihnen in der letzten Nacht etwas gehört oder gesehen?« Er machte eine lange Pause. »Alle haben fest durchgeschlafen?«

Eleanor spielte an ihren Rüschen herum, dann hob sie die Hand wie ein Schulmädchen. »Ich hab vielleicht was gehört, aber ich bin mir nicht sicher.«

»Erzählen Sie uns, was passiert ist«, sagte Omondi mit leiser Stimme. Er stellte seine Tasse mit einem leisen Klirren zurück.

Eleanor riß die Augen weit auf. »Ich hab mich hingelegt, aber ich, ich konnte nicht schlafen. Ich muß dauernd an Boyce denken, wie er da so ganz allein lag. Das schien mir nicht richtig. Ich wollte mich vergewissern, ob die Lampe in seinem Zelt noch brannte. Deshalb bin ich kurz rübergegangen. Sozusagen, um ihm Gesellschaft zu leisten.« Sie versuchte zitternd zu lächeln, blieb aber mit der Unterlippe zwischen den Zähnen hängen.

»Um wieviel Uhr war das?«

Eleanor schüttelte achselzuckend den Kopf.

»Ich würde schätzen etwa zwischen halb zwei und drei«, sagte Madge.

»Sie waren also auch da? Konnten Sie auch nicht schlafen?«

Madge wirkte ein bißchen verlegen. »Nein, ich hab geschlafen, aber ich mußte aufs Klo. Das muß ich fast immer nachts um diese Zeit. Ich glaubte, ich hätte jemanden in Boyce' Zelt gehört und bin nachsehen gegangen.«

»Ganz allein?« fragte Omondi. »Ohne Ihren Mann zu wekken?«

»Es hörte sich an wie Eleanor. Ersticktes Weinen, wissen Sie. Ich versuchte, sie zu beruhigen und brachte sie wieder ins Bett. Dann ging ich zur Toilette.«

»Ist Ihnen an Lynns Zelt etwas aufgefallen?«

Madge senkte die Stimme. »Nein, und dabei hab ich mich im Camp umgesehen. Es war dunkel, und ich war ein bißchen nervös. Die Frösche machten einen Riesenlärm, und diese Klippschliefer kreischten, aber das war alles. Ich bin schnell wieder eingeschlafen. Ich war sehr müde.«

Omondi wandte sich an Eleanor. »Nun erzählen Sie uns doch mal, wann Sie das Geräusch gehört haben?«

»Als ich wieder im Bett war. Ich hab keine Ahnung, wieviel Zeit vergangen war. Ich lag ganz still da, versuchte, nicht nachzudenken, da hörte ich ein ganz leises Geräusch nicht weit von meinem Zelt. Einen Augenblick hatte ich Angst, doch als dann nichts passierte, sagte ich mir, sei nicht so schreckhaft.«

»Wie hörte sich das Geräusch an?«

»Ich bin mir nicht sicher.« Eleanor wirkte beunruhigt, als ob der Lehrer sie ausschimpfen könnte. »Es war klar, wenn auch leise. Kein Tierruf.«

»Haben Sie es für einen Schritt gehalten?«

»Ich war mir nicht sicher. Vielleicht ein losgetretener Stein? Oder ein weggewehtes Blatt? Könnte ein Blatt ein solches Geräusch machen?« Eleanors Stimme klang nervös. »Glauben Sie wirklich, daß es ein Schritt war?«

»Jetzt fang nicht an, dir Dinge einzubilden«, ermahnte Al sie. »Es ist ohnehin egal, ob du ein Blatt, einen Stein oder eine Herde Elefanten gehört hast. Wir glauben ja wohl kaum, daß ein Geist sie umgebracht hat, also muß jemand in der letzten Nacht herumgeschlichen sein.«

Omondi stützte seine Arme auf den Tisch und bildete mit den Fingern eine Art Zelt. »Danke, Mrs. Darnell. Hat sonst noch jemand was gehört? Nein? Dann wollen wir noch einmal durchgehen, weshalb die einzelnen Personen an dieser Reise teilgenommen haben. Wer hat entschieden, wer mitkommen soll?«

Cliff hielt seinen Cognac ins Licht und schielte auf die dunkle bernsteinfarbene Flüssigkeit. »Vielleicht kann ich dazu einige Informationen beisteuern. Mal überlegen ... Lynn hatte das Storyboard im September fertig.« Er nahm einen Schluck und ließ den Cognac über seine Zunge rollen. »Wir sind damit zu Boyce und Al gegangen und haben grünes Licht für eine Serie von zweiunddreißig Spots bekommen. Es war ein Knüller. Alle waren begeistert. Wir beschlossen, mit der Autorin – also mit Lynn – hierherzufahren, den Drehort zu erkunden und bestimmte Dinge direkt an Ort und Stelle zu klären. Ich hatte vor, einen einheimischen Regieassistenten zu engagieren und mich zu erkundigen, ob man eventuell auch einheimische Filmleute anheuern könnte. Dann wollte ich die reguläre Film-Crew, mit der ich gerne zusammenarbeite, von New York hierherbringen.«

»Sehr interessant.« Omondi beugte sich vor, seine Augen strahlten im Schein der Lampen. »Sie werden also auch einheimische Filmemacher einsetzen. Wir haben viele talentierte Leute.«

Ich blickte finster in meinen Kaffee. Das ist eine Ermittlung in einem Mordfall, wollte ich ihn anfahren, keine Versammlung der Handelskammer. Wir haben keine Zeit zu verlieren. Omondi warf mir einen amüsierten Blick zu, mit dem er sich einerseits über mich lustig machte, mich andererseits aber auch beruhigte. Er schien mir sagen zu wollen, hier ist Omondi, der charmante Ränkeschmied, in Aktion, schenk mir ein bißchen Vertrauen.

»Nun verraten Sie mir mal folgendes«, sagte Omondi. »Weshalb war Candy auf diesem ersten Trip mit dabei? Das Model hat doch erst eine Aufgabe, wenn Sie anfangen zu filmen, sehe ich das richtig?« Er hatte unsere Spur zurückverfolgt und näherte sich jetzt der Beziehung zwischen Candy und Boyce von einer anderen Seite.

Cliff und Al sahen sich an. Wer sollte das beantworten? Ich hatte Lynn dieselbe Frage gestellt und erfahren, daß Boyce gerne Models um sich hatte. Er betrachtete die Anwesenheit einer schönen Frau als angenehmen Nebeneffekt, wenn er für Werbespots Geld ausgab.

Es entstand eine Pause.

»Ich glaube, es war meine Idee«, antwortete Cliff. »Ich dachte, das gäbe dem ganzen Trip etwas Hollywood-Atmosphäre.«

Candy sagte: »Mir war nicht klar, daß ich nur wegen der Atmosphäre hier war.«

Cliff zündete sich eine Zigarette an und löschte das Streichholz mit einer raschen Bewegung des Handgelenks. »Es ist nichts Schlimmes dabei, einer Geschäftsreise für die Kunden ein bißchen Glamour zu geben, Darling.«

Candy tat ihr Mißfallen durch ein damenhaftes Schnauben kund. Sie griff nach Cliffs Zigarettenschachtel und ließ sich von ihm Feuer geben.

Wem wollte sie was vormachen? Candy mußte wissen, weshalb man sie gebeten hatte mitzukommen. Molezzi bot ihr noch mehr Kaffee an, doch sie wimmelte ihn mit einer Handbewegung ab. Warum gab sie sich so unschuldig? Boyce gegenüber hatte sie ganz bestimmt nicht die Unschuldige gespielt. War vielleicht schon vor der Reise etwas zwischen ihnen gewesen? Möglicherweise hatten wir nur das Schlußkapitel einer langen Geschichte erlebt.

Ich hatte mich immer gefragt, wie Archäologen einen zerbrochenen Topf zusammensetzten, wenn sie noch nicht einmal wußten, ob die Scherben, die sie gefunden hatten, zu einem oder zu mehreren Töpfen gehörten. Jetzt kam mir der Gedanke, daß sie gar nicht einen einzigen Topf zusammensetzten. Sie mußten aus einer vorhandenen Anzahl Scherben alle möglichen Teiltöpfe wiederherstellen. Wenn sie Glück hatten, war zumindest einer davon mehr oder weniger komplett.

Ich blickte in die Runde. Würden wir die kleinen Geheimnisse jedes einzelnen zusammenfügen müssen? Könnten wir das bis morgen abend schaffen? Und falls wir soweit kamen, würden wir dann wissen, wer Lynn ermordet hatte?

12

Drei Stunden später waren wir immer noch dran. Omondi hatte die Gruppe nach draußen gebeten und auf Stühle um das Lagerfeuer plaziert. Trotz der tanzenden Flammen blieb unser Kreis im Dunkeln. In dem flackernden Licht wurden immer wieder einzelne Gesichter kurz erkennbar und verschwanden wieder. Körperlose Stimmen schwebten durch die Nachtluft. Das Feuer war typisch afrikanisch angelegt. Man hatte die langen dünnen Scheite wie Speichen eines Rades angeordnet und nicht übereinander gestapelt. Die Scheite waren bereits bis über die Hälfte verbrannt, und das Zentrum des Feuers war ein Bett glühender Kohlen. Mir fiel immer wieder der Kopf herunter, und ich mußte mich krampfhaft wach halten. Normalerweise schlief ich um diese Uhrzeit. Ich beugte mich vor und schob einen glimmenden Scheit in die Mitte des Feuers. Es zischte und ging in Flammen auf. Funken sprühten und verlöschten wieder.

Omondi beschränkte sich nun auf eine ruhigere Rolle und ließ die Dunkelheit und das Feuer ihre Wirkung tun. Die Leute hatten angefangen, spontaner zu reden. So nach und nach hatten wir ein detailliertes Bild der Beziehungen aller Mitreisenden untereinander hergestellt. Soweit ich das beurteilen konnte, ergab das nichts weiter als einen dichten Wust von nebulösen Möglichkeiten, mit dem wir uns noch wochenlang ergebnislos beschäftigen könnten. Falls eine Verbindung zwischen Boyce's Herzinfarkt und dem Mord an Lynn bestand, so war die so undurchschaubar wie eh und je.

Ich sah vor mir, wie der Speer letzte Nacht neben dem Lagerfeuer gestanden hatte, den Schaft in den Boden gerammt und die tödliche Spitze im Schein der Flammen zitternd. Wer von uns hätte es fertiggebracht, diesen Speer in die Hand zu nehmen und die Spitze in Lynns Kehle zu bohren? Trotzdem überzeugte mich Als Theorie von einem Psychokiller nicht. Was für einen Grund sollte ein Fremder haben, Lynn anzugreifen? Das paßte einfach nicht zu Kenia, zum Leben im Busch.

Ich rutschte tiefer auf meinem Stuhl, so daß ich den Kopf gegen den Segeltuchrücken legen konnte und streckte meine Beine zum Feuer aus. Ich konnte die Leute in der Runde an ihren Füßen identifizieren, weil die von den Flammen beleuchtet wurden. Cliff trug weiche italienische Slipper in hellgelb. Das mußte seine Lieblingsfarbe sein. Gute Detektivarbeit, Jazz. Madge hatte flache Espadrilles an, ein Kompromiß zwischen Bequemlichkeit und Korrektheit. Eleanor trug konservative schwarze Schuhe mit hohem Absatz – natürlich, Candy einen Hauch von Sandale, die durch zwei geschickt plazierte Riemchen an ihrem Fuß hielt. Ich mußte kämpfen, damit mir die Augenlider nicht zufielen. Die Erschöpfung und die Anonymität, die vertrauliche Mitteilungen hervorlocken sollten, lullten mich in den Schlaf.

Ein Löwe knurrte, vermutlich einen Kilometer entfernt auf

der anderen Seite des Flusses. Ein weiteres Knurren näher am Camp.

»Ein Löwe«, sagte ich.

Cliff machte eine seiner lockeren Bemerkungen. »Ich kann euch gar nicht sagen, wie enttäuscht ich war, als ich hörte, wie Löwen knurren. Das Gebrüll bei MGM war viel besser.« Er schnippte eine Zigarettenkippe in die orangefarbenen Kohlen. »Deshalb tut es mir schon fast leid, daß ich nach Afrika gefahren bin. Ich hab ohnehin nur noch wenige Illusionen, und die verliere ich äußerst ungern.«

In mittlerer Entfernung lachte eine Hyäne. Ich fragte mich, ob die Hyänen ein Tier erlegt hatten und die Löwen es ihnen wegnehmen würden. Ich verzichtete darauf, Cliff noch mehr zu desillusionieren. Hyänen jagen normalerweise gemeinsam und sind dabei erfolgreicher als Löwen. Die Löwen schikanieren sie häufig und stehlen ihnen die Beute. Wenn Großwildjäger auf ein Rudel Hyänen stießen, die hungrig zusahen, wie sich Löwen über einen Kadaver hermachten, dann nahmen sie an, die Hyänen warteten darauf, dem König der Tiere ein paar Brocken zu stehlen. Die Wahrheit ging ihnen nicht auf, weil Löwen schön und Hyänen häßlich sind. Doch es zeigte sich wieder einmal, das Leben war voller Überraschungen.

»Soll das hier das Palaver sein?« fragte Madge. »Ich dachte, wir würden alle Gelegenheit bekommen, unsere Ideen auszubreiten.« Sie wippte mit einer Espadrille. »Zum Beispiel, was wir über Lynn wissen.«

Omondis Stimme kam aus der Dunkelheit. Sein grauer Anzug und seine schwarze Haut machten ihn unsichtbar. »Ausgezeichnet, Mrs. Hart, haben Sie Lust anzufangen?«

Plötzlich schüchtern geworden zögerte Madge. »Falls nicht jemand anders möchte?« Ihre Stimme verlor sich.

»Was soll das? Spielst du die Assistentin des Polizisten?« fragte Al sie.

»Fang du an, Al«, forderte Madge ihn auf.

»Zum Teufel, nein. Ich halte mich da raus. Wenn du mich fragst, wir verschwenden hier nur unsere Zeit. Omondi, Sie sollten unterwegs sein und nach dem Kerl suchen, der das getan hat.«

Omondi antwortete nicht. Offenbar erwartete er, daß jemand anders sich dazu äußerte. Das Schweigen zog sich in die Länge. Ich widerstand dem Impuls, etwas zu sagen. Wer würde als erstes den Druck nicht mehr aushalten?

Die Stille der Nacht wurde von schrillen Schreien durchbrochen.

»Was zum Teufel ist das?« fragte Al.

»Ein Klippschliefer«, erklärte ich ihm. »Nichts Schlimmes.«

Das langanhaltende Geheul des Klippschliefers löste sich in einzelne durchdringende Schreie auf und verstummte dann.

»Nun ja, wenn Al mit seiner Meinung nicht rausrücken will, dann rede ich halt.«

Ich fuhr beim Klang von Madges Stimme zusammen.

»Niemand von uns außer Cliff und wahrscheinlich auch Jazz kannte Lynn sonderlich gut. Aber ich habe sie immer für eine sehr nette junge Frau gehalten. Fleißig, immer gutgelaunt und voller Energie. Wir werden sie alle sehr vermissen. Auch ihre Beiträge für die Firma. Ein sehr begabtes Mädchen.«

Sie beugte sich kurz vor, und ich konnte einen Blick auf ihr Gesicht werfen. Die Falten um ihre große Nase und ihren Mund wurden durch das Spiel von Licht und Schatten noch betont und zu einer finsteren Maske verzerrt. Ihre Worte klangen gutmütig wie immer, trotzdem fragte ich mich, was Madge wohl im Schilde führte.

»Ich hab mir das Hirn zermartert«, fuhr Madge fort, »aber mir fällt einfach kein Grund ein, weshalb jemand von uns sie hätte umbringen sollen. Deshalb frage ich mich, ob sie sich nicht selbst das Leben genommen hat. Das ist alles.«

»Interessant«, war Omondis Stimme wieder zu hören. »Sie glauben also, daß sie unter ihrem fröhlichen Äußeren große Probleme hatte? Eine Frau in einer Krise?«

Madge rutschte auf ihrem Stuhl hin und her. »Cliff, was sagst du dazu?«

»Ehrlich gesagt, Darling, das leuchtet mir nicht ein. Überleg doch mal, falls sie sich selbst erstochen hat, weshalb suchen wir dann nach einem zwei Meter langen Speer?«

»Wenn du schon so schlau bist, warum sollte denn jemand von uns sie ermorden?« entgegnete Madge.

»Ich hab mich gefragt...« Candy wartete, bis sie unsere volle Aufmerksamkeit hatte. »War etwas zwischen ihr und Boyce?«

»Was für eine lebendige Phantasie du hast«, sagte Cliff.

»Nun ja, die beiden haben sich gestern furchtbar verkrampft verhalten. Da hab ich gedacht, wo ich nicht interessiert war, hat Boyce sich vielleicht an Lynn rangemacht.«

Entsprach das den Tatsachen – nicht das mit Lynn und Boyce, was ich immer noch nicht glaubte, aber daß Candy Boyce abgewiesen hatte, wie sie immer wieder betonte? Wäre das eine Erklärung für Boyce' Wutanfall am Pool? Candy ging es natürlich darum, die Aufmerksamkeit von sich und Boyce abzulenken. Ich massierte mir die Stirn, als ob ich dadurch klarer denken könnte.

»Wie, und dann war sie so erschüttert über seinen Herzinfarkt, daß sie sich umgebracht hat?« sagte Cliff. Er hielt eine Hand hoch. Der Schein des Feuers funkelte auf einem silbernen Sklavenarmband. »Moment mal, wir haben Selbstmord ausgeschlossen. Darling, du glaubst doch nicht etwa, jemand hätte sie umgebracht, weil sie mit Boyce geschlafen hat?«

»Schon mal was von Eifersucht gehört, Cliff?« Candy streckte erst einen Fuß zum Feuer hin, dann den anderen.

Ich versuchte, in der Dunkelheit Eleanors Gesicht zu erkennen. Das war ganz schön hart für sie.

Sie schniefte. Ich hörte, wie sie nach einem Taschentuch kramte. »Nimmt denn niemand Rücksicht auf meine Gefühle?«

Darauf sagte Madge bestimmt: »Candy, Dreck aufzuwühlen, der noch nicht mal existiert, wird dem Inspector nicht weiterhelfen. Eleanor, reg dich bitte nicht auf...«

Al zog seine Füße vom Feuer weg. »Ich glaube, Lynn hatte mit niemandem eine Affäre. Sie verstand es, mit Boyce umzugehen. Das war alles. Ich selbst bin seit dreiunddreißig Jahren mit dem tollsten Mädel der Welt verheiratet. Ich hänge an meinen Enkelkindern und käme nie auf die Idee, mit einer Tussi rumzumachen, die so alt ist wie meine Tochter.« Er ließ seine Knöchel knacken. »Unser guter Cliff hat kein Interesse an Frauen, Inspector, Sie verstehen, was ich meine? Da läuft also auch nichts.«

»Also wirklich«, sagte Eleanor, »das sollte ich mir überhaupt nicht anhören.« Als ob sie ein Kind wäre, das keine unanständigen Worte mitkriegen durfte. »Ich wünschte, Boyce wäre hier.« Sie fing an zu weinen.

»Jetzt bist du ins Fettnäpfchen getreten«, sagte Madge zu Al.

»Mrs. Darnell, was Sie gesagt haben, ist wahr.« Omondis Stimme klang sanft und melodisch. »Wir nehmen keine Rücksicht auf Sie. Uns geht es nur um die Wahrheit. Alles Unwahre, was wir hier sagen, wird verschwinden. Es hat nichts zu bedeuten. Nur die Wahrheit wird übrigbleiben. Es gibt ein Sprichwort auf Suaheli« – Omondis Lächeln schimmerte im Schein des Feuers – » ›Durch Beten kriegt der Hühnerhabicht das Huhn nicht.‹ Sie sehen also –«

Omondis beruhigende Worte waren umsonst. Plötzlich flog eine große Fledermaus im Sturzflug über unsere Köpfe hinweg. Sie kam so nah, daß wir das Schwirren ihrer gezackten Flügel sehen konnten. Eleanor sprang mit einem Schrei auf und bedeckte sich mit beiden Händen die Haare.

»Fledermäuse interessieren sich nicht für Ihre Haare«, erklärte ich nachdrücklich. »Sie ernähren sich von Früchten und Käfern. Sie können einen Moskito im Dunkeln fangen und würden sich nicht aus Versehen in Ihren Haaren verheddern.«

Entweder sie hörte mich nicht, oder sie glaubte mir nicht. Die Fledermaus schwirrte erneut etwa anderthalb Meter über uns. Eleanor rannte zu ihrem Zelt.

Madge schlug vor, wir sollten alle ins Bett gehen, worauf die

Gruppe sich erleichtert auflöste. Falls irgendeine Wahrheit zum Vorschein gekommen war, dann sah ich sie jedenfalls nicht.

Ich wachte von einem düsteren Traum auf, und aus Erfahrung wußte ich, daß es besser war, aufzustehen und den Bann zu brechen, als mich herumzuwälzen, bis die Laken zu Seilen gedreht waren. Lynn und Adam waren irgendwie in den Traum verwikkelt gewesen, doch die Bilder verblaßten rasch. Ein leichter Wind säuselte durch die Lichtung.

Ich zog den Reißverschluß des Moskitonetzes auf und trat unter das Vordach meines Zeltes. Die Blätter um mich herum rauschten wie Wellen, und ich merkte, wie ich auf dem Bauch Gänsehaut kriegte. Ich erwog kurz, wieder hineinzugehen und mir was anzuziehen, doch dann entschied ich mich dagegen. Wenn ich schon um vier Uhr morgens wach war, konnte ich mir auch den Spaß gönnen, draußen nackt herumzulaufen. Also zog ich einen Klappstuhl an die Zeltwand, setzte mich hin und legte die Beine auf einen zweiten Stuhl. Ein liegengebliebenes Handtuch gab eine weiche Unterlage für meine Füße ab. Das Vordach warf im Mondlicht einen tiefen Schatten auf die Stelle, an der ich saß und vermittelte mir die Illusion, unsichtbar zu sein.

Ich strich über meine Haut. Sie war zwar abgekühlt, aber fühlte sich unter meiner Hand immer noch warm an. Meine Brustwarzen standen aufrecht, was ich sehr gerne habe, weil meine Brust dadurch runder und schöner aussieht – selbst wenn niemand da ist, der das zu schätzen weiß. In diesem Moment hätte ich fast an Adam gedacht, doch ich schob die Erinnerung aus meinem Gedächtnis, bevor sie deutliche Form angenommen hatte. Darin wurde ich allmählich sehr gut, was nach zwei Jahren Übung nicht sonderlich erstaunlich war.

Die Lichtung wirkte im Mondschein groß und geheimnisvoll. Die Schatten der Bäume erstreckten sich über die kahle Erde und verloren sich im Unterholz am Fluß. Die Klippe war ein düsteres Gebilde bis auf das schwache Mondlicht, das an ihrem Kamm reflektiert wurde. Das konnte nicht derselbe Felsen sein, den ich am Mittag hinaufgeklettert war. Der war hart und konkret gewesen. Massiv. Die augenblickliche Szenerie erinnerte mich an einen Zen-Wandbehang, den ich mal gehabt hatte. Darauf war ein großer Graureiher im Flug abgebildet gewesen. Mit einem kurzen sicheren Strich seines Tuschepinsels hatte der Künstler einen Berg und einen Abgrund angedeutet, so daß der Reiher in einem gewaltigen Nichts schwebte. Ich ließ meinen Geist schweben.

Ich war für meine Schlaflosigkeit geradezu dankbar, daß ich diesen wunderbaren Augenblick erleben konnte. Nackt im Freien zu sein gab mir die Illusion einer absoluten Intimsphäre. Seit der Sache mit Adam hatte ich begonnen, das Alleinsein zu genießen. Zu sehr, sagte eine kleine Stimme in mir, doch ich beachtete sie nicht weiter.

Rechts von mir waren die Zwei-Personen-Zelte aufgereiht: ihre Vorzelte lagen nach Osten zum Fluß hin. Die fest umrissenen Schatten ließen sie im Mondschein wie die kleinen kantigen Häuschen in einem Monopoly-Spiel aussehen. Merkwürdig sich vorzustellen, daß in einem von ihnen ein Mörder schlief. Vielleicht.

Ich lehnte mich zurück und starrte in den Himmel. Nur wenige helle Sterne konnten sich neben dem Mond behaupten. Oder waren das Planeten? Ich hatte die Konstellationen des südlichen Sternenhimmels immer noch nicht gelernt. Lange Zeit saß ich so da. Es war beruhigend, in die kalte Weite des Alls zu starren.

Ich griff nach der Schachtel Zigaretten auf dem Klapptisch, schüttelte eine hervor und zündete sie an. Vorhin hatte ich der Versuchung noch widerstanden, doch jetzt rauchte ich, genauso schlimm wie Candy. Die Flamme des Streichholzes war ein kurzes orangefarbenes Aufleuchten in dieser silbernen und schwarzen Welt. Ich inhalierte tief und spürte, wie mir von dem starken kenianischen Tabak leicht schwindlig wurde. Eine Pakkung könnte nicht allzu viel schaden, machte ich mir selbst vor.

Ich nahm einen weiteren Lungenzug und unterdrückte ein Husten. Hätten wir doch nur diese Reise niemals angetreten. Ich drückte meine Zigarette aus und sah zur Klippe. Doch die Klippe war nicht da. Eine dunkle Gestalt verstellte mir den Blick. Ich atmete hastig ein.

»Darling, hab ich dich erschreckt?«

»O Gott, Cliff, was schleichst du hier um vier Uhr morgens rum? Oder sollte ich das nicht fragen?«

Ich schwang meine Füße auf den Boden, damit Cliff den zweiten Stuhl nehmen konnte. Er setzte sich und griff nach meinen Zigaretten.

»Darf ich?«

Ich nickte zustimmend.

»Ich hab deine Zigarette im Dunkeln glühen sehen. Jetzt wo wir Inspector Omondi hier haben, fühle ich mich völlig sicher. Ist er nicht unwiderstehlich?« Er tastete auf der Suche nach Streichhölzern auf der Tischplatte herum. Ich fand sie und gab ihm Feuer. In dem aufflackernden Licht konnte man Cliffs perfekte Nase, die gerade Stirn und den blonden Haarschopf erkennen.

»Er ist wirklich sehr charmant.«

»Oh, ich vergaß, du tust ja so, als hättest du dem Sex abgeschworen.«

»Wenn man sich was lange genug einredet, glaubt man irgendwann selbst daran.« Ich hatte mich heute abend stark zu Omondi hingezogen gefühlt, doch ich hatte vor, dieses Gefühl zu ignorieren.

»Ist dir nicht ein bißchen kalt?« fragte er mit seiner sanften Stimme.

Ich sah an mir herab und stellte fest, daß ich trotz des dunklen Schattens eine einheitlich blasse Gestalt war, ganz offensichtlich nackt.

»Ich sitz hier in der Falle. Wenn ich aufstehe, haben wir zwei Monde.«

»Davon könnte man blind werden.«

»Wirf mir das Handtuch rüber, auf dem du sitzt.«

Er zog das Handtuch unter sich weg und reichte es mir. Ich schlang es wie einen Sarong um mich und steckte über der Brust eine Ecke nach innen, damit es hielt. Soviel zum Thema Intimsphäre.

»Ich kann nicht erkennen, was du anhast«, sagte ich, »aber ich bin sicher, es ist das perfekte Outfit, um irgendwo nach Mitternacht vorbeizuschauen.«

»Aber Jazz, du warst doch immer so ein liebes Mädchen. Sind dir zwei kleine Todesfälle auf die Nerven gegangen?«

Ich streckte die Hand nach einer weiteren Zigarette aus, doch dann ließ ich es bleiben. »Bist du deshalb um diese Zeit hierhergekommen? Um mit mir über die Ermittlungen zu reden? Ich hatte übrigens gerade geschafft, sie für einen Augenblick zu vergessen. Es ist vier Uhr morgens.«

»Gibt es einen Grund, weshalb du immer wieder auf der Zeit herumreitest?«

Ich glaubte nicht, daß Cliff einen einsamen nächtlichen Streifzug unternommen hatte, und hätte gerne gewußt, bei wem er gewesen war. Ich nahm an, er war vernünftig genug, um sicheren Sex zu praktizieren, aber es war mir nicht so recht, wenn er beim Personal Unruhe stiftete, weil er mit einem der Männer rummachen wollte. Doch ich sah ein, daß ich keinerlei Kontrolle darüber hatte und beschloß, mir deswegen keine grauen Haare wachsen zu lassen. Meine Leute waren sehr erfahren, sie hatten zweifellos schon alles erlebt. Außerdem lag es an ihnen, ja oder nein zu sagen. Im übrigen war es durchaus möglich, daß einer von ihnen an Cliff herangetreten war.

»Bloß weil es gefährlich ist, nachts herumzuwandern«, log ich. »Wie ich bereits der Gruppe gesagt habe, im Zelt ist man sicher, aber draußen laufen Tiere herum. Die Nacht gehört den Jägern. Einmal bin ich nachts aufgestanden, um zu pinkeln, und stieß dabei auf einen Löwen, der im Camp herumstreunte.«

»Du machst mir angst. Und was hast du gemacht?«

Ich konnte mehr spüren als sehen, wie Cliff sein Haar zurückschob.

»Ich hab in meinen Wasserkrug gepinkelt.«

Unser Lachen klang laut in der Dunkelheit.

»Cliff, können wir einen Augenblick ernst sein?«

»Das versuche ich zwar immer zu vermeiden, aber schieß los.«

»Was denkst du über Eleanors hysterischen Anfall heute abend? Glaubst du, Candy könnte recht haben? Mit der Eifersucht? Mit Lynn und Boyce? Es paßt zwar nicht zu meinem Bild von Lynn, aber ich könnte in diesem Punkt blind sein.«

»Eifersucht? Candy ist diejenige, die eifersüchtig ist. Seitdem Boyce sie eine Nutte genannt hat, ist Candy biestig zu Eleanor gewesen. Ist dir das nicht aufgefallen?«

Ich nickte. »Es ist mir schon aufgefallen, aber ich wußte nicht warum. Ich dachte, es wäre einfach nur Nervosität. Es hat mich überrascht, daß Candy Boyce' dämliche Beleidigungen so ernst genommen hat.«

»Weil du nicht narzißtisch bist, Darling, deshalb verstehst du das nicht. Candy braucht Bewunderung, und Boyce hat sie vor vielen Leuten erniedrigt.«

»Aber trotzdem, so wie Eleanor angefangen hat zu schreien. Ich weiß, daß manche Leute Fledermäuse hassen, aber –«

»Müssen wir jetzt sogar Fledermäuse lieben? Meinst du nicht, daß die Leute etwas brauchen, was sie hassen können? Warum nicht Fledermäuse? Dieses besondere Exemplar sah aus wie eine fliegende Kanalratte.«

»Das ist nicht wahr! Fledermäuse sind noch nicht mal Nagetiere. Sie sind eher mit den Primaten verwandt. Es sind wunderschöne kleine Geschöpfe –«

»Du kommst vom Thema ab. Es geht überhaupt nicht um die Fledermaus. Es geht darum, daß Eleanor überhaupt nicht zur Kenntnis nehmen würde, daß Boyce mit Candy geflirtet hat. Das war für sie keine Bedrohung. Was anderes wäre es, wenn jemand ihre Kinder bedrohte. Dann würde Eleanor zu einer Löwin, die ihre Jungen verteidigt.«

»Das ist ein weiteres Klischee aus der Tierwelt, das absoluter Unsinn ist. Wenn ein junges Löwenmännchen ein Rudel übernimmt, tötet es die Jungen des alten Männchens. Die Löwenmutter riskiert nicht ihr Leben, indem sie die Jungen beschützt. Sie paßt sich an, rettet ihr eigenes Leben und hat im nächsten Jahr neue Junge. Aus demselben Grund füttert sie auch ihre Jungen nicht, bevor sie selbst satt ist. Sie führt die Jungen zwar zum erbeuteten Tier, doch dann müssen sie mit ihr und den anderen erwachsenen Tieren um die Brocken kämpfen. In mageren Jahren verhungern die Jungen.«

Cliff zündete sich eine zweite Zigarette an dem glühenden Ende der ersten an und schnippte den Stummel in die Dunkelheit. »Wie schrecklich spartanisch von ihnen.« Er nahm einen langen Zug. »Ich bin mir ziemlich sicher, daß Eleanor dennoch eine Löwin ist. Aber sie ist auch eine leidenschaftliche Mutter.« Er schwieg eine Zeitlang. »Boyces Tod hat mich über die Vergangenheit nachdenken lassen.«

»Ich verstehe, was du meinst.«

»Kannst du ein Geheimnis für dich behalten?«

»Wenn es nichts mit dem Fall zu tun hat.«

»Überhaupt nichts. Ich vermute, Madge hat es Candy gegenüber bereits ausgeplaudert.«

»Dann ist es wohl kein richtiges Geheimnis.« Ich griff nach der Packung und zog eine Zigarette heraus. »Ach, ist das diese Sache, wegen der Madge sauer auf Candy war, weil sie's weitererzählt hat? Diese Geschichte, wie Madge als Buchhalterin gefeuert wurde? Ich hab mich schon gefragt, ob du davon gewußt hast.« Ich zündete die Zigarette an und löschte das Streichholz.

»Oh, das war viel Geschrei um nichts, schon damals. Boyce hätte zwar nicht so ausfallend zu werden brauchen, aber alle – selbst Madge – wußten, daß sie den Job nicht mehr auf die Reihe kriegte. Sie interessierte sich ohnehin nicht für Buchführung. Sie hatte Al nur helfen wollen, bis die Firma richtig lief.« Er machte eine wegwerfende Handbewegung und zog dabei mit seiner brennenden Zigarette einen hellen Strich durch die Luft. »Mein Geheimnis hat nichts mit Madge zu tun, es geht um Eleanor und mich.«

»Omondi will eventuell mehr über diese Buchhaltungsgeschichte wissen. Wenn er mich fragt, werde ich ihn an dich verweisen.«

»Du bist eine richtige kleine Verräterin, Darling. Ich hab ihm nichts zu erzählen – ich weiß ohnehin nichts aus erster Hand. Im übrigen glaube ich auch nicht, daß es da viel zu erzählen gibt, außer daß Boyce Madge rausgedrängt hat und sie seitdem einen Groll gegen ihn hegt.« Er lachte. »Wie bedenklich sich das alles anhört, nachdem ein Mord geschehen ist. Eins steht fest, die beiden Familien haben ein höfliches, sogar freundschaftliches Verhältnis zueinander bewahrt. Aber für Madge war das immer ein wunder Punkt, und ich nehme an, deshalb ist sie heute abend Candy über den Mund gefahren.« Er hielt inne. »Brennst du nicht darauf, mein Geheimnis zu erfahren?«

»Natürlich.«

»Du weißt, daß Madge, Eleanor und ich alle auf der guten alten Windsor High waren? Das düstere Geheimnis ist, daß Eleanor und ich in der High School miteinander gegangen sind. Wir waren sogar verlobt.«

Ich starrte Cliffs Umrisse im Dunkeln an. »Du?«

»Du weißt doch, wie das damals war... oder zumindest hast du davon gehört. Ich versuchte, mich ›normal‹ zu verhalten, machte mir vor, daß ich so sei wie die anderen.«

»O Cliff, das muß ja die Hölle gewesen sein.«

»Eleanor ist nicht so schlimm.«

»Du weißt, daß ich nicht gemeint –«

»Erwachsenwerden *ist* höllisch, meinst du nicht auch? Jedenfalls hat es sich letztlich für alle positiv entwickelt. Ich hab meine wahre Identität gefunden, und Eleanor hat eine tolle Partie gemacht und vier Kinder gekriegt, was ohnehin das einzige ist, was sie vom Leben gewollt hat.«

»Tolle Partie? Wir wollen uns doch nichts vormachen. Boyce war der absolute Horror.«

»Darling, wir machen uns noch viel mehr vor, wenn wir sie als das Opfer darstellen, das sie gar nicht ist.« Cliffs Zigarette setzte Punkte und Striche in die Luft wie sichtbare Morsezeichen. »Du machst den Fehler, dir vorzustellen, du wärst in ihrer Position.«

»Ich würde nie in ihre Position geraten.« Deshalb lebe ich allein in Afrika, aber das sprach ich nicht aus.

»Genau. Aber du mußt verstehen, Eleanor war gerne Boyce' Frau. Wenn man bedenkt, wie abhängig sie von ihm war, muß ich sagen, hält sie sich sehr gut.« Cliff paffte an seiner Zigarette. »Bei dieser Fledermaus hätte ich selbst fast losgeschrien.«

»Wenn sie so abhängig von ihm war, spricht das nicht dafür, daß sie eifersüchtig sein müßte?«

»Hör mir mal zu. Es war ihr egal, mit wie vielen Frauen er rummachte, auf sexuellem Gebiet konkurrierte sie nicht, Darling. Sie möchte gern rein sein, auf ein Podest erhoben werden als jungfräuliche Mutter. An Boyce' sexuellem Interesse lag ihr nichts.« Cliff gestikulierte so mit der Hand, daß das brennende Ende seiner Zigarette eine Acht beschrieb. »Falls du es nicht bemerkt hast, Boyce betete sie an. Eleanor war über jeden Vorwurf erhaben. Dafür sah sie ihn so, wie er gerne gesehen werden wollte – als starken Mann.« Die Zigarette zeichnete einen Bogen. »Ihr ist nicht klar, daß er ein absolutes Arschloch war. Sie glaubt, daß alle ihn respektierten, weil wir immer gesprungen sind, wenn er sagte, spring.« Cliff ließ seine Zigarette auf den Boden fallen und trat sie mit dem Fuß aus. »Außerdem waren ihr ihre Kinder und ihre Stellung immer wichtiger als ihr Mann. Wie eine altmodische Ehefrau sein sollte, könnte ich hinzufügen. Nicht diese ganze Gefühlsscheiße. Nicht jeder ist romantisch, Darling.«

Ich stützte mein Kinn in die Hand. »Großartig, Cliff, aber du hast vergessen, die Konserve mit dem Applaus einzuspielen.«

»Du bist also nicht überwältigt von meinen scharfsinnigen psychologischen Einsichten?«

»Eleanor mag ja in erster Linie an ihrer geschlechtslosen Mutterrolle interessiert gewesen sein oder am Geld oder am Abglanz von Boyce' Macht, aber das bedeutet ja noch nicht, daß sie es in Ordnung findet, wenn Boyce vor der ganzen Gruppe mit einer Frau nach der anderen rummacht. Ich fand sein Verhalten widerlich.«

»Aber, aber... jetzt bist du wieder bei dem, was *du* denkst, Darling. Wir wollen doch nicht so egozentrisch sein.«

Ich hielt den Mund. Im Grunde waren mir Boyce, Eleanor und Candy alle gleichgültig. Ich wollte den Mord an Lynn aufklären und nicht in das Leben dieser Leute hineingezogen werden. Ich war nach Afrika gegangen, um diesem Beziehungsscheiß zu entfliehen. Seit zwei Jahren lebte ich als kultureller Einsiedler. Ging Amerikanern aus dem Weg. Ging mir selbst aus dem Weg. Mir schauderte. Ich hatte Angst. Ich hatte Angst, wenn ich mich wieder auf Leute einließe, würden auch meine gesamten Gefühle für Adam wieder wach, würden wie eine Lawine über mich herfallen und mich für immer unter meiner eiskalten Wut begraben.

13

Am nächsten Morgen war Molezzi schon vor mir auf und stand mit einer Tasse heißem Tee bereit, als ich im Morgengrauen das Zelt verließ. Die Luft roch stark nach Eukalyptus. Das kam von den Gummibäumen, die um die Lichtung herum aufragten. Ein lautes »Ke ke ke« ließ mich aufschauen, und ich sah, wie ein gut einen halben Meter langer Nashornvogel mit kräftigen Flügelschlägen über uns hinwegflog. Sein bananenförmiger Schnabel war ein wirkungsvoller Resonanzboden, und ich konnte ihn immer noch rufen hören, als er schon längst außer Sichtweite war.

»Das ist genau, was ich jetzt brauche.« Ich hielt den dicken Becher mit beiden Händen und nippte an dem dampfenden Tee. »Vielen Dank.«

Ich war in einen tiefen, traumlosen Schlaf gefallen, nachdem Cliff gegangen war, aber es war einfach nicht genug gewesen. Von den Zigaretten, die ich geraucht hatte, hatte ich einen sauren Geschmack im Mund. Ich nahm einen weiteren Schluck. Auf dem Tisch lag ein sauberes Handtuch, und Molezzi hatte mein Waschbecken mit warmem Wasser gefüllt. Das Leben hatte auch seine guten Seiten.

Molezzi wollte gerade gehen.

»Moment mal.« Ich nahm die Zigarettenschachtel vom Tisch und warf sie ihm zu. »Tu mir bitte einen Gefallen, und gib mir keine mehr, selbst wenn ich dich anflehe.«

»Möchten Sie Pall Malls?« fragte er.

»Nein, eigentlich rauche ich nicht gerne, ich vergesse es nur manchmal.«

»Hatten Sie ein gutes Meeting gestern abend?« Er steckte die Zigaretten in die Brusttasche seines weißen Hemds.

»Ach, ich weiß nicht, Molezzi. Wir haben vielleicht ein paar nützliche Dinge erfahren, aber insgesamt scheint alles ziemlich verwirrend. Ich glaube nicht, daß wir irgendwie weiterkommen, wenn wir diesen Speer nicht finden. Und es wäre gut, wenn wir ihn heute fänden, denn Mr. Hart sagt, er wird nach Hause fahren, wenn wir nichts finden, womit wir ihn zwingen können hierzubleiben.«

Molezzi versuchte, mich aufzuheitern. Ich machte einen Rundgang durch das Camp, dann sprach ich kurz mit Ibrahima. Er saß auf einem flachen Schemel und aß eine Schale Porridge mit reichlich Milch und Butter. Ein kleines Feuer zu seinen Füßen qualmte mehr, als daß es brannte. Heute stand I LOVE PARIS auf seinem T-Shirt mit einem Bild vom Eiffelturm, der aus seinem Nabel aufragte.

»Das Camp ist wunderbar in Ordnung«, sagte ich zu ihm.

»Alle geben sich große Mühe.« Er nickte würdevoll mit dem Kopf. »Wie nehmen es die Leute auf? Ich hoffe, sie machen sich keine Sorgen.«

Niemand konnte hier im Busch verschwinden, aber es war schon vorgekommen, daß sich eine komplette Belegschaft über Nacht in Luft aufgelöst hatte, wenn sich eine Reisegruppe in die Nähe einer Stadt verirrt hatte. Wenn es sich herumsprach, daß ich vom Unglück verfolgt wurde – ich wollte diesen Gedanken gar nicht zu Ende denken.

»Alles okay, Jazz. Wir machen unsere Arbeit, damit es alle schön haben.« Er rührte in seinem Porridge und nahm einen Löffel. »Wenn der Mann, der deine Freundin ermordet hat, eine starke Magie hat, dann bring ich dich zu meinem Onkel in Nanyuki.« Ich hatte schon viel von Ibrahimas Onkel gehört, einem berühmten Wahrsager und Hersteller von Amuletten. »Er bringt das für dich in Ordnung. Der Mörder wird von sich aus in die Polizeiwache spazieren, die Hände hochhalten und sagen: ›Sperrt mich ein, ich bin der Schurke.‹« Ibrahima stellte sich die Schüssel auf den Bauch. »Ich werd mit ihm reden, er nimmt nicht zuviel.« Magie konnte sehr teuer sein.

Ich legte meinen Arm um ihn und drückte ihn kurz an mich. »Ibrahima, kann ich dich nicht als meinen Vater adoptieren?«

»Du brauchst mich nicht zu adoptieren; ich bin dein Vater.«

Ich ging zu meinem Zelt zurück und malte mir dabei verschiedene Möglichkeiten aus, was mit dem Speer passiert sein könnte. Wenn wir ihn erst mal gefunden hatten und falls es die Mordwaffe war, dann würde die Polizei die Harts zweifellos daran hindern können, das Land zu verlassen, da er rein formell Al gehörte. Ich fragte mich, ob die Massai auch das Gebiet in der Nähe des Flusses abgesucht hatten, wo ich den Wilderer gesehen hatte. Vielleicht sollte ich selbst mal nachsehen. Ich war mir nicht sicher, ob ich gerade diesen Massai vertrauen konnte. Und außerdem hatte ich auf diese Weise was zu tun.

Ohne Mühe fand ich den Teich, wo ich die Vögel beobachtet

hatte. Ich drehte mich langsam, bis die Stelle vor mir lag, an der ich die beiden Männer gesehen hatte, und kämpfte mich durch das Gestrüpp. Ich streifte methodisch hin und her, bis ich eine kaum erkennbare Spur von abgebrochenen Zweigen fand. Vielleicht waren die beiden Massai hier durchgekommen.

Ich stieß gegen den Zweig eines Dornbuschs, worauf eine ganze Armee von Stechameisen aus den trockenen Hohlräumen des Busches herausgerast kam, die ihnen als Behausung dienten. Falls eine Antilope auf die Idee kam, an diesem Busch zu knabbern, würden die Ameisen alles daransetzen, damit sie es sich anders überlegte. Ich beobachtete, wie die Ameisen wütend den Ast rauf und runter liefen und dann eine nach der anderen wieder in den stecknadelkopfgroßen Eingängen ihrer kleinen runden Häuser verschwanden.

Ich verstieß gegen meine eigenen Regeln, indem ich mich zu Fuß immer weiter vom Lager entfernte. Nachdem ich mich weiter durch das dichte Gestrüpp gekämpft hatte, kam ich schließlich zu einer grasbewachsenen Lichtung, auf der eine einzelne Akazie sich lange genug vor Feuer und Tieren hatte retten können, um sich zu einem kleinen Baum mit flacher Spitze zu entwickeln. Unmittelbar vor dem langen Schatten des Baumes lag ein großer grauer Felsblock. Ich ging mitten über die Lichtung und war froh, eine Weile auf freiem Feld zu sein. Kleine gelbe Wildblumen wuchsen im Gras, und die Luft roch ein wenig nach Kräutern.

Ich dachte gerade, wie merkwürdig es doch war, daß ein grauer Felsblock hier herumlag, als ein gelbschnäbliger Oxpekker, ein Tick Bird, mit einem schrillen Warnruf von dem Felsblock aufflog. Striker hatte mir die Suaheli-Bezeichnung für Tick Bird beigebracht. Diesen Namen hatte ich zwar vergessen, aber an seine Übersetzung erinnerte ich mich nur allzugut. »Der Polizist des Nashorns«.

Der »Felsblock« hob den Kopf und drehte seine Schnauze in meine Richtung.

Zwei schwere Hörner mit heimtückischen Spitzen, runde trichterförmige Ohren, breite Nasenlöcher und kleine Schweinsaugen. Ein 25 Millionen Jahre altes Gesicht, das ich überall erkennen würde. Ich erstarrte.

Deshalb also hatte sich der Wilderer hier herumgetrieben. Ich mußte den Park-Rangern Bescheid sagen. Jetzt drehten sich die Ohren hin und her auf der Suche nach Geräuschen, die Nasenlöcher waren weit aufgerissen. Nashörner sind dafür bekannt, daß sie sehr schlecht sehen. Wenn es nicht wußte, daß ich hier war, konnte es nicht auf mich losgehen. Goddard, der als erster das Verhalten der Nashörner studiert hat, schlich sich zu Fuß an sie heran, um zu sehen, was für Pflanzen sie fraßen. Der Trick dabei ist, so schrieb er, sich immer gegen den Wind zu bewegen. Ich hoffte, daß ich Gegenwind hatte. Ich würde mir allerdings nicht am Finger lecken, um es herauszufinden.

Das Nashorn hievte sich hoch, tat ein paar Schritte, hob seine Schnauze und testete die Luft erneut. Diesmal entdeckte es mich. Es senkte den Kopf und schrie. Mir blieb das Herz stehen. Dann stürmte es los.

Ich hatte keine Zeit nachzudenken. Weniger als dreihundert Meter trennten uns, und die Strecke schrumpfte rapide. Ich stöhnte vor Angst auf – ein Geräusch, das ich gar nicht als mein eigenes wahrnahm – und rannte direkt auf das Nashorn zu. Das Nashorn stieß ein schrilles Quieken aus. Seine Lippe schob sich zurück, und die gelben Zähne wurden sichtbar. Wir rasten aufeinander zu.

Ich bereitete mich darauf vor, im letzten Moment zur Seite zu springen und zu dem Baum zu laufen. Wenn das Nashorn soviel Schwung hatte, daß es an mir vorbeirannte, könnte ich es vielleicht schaffen, bevor das Tier wendete.

Man sagt allerdings, Nashörner könnten auf einem Zehncentstück wenden.

Ich wußte, ich würde es nicht schaffen. Der Baum war zu weit weg. Meine Chancen, ihn als erste zu erreichen, waren gering.

Gering? Sie waren überhaupt nicht vorhanden. Ich würde ein Nashorn nicht überlisten können.

Als das Nashorn ungefähr fünf Meter von mir entfernt war, wich es zur Seite aus und blieb abrupt stehen. Auch ich stoppte, schnappte nach Luft und atmete geräuschvoll durch den Mund. Ich hatte so starke Seitenstiche, daß es mir fast den Atem nahm. Ich griff mir an die Seite und versuchte, den Muskel zu lockern. Den Blick auf den Boden gerichtet behielt ich das Nashorn im Augenwinkel. In der Tierwelt ist Starren eine Form der Aggression, und ich wollte nichts tun, womit ich einen weiteren Angriff provozieren könnte.

Das Nashorn trottete schnaubend im Kreis und stieß ein Horn in die Luft. Es senkte die Ohren, kam rasch ein paar Schritte auf mich zu und blieb wieder stehen. Ich rührte mich nicht von der Stelle. Wenn ich losrannte, würde es ganz bestimmt hinter mir herlaufen, und trotz seiner massigen Gestalt würde das Nashorn schneller sein. Aufgespießt oder zertrampelt, beides wäre nicht gut.

Der einzige Vorteil, den ich hatte, war mein Wissen. Die meisten Tiere, selbst das Nashorn, greifen nicht an, um zu töten. Sie arbeiten mit Drohgebärden und Scheinangriffen, um anderen Nashörnern oder sonstigen Eindringlingen ihren Standpunkt klarzumachen. Wenn es wirklich ernst wird, verteilen sie ein paar Schläge mit dem Kopf und jagen hinter ihrem fliehenden Gegner her. Unglücklicherweise hatte ich nicht die Statur, um dieses Spiel mitzuspielen. Ein anderes Nashorn wäre schnell genug, um wegzulaufen, und stark genug, um ein paar Hiebe mit dem massiven Horn auszuhalten. Ich war weder das eine, noch das andere.

Striker hat mir erzählt, Nashörner würden normalerweise weglaufen, wenn sie Menschen wittern. Ich hoffte, ich würde die Gelegenheit haben, ihm zu erzählen, daß das nicht immer so war. Gleichzeitig fragte ich mich, ob das Nashorn mich als Silhouette gegen den Himmel sah. War es deshalb so gereizt? Es holte zu einer Finte aus, und ich zuckte zurück, aber dann drehte es sich erneut von mir weg. Ich durfte es nicht weiter nervös machen.

Mit was für einem Signal könnte ich seinen Angriffsinstinkt abbauen? Ein Hund legt sich auf den Rücken und hält seinen Bauch hin, um zu zeigen, daß er sich unterwirft. Irgendwas mußte ich versuchen. Ich begann, mich zusammenzukauern und ging dabei immer tiefer, eine langsame und geschmeidige Drehung, auf die meine Tanzlehrerin in der achten Klasse stolz gewesen wäre. Ich hörte das Nashorn schnauben und mit den Hufen auf dem harten Boden klappern. In Fötusposition kam ich auf der Erde an und rollte mich auf die Seite. Ich fühlte mich schrecklich exponiert.

Das Nashorn schrie erneut und kam auf mich zu. Noch keinen Fuß entfernt donnerten seine Hufe an meinem Kopf vorbei. Ich wurde völlig eingestaubt, kniff die Augen zu und hustete. Das Nashorn machte kehrt und kam zurück.

Es verdeckte die Sonne. Der Gestank von Nashornkot nahm mir den Atem. Ich wartete auf den Stoß in die Nieren, der mein Ende bedeuten würde. Nichts. Das Nashorn stand einfach über mir. Ich linste durch die Wimpern. Das Nashorn senkte seinen riesigen Kopf und schnaubte.

Das große Horn ragte drohend vor mir auf wie eine merkwürdige Lektion in Perspektive. Seine Basis war so breit wie die ganze Welt, und seine Spitze ein ferner Punkt am Himmel. Getrockneter Schlamm an der Unterlippe des Nashorns. Ich spürte, wie die warme Luft aus seinen Nasenlöchern strömte. Es legte seine Nase an meine Hüfte und atmete ein, nahm meinen Geruch auf.

Dann kehrte die Sonne zurück. Ich hörte, wie sich die Hufe immer weiter entfernten, dann das Krachen von Unterholz. Lange Zeit bewegte ich mich nicht.

Völlig zerschlagen ging ich auf demselben Weg zum Camp zurück und kam mir dabei sehr ungeschützt vor. Es war, als hätte ich einen Augenblick die Zeit verlassen, meinen eigenen Tod vor Augen gehabt und wäre dann zurückgekehrt. Das einzige äußerliche Zeichen war der Staub auf meinen Sachen, den ich mit einigen energischen Schlägen abklopfte. Es war wunderbar, am Leben zu sein. Ich wünschte, Striker wäre hier. Er wäre fasziniert. Und es wäre auch schön, jetzt in seinen Armen zu liegen. Der Gruppe wollte ich nichts von meiner Begegnung mit dem Nashorn erzählen. Ich hoffte, ich könnte ohne viel Aufhebens ins Camp zurückkehren. Hatte jemand das Nashorn schreien hören?

Omondi entdeckte mich, sobald ich die Lichtung betrat.

»Ah, ich sehe, Sie sind schon auf«, rief er fröhlich. »Sie und Kakombe, ihr seid unsere Frühaufsteher. Er ist auch spazierengegangen, nehme ich an. Haben Sie wieder Vögel beobachtet?« Er hielt einen Becher mit dampfendem Tee in der Hand. »Aber nein, ich sehe, Sie haben Ihr Fernglas nicht dabei.«

»Ich wollte noch mal die Gegend inspizieren, wo ich gestern morgen war, und nach dem Speer suchen. Ich war mir nicht sicher, ob die Massai aus dem Dorf gestern abend so weit gegangen sind.«

»Der Speer erweist sich als unauffindbar.«

»Ja, allerdings weiß ich jetzt, was diese beiden Männer dort gestern gemacht haben. Ich bin über ein Nashorn gestolpert.«

»Doch nicht im wörtlichen Sinne?« Omondi zog die Augenbrauen hoch.

»Fast. Aber ich hab's überlebt, um davon zu berichten.«

»Ich habe noch nie ein Nashorn gesehen«, sagte Omondi.

Nun war es an mir, erstaunt zu sein. Nashörner waren zwar selten, aber die meisten Touristen sehen zumindest mal eins aus der Ferne. »Heißt das, daß Sie noch nie in einem Park waren?«

»Hier draußen passieren nicht viele Morde.« Omondi zuckte mit den Schultern. »Wie Sie sicher wissen, kriegen die meisten Kenianer die Tiere nie zu sehen. Sie können es sich nicht leisten, die Parks zu besuchen. Dazu braucht man ein Auto. Was glauben Sie, wie viele schwarze Kenianer ein Auto haben?« Er schob seine Unterlippe vor und schüttelte den Kopf. »Es ist wirklich schade.«

»Inspector, wann immer Sie wollen, Sie müssen es mir nur sagen, habe ich für Sie und Ihre Frau einen Platz auf einer meiner Rundfahrten. Ich würde Ihnen sehr gerne das Kenia zeigen, das ich liebe.«

Omondi starrte mich verblüfft an.

»Das ist keine Bestechung.« Ich lachte.

Er berührte mich am Ellbogen. »Nein, das habe ich auch nicht gedacht. Ich bin zutiefst gerührt.« Er legte eine Hand auf sein Herz. »Sie haben mich überrascht.« Dabei nickte er ernst mit dem Kopf. »Ich nehme Ihr freundliches Angebot an. Nur für mich, keine Frau. Ich bin Witwer.«

»Das tut mir leid.«

»Es ist schon einige Jahre her. Der Schmerz meldet sich nur noch ganz leise.«

»Dann mit einer Freundin?«

Omondi sah mir in die Augen. »Nein, noch nicht, keine besondere Freundin.«

Ich hörte Schritte, drehte mich um und sah, wie Chris Mbare, mein Fahrer, auf uns zukam. Gerade rechtzeitig. Mir gefiel nicht, welche Wendung das Gespräch genommen hatte. Chris zog sich gerade einen Pullover über, sein Hemd war schief geknöpft, und sein rundes Gesicht wirkte verschlafen.

»O Chris! Du hättest ausschlafen können. Heute morgen findet keine Pirschfahrt statt. Hab ich dir das nicht gesagt?«

Chris gähnte und zeigte seine Goldzähne. »Schon in Ordnung, Jazz. Du hast soviel um die Ohren. Dann geh ich halt wieder schlafen.«

Er ließ uns stehen, und Omondi steuerte mit mir auf den hohlen Stamm am Ende der Lichtung zu, wo wir uns hinsetzten. Er fragte mich, ob mir während der Nacht irgendwelche neuen Gedanken über Lynn oder Boyce gekommen wären, irgendwelche Erinnerungsfetzen oder vielleicht ein Traum?

»Ich glaube, Sie haben gestern abend jede Tatsache und jede Vermutung aus uns rausgequetscht.«

»Gut.« Omondi legte die Hände zusammen und trommelte mit den Fingerspitzen einen raschen Rhythmus. »Heute morgen möchte ich eine Idee ausprobieren, wie der Mord begangen wurde. Ich glaube, ich habe die Lösung gefunden.«

Dicht hinter uns hörte man das Geräusch abbrechender Zweige. Etwas Großes und Schnelles stürmte krachend durch das Unterholz direkt auf uns zu.

»Das Nashorn!« Ich sprang auf und rannte auf die Zelte zu, Omondi nur einen Schritt hinter mir. Ich sah mich um in der Erwartung, die wuchtige Gestalt in die Lichtung hineinrasen zu sehen und die staccatoartigen Hufschläge immer näher kommen zu hören. Statt dessen hörte ich ein menschliches Keuchen.

Omondi legte eine Hand auf meine Schulter. Wir drehten uns beide um. Kakombe brach durch das Buschwerk. Mit drei Schritten war er bei uns. Sein Hemd war schweißdurchtränkt, und sein gewaltiger Brustkorb hob und senkte sich von dem Bemühen, genügend Luft in seine Lungen zu pumpen.

»Ein Eindringling«, keuchte er. »Er ist entkommen. Den Rover.«

Ich fischte die Schlüssel aus meiner Tasche, und alle drei rannten wir durch das Camp, dann den Hügel hinauf zu der Stelle, wo der Land Rover parkte. Das veränderte die ganze Situation. Hatte Al am Ende doch recht mit seinem Mörder von außerhalb?

Ich sprang auf das Trittbrett. Chris Mbare lag der Länge lang ausgestreckt auf dem Vordersitz und beendete seinen morgendlichen Schlaf. Ich schrie ihn an, er solle endlich wach werden, während ich bereits auf den Fahrersitz rutschte und halb auf seinen Füßen saß. Mit zitternden Fingern gelang es mir, den Schlüssel in das Zündschloß zu stecken. Mbare richtete sich mit einem Aufschrei auf, während Kakombe und Omondi auf den Sitz hinter uns sprangen. Ich riß das Lenkrad heftig herum, und wir donnerten aus dem Camp.

»Nach Süden«, wies mich Kakombe an. »Ich hab ihn in einem dichten Gestrüpp westlich des Flusses verloren. Wenn wir einen Kreis fahren, können wir ihm vielleicht den Weg abschneiden.«

»Gute Arbeit, Sergeant. Berichten Sie«, sagte Omondi.

Ich hab zwar schon mal Querfeldein-Fahrten gemacht, aber noch nie mit solcher Geschwindigkeit. Prompt geriet ich mit den Rädern der Beifahrerseite auf einen Stamm, der im hohen Gras verborgen war. Eine Seite vom Boden abgehoben schoß der Land Rover nach vorne. Einen furchtbaren Augenblick lang war ich sicher, daß wir umkippen würden, doch der Rover fiel auf alle vier Räder zurück, und ich fuhr weiter. Ein bißchen dramatischer, als mir lieb war. Chris erwies sich erneut als Heiliger. Er stützte sich am Armaturenbrett ab und gab mir murmelnd Zuspruch, daß ich es schaffen würde.

Omondi, den das alles nicht zu berühren schien, forderte Kakombe erneut auf, Bericht zu erstatten.

Kakombe berichtete ausführlich und in einem viel schnelleren Tempo, als ich ihn je hatte sprechen hören, obwohl man immer noch nicht sagen konnte, daß seine Stimme erregt klang. Er war bereits vor Morgengrauen aufgewacht, hatte aber noch im Bett bleiben wollen, bis es richtig hell wurde, als er plötzlich das aufgeregte Flügelschlagen eines aufgescheuchten Helmperlhuhns hörte. Was mochte das Tier aus dem Schlaf geschreckt haben? Er beschloß, sich anzuziehen und nachzusehen, ob im Camp alles in Ordnung war. Als er hinter den Zelten entlangging, hörte er ein leises kratzendes Geräusch am Ende der Lichtung. In dem diffusen Morgenlicht schlich er in diese Richtung und sah gerade noch, wie sich das Buschwerk hinter dem umgestürzten Baumstamm leicht bewegte. Da er glaubte, es könnte sich um ein Tier handeln, ging er vorsichtig näher und folgte den schwachen Geräuschen durch das Gebüsch. Als die Sonne aufging, konnte er die Spur eines barfüßigen Mannes erkennen, der sich rasch nach Süden bewegte. Dann überquerten sie den Fluß, und er verlor ihn aus den Augen. Er hörte ein Nashorn schreien, doch das war ein ganzes Stück westlich von ihm. Er verschwendete einige Zeit damit, indem er umherwanderte und versuchte, die Spur zu finden, wurde fast verrückt vor Ungeduld, weil er vermutete, daß der Mann zu dem Kral südlich von uns unterwegs war, und er ihn einholen wollte, bevor er dort ankam. Deshalb beschloß er zurückzulaufen und Omondi und den Land Rover zu holen.

»Ja«, sagte Omondi zustimmend. »Wenn der Mann erst wieder im Dorf ist, wird es schwierig, ihn zu identifizieren.«

Wir rasten nach Süden an dem weiten Bogen dichten Buschwerks entlang, das den Fluß säumte. Auf der anderen Seite zog die Ebene an uns vorbei, auf der hin und wieder grasende Zebras und Gazellen zu sehen waren. Den Horizont bildete eine blaue Gebirgskette. Etwa zehn Meilen rechts von uns ragte ein Steilhang auf, der an den Seiten mit Bäumen bewachsen war. Vor uns schnupperten drei Hyänen an einem Fleck am Boden. Als wir näher kamen, verschwanden sie jedoch im Gras. Die Farben der Tiere, des Himmels und der Pflanzen wirkten sehr lebhaft in dem frühen Morgenlicht. Eigentlich war es die beste Tageszeit für eine Pirschfahrt. Doch heute waren wir hinter einer anderen Sorte Wild her.

Plötzlich blieb das Buschwerk zurück, und wir hatten eine viel weitere Sicht. Ein paar Kühe kamen auf uns zu, begleitet von spindeldürren Jungen, die mit dünnen Stöcken bewaffnet waren. Selbst an guten Tagen haßte ich diese Kühe. Sie waren die Massai-Variante, Prestige zur Schau zu stellen. Dank westlicher Wissenschaft wurden sie nicht mehr von der Tsetsefliege dezimiert, und die viel zu großen Herden kämpften erbarmungslos mit den Tieren in freier Wildbahn um Wasser und Futter. Auf dieser Seite des Hügels war fast alles bereits abgefressen. Das erleichterte zwar das Fahren, doch im Augenblick war meine größte Sorge, eine Kuh anzufahren, weil sie die unangenehme Angewohnheit hatten, vor Autos zu springen.

»Wir müssen in der Nähe des Dorfes sein«, sagte Omondi.

Die Massai treiben ihr Vieh jeden Abend im Kral zusammen,

damit es vor Hyänen und Löwen sicher ist, und treiben es am Morgen wieder hinaus. Ich riskierte, den Blick von der abgefressenen Grasfläche zu lösen, die unter meinen Reifen dahinflog. Ja, an der Stelle, wo der Hang in ein breites Tal mündete, lag das braune Viereck des Massai-Krals.

»Und da ist unser Mann«, rief Omondi.

Ein großer, dünner Massai-Krieger, nur mit einem orangenen Umhang bekleidet, schritt durch die weite Landschaft. In dem klaren Licht war sogar die scharfe Spitze seines Speers erkennbar. Er hatte uns den Rücken zugewandt, doch er mußte den Rover gehört haben, denn er drehte sich um und sprintete dann auf den Kral zu.

Ich trat das Gaspedal durch, und wir holperten in wahnsinnigem Tempo den Hügel hinunter. Vor uns lag eine Staubwolke über dem Weg, doch ich war zu sehr auf den laufenden Mann fixiert, um darauf zu achten. Plötzlich brüllte Chris Mbare: »Brems!« Ich latschte auf die Bremse. Quietschend und schleudernd kamen wir in einer Kuhherde zum Stehen. Die überraschten Tiere liefen um uns herum und schnitten uns auch den Rückzug ab. Wir waren gefangen.

»Verdammt!« Omondi steckte den Kopf aus dem Fenster.

Ich drückte anhaltend auf die Hupe. Die Kühe muhten. Ein zehnjähriger Junge rannte hin und her, wedelte schreiend mit seinem Stock und starrte uns an. Kakombe schnauzte ihn in einer Sprache an, die vermutlich Massai war. Ich fuhr vorsichtig ein Stück vor, stieß sogar mit der Stoßstange gegen die Kühe, aber auch das ließ sie unbeeindruckt. Mit ihren langen, gebogenen Hörnern und dem stattlichen Höcker am Schädel erinnerten sie mich an persische Miniaturen, doch diese Tiere waren in jeder Hinsicht nur allzu gegenwärtig. Sie wirbelten eine Staubwolke auf, die einem Sicht und Atem nahm. Endlich ging ein älterer Junge mitten durch die Herde und schwang nachdrücklich seinen Stock. Die Kühe gingen widerwillig auseinander. Wir fuhren weiter, hatten aber entscheidende Minuten verloren.

Vor uns sahen wir ein mehr als mannshohes Dornengestrüpp, das in einer Schlangenlinie verlief. Das war die Kralmauer. Der rennende Krieger war keine fünfzig Meter mehr vom Eingang entfernt. Er versuchte dermaßen schnell in Sicherheit zu kommen, daß seine langen Beine bei der Geschwindigkeit nur verschwommen zu erkennen waren. Ich schaltete in den dritten Gang, drückte das Gaspedal durch und fuhr ebenfalls auf den Eingang zu. Im letzten Moment schaltete ich runter und riß das Lenkrad heftig herum. Der Wagen drehte sich und blieb gut einen Meter vor dem Eingang stehen. Kakombe sprang aus dem Auto, legte einen glänzenden Sprint vor und stürzte sich auf den fliehenden Massai, nahm ihm den Speer ab und führte ihn in Handschellen zu uns.

»Sehr, sehr gut«, sagte Omondi und nickte rasch mit dem Kopf. »Ich brenne darauf, mich mit diesem jungen Mann zu unterhalten.«

Vor der Siedlung stand eine prächtige Akazie, unter deren flacher Krone aus fedrigen Blättern eine Frau eine schwarzweiße Ziege melkte. Jetzt meckerte die Ziege aggressiv und steckte ihre spitze, muskulöse Zunge heraus. Mit einem Aufschrei sprang die Frau auf und lief in den Kral.

Ich starrte den Krieger an. Seine langen dünnen Haarlocken hatten vom Staub die Farbe von Zimt angenommen, und auf seiner hohen Stirn stand eine dünne Schweißschicht. Er hatte einen leicht gelangweilten Gesichtsausdruck, wie ein Löwe angesichts einer Wagenladung Touristen. Bisher hatte er noch kein Wort gesagt.

Omondi füllte das Schweigen mit einem seiner Monologe aus. »Der Ursprung der Massai liegt im Dunkel der Vergangenheit, doch man glaubt, daß sie vom Nil stammen. Das kurze Schwert, das sie am Gürtel tragen, erinnert an das römische Schwert. Beachten Sie auch, daß ihre Haartracht wie ein römischer Helm ist, ihre Kleidung wie eine Toga, ihre Sandalen ebenfalls römisch. Kein Mensch ist eine Insel. Äußerst faszinierend.«

»Inspector, ich bin mir ziemlich sicher, daß das derselbe Bursche ist, der Al den Speer verkauft hat«, sagte ich.

»Ja, ich erkenne ihn wieder, er war bei dem Suchtrupp von gestern abend.« Omondi beachtete den Krieger nicht, sondern sah sich neugierig um. »Es ist unhöflich, einfach so in ein Dorf einzudringen. Wir werden hier auf einen der Ältesten warten.«

Unhöflich? Ich fragte mich, was für ein Empfang uns bevorstand.

Als erstes kam ein Dutzend Kinder angelaufen und umringten das Auto. Die Kleinen waren nackt, die Älteren hatten rasierte Köpfe und trugen einfache Baumwollkittel, die den Oberschenkel halb bedeckten. Sie schubsten sich gegenseitig aus dem Weg, um den besten Platz zu bekommen. Ein Ältester, in eine Decke gehüllt, bahnte sich einen Weg durch die Kinder. Er stand so gerade und hoch aufgerichtet wie ein junger Mann, doch das Alter hatte sein Gesicht faltig werden lassen und ihm weichere Züge gegeben. Im Gegensatz zu den geflochtenen Locken des Kriegers war sein ergrautes Haar ganz kurz geschnitten, doch auch er trug schwere Ohrringe, die seine Ohrläppchen langzogen. Mit einem überraschten Blick registrierte er die Situation, zog dann aber mit Omondi und Kakombe das übliche langwierige Begrüßungsritual durch. Wir kletterten aus dem Auto, schüttelten ihm die Hand und betraten das Dorf.

Die pilzförmigen Dächer überragten kaum die Dornenmauer. Der Kral war ein wunderbares Beispiel dafür, wie die Funktion die Form bestimmt, es gab keine überflüssigen Linien. Insgesamt standen dort fünfzehn Häuser, jedes eine sanft geschwungene Kuppel aus getrocknetem Kuhmist.

Das erste, was mir auffiel, war der Stallgeruch. Er traf uns wie eine zweite Mauer. Es waren zwar keine Tiere mehr im Kral, aber überall waren Zeichen, daß sie die Nacht hier verbracht hatten. Zwei Kinder rannten um eine Hütte herum und bewarfen sich lachend mit Kuhmist. Eine Frau mit einem Baby auf der Hüfte kam aus einer Tür und starrte uns an. Sie trug einen ledernen Sarong, der über einer Schulter zusammengebunden war. Ihre unbedeckte Brust hing schlaff bis zur Taille, ein Zeichen für viele Schwangerschaften. Sie sah aus wie sechzig, war aber vermutlich zwischen dreißig und vierzig. Das einfache Leben ist hart für Frauen.

Das Baby trug nur eine Halskette aus Amuletten. Es sah uns einmal erschrocken an und begann dann zu weinen. Die Mutter nahm ihre Brust und hielt sie dem Baby hin, das sie mit beiden Händen packte und zu saugen anfing. Augen und Mund des Babys waren schwarz umrandet. Als ich einen Schritt näher heranging, stellte ich fest, daß das Schwarze eine krabbelnde Masse Fliegen war. Überall waren Fliegen. Ich erstarrte.

Eine Fliege flog summend gegen mein Gesicht. Eine andere landete auf einem Arm. Schon wollte ich abhauen. Zwei Schritte und ich bremste mich. Ich war schon vorher in afrikanischen Dörfern gewesen; ich wußte das mit den Fliegen. Würde ich jedesmal davonlaufen, wenn ich etwas Traumatisches erlebte? Erst Amerika von meiner Liste streichen, dann Afrika? Mir würde dann bald kein Ort mehr übrigbleiben. Ich wandte mich um und zwang mich, Schritt für Schritt zurückzugehen, bis ich wieder neben Omondi stand.

Der Älteste, der mit einer rot-weißen Wolldecke bekleidet war, forderte uns auf, uns neben einer der Hütten auf den nackten Boden zu setzen. Drei weitere alte Männer gesellten sich zu uns. Eine Gruppe alter Frauen setzte sich ein paar Schritte von uns entfernt zusammen. Kakombe blieb neben seinem Gefangenen stehen. Sie waren gleich groß, aber Kakombe war mindestens sechzig Pfund schwerer als der Massai.

Es folgte eine angeregte Unterhaltung in Suaheli. Ich verstand kein Wort, was mich vor die Wahl stellte, mich entweder auszuklinken oder wie ein Idiot zu nicken, um zu zeigen, daß ich noch da war, und um meinen guten Willen kundzutun. Ich war zu sehr damit beschäftigt, die Fliegen zu verscheuchen, um routinemäßig zu lächeln, doch zumindest hielt ich durch. Mir fiel auf, daß auch Omondi immer weiter auf die Fliegen einschlug. Nach fünf

Minuten tat mir der Arm weh, aber wenn ich auch nur einen Augenblick aufhörte, ließ sich eine Wolke von Fliegen auf mir nieder, um sich auszuruhen oder mich auf eigene Faust zu erkunden. Ich verstand allmählich, warum die Leute es irgendwann aufgaben und die Fliegen krabbeln ließen.

Die Ältesten wandten sich dem Krieger zu und unterzogen ihn einem Kreuzverhör, wobei Omondi immer wieder Fragen einwarf. Offenbar lautete sein Name Meromo ole Sowieso. Inzwischen hatten sich alle Erwachsenen und Kinder aus dem Kral um uns versammelt. Mehrere Leute begutachteten den Speer, den Kakombe in der Hand hielt und den er Meromo abgenommen hatte. Ständig entbrannten Diskussionen und kleinere Streitereien zwischen einzelnen Anwesenden. Die Leute mischten sich unbefangen mit Fragen und Bemerkungen in das Gespräch. Einige der Krieger gestikulierten zornig. Andere brüllten sie nieder. Ich wurde langsam ein bißchen nervös. Diese Situation könnte sehr rasch unangenehm werden.

Der Kralälteste rief eine hoheitsvoll aussehende junge Frau aus der Menge zu sich. Sie hatte lange Beine, eine glatte, glänzende Haut und hochstehende, runde Brüste. Ihr aristokratisches Äußeres wurde ein wenig getrübt von einem vorgetäuschten Anfall von Schüchternheit und Gekicher, als sie Meromo ansah. Der Älteste sprach mit ihr, und Meromo nickte. Mit schnellen Schritten lief sie durch den Kral, wobei ihre nackten Füße kleine Staubwolken aufwirbelten. Dann trat sie am äußeren Ende in eine Hütte und kam mit einem Speer wieder heraus. Den gab sie Meromo, der ihn wegen der Handschellen ungeschickt hielt und dem Ältesten reichte, der ihn wiederum Omondi gab. Dieser untersuchte ihn sorgfältig und gab ihn dem Ältesten zurück. Mehrere Krieger traten vor, um sich den Speer genau anzusehen und einen Kommentar abzugeben. Ein zufriedenes Raunen ging durch die Gruppe.

»Ist das Als Speer?« flüsterte ich Omondi zu.

Er schüttelte heftig mit dem Kopf. »Nein, das ist Meromos

Speer. Er ist ihr Favorit. Sie bewahrt seinen Speer nachts in ihrer Hütte auf. Ich erkläre Ihnen das später.«

Was ging hier vor? Das hatte ich nun davon, daß ich kein Suaheli gelernt hatte. Wenn dieser neue Speer Meromo gehörte, mit wessen Speer war Meromo dann heute morgen in unser Camp gekommen? Oder noch viel wichtiger, was hatte er überhaupt vor Sonnenaufgang in unserem Camp verloren?

Der Kralsälteste redete, und der gelangweilte Ausdruck verschwand aus Meromos Gesicht. Er antwortete kurz und knapp. Der Älteste sah ihn finster an und begann, schreiend zu gestikulieren. Meromo tat so, als ob er ihn nicht hörte. Ein kleines Kind kam angewackelt, kletterte dem alten Mann auf den Schoß und kuschelte sich an ihn. Er entspannte sich, streichelte das Baby und murmelte nur noch vor sich hin. Omondi sagte leise etwas zu Kakombe, der daraufhin den jungen Mann auf Massai ansprach. Der zuckte mit den Schultern. Erneut sprach Omondi. Meromo signalisierte widerwillig seine Zustimmung, und Kakombe schloß die Handschellen auf. Die beiden verließen den Kral gefolgt von Meromos Freundin, die immer noch kicherte, und einigen Kriegern.

Nach ziemlich langwierigen Dankesbekundungen kehrten wir zum Land Rover zurück. Wir hatten nun einen neuen Fahrgast. Meromo saß neben Kakombe auf dem Rücksitz. Kakombe hielt immer noch den ersten Speer in der Hand, der jetzt aus dem Dach herausragte. Meromo wirkte hochmütig, aber insgeheim doch aufgeregt. Er hielt ebenfalls einen Speer in der Hand, vermutlich seinen eigenen. Die Kinder aus dem Dorf sprangen plappernd um ihn herum.

Chris Mbare hatte bereits den Motor angelassen. Er scheuchte eine Handvoll Fliegen von seinem Kopf. »Alles klar, Jazz?«

»Frag mich nicht, ich hab keine Ahnung, was los ist«, sagte ich zu ihm, während ich auf die mittlere Sitzbank kletterte.

Omondi erklärte ihm, wir könnten losfahren, und Chris setzte langsam aus der Menge heraus zurück. Gerade noch rechtzeitig blickte ich durch die Windschutzscheibe, um am Kraltor ein vertrautes Gesicht zu erkennen, den Nashornjäger. Er hatte sich während unseres Besuchs nicht blicken lassen. Sein Gesichtsausdruck war finster. Ich wies Omondi auf ihn hin.

»Er ist wütend, weil wir seinen Speer haben«, sagte Omondi.

»Seinen Speer?«

»Dieser Mann hat jede Selbstachtung verloren«, schaltete sich Kakombe ein. »Er trägt lieber ein Gewehr als einen Speer. Er ist kein Massai.«

»Moment mal. Ich verstehe gar nichts mehr. Würde mir einer von Ihnen bitte erklären, was hier vorgeht?«

»Verzeihung, Jazz.« Omondi beugte galant den Kopf. »Ich habe selbst einen Teil der Diskussion auf Massai nicht mitbekommen. Der Wilderer, den Sie gesehen haben, hat seinen Speer an Al verkauft, beziehungsweise hat seinen Cousin Meromo ihn für sich verkaufen lassen. Jemand hat mit diesem Speer Lynn umgebracht, wie ich gleich beweisen werde, und ihn im Camp versteckt. Während der Suche gestern abend hat Meromo den Speer in seinem Versteck blinken sehen, aber aus Rücksicht auf seinen Cousin nichts gesagt. Er hatte geglaubt, er könne uns heute morgen, bevor irgendwer wach war, heimlich, still und leise einen Besuch abstatten und den Speer zurückholen. Er wollte nicht, daß der Speer mit irgendeinem Schlamassel unter Weißen in Verbindung gebracht wurde.«

»Und das glauben Sie ihm aufs Wort? Woher wissen Sie denn, daß er sich nicht ins Camp geschlichen hat, um jemand anders umzubringen?«

»Oh, Sie nehmen einen hart ins Verhör, das merke ich schon.« Omondi lachte. »Ich sag Ihnen warum.« Er benutzte seine Finger zum Zählen. »Erstens, Kakombe hat ihn entdeckt, als er das Lager verließ, und ich bin sicher, daß wir alle gesund und munter dort antreffen werden. Zweitens, die Ältesten haben bezeugt, daß Meromo der Speer gehört, der aus der Hütte seiner Freundin geholt wurde. Der Speer, mit dem er erwischt wurde, gehörte seinem Cousin. Außerdem hatte er mehreren Mitkriegern erzählt, daß er den Speer seines Cousins gesehen hätte und ihn heute morgen holen wollte. Und schließlich werden wir gleich seine Geschichte überprüfen, wo er ihn angeblich gefunden hat. Wenn er dort war, werden wir das feststellen können.«

»Wenn sie nun alle gelogen haben, um ihn zu schützen?«

Omondi schüttelte ernst den Kopf. »Wenn sie gelogen haben, werden wir das herausfinden, aber ich glaube nicht, daß sie gelogen haben. So viele Zeugen, die Stammesältesten eingeschlossen. Sie müssen bedenken, daß Mord ein kulturelles Phänomen ist. Kein menschliches Wesen hat jemals ganz allein für sich existiert, unabhängig von jeder Kultur. Mensch und Kultur sind untrennbar miteinander verbunden. Das war kein Massai-Mord. Würden Sie dem nicht zustimmen, Sergeant?«

»Doch, Sir. Ein Krieger zu werden ist das größte Ereignis im Leben eines Mannes«, dröhnte Kakombes tiefe Baßstimme vom Rücksitz. »Als Jugendlicher muß man eine lange Zeit bei den Herden verbringen. Man darf keine Freundin haben. Die jungen Männer betteln so lange darum, beschnitten zu werden, bis die Ältesten schließlich nachgeben und ja sagen.«

»Und was machen sie, wenn sie Krieger sind?« fragte ich.

»Alles, was Mut erfordert. Sie gehen auf Tierfang, beschützen den Kral und jagen, um Felle und Federn zu erbeuten. Und sie haben zahlreiche Geliebte.«

»Zahlreiche Geliebte?« fragte Omondi und zwinkerte mir dabei zu.

»Ja. Die Krieger teilen alles. Nicht nur das Vieh, auch das Essen und die Frauen. Eine junge Frau sucht sich drei Liebhaber, und sie darf mit keinem anderen schlafen, solange die drei da sind.«

»Sie scheinen viel darüber zu wissen«, sagte ich.

»Ich bin Massai.« Er sah mich an und grinste.

Ja, natürlich. Jetzt, wo er es mir gesagt hatte, schien es mir ganz offensichtlich, daß Kakombe ein Massai war, obwohl seine feinen Wangenknochen durch das bequemere Leben ganz gut gepolstert waren. Außerdem war er von so kräftiger Gestalt, daß er neben dem elegant wirkenden Nomaden etwas unbeholfen aussah. Lendenschurz neben Khaki-Uniform. Lange, mit tierischem Fett eingeriebene Zöpfe neben einem lockeren schwarzen Bürstenhaarschnitt. Das Alte und das Neue.

Der Wandel war unvermeidlich und in mancher Hinsicht zweifellos auch lobenswert, dennoch machte er mich traurig. Erst hatten weiße Siedler den Massai das beste Weideland gestohlen, jetzt nahmen ihnen die schwarzen Farmer auch noch das schlechte ab. Mit Hilfe von staatlich finanzierten Programmen brachte man den Massai bei, die Geldwirtschaft zu übernehmen, mit ihren Rindern zu handeln, Gemüse und gebratenes Fleisch zu essen statt Milch und Blut, wovon sie sich seit Tausenden von Jahren ernährt hatten. Die letzten Überreste unseres menschlichen Erbes verschwanden in einer Flutwelle aus Überbevölkerung, T-Shirts und Transistorradios. Auch wenn mir die Macho-Kultur der Hirten nicht zusagte, respektierte ich doch ihre Integrität, ihr Recht, sie selbst zu sein. Fortschritt und Politik kannten keinerlei Respekt.

Ich betrachtete den wunderschönen Morgen. Ich war froh, daß ich den Land Rover nicht zu Schrott gefahren hatte. Wir fuhren an einem Baum voller Paviane vorbei, hinter dem die Sonne stand. Die Kleinen spielten auf den Ästen Nachlaufen, während die älteren Tiere zusammengekauert auf ihren Plätzen hockten und versuchten, noch ein bißchen zu dösen. Etwas weiter von uns entfernt hatte sich ein goldbrauner Adler auf einem großen Dornbusch niedergelassen. Ein Dutzend Elefanten mit Beinen wie ausgebeulte Hosen graste friedlich an einem mit Büschen bewachsenen Hang. Eine Herde Thomsongazellen ging uns aus dem Weg und drehte dann wie immer die Köpfe, um uns neugierig über ihre goldfarbenen Schultern nachzuschauen. Sie haben den allerniedlichsten kleinen Arsch mit zwei senkrechten schwarzen Streifen auf jeder Seite.

Ich dachte über Kakombes Erklärungen nach. Man konnte

sich nur schwer vorstellen, wie ein Massai eine schlafende Frau überfiel, um sie zu vergewaltigen oder zu ermorden. Andererseits war zumindest ein Massai bereit gewesen, seinen Speer zu verkaufen, das Symbol seiner privilegierten Kaste.

»Okay, Inspector, Sie haben mich davon überzeugt, daß kein ehrbarer Krieger Lynn ermordet haben kann. Aber was ist mit jemandem, der bereits einen Teil seiner Kultur verloren hat? Die Leute sind hier Belastungen ausgesetzt, die es früher nicht gegeben hat.« Ich sah unwillkürlich zu Kakombe hin, doch er hatte sein Gesicht von mir abgewandt. »Und warum sind Sie so sehr davon überzeugt, daß es mit einem Speer gemacht wurde? Vielleicht hat der Mörder ein Messer oder ein Schwert benutzt und den Speer auf dem Rückweg gestohlen.«

Omondi lächelte auf seine überlegene Art und begnügte sich mit der Bemerkung: »Das werden Sie schon sehen.«

14

Als wir ins Camp zurückkamen, hörte ich Als laute Stimme aus dem Speisezelt.

»Zum Teufel, Cliff, mach doch, was du willst, aber ich denke gar nicht daran, mich wie ein Verbrecher behandeln zu lassen und irgend so einem Cop zu erlauben, in meinen Sachen rumzuwühlen. Was müssen die mein Zelt durchsuchen? Vergiß es... Ich verzögere die Sache nicht. Es ist alles eine einzige Zeitverschwendung... Hör mal...«

Dann waren wir außer Hörweite. Omondi merkte, wie ich ihn ansah, und zuckte lächelnd mit den Schultern. »Schade. Ich hatte gehofft, eine Konfrontation mit Mr. Hart vermeiden zu können.«

Madge kam auf uns zu, die Arme unter ihrem großen weichen Busen verschränkt. Normalerweise ging sie mit erhobenem Kopf, Augen und Ohren aufgesperrt, doch heute morgen starrte sie auf den Boden und war völlig in sich versunken. Als sie uns sah, blieb sie abrupt stehen und riß den Mund auf.

Wovor hatte sie sich erschreckt? Dann wurde mir klar, was wir für einen Eindruck auf sie machen mußten. Ich war von unserer Begegnung mit den Kühen ganz mit rotem Staub bedeckt, Omondi hüpfte in seinem üblichen Tempo über die Lichtung, Kakombe, der wie ein Riese neben seinem schlanken Vetter vom Land wirkte, hielt Als Speer umklammert, und Meromo schritt mit Speer und Schwert stolz einher, wobei der Lendenschurz seinen wunderbar muskulösen Körper nur unzureichend bedeckte.

Candy, unsere Antwort auf den Schönheitskult der Massai, machte auf der anderen Seite neben dem Stamm Fitness-Übungen. Sie trug ein schwarzweißes Trikot, das oben wie ein ärmelloses Unterhemd und unten ein elastisches Dreieck war, das keinen Zentimeter Bein unterhalb ihres Hüftknochens bedeckte. Sie hatte ihre Beine gespreizt, beugte den Oberkörper vornüber und berührte mit dem Kopf abwechselnd ihre Knie, links, rechts, links, rechts.

Ohne stehenzubleiben rief Omondi Madge zu: »Unser Massai-Freund wird uns gleich sagen, wo der Speer versteckt war.«

»Hey, ihr da!« rief Candy. Sie kauerte nun am Ende des umgestürzten Baumstamms, warf einen Blick hinein und winkte uns zu sich. »Kommt her. Ich will euch was zeigen.«

Sie richtete sich zu ihren vollen 1,80 Meter auf, als wir uns näherten, nahm ihr Schweißband ab und fuhr sich mit einer Hand durch ihre goldblonde Haarmähne, um sie an ihren Schläfen zu lockern. Das weiße Oberteil des Trikots war durchgeschwitzt und halb durchsichtig geworden. Als wir näher kamen, konnte ich den dunklen Hof um ihre Brustwarzen und die Wölbung ihrer Brüste erkennen. Ihr Gesicht war gerötet und verschwitzt, doch ihre Wimperntusche und ihr Lidschatten waren wundersamerweise in Ordnung.

Sie ließ ihren Blick rasch über uns gleiten, verweilte kurz bei Meromo und wandte sich dann wieder Omondi zu. »Ich hab was richtig Unheimliches gefunden.« Candy lächelte ihn an und ließ ihre ebenmäßigen Zähne à la Hollywood aufblitzen.

»Was haben Sie gefunden?« fragte Al.

»Sehen Sie doch selbst.« Candy sah erneut zu Meromo, der sich gegen seinen Speer lehnte, den Umhang über seine Schulter drapiert, und uns nicht beachtete. Ich bin sicher, daß dieser Mangel an Aufmerksamkeit Candy mehr irritierte als seine Anwesenheit im Camp.

Omondi hockte sich hin und linste in den hohlen Stamm. »Der Speer wurde von unserem Massai-Besucher vor Morgengrauen hier herausgezogen, wo er ihn gestern abend entdeckt hatte.« Er gab ein zufriedenes Grunzen von sich. »Genauso wie Meromo es uns im Dorf erzählt hat. Das bestätigt seine Geschichte.« Er griff hinein und zog ein zusammengeknülltes Stück Stoff heraus. »Kommt das jemandem bekannt vor?«

Die Frage erübrigte sich beinahe. Ein Trikot aus einem metallicblauen Material baumelte an seiner Hand.

»Mir gehört's nicht, da könnt ihr Gift drauf nehmen.« Al lachte. »Wie, zum Teufel, haben Sie das gefunden, Candy?«

»Es steckte nur ein paar Zentimeter tief drin«, sagte sie, als ob sie sich verteidigen müßte. »Als ich meine Streckübungen machte, hab ich aus den Augenwinkeln gesehen, daß da was war, und ich weiß nicht, es sah merkwürdig aus, deshalb hab ich es mir näher angeguckt, und plötzlich hab ich gemerkt, daß es mein Trikot war. Ich hab es nicht angefaßt, Inspector. Ich hab mir gedacht, daß Sie es sehen wollten, so wie es war.«

»Sehr gut, meine Liebe.«

»Sieht so aus, als wär unser Mörder ein Kleiderfetischist«, witzelte Al.

»Pssst.« Madge gab ihm einen Klaps auf den Arm. »Laß den Inspector nachdenken.«

Omondi ging zu dem Speer, den Kakombe behutsam festhielt, und prüfte ihn sorgfältig, ohne ihn zu berühren. Seine Augen waren nur wenige Zentimeter von dem hölzernen Schaft entfernt.

»Wir werden ihn auf Spuren von diesem blauen Material untersuchen. Ich vermute, daß der Mörder das Stück Stoff benutzt hat, um keine Spuren zu hinterlassen. Schade.« Er sah Candy an. »Wann haben Sie dieses Kleidungsstück zum letzten Mal gesehen?«

»Mal überlegen.« Candy nahm ihren Walkman vom Baumstamm und ließ die Kopfhörer wie ein Pendel schwingen. »Gestern hab ich mein fleischfarbenes Trikot zum Training getragen. Vorgestern das blaue, als alle auf Safari gingen und ich hierblieb, um meine Übungen zu machen. Vermutlich hab ich es hinterher über der Stuhllehne hängenlassen.« Sie rümpfte geziert die Nase. »Die werden irgendwie ziemlich verschwitzt.«

Ich sah zu Kakombe, um festzustellen, ob er irgendwelche Ideen beizutragen hätte, aber er war voll und ganz mit dem Versuch beschäftigt, durch Candys Trikot zu gucken. Zwar hatte er unter seinen schweren Augenlidern den üblichen unbewegten Gesichtsausdruck, doch er war eindeutig bemüht.

Candy rieb sich mit ihrem Schweißband über die Stirn. »Gott, ich bin ja klatschnaß. Ich hab mich richtig verausgabt. Haben Sie was dagegen, wenn ich jetzt dusche, Inspector?«

Sie sah ihn unvermittelt an. Ihre Augen waren von einem durchdringenden klaren Blau wie der Himmel auf einem Raphaelschen Gemälde. Ich merkte, daß ich in ihre Augen starrte, wie Kakombe auf ihre Brüste starrte. Von allen Anwesenden könnte sich jeder einen anderen Teil von Candys Körper aussuchen und ganz in seiner Bewunderung aufgehen. Überragende Schönheit hat eindeutig etwas Hypnotisches.

»Miss Svenson.« Omondi nahm ihre Hand und beugte sich ganz tief darüber. »Sie haben unseren Ermittlungen durch Ihren scharfen Blick weitergeholfen sowie dadurch, daß Sie so intelligent waren, das Beweismaterial nicht anzufassen.« Er ließ ihre Hand los. »Natürlich können Sie gehen, begleitet von unserem Dank.«

Ich spürte einen Anflug von Eifersucht. Da bin ich wie ein Idiot herumgerannt, hab nach dem Speer gesucht und bin von einem Nashorn angegriffen worden. Candy dagegen bleibt den ganzen Morgen im Camp und findet allein heraus, wo der Speer versteckt war. Nicht, daß das viel Intelligenz ihrerseits erfordert hätte. Sie hatte sich einfach den ganzen Morgen über den verdammten Stamm gebeugt und den Kopf zwischen die Beine gesteckt. Paß auf, Jazz, ermahnte ich mich, jetzt werd nicht ordinär. Das ist doch kein Wettstreit. Was kümmert es dich überhaupt, was Omondi denkt? Über diese Frage wollte ich allerdings nicht weiter nachdenken.

»Als du gestern hier trainiert hast, ist dir nichts aufgefallen?« fragte ich Candy. Es war etwas merkwürdig, daß sie das Trikot heute bemerkt hatte, aber den Speer übersehen hatte, der doch viel auffälliger gewesen sein mußte.

»Nein«, antwortete Candy. »Vielleicht steckte er gestern tiefer drin.«

Cliff schlenderte mit den Händen in den Taschen auf uns zu. Er trug einen genoppten Baumwollpullover und eine Hose aus grauem Jeansstoff mit Bundfalten, die nach unten eng zulief. Seine Augen wirkten vom vielen Trinken verquollen. »Was ist denn hier los? Gibt Candy jetzt Aerobic-Kurse für die Massen?«

Omondi warf lachend den Kopf zurück. »Wir sind tatsächlich ein sehr gemischter Haufen.«

»Die Massai haben den Speer doch gefunden«, berichtete Madge aufgeregt. »Er war in dem Stamm. Und Candy hat ihr Trikot darin gefunden.«

Cliff schob sein Kinn zurück und musterte Candy taxierend. »Tatsächlich? Äußerst merkwürdig.«

»Der Inspector hat gesagt, ich sei intelligent«, entgegnete Candy.

»Das wird ja immer merkwürdiger«, sagte Cliff.

»Ich wollte ohnehin gerade gehen.« Candy schlenderte mit langen beschwingten Schritten davon.

Kakombe schaute ihr nach. Molezzi wartete mit einem Eimer warmem Wasser und einem Stapel Handtücher neben der

Duschkabine auf sie. Meromo zog eine winzige Kalebasse aus seinem Gürtel. Sie hatte die Form eines Parfumflakons und einen Stöpsel aus Elfenbein. Er tat sich etwas Schnupftabak auf die Hand, schnupfte ihn und nieste laut. Dann sagte er zu Kakombe etwas auf Massai.

»Möchte unser Freund etwas sagen?« fragte Omondi.

Kakombe schüttelte den Kopf. »Nur für mich. Er sagt, man soll sich nicht von der wilden Flucht eines Gnu verwirren lassen.«

Al wandte sich an Madge. »Wir sollten vielleicht auch gehen. Ich möchte mir noch leichtere Sachen anziehen und mich vor dem Essen etwas frisch machen.«

»Geh ruhig schon, Schatz. Ich komme gleich nach.«

Al verließ uns. Aus der Duschkabine hörte man das Plätschern von Wasser. Molezzi stand mit einem zweiten Eimer bereit, der ganz voll sein mußte, so wie er ihm den Arm herunterzog. Ich fragte mich, wie er das Wasser in den Vorratsbehälter kippen wollte, solange Candy noch in der Dusche war. Einen Augenblick hatte ich Verständnis für Candy, wodurch ich mich selbst besser fühlte. Sie wurde kaum von den Männern in Ruhe gelassen. Ich konnte auch verstehen, warum Madge sie bemuttern wollte. Molezzi grinste, als er merkte, daß wir zu ihm hinsahen.

Omondi wandte sich an seinen Sergeant. »Kakombe, bitte nehmen Sie dieses Beweisstück und stecken es in einen separaten Beutel. Versuchen Sie, die Fingerabdrücke zu erhalten, die noch auf dem Speer sind. Vorsicht mit der Spitze... am besten machen Sie da auch einen Beutel drum. Wie Sie sehen, ist etwas Blut daran.« Dann wandte er sich dem Rest von uns zu. »Und jetzt werde ich Ihnen zeigen, wie der Mord geschehen ist.«

Madge lag auf Lynns Bett.

»Sie machen das sehr gut«, sagte Omondi aufmunternd zu ihr. »Es dauert nur einen Augenblick.« Er hantierte mit einer Jeans herum. Erst warf er sie zusammengeknüllt auf den Boden, dann hob er sie wieder auf und schmiß sie auf das leere Feldbett.

Ich stand hinter dem Zelt zusammen mit Kakombe und Meromo, die gerade den Speer und Candys Trikot verstaut hatten. Madges Gesicht konnte ich zwar nicht sehen, aber ihr ganzer Körper wirkte elend und verkrampft. Ich bewunderte ihre Selbstbeherrschung. Omondi schlüpfte durch das Loch in der Rückwand.

»Sehr gut.« Omondi sagte etwas auf Suaheli, und Meromo gab ihm seinen Speer. Ich hörte Schritte, dann kam Al um das Zelt herum. Er trug Shorts und ein rotes Polohemd. Das Hemd paßte zu dem Sonnenbrand auf seinen Knien, doch die konventionellen schwarzen Socken brachten es nicht.

»Heute wird's ganz schön heiß. Hey, hat irgendwer Madge gesehen? Ich dachte, sie käme direkt hinter mir her. Ich hab sie überall gesucht.« Besorgt hatte er die Augenbrauen zusammengezogen.

Ich deutete auf das Zelt. »Sie ist da drin.«

»Mrs. Hart hilft uns, das Verbrechen nachzustellen«, sagte Omondi und gestikulierte mit dem Speer.

Als Gesicht verfinsterte sich. »Madge?« Er schaute in das Zelt. »Was, zum Teufel, machst du da?« Er ging zum Eingang und schob das Moskitonetz beiseite.

»Al, beruhige dich doch. Es ist alles okay. Ich helfe nur dem Inspector.«

»Du hast gut reden, von wegen ich soll mich beruhigen.« Al erhob die Stimme. »Ich bin doch nicht derjenige, der sich wegschleicht, um Räuber und Gendarm zu spielen. Stehst du jetzt endlich auf?«

»Al, wir haben zu tun. Du hältst uns auf.« Madge blieb flach auf dem Rücken liegen.

Meromo grinste und stellte eine Frage auf Massai. Kakombe zuckte mit einem Mundwinkel und machte ein gelangweiltes Gesicht.

»Ich hab dir doch gesagt, du sollst dich da raushalten. Der Inspector kommt auch ohne dich zurecht.«

»Guck mich nicht so wütend an.«

»Ich gucke überhaupt nicht wütend.«

»Doch, und außerdem schikanierst du mich. Hör damit auf. Ich bin eine erwachsene Frau und lasse mir von dir nicht sagen, was ich zu tun habe. Wenn du zugucken willst, kannst du dich draußen zu den anderen stellen.«

»O Madge.« Al kam aus dem Zelt und starrte jetzt uns wütend an. »Warum mußte ich nur ein so stures Weib heiraten?« Er zeigte mit dem Finger auf Omondi. »Inspector, Sie machen mich wahnsinnig.«

Omondi lächelte und klopfte Al auf die Schulter. Der Speer bewegte sich in der anderen Hand hin und her. »Mein lieber Freund, ich möchte mich aufrichtig entschuldigen. Ich weiß, daß das hier verdammt lästig ist.«

Madge machte sich aus dem Zelt bemerkbar. »Wenn Al endlich aufhört zu stören, können wir dann vielleicht weitermachen? Das hier ist nicht ganz einfach.« Sie schwieg und fügte dann hinzu: »Ich bin froh, daß du da bist, Al.«

»Okay, Baby, ich bin hier.« Al tätschelte seinen Bauch und stellte sich breitbeinig neben mich.

Omondi bewegte sich verstohlen auf das Zelt zu, als ob er sich in der Dunkelheit heranschliche. Er tat so, als ob er die Leinwand mit der Speerspitze aufschlitzte. Meromo sagte etwas. Der Speer kann die Haut eines Nashorns zerschneiden, übersetzte Kakombe. Omondi betrat das Zelt nicht. Er hielt die flatternde Leinwand auf und schob den Speer hinein. Dann fischte er im Zelt nach etwas und zog den Speer wieder heraus, an dessen Spitze jetzt die Jeans baumelte. Er nahm die Jeans herunter.

»Stellen Sie sich vor, Sie hören ein Geräusch und drehen sich um, um nachzusehen, ob da was ist«, sagte er zu Madge.

Sie stützte sich auf einen Ellbogen und drehte den Kopf zur Rückwand des Zeltes. Omondi stürzte mit dem Speer vor und hielt ihn zwei Zentimeter von ihrer Kehle entfernt an.

Madge stieß einen leisen, aber sehr echt wirkenden Schrei aus.

»Ganz genau. Der Speer wurde benutzt, um zu verhindern, daß Lynn schrie. Sie war bereits tot, bevor sie ein Geräusch von sich geben konnte.«

Ich trat einen Schritt vor. Tausend Gedanken gingen mir im Kopf herum. »Das erklärt einiges. Warum die Hose draußen lag und warum kein Blut daran war.«

»Das ist Schwachsinn«, sagte Al und schob sich die Hände in seine Achselhöhlen. »Niemand würde Lynn umbringen, um eine Jeans zu stehlen.« Er sah auf Meromos lange, nackte Beine, die unter seinem Lendenschurz hervorkamen.

»Kann ich jetzt aufstehen?« fragte Madge. Sie setzte sich auf.

»Selbstverständlich«, sagte Omondi. »Und vielen Dank für Ihre unschätzbare Hilfe.«

Omondi gab Meromo den Speer mit vielen Dankesworten zurück und ordnete an, daß er in den Kral zurückgefahren werden sollte. Kakombe und Meromo verließen das Camp mit den gleichen langen, bedächtigen Schritten. Meromo warf seinen Umhang über die Schulter zurück und entblößte dabei ein Stück seines glänzenden Rückens. Kakombe sagte etwas zu ihm, und beide lachten.

»Und nun, meine Liebe« – Omondi fixierte mich mit seinen leuchtenden Augen – »erzählen Sie uns was über Lynns Jeans.«

Mein Mund fühlte sich ganz trocken an. Woher sollte ich denn wissen, worauf es der Mörder abgesehen hatte?

»Versetzen Sie sich in die Situation zurück«, forderte er mich auf. »Wann haben Sie sie das letzte Mal in dieser Jeans gesehen?«

Ich setzte mich auf den Stamm und schaute auf die Erde. Ja, ich erinnerte mich daran, wie mir aufgefallen war, was die einzelnen als angemessene Trauerkleidung angesehen hatten, als wir um das Lagerfeuer herumstanden. Candy hatte das hautenge schwarze Kleid angehabt, in dem sie aussah wie einem Toulouse-Lautrec-Poster entsprungen. Eleanor hatte ein Kleid mit schwarzen Rüschen getragen. Lynn hatte einen dunklen Hosenanzug angehabt. Ich erinnerte mich daran, weil ich mich gewundert hatte, wie sie es schaffte, immer passend angezogen zu sein. Die Jeans hatte sie bei der Pirschfahrt getragen.

»Boyce Darnells Pillen«, sagte ich.

»Das stimmt«, sagte Madge zu Al. »Erinnerst du dich nicht mehr, Al? Als wir um das Lagerfeuer herumstanden, nachdem Boyce gestorben war, da hat Lynn gesagt, daß sie die Pillen noch in ihrer Jeans hätte.«

»Sie hat zu mir gesagt, es wäre ihr irgendwie unheimlich, sie wegzuwerfen«, sagte ich.

»Erzählen Sie mir mehr über diese Pillen«, sagte Inspector Omondi.

Madge zuckte mit den Schultern. »Da gibt es nicht viel zu erzählen. Er war herzkrank. Die Pillen waren gegen zu hohen Blutdruck; er mußte sie jeden Tag nehmen.«

»Warum hatte Lynn sie? Hat sie sie für ihn aufbewahrt?«

»Yeah, warum hatte Lynn sie?« schaltete Al sich ein.

»Das war Zufall«, sagte ich. »Als wir den Fluß überquerten… wißt ihr noch, wie holprig das war? Boyce' Jacke fiel auf den Boden. Die Pillen rutschten heraus und rollten auf dem Boden rum. Lynn hob sie auf und steckte sie zur Sicherheit in ihre Hosentasche, und dann… nun, dann brach Boyce zusammen.«

»Andernfalls hätte Boyce sie also in seiner Jackentasche gehabt«, sagte Omondi. »Wo waren die Pillen drin?«

»In einem ganz normalen Plastikbehälter aus der Apotheke. Bernsteinfarben«, sagte Madge.

»Hmmm.« Omondi ging auf und ab. »Es sieht ganz so aus, als sei Lynn nur deshalb umgebracht worden, weil sie aufwachte, als gerade jemand ihre Hose aus dem Zelt angelte. Wenn sie zuerst umgebracht worden wäre, müßte Blut an der Hose sein, wie Sie bereits bemerkt haben, Jazz. Es war aber kein Blut dran, deshalb muß die Jeans bereits draußen gelegen haben, als Lynn erstochen wurde.« Er blieb stehen und hob einen Finger. »Warum, fragen wir uns.« Er blickte in die kleine Runde. »Warum sollte jemand eine ganz normale Jeans wegnehmen? Es kann nur darum gegangen sein, an Mr. Darnells Blutdrucktabletten ranzukommen. Aber warum?«

Ich hatte gewußt, daß eine Verbindung zwischen den beiden Todesfällen bestand und spürte eine gewisse Hoffnung in mir aufsteigen. Wir waren ein Stück weitergekommen. »Glauben Sie, daß mit den Pillen was nicht gestimmt hat?«

»Wie meinen Sie das?« Omondi zeigte auf mich, als ob er seine Musterschülerin aufrufen würde.

»Nun ja, warum sollte jemand diese Pillen haben wollen? Und falls doch, warum hat er nicht einfach Lynn danach gefragt? Sie zu stehlen scheint nur sinnvoll, wenn sich vorher jemand daran zu schaffen gemacht hat. Verstehen Sie? Nicht ein Mord, sondern zwei.«

»Sie meinen, Boyce wurde vergiftet?« Als Stimme schien über die ganze Lichtung zu dröhnen.

Omondi schnippte mit den Fingern. »Ja, und das konnte nur durch diese Pillen herauskommen. Andernfalls hätte der arme Mr. Darnell einen Herzinfarkt gehabt. Niemand zweifelte an seiner Todesursache. Doch falls Lynn einen Blick in diese Pillendose geworfen hätte und ihr etwas Merkwürdiges aufgefallen wäre.« Gestenreich spielte er vor, wie jemand etwas Kleines öffnet und hineinsieht. »Das Ende eines perfekten Mordes.«

»Wer auch immer es getan hat, muß ganz verzweifelt hinter den Pillen hergewesen sein.« Madge schloß schaudernd die Augen.

Omondi nickte. »Also wartet der Mörder, bis es Nacht ist. Bis alle schlafen.« Er hielt den Kopf schräg und legte eine Hand wie ein Kopfkissen an seine Wange. »Dann leise den Speer holen, der neben dem Feuer vergessen worden war.« Er zog einen imaginären Speer aus dem Boden. »Nein, erst ein Stück Stoff besorgen, um ihn damit festzuhalten, damit es keine Fingerabdrücke gibt.« Er legte eine Hand auf seine Lippen. »Das ist ein kaltblütiger Mörder. Selbst in diesem schrecklichen Augenblick denkt er an Fingerabdrücke und nimmt sich Miss Svensons Trikot.«

Das wäre allerdings nicht so schlau, wenn Candy Svenson es getan hätte und sich das erste beste, das ihr in die Finger kam, geschnappt hätte. Doch da ich mich immer noch wegen meines Eifersuchtsanfalls von vorhin schämte, sagte ich nichts.

»Der Mörder zerschneidet die Zeltwand.« Omondi fuhr mit beiden Händen nach unten. »Angelt die Hose aus dem Zelt.« Er bewegte seine Hände auf sich zu. »Ah, die Pillen sind in der Tasche.« Nun tat er so, als ob er einen Gegenstand zwischen seinen Fingern fühlte, ihn hinauszog und in seine eigene Tasche steckte. »Geschafft. Aber nein, Lynn wacht auf. Sei schaut sich um, sieht vielleicht den Mörder und erkennt ihn.«

Madge flüsterte leise. »Oh, das ist furchtbar.«

»Lynn fragt: ›Wer ist da?‹ Sie klingt verängstigt, sie wird gleich schreien.«

»Was soll das hier, eine Schüleraufführung?« fragte Al.

»Waaa…« Omondi stürzte sich mit seinem imaginären Speer vor. Madge und ich zuckten beide zusammen. »Lynn wird nicht mehr reden. Jetzt muß ich den Speer verstecken, schnell.« Er schaute nach rechts und links. »Aber wo? Es ist dunkel. Ich muß ganz leise sein. Der Mond leuchtet schwach. Da, am Ende der Lichtung, ja, ein umgestürzter Stamm.« Er tat so, als ob er auf Zehenspitzen zu dem Stamm ging. »Taugt der für meine Zwecke?« Er bückte sich und sah hinein. »Er ist hohl. Perfekt. Ich schiebe den Speer zusammen mit dem Trikot so tief hinein, daß man ihn nicht sehen kann, und gehe leise wieder ins Bett.« Er rieb sich die Hände. »Es ist vollbracht.«

»Damit stellen sich uns drei Fragen.« Ich zählte sie an den Fingern ab. »Wo ist die Pillendose jetzt? Was war darin? Und wer wollte, daß Boyce stirbt?«

»Laßt uns den Stamm noch einmal untersuchen«, sagte Omondi. »Vielleicht finden wir da einen Hinweis, wo die Pillendose ist.«

Wir folgten ihm zu dem Stamm. Diesmal kauerte er lange davor, eine Hand auf das glatte, von der Sonne gebleichte Holz gestützt, und betrachtete den dunklen Hohlraum. »Es ist zu dunkel. In diesem vermoderten Kernholz geht ein bernsteinfarbener Plastikbehälter leicht unter.« Er stand auf. »Wir müssen den Stamm mit einer Machete spalten.«

»Muß das wirklich sein, Inspector?« Es ging mir gegen den Strich, den Stamm zu zerstören. »Können wir nicht versuchen, ihn mit irgendwas rauszukratzen?«

Er schüttelte den Kopf. »Tut mir leid, meine Liebe. Aber es könnten Fingerabdrücke drauf sein. Die werden zu leicht abgerieben.«

Wir hatten im Camp eine Machete, um das Brennholz auf eine benutzbare Länge zu hacken. Ngueye, der stärkste Mann aus meinem Personal, fing an zu hacken. Als Kakombe zurückkam, übernahm er. Die Machete fraß sich mit einem lauten krachenden Geräusch in das trockene Holz. Kakombe hob die Machete immer wieder über seine Schultern und ließ sie nach unten sausen, bis sich ein ausgezackter Spalt über den Stamm zu schlängeln begann. Seine dunkle Haut war mit hellen Holzsplittern gesprenkelt. Es dauerte sehr lange. Ab und zu machte er eine Pause und suchte zusammen mit Omondi das Innere mit Hilfe einer Taschenlampe ab. Als er sich durch Zweidrittel des Stammes hindurchgearbeitet hatte, fanden sie die Pillendose.

15

Das Mittagessen verlief trübsinnig. Im Zelt war es heiß, und eine Fliege stieß mit entnervendem Summen gegen die Firststange. Als wir gerade hineingingen, kam das Flugzeug zurück und erinnerte uns daran, wie es gestern abend mit den beiden Leichen abgeflogen war. Kakombe nahm am Eßtisch von allen die Fingerabdrücke und ging dann zum Flugzeug hinaus. Die Tinte ließ sich zwar abwaschen, doch die argwöhnische Stimmung, die zurückblieb, hielt sich hartnäckig.

»Jazz, haben Sie für heute abend für uns ein Zimmer in der Lodge reserviert?« fragte Al, während er seinen Stuhl unter dem Tisch hervorzog.

Ich blickte abrupt auf. »Nein, wir fahren erst morgen abend zur Lodge. Dann nehmen wir am nächsten Morgen das Flugzeug nach Nairobi. Ich dachte, als ich für Sie den späteren Heimflug gebucht habe, sei klar gewesen, daß das zwei weitere Nächte hier draußen bedeuten würde. Wissen Sie das nicht mehr? Sie und Eleanor haben sich bereit erklärt zu bleiben.«

»Dann hab ich eben meine Meinung geändert.«

Madge schüttelte unauffällig den Kopf und formte mit den Lippen die Worte *Keine Sorge.* Laut hingegen sagte sie: »Seien Sie so gut und fragen Sie nach, ob für uns was frei ist.«

Ich sagte okay und ließ es dabei bewenden. Schließlich war das kein Kampf, den ich auszufechten hatte. Falls es zum Showdown kam, würde der zwischen Al und Omondi stattfinden.

Molezzi brachte eine Platte mit Sandwiches, einen Krug Eistee und einen mit Limonade und stellte alles auf den Serviertisch. Ich nahm mir ein halbes Roastbeef-Sandwich und zwang mich, ein paar Bissen hinunterzuschlucken. Schließlich mußte ich was essen, auch wenn ich keinen Appetit hatte. Dabei hätte ich froh sein sollen, daß wir endlich ein Stück weitergekommen waren, aber das war ich nicht. Durch Omondis Nachspielen war der Mord an Lynn schrecklich real für mich geworden. Meine Theorie, daß Boyce vergiftet worden war, würde natürlich durch die Autopsie bestätigt werden müssen, doch je mehr ich darüber nachdachte, um so mehr kam ich zu der Überzeugung, daß erst dadurch alles einen Sinn bekam. Es war schwierig, sich zu unterhalten. Jedesmal, wenn ich jemanden ansah, stellte ich mir ihn oder sie als Doppelmörder vor und verlor den Faden.

Ich war über die Ungerechtigkeit von Lynns Tod erbost. Sie war nur deshalb ermordet worden, weil sie zufällig Boyce' Pillen aufgehoben hatte und weil sie im falschen Augenblick wach geworden war. Es war nichts als eine unglückliche Verstrickung, der Fehler eines in Panik geratenen Mörders. Der Mord an Lynn war sinnlos gewesen, dachte ich erbittert, ohne mir einzugestehen, daß der Mörder immer noch die Chance hatte, mit beiden Morden ungestraft davonzukommen.

Wer hatte gewußt, daß Lynn die Pillen hatte? Madge und Al auf jeden Fall, weil sie auf der Pirschfahrt dabei waren, aber das schloß nicht aus, daß andere davon erfahren hatten. Als wir um das Lagerfeuer standen, hatte Lynn die Pillen mir und auch Madge gegenüber erwähnt. Sie hatte ständig daran denken müssen. Vielleicht hatte sie auch mit Cliff oder sogar mit Eleanor darüber gesprochen. Schlimm, daß die Pillen bei einem Herzinfarkt nicht helfen konnten, so was in der Art. Jemand anderes könnte das mitgekriegt haben. Der Mörder mußte sich verzweifelt bemüht haben, die Pillen wiederzufinden, nachdem er entdeckt hatte, daß Boyce sie nicht bei sich hatte. Damit war ich wieder bei den Harts gelandet, denn sie wußten nicht nur eindeutig, daß Lynn sie hatte, sondern auch wo. Und Al hatte gegen Ende des Abends den Speer gekauft. Konnte er bereits da schon geplant haben, sich damit Einlaß in Lynns Zelt zu verschaffen? Er widersetzte sich unablässig Omondis Ermittlungen. Das Telex über den Stand der Aktien, die Bemerkung von Madge, daß es mit Boyce immer schlimmer würde, all das schien darauf hinzudeuten, daß es bei Wild and Free Probleme gab.

Al und Madge waren schweigsam, offenbar ebenfalls in ihre Gedanken versunken. Eleanor hatte die Nachricht, daß der Speer gefunden worden war, ohne großes Interesse aufgenommen. Niemand hatte ihr was von den Pillen gesagt oder von unserer Folgerung, daß Boyce ermordet worden war. Wir hatten alle Angst, wie sie reagieren würde. Omondi verstrickte Cliff in ein Gespräch über die Werbebranche, zu dem auch Eleanor ab und zu höflich etwas beitrug, während der Rest von uns mißmutig über seinen Sandwiches hockte. Die Fliege ließ von der Firststange ab, flog auf das Licht zu und verfing sich in den Falten des Moskitonetzes, wo sie beharrlich weitersummte.

Etwa in der Mitte der Mahlzeit warf Candy ihre Gabel auf den Tisch und fing an loszubrüllen. »Alle sehen mich an.« Darauf sahen wir sie tatsächlich alle an. »Glaubt ihr, ich hab es getan?« Ihre Stimme wurde immer schriller. »Glaubt ihr, ich wußte die ganze Zeit, wo der Speer war?«

»Wovon reden Sie?« fragte Al.

Candy redete einfach weiter. »Bloß weil mein Trikot bei dem Speer war.« Sie schob ihren Stuhl zurück. »Es lag vor meinem Zelt. Jeder hätte es sich nehmen können. Außerdem, wenn ich es dorthin getan hätte, warum hätte ich dann überhaupt sagen sollen, wo es ist?« Sie sah uns aus wütenden saphirblauen Augen an. »Es ist nicht fair, mich zu verdächtigen.«

Madge versuchte, vernünftig mit ihr zu reden, doch Candy steigerte sich sichtbar in ihre Hysterie hinein und stürmte aus dem Zelt. Mir war nicht ganz klar, ob das gespielt oder unbeherrscht war, jedenfalls trug es nicht gerade zur Auflockerung der finsteren Atmosphäre bei.

»Der Reiz der Jugend«, kommentierte Cliff. »Wenn man sich noch für den Star in jedem Drama hält.«

»Meinst du nicht, das kommt ganz drauf an?« Eleanor lächelte mit zusammengekniffenen Lippen. »Meine Töchter, die noch richtige Teenager sind und keine überalterten, sind nicht so egozentrisch, das kann ich dir versichern. Ich muß gestehen, ich bin Candys theatralisches Gehabe allmählich ein bißchen leid.«

Cliff ließ sich in seinem Stuhl zurückfallen. »Darling, ich glaube, das ist das erste Mal, daß ich dich eine leise Kritik äußern höre. Erleben wir gerade die Geburt einer neuen Persönlichkeit?«

»Cliff, jetzt bringst du mich aber in Verlegenheit. War das kritisch? Ich hab bestimmt nichts Schlechtes über Candy sagen wollen. Bloß, meine Töchter sind einfach so erwachsen, da habe ich wohl einen besonderen Groll gegen Leute entwickelt, die Teenager kritisieren. Inspector Omondi, sagen Sie, haben Eltern hier die gleichen Probleme mit den jungen Leuten wie bei uns in Amerika?«

Es war eine Erleichterung, als das Essen vorbei war und die Leute sich zur Siesta in ihre Zelte verteilten. Ich stand einen Augenblick draußen und überlegte mir, was ich tun sollte. Die Sonne blendete mich, besonders nach der Dunkelheit im Speisezelt. Es war so hell, daß man kaum was erkennen konnte. Die Welt war wie ein pointillistisches Gemälde, das vom Licht eher aufgelöst als erhellt wird. Der Wind hatte sich gelegt, und die Eukalyptusblätter hingen gerade herunter, als ob es ihnen zu heiß wäre, sich zu bewegen. Die Fliege, die sich aus dem Netz befreit hatte, schwirrte hinter mir her und ließ sich auf meinem Arm nieder. Ich sah zu, wie sie durch die von der Sonne gebleichten Haare kroch wie durch eine Wüstenlandschaft. Sie blieb stehen, ich schlug heimtückisch zu und beobachtete, wie ihr kleiner Leichnam auf den Boden fiel. Nicht gerade nett, aber befriedigend.

Ich zog mir Shorts an. Zum Schlafen war ich zu aufgedreht, und ich wußte nichts mit mir anzufangen. Nach der gestrigen Begegnung mit dem Nashorn kam ein Streifzug zu Fuß nicht mehr in Frage, doch im Lager wurde es mir zu eng. Der Land Rover war an der üblichen Stelle geparkt, neben dem Personal- und Versorgungswagen. Das bedeutete, daß Kakombe vom Flugzeug zurück war. Ich beschloß, etwas herumzufahren. Es würde zwar heiß sein, aber beim Fahren würde es ein bißchen Wind geben.

Es kam jedoch anders. Ich holte mir bei Chris die Schlüssel, doch als ich aus dem Personalbereich zurückkam, lief mir Kakombe über den Weg. In dem blendenden Licht wirkte seine Haut kohlrabenschwarz, und wie er so gemächlich auf mich zukam, sah er aus wie ein platter Riese aus einem Ausschneidebogen. Er wollte mit Omondi zum Flugzeug. Ich bot an, sie zu fahren. Kakombe sah mich auf seine typisch ausdruckslose Weise an und sagte, das müsse der Inspector entscheiden. Omondi zeigte sich erfreut. Also stiegen wir ein, ich ließ den Wagen an und folgte der inzwischen leicht ausgefahrenen Spur im Gras. Ich fragte, ob ich warten oder sie später wieder abholen sollte. Zu meiner Überraschung lud Omondi mich ein mitzukommen.

»Wo fliegen wir hin?«

»Das werden Sie schon sehen.«

»Ich hasse das Fliegen.«

»Seien Sie nicht so mißtrauisch. Wir wollen Sie doch nicht entführen.«

»Inspector, bin ich noch immer eine der Hauptverdächtigen?«

Wir fuhren gerade um die Schulter eines Hügels herum, als plötzlich die Knie einer Giraffe vor der Windschutzscheibe auftauchten. Ich latschte auf die Bremse. Die Giraffe stand wie angewurzelt vor uns, käute wieder und schaute sanft unter ihren dichten Wimpern hervor. Zwei Giraffenbabys, perfekte Miniaturausgaben, standen daneben, auf jeder Seite eins. Sie waren noch sehr jung, nur knapp 2,50 Meter groß, und reichten ihr mit dem Kopf bis an den Widerrist. Giraffen haben immer nur ein Junges, aber die Mutter-Kind-Beziehung ist nicht sehr eng, und da sie ihre Jungen weniger als zwei Minuten pro Tag säugen, spielen sie häufig füreinander Babysitter. Eines der Jungen schnupperte der Mutter zwischen den Beinen herum und suchte nach der Zitze. Aber sie war nicht in Stimmung, denn sie setzte sich langsam in Bewegung, die beiden Jungen wie zwei Entenküken hinter ihr her.

»Wer hat denn gesagt, daß Sie jemals eine der Hauptverdächtigen waren, meine Liebe?«

»Nun, ich dachte... wegen dem Blut an meiner Hose. Ich hab mich gefragt, ob der Laborbericht schon zurück ist.« Ich schaltete in den ersten Gang zurück und ließ den Motor erneut an.

»Gerade wegen dem Blut an Ihrer Hose bin ich zu dem Schluß gekommen, daß Sie wahrscheinlich unschuldig sind. Nachdem ich Lynns Zelt untersucht hatte, vermutete ich, daß wir keine Blutspuren finden würden, außer am Speer selbst. Und im übrigen ist der Laborbericht gekommen. Das Blut an Ihrer Hose stammt nicht von Lynn.«

»Das ist gut zu wissen.«

»Meine liebe Jazz, haben Sie sich etwa deswegen Sorgen gemacht? Was glauben Sie denn – ich lächele Sie an und denke die ganze Zeit, Sie hätten Ihre alte Freundin umgebracht?«

»Sie lächeln jeden an, und einer ist der Mörder.«

»Ah, dann sind Sie doch keine so gute Beobachterin, wie ich gedacht habe. Ich lächele, und ich lächele.«

Mit Unbehagen wurde mir bewußt, daß ich Omondis Worte persönlich nahm, und auch, daß Kakombe hinter uns saß und schweigend zuhörte. Ich beschloß, das Gespräch auf ein offizielles Gleis zurückzulenken. Ich erzählte ihm von meiner Idee, Susan Greenburg anzurufen und mich nach den Wild-and-Free-Aktien zu erkundigen. Außerdem dankte ich ihm, daß er mich an den Ermittlungen teilnehmen ließ und erklärte ihm, wie wichtig es für mich war, Lynns Mörder zu finden.

Er wies meine Worte mit überschwenglicher Liebenswürdigkeit zurück. »Davon möchte ich nichts mehr hören; es gibt nichts, wofür Sie sich bedanken müßten. Im Gegenteil, ich bin Ihnen für Ihre Hilfe dankbar. Die offiziellen Regeln gelten nur für die Hauptstadt. Hier sage ich, laßt uns zusammenarbeiten, um den Mörder zu finden. So macht man das in Afrika.« Er lehnte seinen Arm aus dem offenen Seitenfenster und trommelte mit den Fingern außen gegen die Tür, was ein hohles metallisches Geräusch erzeugte. »Aber seien Sie nicht gekränkt, wenn ich Ihre Hilfe in meinem Bericht nicht erwähne. Nairobi hat in diesem Fall andere Prioritäten. Man hat mich angewiesen, sehr vorsichtig zu sein und sehr korrekt. Wie ich Ihnen bereits sagte, der Tourismus ist eines unserer wenigen lukrativen Produkte.« Er lachte. »Ist das nicht so, Sergeant?«

Kakombe machte sich nicht die Mühe zu antworten.

Das Flugzeug stand am Ende eines flachen Rasenstücks. Ich zuckte zusammen, als das Licht von der Aluminiumhülle wie eine zweite Sonne reflektiert wurde.

»Ist es nicht wunderschön?« frage Omondi. »Wir sind ganz up to date, sehen Sie. Die Flügelspitzen sind leicht abgesenkt, um kurze Starts und Landungen zu ermöglichen.«

Dieses Flugzeug war zwar viel größer als Strikers Zweisitzer, aber für mich ist kein kleines Flugzeug schön. Furchterregend, ja. Ich stieg hinter Omondi ein und fragte mich, was hier vorging. Wo mochten wir hinfliegen? Würde Omondi selber fliegen? Das war ja wohl kaum eine 747. Wenn ich die Arme ausstreckte, konnte ich beide Seiten berühren.

Es lag ein starker Geruch nach Chemikalien in der Luft, und die vom ganzen Tag aufgestaute Hitze war erdrückend. Als ich mich in den Gang quetschte, wurde mir klar, daß wir nirgendwohin flogen. Kakombe hatte ein Mini-Labor aufgebaut. Er hatte ein Brett über die zweite und zugleich letzte Sitzreihe gelegt und damit einen Arbeitstisch geschaffen. Der Speer lehnte dagegen, seine helle Oberfläche war mit einem feinen, dunklen Pulver bestäubt, seine Spitze durch eine Plastiktüte geschützt. Mitten auf dem Brett stand die bernsteinfarbene Pillendose, die mit weißem Pulver überzogen war. Daneben waren fein säuberlich aufgereiht: ein Vergrößerungsglas, ein Stapel 2,5 × 2,5 cm große schwarze Quadrate mit durchsichtigen Plastikdeckblättern und die kleinen Karten mit unseren tintenschwarzen Fingerabdrükken.

Omondi nahm eines der schwarzen Quadrate in die Hand. »Klebestreifen zum Abheben von Fingerabdrücken«, erklärte er. »Eine Seite ist haftend. Die nimmt den mit Pulver bestreuten Abdruck ab und konserviert ihn. Ganz genial. Die Pillendose scheint übrigens zwei unterschiedliche Arten von Pillen zu enthalten, die sich jedoch so ähnlich sehen, daß es kaum auffällt. Leider wurde die Pillendose abgewischt, doch Sergeant Kakombe hat ein paar gute Fingerabdrücke von dem Speer.«

Also hatte sich jemand an den Pillen zu schaffen gemacht. Wir waren dem Mörder auf der Spur und begannen nun, sie zurückzuverfolgen.

Omondi zog im hinteren Teil des Flugzeugs einen Verdunklungsvorhang auf. Als Kakombe ihm fast im Entengang folgte, mußte ich mich an die Seite drücken. Er knipste einen batteriebetriebenen Scheinwerfer an. Verzerrte Schatten wurden gegen die gewölbten Wände geworfen.

»Ganz schön geräumig«, witzelte Omondi. »Wir haben die hinteren Sitze entfernt und die Fenster zugestellt, um mehr Dinge transportieren zu können.«

Dinge wie Leichen. Es wäre nicht so toll gewesen, wenn man sie auf den Sitzen hätte festschnallen müssen, besonders nachdem die Totenstarre eingesetzt hatte. Jetzt sah ich, wo der Geruch nach Chemikalien herkam. Wir waren in einer improvisierten Dunkelkammer.

Über einer stattlichen Ansammlung fotografischer Geräte war eine Leine gespannt. Daran hingen mit Wäscheklammern befestigt Vergrößerungen auf dickem Fotopapier, wie eine Reihe bleicher Fledermäuse. Elf Stück. Mein Gott, hatten so viele Leute den Speer angefaßt? Ich glaubte nicht, daß ich ihn berührt hatte, aber das war so eine dieser unbewußten Gesten, die man machte, ohne darüber nachzudenken.

»Sergeant Kakombe hat eine Spezialkamera für Fingerabdrücke, die Negative im Format 3 × 2 macht. Nicht schlecht für ein Buschlabor, was?« sagte Omondi. »Sie sehen, wenn wir schnell sein müssen, dann sind wir auch schnell. Das ist moderne Zauberei. Sind sie soweit getrocknet, daß man sie anfassen kann?« fragte er seinen Sergeant. »Gut, dann wollen wir sie mit nach draußen nehmen; nehmen Sie das Vergrößerungsglas und die Karten mit den Fingerabdrücken, und dann steigen wir aus diesem entsetzlich heißen Flugzeug aus.«

»Ja, Sir. Zurück zum Camp?« Kakombe hatte bereits begonnen, die Fotos abzunehmen.

Omondi war schon an der Flugzeugtür. »Nein, ich würde das lieber tun, ohne daß die anderen es merken. Wir sollten sie nicht noch nervöser machen, als sie ohnehin schon sind.«

»Wir könnten eine Plane im Schatten des Flugzeugs ausbreiten und es gleich hier machen«, schlug ich vor.

»Gute Idee.« Omondi schenkte mir sein allzeit bereites Lächeln. Sein wirkliches Lächeln. »Kakombe, sehen Sie nach, ob Sie da drinnen was finden, wo wir uns draufsetzen können.«

Mehr als eine Stunde später warf Omondi die letzten Fotos auf den Boden. Ich blickte zum Horizont, um meine Augen zu entspannen. Ich hatte so lange angestrengt auf Wirbel und Schleifen gestarrt, bis sie mir weh taten.

Mehrere Giraffen standen aufgereiht auf dem Kamm einer Erhebung, so wie sie das gerne tun, alle in dieselbe Richtung gewandt, aber mit jeweils etwa dreißig Metern Abstand zwischen sich. Ich fragte mich, warum. Vielleicht war das für sie ein besonders sicherer Ort, an dem sie gelassen herumstehen konnten, weil sie eine Gefahr schon von weitem sahen. Giraffen sind nicht sonderlich gesellig in dem Sinne, daß sie in Herden oder Familien zusammenlebten, aber sie sind auch keine Einzelgänger. Das hier mußte ihrer Vorstellung von Zusammengehörigkeit und Nähe entsprechen. Ein bißchen wie bei mir.

»Das war's«, sagte Omondi und rieb sich über die Augenbrauen. »Was haben wir jetzt alles?«

Kakombe hatte die Fotos in einzelne Stapel geordnet. Er nahm den größten in seine überdimensionale Hand. »Die einzigen deutlichen Abdrücke auf der Mitte des Speergriffs stammen von Meromo und mir.« Er schob den Stapel zur Seite und nahm ein einzelnes Foto in die Hand. »Aber ein Stückchen darüber haben wir die obere Hälfte von Cliffs Zeigefinger.«

Dieser elende halbe Abdruck hatte uns sehr viel Zeit gekostet, aber schließlich hatten wir uns geeinigt, daß er nur von Cliff stammen konnte.

Er nahm sich den nächsten Stapel. »Weiter unten an dem Speer haben wir gute Abdrücke von Madge Harts Mittel- und Ringfinger.« Zwei weitere Fotos wurden abgelegt. »Im letzten Stapel«, fuhr Kakombe mit seiner dröhnenden Baßstimme fort, »haben wir deutliche Abdrücke von Al Hart, seinem rechten Daumen plus Zeige- und Mittelfinger.«

Omondi klopfte mit den Fingern gegen sein Kinn. »Cliff und die Harts. Das bedeutet wahrscheinlich, daß sie unschuldig sind.«

»Was?« Meine Stimme klang wie ein heiserer Aufschrei.

Omondi grinste. »Ja, unschuldig. Andernfalls wäre es doch ganz natürlich, den Speer abzuwischen.«

»Ich weiß nicht«, sagte ich. »Sie werden mir ein bißchen zu machiavellistisch. Der Betreffende kann den Speer ganz unschuldig angefaßt haben, als wir alle um das Lagerfeuer saßen, und erst später auf die Idee gekommen sein, ihn zu benutzen. Erst dann hat er sich zum Schutz das Trikot geholt.«

»Würden Sie den Speer nicht abwischen, wenn Sie ihn vorher berührt hätten?« fragte Omondi.

»Wollen Sie sagen, daß Sie Eleanor und Candy verdächtigen, weil ihre Fingerabdrücke nicht auf dem Speer sind?« Ich dachte einen Augenblick nach. »Eleanor hatte möglicherweise ein Motiv, aber Candy?«

Omondi stand auf und gestikulierte mit den Armen. »Ah, ich sehe, Sie sind sehr realistisch. Das ist gut. Sehr gut. Aber Sie müssen auch ein Gespür für die theatralische Persönlichkeit haben. Candy will Aufmerksamkeit, die ganze Zeit und von allen Männern. Sie wird alles tun, um die zu bekommen.«

»Trotzdem« – ich war nicht überzeugt – »sie braucht niemanden umzubringen, um Aufmerksamkeit zu bekommen.«

Omondi stach mit dem Zeigefinger in die Luft, um seine Worte zu unterstreichen. »Das nicht, aber ich spüre eine gewisse Nervosität an ihr. Ich konnte das riechen, als sie losschrie, alle würden ihr die Schuld geben. Ich glaube, sie hat ein schlechtes Gewissen.«

Ich nickte nachdenklich. »Ich weiß, worauf Sie hinauswollen. Ich hab etwas Ähnliches empfunden, als ob ...« Da ich mir die Beine ganz steifgesessen hatte, zog ich sie an, ging auf die Knie und stand auf. Die ganze Zeit auf diese Fotos zu starren, hatte mich völlig fertiggemacht.

»Als ob?« ermunterte Omondi mich.

»O Gott.« Ich packte Omondi am Arm und deutete auf das Gras im Schatten des Land Rover, der ganz in unserer Nähe stand. »Ist da eine...«

Kakombe sprang auf. »Simba«, flüsterte er. Das Wort klang drohend. Ich sah nach unten, ob er eine Waffe hatte, aber er hatte keine.

Sofort wandte ich mich wieder der Löwin zu. Ich brauchte einen Moment, um sie wiederzufinden. Sie war durch das goldbraune Gras getarnt, das ihr über den Kopf reichte. Das einzige, was ich sah, war ein goldfarbenes Auge. Dann zuckte der Schwanz. Diese Bewegung mußte ich aus den Augenwinkeln gesehen haben. Mein Mund wurde trocken, und plötzlich hatte ich das Bedürfnis zu pinkeln.

»Es besteht keine große Gefahr«, sagte Kakombe. »Sie ist nicht auf der Jagd.«

»Wir wollen nicht warten, bis sie sich zum Sprung bereit macht«, sagte Omondi, »Wir sollten schnell ins Flugzeug.« Er raffte die Fotos und die Karten mit den Fingerabdrücken zusammen. »Nicht laufen. Tun Sie genau das, was ich mache.«

Er hob langsam die Arme, streckte sie nach beiden Seiten aus und stellte sich auf die Zehenspitzen. Ich unterdrückte ein nervöses Kichern und machte es ihm nach. Warum in aller Welt mußten wir in einer solchen Situation Nurejew imitieren? Omondi bewegte sich rückwärts auf den Eingang des Flugzeugs zu, seine Ballettpose beibehaltend. Ich ließ meinen Blick über den Grasteppich schweifen, bereit, sofort einen Warnruf auszustoßen. Ich konnte die Löwin zwar nicht mehr sehen, aber ich wußte, daß sie da war. Tu nichts, was sie dazu veranlassen könnte, sich auf dich zu stürzen, bleib ganz ruhig, ermahnte ich mich selbst. Das trokkene Gras strich um meine Beine, während ich rückwärts auf das Flugzeug zuging. Ich hatte Angst wegzusehen, als ob ein Moment mangelnde Aufmerksamkeit mir die Löwin auf den Hals hetzen würde.

Das Flugzeug war jetzt hinter mir, plötzlich ein sicherer Hafen. Kakombe spazierte auf uns zu, einen Mundwinkel amüsiert hochgezogen und den Rücken der Löwin zugewandt. Der große tapfere Krieger. Ich konzentrierte mich darauf, mein Bein auf die richtige Höhe zu heben, um rückwärts in das Flugzeug zu steigen. Es wäre nicht gut, wenn ich stolpern würde. Im Eingang machte ich Platz für Omondi. Wir grinsten uns an. Kakombe stand neben der Tür, so gelassen wie immer. Vermutlich genoß er es, einem Löwen zu demonstrieren, was er ihn konnte. Wir schielten über ihn hinweg, um zu sehen, was die Löwin vorhatte.

Sie gähnte mit weit aufgerissenem Maul und begann, sich ihr Gesicht zu putzen. Sie leckte eine ihrer riesigen Pranken und fuhr sich dann damit über die Nase. Wir konnten sehen, wie sie mit ihrer rauhen rosa Zunge über das Fell schabte. Wir brachen alle drei in Gelächter aus. Omondi tänzelte mit ausgestreckten Armen auf Zehenspitzen herum.

»Was sollte das?« brachte ich mühsam hervor. Ich mußte so sehr lachen, daß mir die Seite weh tat.

»Das ist ein alter Trick, sich so groß zu machen wie möglich«, erklärte Omondi. »Ich hab das von einem Amerikaner gelernt, der mal von einem Bären übel zugerichtet worden ist.« Wir fingen wieder an zu lachen.

»Damit die Löwin keine Lust hat, sich auf einen zu stürzen«, sagte ich.

»Genau, genau«, nickte Omondi begeistert.

Ich beugte mich zum Fenster. Die Löwin hatte sich auf die Seite gerollt und hechelte in der Hitze. Das hohe Gras schwankte seufzend im leichten Wind.

»Ist ja großartig. Wie kommen wir denn jetzt in den Land Rover?« fragte ich.

»Wir müssen die Löwin verscheuchen«, begann Omondi. Doch bevor er noch etwas sagen konnte, hörten wir ein neues Geräusch.

16 Das Personalfahrzeug rumpelte durch das hohe Gras auf uns zu. Die Löwin stand auf und verzog sich. Ich sah sie ein letztes Mal in etwa hundert Metern Entfernung, dann war sie verschwunden. Der Wagen hielt neben dem Land Rover an, dort wo gerade noch die Löwin gelegen hatte.

Al saß am Steuer und Madge neben ihm. Er stellte den Motor ab, und sie kletterten aus dem Wagen. Ihre Mienen waren schuldbewußt und trotzig zugleich. Al hatte immer noch die formlose Shorts und die schwarzen Socken an, die er am Morgen getragen hatte. Madge trug ein Strickkleid aus Baumwolle – wie sie als besonders praktisch für die Reise angepriesen werden –, rot und weiß gestreift. Ein breiter weißer Gürtel betonte noch ihre Stundenglasfigur. Sie hatten ihre zusammenpassenden Tropenhelme auf.

»Hallo, hallo«, rief Omondi.

Al winkte. »Hi, Leute. Heiß genug für Sie, Inspector?« Al nahm den Tropenhelm ab, um sich mit einem großen weißen Taschentuch den Schweiß von der Glatze zu wischen. Er wandte sich an mich. »Ich hoffe, Sie sind nicht böse, daß wir uns den Wagen ausgeliehen haben? Der Schlüssel steckte im Zündschloß.«

»Oh, ich bin froh, daß Sie hier sind, Mr. Omondi«, rief Madge lauter als nötig. »Wir dachten, wir machen eine kleine Fahrt und sehen uns das Flugzeug an. Wir hätten eigentlich Chris Mbare gefragt, ob wir den Wagen benutzen dürfen, aber wir konnten ihn nicht finden. Im Camp scheint alles noch zu schlafen. Das ist wohl der bisher heißeste Tag, oder?«

Warum waren die Harts hier herausgefahren? Ich schaute mich nervös nach Löwen um, während wir hinunter ins Gras stiegen. Kakombe verstaute Geräte und Fotos im Flugzeug.

Madge packte Omondi am Arm und drehte mir den Rücken zu. »Candy ist völlig fertig wegen der Sache mit ihrem Trikot. Nach dem Essen hat sie ganz lange in ihrem Zelt geweint.«

Omondi schüttelte den Kopf, sein Gesicht drückte Teilnahme und Sorge aus.

Madge fuhr fort: »Cliff und ich haben es beide versucht, aber wir konnten nichts mit ihr anfangen. Schließlich ist sie irgendwie von der Hitze umgekippt. Vielleicht könnten Sie nach der Siesta bei ihr vorbeischauen und ihr sagen, daß Sie sie nicht verdächtigen.«

»Ja, es ist sehr schwer, jemanden zu verdächtigen, der in seinem Zelt weint.«

Die Ironie dabei entging Madge, die normalerweise gewitzter war. »Sie haben sie zu Tode erschreckt, und ich glaube, ein paar beruhigende Worte von Ihnen könnten Wunder wirken.«

Wollte Madge beschwichtigen, eine Rolle die ihr offenbar gefiel? Oder versuchte sie, einen Hinweis zu erhalten, wen Omondi im Verdacht hatte? Falls Omondi argwöhnisch war, verbarg er das unter einer charmanten Fassade.

»Aber, Mrs. Hart« – er tätschelte die Hand, die sie immer noch auf seinem Arm liegen hatte – »das kann ich kaum tun. In diesem Stadium ist jeder verdächtig.«

»Ja, das weiß ich doch«, sagte Madge. »Ich wollte ja auch nicht, daß Sie sie anlügen, aber im Augenblick glaubt sie, sie wird jeden Moment verhaftet, und das muß wirklich nicht sein.« Sie zog ihre Hand zurück und ließ Omondi los.

»Mr. Omondi braucht deine Hilfe nicht«, schaltete Al sich ein. Er wirkte erhitzt und sauer.

»Al, ich hab mit dem Inspector geredet.« Madge sah ihren Mann noch nicht einmal an.

»Hör mir doch bitte einmal zu.« Al bemühte sich, nicht aus der Haut zu fahren. »Nur ein einziges Mal in deinem Leben.«

Madge fuhr unbeirrt fort. »Mit Candy geht das schon wieder in Ordnung. Um sie mache ich mir keine wirklichen Sorgen. Eigentlich wollte ich mit Ihnen über Eleanor reden.«

»Was ist mit Eleanor?« fragte Omondi.

»Ich glaube nicht, daß Ihnen ganz klar ist, wie sehr Boyce' Tod sie mitnimmt, denn sie ist nicht jemand, der seine Gefühle offen zeigt.« Madge verschränkte die Arme unter ihrem Busen.

»Um Himmelswillen, Madge, Eleanor will nicht, daß du dich in ihre Angelegenheiten mischst.« Al versuchte es noch einmal.

»Hör auf, Al. Warum siehst du dir nicht das Flugzeug an, wie du es vorhattest, während ich mich mit Mr. Omondi unterhalte, okay?«

Al gab auf, da er erkannte, daß jeder Einwand zwecklos war. Er stieg in das Flugzeug und warf von dort einen besorgten Blick zurück zu seiner Frau.

Die Plane war immer noch im Schatten des Flugzeugs ausgebreitet. Omondi forderte Madge mit einer Armbewegung auf, sich hinzusetzen. Sie schüttelte den Kopf. »Es dauert nur eine Minute.« Doch dann zögerte sie.

Ich war teils gespannt, teils genervt. Ich glaubte nicht, daß Madge nützliche Informationen haben würde. Waren sie uns hierher gefolgt, um nachzusehen, was wir machten? Ich haßte mich selbst für mein Mißtrauen.

»Mrs. Hart, nehmen Sie sich ruhig soviel Zeit, wie Sie brauchen.« Omondi war ein Meister in umgekehrter Psychologie. Er verscheuchte eine Fliege aus seinem Gesicht. Ihr Summen klang laut in der Stille. Um uns herum wellte sich die weite Ebene in der Hitze. Eine leichte Luftspiegelung schwebte über dem ruhigen Gras. Oben am Himmel konnte ich zwei schwarze Punkte erkennen, Geier, die sich von der Thermik treiben ließen.

»Es ist so«, sagte Madge. »Eleanor steht kurz vor dem Zusammenbruch. Sie hat, seit sie verheiratet ist, ein sehr beschütztes Leben geführt, und sie war sehr abhängig von Boyce. Ich meine nicht finanziell – sie hat Geld von ihrer eigenen Familie her –, ich meine, ihr ganzes Leben hat sich um ihn gedreht, und jetzt ist sie wie ein Lamm, das sich verlaufen hat.«

Omondi nickte. »Natürlich, Sie machen sich Sorgen um sie.«

Jetzt wo sie einmal angefangen hatte, fuhr Madge voller Überzeugung fort. »Eleanor ist ein sehr konventioneller Mensch, wie man gleich merkt, wenn man sie kennenlernt. Daß ihr Mann bei einer Safari gestorben ist, war schon hart genug für sie.« Madge drehte an ihrem breiten goldenen Ehering. Sie hatte ihn schon so viele Jahre getragen, daß er an ihrem Finger in einer tiefen Rille saß. »Inspector, sie hält sich durch reine Willenskraft aufrecht. Ich fürchte das Schlimmste, wenn Sie ihr sagen, daß Boyce vergiftet wurde. Ich weiß nicht, wieviel sie noch aushalten kann. Solche Dinge kommen in ihrer Welt einfach nicht vor.«

»Ja, ich verstehe, was Sie meinen.« Omondi nickte energisch. »Eine Welt der Respektabilität.«

Madge griff nach unten und riß einen kniehohen Grashalm aus. Geistesabwesend zerpflückte sie ihn in kleine Stücke, während sie weiterredete. »Meiner Meinung nach wäre es unverantwortlich, es ihr hier, mitten im Nichts zu sagen, medizinisch unverantwortlich. Morgen fliegen wir nach Hause; könnten wir es ihr nicht dann schonend beibringen?«

»Oh, ja, ich verstehe, worum es Ihnen geht«, sagte Omondi. Die Fliege kam zurück, und diesmal schlug er aggressiv nach ihr. »Machen Sie sich keine Sorgen, sobald ich die Bestätigung habe, daß ihr Mann ermordet wurde, werde ich es Mrs. Darnell so sanft wie möglich beibringen; ich habe in diesen Dingen Erfahrung, leider.« Er sah auf seine Uhr. »Was Ihre morgige Abreise angeht, da müssen wir noch drüber reden. Durch den Mord an Boyce ändert sich einiges, meinen Sie nicht?«

Madges Stimme wurde eisig. »Al wird wohl kaum damit einverstanden sein, die Abreise noch einmal zu verschieben, und da kann ich ihm keinen Vorwurf machen. Wir sind noch nicht einmal Zeugen. Sie können uns nicht festhalten, bloß weil wir dabei waren, als Boyce zusammenbrach. Ich versichere Ihnen, wir werden nicht ewig bleiben, während Sie nach dem Mörder jagen.«

»Sie können mir glauben, Madame, wir beeilen uns so sehr wir können, und es tut mir schrecklich leid, daß ich Sie hierbehalten muß, so weit von zu Hause entfernt. Ich muß selbst morgen nach Nairobo zurück wegen eines anderen Falles, und wir werden Sie in einem Hotel unterbringen. Ich denke, das ist eine bessere Umgebung für Sie, zivilisierter und beruhigender.« Omondis goldene Uhr und sein Ring blitzten, während er mit den Händen gestikulierte. »Übrigens, Mrs. Hart. Können Sie sich daran erinnern, ob Sie den Speer angefaßt haben, den Al gekauft hat?«

Madge war verblüfft. »Ich verstehe Sie nicht.«

Omondi gestikulierte mit weit ausgestreckten Armen. »Oh, nichts Besonderes. Nur eine kleine Nebensächlichkeit. Haben Sie den Speer mal hochgehoben, um festzustellen, wie er sich anfühlt?«

»Ihn hochgehoben?« wiederholte Madge dümmlich.

Al steckte hinter uns den Kopf aus der Tür. »Du bist jetzt ruhig. Du hast nichts zu sagen«, fuhr er sie an.

Madge reckte ihren Hals, um ihn anzusehen. »Was ist in dich gefahren, Al?«

Ich blinzelte gegen die Sonne, um Al sehen zu können. Seine Gesichtszüge waren schwer zu erkennen. Aus dieser Perspektive wirkte er wie ein Gnom.

»Willst du wissen, was mit mir los ist? Nun, nachdem du Inspector Omondi bewiesen hast, daß es nicht Candy war, und auch nicht Eleanor, werden sie es wohl kaum Jazz oder Cliff anhängen? Wer bleibt dann noch übrig, meine kleine Miss Allwissend. Sag's mir, wer bleibt dann noch übrig?«

Inspector Omondi warf lachend den Kopf zurück. »Kleine Miss Allwissend. Das muß ich mir merken. Danke, Mr. Hart. Sie ersparen mir beide die große Mühe, selbst nachzudenken.« Er klopfte mit einem Finger an seine Stirn.

Al stieg aus dem Flugzeug und wirkte dabei verärgert und verlegen zugleich.

Madge legte einen Arm um Al und drückte ihn leicht an sich. Dann sagte sie: »Okay, Inspector, ich hab verstanden. Ich werde aufhören, mich in alles einzumischen, und zwar auf der Stelle.«

Al gab einen verächtlichen Ton von sich.

Omondi streckte beide Hände aus. »Wegen mir müssen Sie nicht damit aufhören. Für mich gibt es für alle Überlegungen einen Platz, aber ich muß sagen, mein armer Kopf ist schon ganz schwindlig von so vielen Möglichkeiten. Und um die Dinge zu beschleunigen, wie ich Ihnen versprochen habe, werde ich mich jetzt von unserem ausgezeichneten Piloten zur Masai Mara Lodge fliegen lassen. Wir werden zum Camp fahren und ihn holen. Jazz, Sie haben einen Anruf erwähnt, den Sie machen wollten. Möchten Sie mitkommen?«

Ich hörte, wie Kakombe drinnen im Flugzeug sein Fotolabor abbaute.

»Klar, das wäre großartig. Wie lange werden wir bleiben.« Grauenhaft war wohl passender als großartig angesichts meiner Einstellung zu kleinen Flugzeugen, doch der Anruf in New York war wichtig. Mit dem Auto wäre es eine vierstündige Fahrt, hin und zurück, das war völlig indiskutabel.

»So kurz wie möglich. Wir haben keine Zeit, dort herumzutrödeln. Noch jemand? Al? Madge? Einen kann ich noch mitnehmen.«

»Hey, das ist eine gute Idee«, sagte Al. »Ich würde auch gern einen Anruf machen.« Er zögerte. »Aber ich weiß nicht. Ich möchte Madge nicht gern allein lassen, verstehen Sie?«

Omondi versicherte ihm, daß Sergeant Kakombe dableiben und auf das Camp aufpassen würde. Madge drängte Al mitzugehen, dann nahm sie ihn beiseite, um ein paar ernste Worte mit ihm unter vier Augen zu wechseln.

Omondi sah auf seine goldene Uhr. Sie hatte ein großes Zifferblatt und ein breites Armband, viel zu groß für sein schmales Handgelenk. Im Geiste sah ich sie als ein riesiges Stundenglas, aus dem der Sand herauslief.

Ich hasse kleine Flugzeuge. Das ist ein ungünstiger Defekt, wenn man in Afrika lebt, wo die Straßen furchtbar sind und Fliegen oft die einzige vernünftige Möglichkeit ist, von einem Punkt zum anderen zu kommen. Auch muß man keinen weiten Weg zum nächsten Flughafen zurücklegen. Die Piloten landen überall, was ein Teil meines Problems ist. Ich komme nämlich nicht von der Vorstellung los, daß Landebahnen eben, glatt und asphaltiert sein sollten. Die Vogelperspektive einer Ebene, auf der kleine Spielzeugtiere verstreut sind, gibt mir nicht das Gefühl, ein Teil der Natur zu sein, das ich so sehr liebe. Es liegt mir nichts daran, über allem zu schweben. Außerdem wird mir in kleinen Flugzeugen leicht übel.

Nachdem ich das alles gesagt habe, muß ich doch zugeben, daß ich den kurzen Flug zur Masai Mara Lodge sehr genoß. Omondi redete ununterbrochen, zeigte auf Tiere, Bäume, Tiere, Flüsse, Tiere, Kliffs, Tiere, Wasserlöcher, Tiere, Massai und wieder Tiere. Er kriegte sich nicht mehr ein vor Lachen über eine Herde Strauße, die aussahen, wie riesige Eier auf Stelzen. Er schüttelte den Kopf über Elefanten in hohem Buschwerk, mindestens fünfzig Tiere, die wie eine sich langsam bewegende Lawine einen Hang abgrasten und ein Band der Zerstörung hinter sich ließen.

Auf gleicher Höhe mit dem Flugzeug, halb am Horizont, türmte sich eine Gewitterwolke auf. Omondi jauchzte vor Freude, als ein Blitzstrahl aus der Wolke zuckte und aus ihrer flachen Unterseite Regen in dunklen Streifen schräg auf die Erde fiel. Etliche Gnus und Zebras liefen auf die Wolke zu, weil sie wußten, daß der Regen frische Weiden bedeutete. »Sie riechen den Regen schon von weitem«, kommentierte er. »Regen bedeutet Leben.«

Ich hatte selten einen so begeisterungsfähigen Menschen kennengelernt. Während er sein Gesicht gegen die Scheibe drückte, betrachtete ich von dem Sitz hinter ihm sein Profil. Seine Haut war dunkel und glatt, seine Gesichtszüge weich und seine Augen strahlten. Sein wuscheliges Haar verlangte förmlich danach, berührt zu werden. Omondi war intelligent, tüchtig, ein reifer erwachsener Mensch, aber er schämte sich auch nicht, lebhaft und verspielt zu sein. Er war extrovertiert ohne das aufgeblasene Ego, das man bei solchen Männern in Amerika findet. Es hieß nicht immer nur: ich, ich, ich. Ich fragte mich, wie es sein würde, ihn näher kennenzulernen, falls das überhaupt möglich war. Ließ er auch Leute näher an sich heran, oder versteckte er sich stets hinter seinem lebhaften Äußeren? Ich hatte heute morgen eine Aufforderung von ihm gespürt. Die eigentliche Frage für mich war aber wohl, würde ich jemanden an mich ranlassen? Es war schon lange her, seit ich mir diese Frage überhaupt gestellt hatte.

Wir landeten ohne Zwischenfälle und gingen die dreihundert Meter von der Landebahn bis zur Masai Mara Lodge zu Fuß. Bougainvilleen ergossen sich wie ein Wasserfall über den Eingang, und eine grüne Meerkatze plapperte vom Dachfirst herunter auf uns ein. Uniformierte Hoteljungen luden das Gepäck von den zebragestreiften Minibussen ab, die vor dem Eingang parkten. Es gab keine Eingangstür, noch nicht mal eine Wand. Wir sahen durch einen kühlen, halbdunklen Innenraum mit einem glänzenden Marmorboden auf die gegenüberliegende Seite der Vorhalle und durch eine zweite offene Wand wieder hinaus ins Freie. Kellner in weißen Jacken bewegten sich gemächlich zwischen kleinen Tischen hin und her und servierten den Leuten auf der Veranda Drinks in großen beschlagenen Gläsern. Man hörte leises Stimmengemurmel.

Nur dreißig Meter von der Bar entfernt kratzte sich ein junger Elefant sein Hinterteil an einem Felsbrocken. Wir bahnten uns einen Weg durch eine kleine Gruppe staubiger und müde aussehender Touristen, die unentschlossen auf dem Gehweg umherliefen und dann in die Halle traten. Der Elefant kratzte erst die eine Hälfte seines Hinterteils, dann drehte er sich und begann mit der zweiten. Dabei wedelte er zufrieden mit seinem Rüssel.

Ein dünner Mann mit gebeugten Schultern stand vor uns an der Rezeption. Er hatte eine Reisetasche bei sich und wirkte zerzaust. Sein Gesicht war rot, aber offenbar nicht von der Hitze, sondern vom Brüllen. Ich hatte den Eindruck, daß er den Angestellten am Empfang schon eine Weile anschrie.

»Drei Nächte bei den Pavianen – jetzt sagen Sie mir nicht, daß Sie immer noch kein Zimmer haben.«

Der Angestellte hielt den Kopf gesenkt und blätterte in dem Reservierungsbuch herum, als ob er die Wut des Mannes im wahrsten Sinne des Wortes an sich abgleiten lassen wollte.

»Eine Unverschämtheit! Ich hab ein Zimmer reserviert, kein Zelt.«

Der Angestellte blätterte weiter.

»Das ist unglaublich.« Seine Stimme versagte. Der Mann schien kurz vor einem hysterischen Anfall zu stehen.

Der Angestellte sprach leise, ohne aufzublicken. »Es tut mir leid, Sir. Wir haben zu viele Reservierungen angenommen. Die Luxuszelte sind genausogut wie ein Zimmer.«

Der Mann ließ die Schultern noch mehr hängen. Während er sich zur Bar schleppte, murmelte er vor sich hin: »Drei Nächte bei den Pavianen. Sie haben mir doch ein Zimmer versprochen.«

»Armer Kerl«, sagte Omondi.

»Ach, der Kerl ist ein Trottel.« Al machte eine wegwerfende Handbewegung. »Er will bloß Stunk machen. Jede Menge heiße Luft. Ist euch aufgefallen, daß er nicht einmal gesagt hat ›Geben Sie mir ein Zimmer‹? Wenn man was will, muß man danach fragen und nicht sich beklagen, daß man es nicht kriegt. Für solche Typen hab ich kein Verständnis.«

»Schieben Sie da nicht dem Opfer die Schuld zu?« fragte ich ihn.

»Dieser Kerl braucht das. Er wird seine Geschichte weidlich ausschlachten. Ich kann ihn schon hören. Persönlich hätte ich allerdings lieber die Aktien.«

Hatte Al tatsächlich Aktien gesagt? Ich nahm an, er hatte eigentlich Zimmer sagen wollen. Ich sah zu Omondi, doch der sprach mit dem Mann am Empfang. War es ihm aufgefallen? Würde er einen Versprecher erkennen? Ich bezweifelte, daß selbst ein gebildeter Afrikaner viel von Freuds Theorie des Unbewußten mitbekommen hatte. Der Anruf bei meiner Börsenmaklerfreundin könnte interessant werden.

Omondi vereinbarte mit dem Manager, daß wir das Telefon

benutzen durften. Gegenüber der Rezeption war eine Telefonzelle mit einem gepolsterten Hocker, wo man relativ bequem warten konnte, bis der Operator zurückrief, wenn er die Verbindung nach Nairobi hergestellt hatte, beziehungsweise in meinem Fall zur Überseevermittlung. Ein Gespräch durchzukriegen erforderte sowohl Glück als auch Geduld.

Ich ließ Omondi und Al zuerst ihre Anrufe erledigen und ging mir eine Zeitung kaufen. Ich fürchtete mich vor dem, was drinstehen könnte. Wenn sich dieser Fall noch lange hinzog, hätten wir möglicherweise bald noch einen dritten Toten zu beklagen: mein kleines junges Safari-Unternehmen. Cliff würde vermutlich sagen, nichts ist so wirksam wie schlechte Werbung, doch zwei Morde bei meiner ersten Tour waren nicht gerade vertrauenerweckend. Ich überflog die erste Seite. Nichts. Ich blätterte rasch die hinteren Seiten durch. Da war es, ein knapper Artikel, in dem stand, daß eine Amerikanerin namens Lynn Alexander in einem Camp draußen im Masai-Mara-Nationalpark gestorben sei und daß die Polizei ermittelte. Kein Wort von Jazz Jasper Safaris – bisher. Wenn wir doch nur alles aufklären könnten, bevor sich die Reporter an die Sache heranmachten.

Ich ging nach draußen, weg vom Pool und von den Cottages, und kam zu einer Reihe von Zelten, die vom Hauptgebäude verdeckt wurden. Ein junger Pavian mit einer Jockey-Shorts auf dem Kopf torkelte mir fast zwischen die Beine. Ich wich aus, und er rannte von einem Spielgefährten gejagt davon. Ich mußte laut lachen. Die Zelte waren zu einem Tummelplatz für die Paviane geworden. Ein paar säugende Mütter, so groß wie große Hunde, drückten Neugeborene an ihren Bauch und sahen wohlwollend zu – zumindest für Paviane. Die erwachsenen Affen haben nämlich wirklich bösartige Gesichter, aber ich versuche, es ihnen nicht übelzunehmen.

In unmittelbarer Nähe der Lodge waren die Zelte noch intakt, aber wenn man weiter an der Reihe entlangging, stieß man auf immer mehr Paviane. Drei kleine Äffchen benutzten das letzte

Zelt als Trampolin, während ein weiterer wie Tarzan an einer losen Zeltschnur hin und her schwang. Während ich zusah, sackte das Zelt in der Mitte ein, schwankte kurz und brach zusammen. Ein junger Pavian kam kreischend herausgerannt und zog einen Koffer hinter sich her. Die Klappe war offen, und er verteilte im Laufen leuchtend bunte Sportklamotten quer über den Rasen.

»Ich hab Njombo doch gesagt, daß das mit den Zelten neben der Lodge nicht funktioniert. Diese Paviane werden fast zahm, und das ist schlecht.«

Ich wirbelte herum. »Striker! Was machst du denn hier?«

17

Striker stand da und grinste mich an. Als ich dem Blick seiner lachenden Augen begegnete, durchfuhr mich ein Glücksgefühl wie ein elektrischer Stromschlag. Ich hatte schon immer gewußt, daß er ein attraktiver Mann war, doch jetzt spürte ich es zum ersten Mal so intensiv, daß es mir für einen Augenblick den Atem nahm. Meine behagliche kleine Welt geriet ins Wanken und drohte auseinanderzufallen. Tatsächlich gaben meine Knie ein wenig nach, als er mich in den Arm nahm und heftig an seine Brust drückte. Sein unverkennbar würziger Geruch hüllte mich ein, und ich konnte sein Herz unter meiner Wange schlagen hören.

»Whoa, Jazz. Nicht umfallen.« Mit ausgestreckten Armen hielt er mich von sich weg und sah mich prüfend an. »Alles in Ordnung mit dir? Bißchen wacklig auf den Beinen?«

»Oh, mir geht's gut.« Ich sah auf den Rasen, als ob da eine Vertiefung gewesen wäre, da ich weder mir selbst noch ihm eingestehen wollte, daß mir bei seinem Anblick schwach geworden war. »Striker, ich bin so froh, daß du da bist. Ich hatte gehofft, mir ein paar freie Tage nehmen und in Mount Kenya vorbeikommen zu können, wenn das hier erledigt ist.«

»War es abscheulich?« Er sprach zum Spaß mit einem britischen Akzent, doch sein langes Gesicht drückte Mitgefühl aus.

»Scheußlich.« Ich lächelte. »Scheußlich abscheulich...«

»Scheußlich«, fügte er hinzu. »Ich krieg dich noch dazu, wie eine Kenianerin zu sprechen.«

»Sicherlich nicht«, erklärte ich ihm in meinem besten britischen Englisch.

»Ich rechne damit, daß es lange dauert. Man muß diese Dinge langsam und ganz natürlich in sich aufnehmen. Je langsamer, desto besser.«

Eine grüne Meerkatze sah von einem Jakarandabaum zu uns herab. Sie beobachtete uns einen Augenblick aufmerksam, kam dann offenbar zu dem Schluß, daß wir ihr nichts zu bieten hatten, und wandte sich wieder einem gemopsten Brötchen zu.

»Auf jeden Fall müssen wir die Lektionen noch etwas aufschieben, bis Lynns Mörder geschnappt ist.«

»Was machst du überhaupt hier? Suchst du in Mara nach Anhaltspunkten?«

»Du magst dich ja darüber lustig machen, aber ich suche tatsächlich nach Anhaltspunkten. Inspector Omondi mußte hierherfliegen, um etwas abzuholen, und ich bin mitgekommen, um eine Freundin in den Staaten anzurufen. Ich wollte etwas überprüfen, was mit Boyce Darnell zu tun hat.«

»Der Typ, der an dem Abend vor Lynn gestorben ist.«

»Ja. Wir glauben inzwischen, daß er auch ermordet wurde. Ich warte auf mein Gespräch. Wenn du Zeit hast, erzähl ich dir alles bei einem Drink.« Wir gingen zum eigentlichen Hotelbereich zurück. »Was ist mit dir? Was machst du hier? Ich dachte, du hättest dich diese Woche verkrochen, um diesen Artikel über den Elfenbeinhandel fertigzumachen.«

»Yeah, aber ich kam nicht richtig voran.« Striker kratzte sich mit dem Zeigefinger über die Schläfe. »Ich mußte immer wieder daran denken, daß sich in eurer kleinen Gruppe ein Mörder befindet. Das hat mich abgelenkt. Also hab ich mir überlegt, ich könnte genausogut vorbeikommen, statt mir ständig Sorgen zu machen.«

Aus einer Entfernung von zweihundert Meilen mal eben so vorbeikommen? Ich merkte, wie ich mich verkrampfte. »Was soll das? Spielst du den einsamen Ranger?« Striker warf mir einen gereizten Blick zu. Ich wußte, daß ich mich gemein verhielt, aber ich konnte nicht aufhören. »Ich bin sehr wohl in der Lage, allein auf mich aufzupassen. Außerdem ist die Polizei bei uns. Dein Inspector Omondi scheint seine Sache sehr gut zu machen.«

Wir gingen an einer gelben Hibiskushecke vorbei. Zwei schwarz-gelbe Schmetterlinge tanzten über den Blüten umeinander. Vergeblich ließ der Hibiskus seine Blütenstempel voller Honig und seine samtigen Staubbeutel baumeln.

Striker hakte mich unter. »Gifte mich doch nicht gleich an. Ich weiß, daß du allein auf dich aufpassen kannst. Das ist eins von den Dingen, die ich an dir mag.« Er sah mich von der Seite an. »Ich dachte, du hättest vielleicht gern einen Freund in der Nähe.«

Ich befreite meinen Arm möglichst unauffällig und steckte die Hände in die Tasche. Das angespannte Gefühl in meiner Brust verschwand nicht. »Oh, ich weiß, daß dir meine Unabhängigkeit gefällt; das ist auch etwas, das ich an dir mag.« Weshalb machte ich dann so ein Theater? Weshalb nahm ich nicht einfach seine Unterstützung an?

»Warum benimmst du dich dann so merkwürdig?« gab Striker meine Gedanken wieder.

»Ich weiß es nicht«, sagte ich unglücklich.

»Ach, vergiß es. Erzähl mir, was passiert ist.«

Wir gingen um die Rückseite des Hauptgebäudes. Vor der Bar auf der Veranda war ein Streifen grüner Rasen, der aber schon nach wenigen Metern in das rauhe goldfarbene Gras der Ebene überging, die mit Akazien und Dornbüschen durchsetzt war. Der junge Elefant hatte seinen Felsbrocken verlassen. Wo er gestanden hatte, scharrte jetzt eine Grantgazelle mit zierlichen schwarzen Hufen auf dem Boden herum. Ihr kleiner Kopf saß hübsch auf einem schlanken gebogenen Hals. Sie sah sich um, ob irgendwo Gefahr lauerte, dann knabberte sie an der nackten Erde, vermutlich auf der Suche nach mineralischen Salzen. Hoch wegen der Gefahr, runter um zu fressen, hoch wegen der Gefahr, runter um zu fressen. Was für ein Leben.

Wir setzten uns an einen Tisch und bestellten bei einem untersetzten Kellner mit ganz kurz geschnittenen Haaren etwas zu trinken. Striker nahm einen Bierdeckel in die Hand, auf dem quer über dem Bild eines Elefanten der Name Tusker prangte, und klopfte mit der Kante auf den Tisch.

Ich berichtete ihm über die beiden Todesfälle, und was wir bisher herausgefunden hatten. Er hörte aufmerksam zu, fragte ab und zu nach Einzelheiten, ließ mich aber die meiste Zeit einfach erzählen. Es erinnerte mich an die vielen Stunden, die wir damit verbracht hatten, uns über die Tierwelt zu unterhalten, gemeinsam Dinge zu klären und uns unsere jeweiligen Beobachtungen und Ideen mitzuteilen. Doch die ganze Zeit spürte ich, wie meine Spannung wuchs. Je mehr ich einerseits sein Engagement zu schätzen wußte, um so mehr hatte ich andererseits das Bedürfnis, allem zu widersprechen, was er sagte. Es war lächerlich.

Er legte den Bierdeckel wieder auf den Tisch. »Ihr seid wirklich rasch vorangekommen. Nach dem, was du mir erzählt hast, sieht es also folgendermaßen aus: wenn wir herausfinden, wer Boyce Darnell ein komisches Medikament untergeschoben hat, dann wissen wir auch, wer Lynn umgebracht hat.« Er verschränkte seine Finger hinter dem Kopf. »Wer war auf Darnells Tod angewiesen?«

»Und warum zu diesem Zeitpunkt und an diesem Ort?«

Er beugte sich vor, stützte einen Ellbogen auf den Tisch und legte das Kinn auf die Faust. »Es könnte beinah jeder sein. Fangen wir mal mit Eleanor an. Lautet nicht die allgemeine Regel, daß es am wahrscheinlichsten ist, von seinem Ehepartner umgebracht zu werden?«

Aus irgendeinem Grund ärgerte mich diese Bemerkung Strikers. »Ich hab zuerst auch in dieser Richtung gedacht, aber Cliff hat mich davon abgebracht. Eleanor und Boyce haben keine leidenschaftliche Ehe geführt, und ich glaube nicht, daß sie sein Geld brauchte.«

»Woher weißt du das?«

»Madge sagt, sie hat eigenes Geld. Außerdem hat Boyce für sie ein erfolgreiches Unternehmen geführt und ein saftiges Geschäftsführergehalt mit nach Hause gebracht. Sein Tod macht sie eher ärmer als reicher.«

Striker sah in die Luft. Er hatte eine lange Nase mit einem leichten Höcker, was ihm ein interessantes Profil gab. »Aber als Witwe kann sie allein über alles verfügen. Vielleicht hatte sie sich in jemand anderen verguckt, und Boyce wollte sich nicht scheiden lassen.«

»Ich glaube, das spielt heute keine Rolle mehr. Die Leute lassen sich scheiden, auch wenn der Partner nicht damit einverstanden ist.« Ich sah mich gereizt in dem Raum um. Keine Spur von dem Kellner. Normalerweise war der Service hier besser. Ich brauchte dringend was zu trinken. »Wenn sie tatsächlich ein Verhältnis hatte, müßte man sicher nur ein bißchen bei ihr zu Hause herumschnüffeln und kriegte das raus. Andererseits, wenn du Eleanor kennen würdest: Sie treibt einen Kult mit der Reinheit, wie Cliff sagt.«

»Vielleicht hatte sie ja ein platonisches Verhältnis.« Striker rutschte auf seinem Stuhl hin und her. Er schien heute furchtbar unruhig zu sein. »Mal weiter, was ist mit Al und Madge? Al hat den Speer gekauft, und nach dem was du sagst, ist er der einzige, der nicht mit Omondi kooperiert. Profitiert er durch Boyce' Tod?«

»Deshalb bin ich hier.« Ich fuhr mir mit dem Handrücken über die Stirn, sie war verschwitzt. Die Deckenventilatoren sahen zwar romantisch aus, aber sie taten nichts weiter als die warme Luft zu bewegen. »Ich hab eine Freundin in New York, die als Börsenmaklerin bei einer großen Firma arbeitet. Susan

Greenburg. Ich rufe sie an in der Hoffnung, daß sie mir in diesem Punkt weiterhelfen kann.«

Ich betrachtete Strikers kraftvolle, geschmeidige Hände, die mit dem Bierdeckel spielten. Er drehte ihn auf der Kante wie eine Münze. An einem Finger hatte er eine kleine weiße Narbe, die mir noch nie aufgefallen war. Ich riß meinen Blick los.

Striker nickte. »Das klingt so, als ob irgendwas Seltsames mit ihren Aktien los wäre...«

»Yeah. Warum hat Boyce das Telex versteckt, in dem stand, daß die Aktien gefallen sind? Al und Madge waren eindeutig bestürzt, als Omondi es ihnen zeigte, aber sie haben versucht, es sich nicht anmerken zu lassen.«

Endlich brachte der Kellner auf einem Korktablett unsere Drinks. Striker ließ den Bierdeckel los, und der Kellner stellte die beiden Gin Tonics zusammen mit einer Schüssel Erdnüsse vor uns hin. Striker steckte sich ein paar Nüsse in den Mund und fuhr dann fort. »Ich würde Candy ausschließen. Sie war zwar gekränkt und hat diesen einen Job verloren. Na wenn schon. Das ist kein Grund für einen Mord, es sei denn, sie ist krankhaft eitel, und in dem Fall müßte sie mittlerweile eine ganze Spur von Leichen hinter sich gelassen haben.«

»Du hast Candy noch nicht gesehen. Es passiert ihr nicht oft, daß sie gekränkt wird. *Au contraire*. Die Männer stehen Schlange, um ihr aus der Hand zu fressen.«

Striker packte meine Hand, mit der ich mir gerade eine Erdnuß in den Mund schieben wollte, und aß die Nuß daraus. Ich zog meine Hand weg.

»Also weiter...« Ich umklammerte mein Glas und drückte meine Hände gegen die kalte schlüpfrige Oberfläche. »Zugegeben, Candys Motiv scheint schwach, aber Omondi und ich haben beide etwas merkwürdig Schuldbewußtes in ihren Reaktionen gespürt. Vielleicht fühlt sie sich unbehaglich, weil zu Anfang der Reise zwischen ihr und Boyce etwas lief. Ich hab geglaubt, sie hätten miteinander geschlafen, aber Candy sagt nein. Auf jeden

Fall war er hinter ihr her, und dann hat er sie öffentlich fertiggemacht. Sie ist noch so jung, daß sie sich eine solche Behandlung zu Herzen nehmen könnte.«

»Vielleicht, vielleicht aber auch nicht. Einige Leute sind nie so jung, und andere entwickeln sich nie darüber hinaus.« Das letzte war eine Spitze gegen mich. Er sagte es lächelnd und schien erschrocken über den verkniffenen Blick, den ich ihm zurückwarf. Normalerweise kann ich durchaus über meine Schwächen lachen, aber heute war ich nicht ganz ich selbst. Er schnitt mir ebenfalls eine Grimasse und fuhr fort. »Was am meisten gegen sie spricht, ist folgender Umstand – sie hatte die Gelegenheit, sich an seinen Pillen zu schaffen zu machen.«

»Nicht mehr als alle anderen, nachdem sie sich gestritten hatten«, widersprach ich ihm mit Genugtuung.

»Da hast du recht, was wiederum dafür spricht, daß man Candy streichen kann. Außerdem kann man sich kaum vorstellen, wie so ein junges Mädchen Lynn mit einem Speer umbringt.«

Ich trank an meinem Gin Tonic und genoß den starken Chiningeschmack. »Candy ist kein süßes junges Ding. Sie ist eher wie eine junge Löwin. Für ihre Karriere wäre sie vielleicht sogar bereit zu töten, aber mir ist wirklich nicht klar, inwieweit Boyce in dieser Hinsicht eine Bedrohung darstellte.«

»Also sind wir uns einig.«

Ich nickte widerwillig.

»Dann bleibt nur noch Cliff«, sagte Striker.

»Oh, ich kann mir nicht vorstellen, daß Cliff es war.«

Striker sah mich überrascht an. »Das ging aber schnell.«

»Er hatte zu beiden kein so enges Verhältnis, als daß er ein Motiv gehabt hätte. Für ihn sieht es eher so aus, daß er einen alten Stammkunden und seine beste Autorin verloren hat.«

»Das klingt mir aber nicht ganz objektiv.« Er sah mich über den Rand seines Glases hinweg an.

»Cliff ist ein charmanter Mann, aber ich hab ihn erst vor anderthalb Wochen kennengelernt. Außerdem ist er schwul.«

»Scheint ja ganz dein Typ zu sein.«

»Striker, hör auf damit. Du verhältst dich kindisch.«

»Ich meine, du verhältst dich kindisch mit deinem ewig gebrochenen Herzen. Zwei Jahre ist lange genug getrauert. Du mußt dein Leben wieder in den Griff kriegen.«

»Ich hab mein Leben wunderbar im Griff, auch ohne den Luxus eines Partners.« Ich spürte ein starkes Verlangen nach einer Zigarette, unterdrückte es aber. »Hör mal, vielleicht funktioniert das ja nicht mit dieser Freundschaft. Ich hab die ganze Zeit das Gefühl, dir weh zu tun, wenn ich so bin, wie ich bin. Aber so bin ich nun mal.«

»Das macht mich ja so wütend.« Striker hörte sich verärgert an. »Ich glaube nicht, daß du so bist.« Wir schwiegen beide. Er sah niedergeschlagen in sein Glas, ließ die Eiswürfel kreisen und nahm einen Schluck. »Laß uns wenigstens noch eine Minute über Cliff nachdenken.«

»Na schön. Dann denk über ihn nach.«

»Der Verlust seiner besten Autorin würde ihn nicht weiter treffen, wenn er sich dadurch einer Mordanklage entziehen könnte. Und die Geschäftsverbindung hat er durch Boyce' Tod nicht verloren.«

»Mach weiter.«

»Ich denke nach.«

»Du siehst, es gibt keinen positiven Grund, ihn zu verdächtigen.«

»Ich nehme an, man wird Boyce obduzieren und feststellen, was in diesen Pillen war. Dann haben wir sicher etwas Konkretes, womit wir weitermachen können.« Striker hob sein Glas, an dessen nassem Boden der Bierdeckel wie ein Magnet kleben blieb. Dann fiel er runter und rollte unter den Nebentisch. »Es werden ja wohl kaum alle Teilnehmer der Safari Gift bei sich gehabt haben.«

Die Dame am Nebentisch hatte ihren Fuß auf den Bierdeckel gestellt, ohne es zu merken. Sie war voll und ganz damit beschäftigt, ein Warzenschwein, das die Leute vom Rand der Terrasse aus anbettelte, mit Erdnüssen zu füttern. Sein langes höckeriges Gesicht war mit getrocknetem Matsch verschmiert, der an einigen Stellen abblätterte, wodurch es noch häßlicher als sonst aussah. Doch der Blick seiner munteren glänzenden Augen gab ihm einen gewissen Charme. Aus seinem Unterkiefer ragten zwei kleine gebogene Stoßzähne. Es war ganz geschickt im Erdnüssefangen.

Striker warf ihm eine Nuß zu. »Tiere sind sehr viel humaner als Menschen. Sie bringen sich nicht gegenseitig um.«

»Du romantisierst die Tiere immer«, sagte ich verächtlich. »Tiere töten genauso aus purem Eigennutz wie Menschen.«

»Das ist das Dümmste, was ich je gehört habe. Du kannst doch nicht von Mord sprechen, wenn ein Tier jagt.«

»Ich rede nicht vom Jagen. Wenn ein Löwe oder ein Affe ein neues Rudel oder eine neue Horde übernimmt, was glaubst du, was er als erstes tut?«

»Er paart sich mit allen Weibchen«, sagte er mit einem angedeuteten Lächeln.

»Und davor? Zuerst bringt er alle Jungen um.«

»Unsinn.«

»Nein, Striker, das stimmt. Du kennst die neuesten Studien über das Verhalten von Tieren nicht.« Ich wußte, daß das nicht stimmte, aber ich sagte es trotzdem. Ich hatte einfach den Drang, unausstehlich zu sein. »Das machen sie, damit die Weibchen sofort von ihnen trächtig werden. Das ist Mord aus reinem Eigennutz, nur weil sie für eine eigene starke Nachkommenschaft sorgen wollen.«

»Okay, aber das ist nur ein kleines Beispiel.«

»Kindermord bleibt Kindermord. Außerdem mußt du zugeben, daß die Männchen sich manchmal im Kampf um ein Weibchen oder um ein Revier gegenseitig umbringen.«

»Ich gebe gar nichts zu. Das Entscheidende ist, daß sie sich normalerweise nicht gegenseitig umbringen. Ihre Kämpfe sind lediglich Rituale. Sie schieben sich ein bißchen hin und her, scharren in der Erde, werfen mit ein paar Zweigen um sich. Sobald einer bewiesen hat, daß er stärker ist, zieht sich der Schwächere zurück und darf fliehen. Wenn die Menschen so clever wären, ginge es uns viel besser.«

»Das ist gar nicht so viel anders als bei uns. Bei unseren privaten Konkurrenzkämpfen geht es meist auch nicht um Leben oder Tod. Außerdem ist das alles nicht so harmlos, wie du es beschreibst. Diese armen Löwen sind voller Narben, weil sie ständig andere Männchen abwehren müssen. Ein paar Jahre König und das war's. Ein starker jüngerer Löwe vertreibt ihn aus seinem Jagdrevier. Für den Rest seines Lebens streift der arme Löwe allein herum – allerdings lebt er nicht mehr lange. Von anderen Löwen verfolgt, muß er versuchen, sich Nahrung zu beschaffen, ohne daß Löwinnen für ihn jagen. Da ist nichts Humanes dran.«

»Bekämpfen wir uns jetzt auf Leben und Tod?« fragte Striker. »Du hast so ein merkwürdiges Glitzern in den Augen.«

»Ich kann es nicht vertragen, wenn Leute, die angeblich Tiere lieben, auf einmal anfangen, die Menschen zu kritisieren. Wir sind nicht so unterschiedlich, wir sind alle Tiere.«

»Einige von uns mehr als andere.«

Ich stützte mich so stark auf unseren kleinen runden Tisch, daß er bedenklich zu schaukeln anfing. »Was ich bemerkenswert finde ist, daß Morde unter Menschen viel irrationaler sind als unter Tieren. Tiere töten aus Eigennutz. Menschen werden von ihren Gefühlen mitgerissen, schlagen um sich und verletzen sich selbst. Wir sind nicht in der gleichen Weise wie Tiere durch Instinkte geschützt.«

»Du willst also sagen, daß Tiere rationaler sind als Menschen.«

Ich nickte. »So könnte man es sagen.«

»Und inwieweit unterscheidet sich das von meiner Behauptung, daß sie humaner sind? Jetzt hast du dich selbst reingelegt. Ha!«

»Sei doch nicht so schadenfroh«, sagte ich zu ihm.

»Bin ich aber.« Er verschränkte die Arme.

»Du hast mir diese Worte in den Mund gelegt.«

»Du hast sie akzeptiert«, sagte er. »Du romantisierst Tiere noch mehr als ich!«

»Ich hab versucht, etwas Wichtiges herauszuarbeiten, und dir geht es nur darum zu gewinnen.«

»Tatsächlich? Das einzige, was du meines Erachtens herausgearbeitet hast, ist, daß ich ein blöder Romantiker bin.«

»Blöd reicht.«

Striker wirkte gekränkt. »Na schön. Wie du meinst.« Er warf etwas Geld auf den Tisch, stand abrupt auf und verließ das Lokal.

18

Fünf Uhr nachmittags in Kenia ist neun Uhr morgens in New York, und ich erwischte Susan Greenburg, als sie gerade ihren Tag an der Wall Street begann. Ich hatte erwartet, das Plärren von Autohupen zu hören, das aus den dunklen Straßenschluchten nach oben stieg, doch natürlich hört man im dreißigsten Stock, oder wo auch immer sie arbeitete, nur das Summen der Klimaanlage und das Klappern von Computertastaturen. Nachdem sie mich hatte ausreden lassen, begann Susan, einen Augenblick auf ihrer Tastatur herumzuklappern. Dann legte sie den Hörer in Warteposition, und ich lauschte ein paar Minuten dem Rauschen der Telefon-Fernleitungen. Jemand hatte »Ich liebe Elefanten« in die Mahagoniwand über dem Telefon geritzt. Arschloch. Es sei denn, diese Person liebte tatsächlich Elefanten, in dem Fall war es etwas komplizierter. Konnten die Menschen nicht lieben, ohne Dinge zu zerstören. Ich richtete den Blick auf die Glastür der Telefonzelle in der Hoffnung, daß Striker mein Blickfeld kreuzen würde.

»Jazz, heute ist dein Glückstag. Zufällig kenne ich Darnells

Börsenmakler. Natürlich kenn ich die meisten großen Tiere in diesem Geschäft, aber dieser Typ ist ein besonderer Freund. Ich mußte zwar ein bißchen die Daumenschrauben ansetzen, weil man verkauft und nicht darüber redet, aber ich hab ihm erklärt, es ginge um Leben und Tod. Ich verrat dir nicht, was ich sonst noch versprochen hab. Also, hier ist der Knüller. Darnell hat am 14. drei Viertel seiner Aktien abgestoßen mit der Anweisung, sie am 1. Februar zurückzukaufen. Entweder wußte er, daß die Aktien aus irgendeinem Grund bis dahin niedrig bleiben würden, oder es kümmerte ihn nicht, wenn er einen Verlust einstecken müßte.«

»Willst du damit sagen, daß er den Preissturz manipuliert hat?«

»Ich kann dir nur sagen, nachdem er so viele Aktien verkauft hatte, sauste der Preis runter wie ein Fahrstuhl, bei dem das Kabel gerissen ist. Es wäre jetzt ein guter Kauf, die Aktien haben wieder angefangen zu steigen, aber noch nicht sehr. Doch warum soll man sich mit einem möglichen Problemkind abgeben, wenn alles andere wie eine Rakete hochgeht? Erster Februar, sagt dir das was?«

Eine mittelalte Dame mit beige-getönten Haaren und einem leuchtend rosa Lippenstift näherte sich mit ihrem Kopf der Scheibe. Ich drehte ihr die Schulter zu und beugte mich über das Telefon. »Der erste Februar ist der letzte Tag dieser Reise. Ich kapier das nicht. Das hört sich ja so an, als ob Boyce den Aktienpreis niedrig haben wollte in den zwei Wochen, in denen er nicht da sein würde. Warum sollte er das tun?«

»Das kann ich dir auch nicht sagen, Schätzchen. Wenn er eine Übernahme vermeiden wollte, würde er die Aktien hoch und nicht niedrig haben wollen.«

Die Dame wölbte eine Hand über die Glasscheibe und stierte mich an. Ich schüttelte leicht mit dem Kopf, doch sie kniff ihren rosa Mund zusammen und verschränkte die Arme über ihrer viereckigen weißen Handtasche, als ob sie sich auf eine Belagerung einstellte. Ich veränderte meine Position auf dem schmalen Holzbrett, das als Sitz fungierte, damit ich sie nicht angucken mußte, und versuchte, meine Gedanken zu sammeln. »Könnte diese ganze Sache – ich meine, die Preise nach unten zu drücken – gegen seinen Partner gerichtet sein? Er ist auch hier. Ihm gehört der zweitgrößte Anteil an der Firma.«

»Wie ist sein Name?«

»Al Hart. Er ist der Verkaufs- und Marketingchef.«

»Al Hart? Der Name kommt mir bekannt vor. Hart. Soll ich dich zurückrufen oder kannst du dranbleiben?«

»Ich bleib lieber dran. Es ist nicht so einfach, hierher durchzukommen.«

Wieder das elektronische Rauschen. Ich hörte einen Teilnehmer von einem anderen Gespräch, aber die Leitung war zu gestört, um zu lauschen. Die Dame mit dem beigefarbenen Haar, die immer noch ihre Handtasche an ihre Brust drückte, starrte mich wütend an. Sie füllte die ganze Tür aus, ich würde Striker nicht sehen können, selbst wenn er einen halben Meter an mir vorbeiging. Ich öffnete die Tür einen Spalt und sagte: »Würden Sie mich bitte in Ruhe telefonieren lassen?« und schloß sie wieder. Sie fauchte irgendeine Erwiderung, die ich nicht verstand, starrte mich noch eine Weile an, um zu beweisen, daß sie sich nicht herumkommandieren ließ, rüttelte am Türgriff, um ein letztes Mal ihren Zorn zu bekunden, und rauschte davon. Jetzt hatte sie etwas, worüber sie sich rechtschaffen aufregen konnte. Ich rieb mir den Nacken. Die Sehnen waren so straff gespannt wie Schiffstaue. Ich atmete tief durch und versuchte mich zu entspannen, ohne erkennbaren Erfolg.

Susan meldete sich wieder. »Ich bin eine kleine Informationsmaschine. Bist du bereit? Al Hart hat sich in letzter Zeit einiges an Kapital für ein neues Unternehmen beschafft.«

»Was für ein Unternehmen?«

»Eine neue Firma. Mit Risikokapital.«

»Du meinst eine High-Tech-Firma?«

»Das könnte alles sein, high oder low. Risikokapital ist nur eine vornehme Umschreibung für anderer Leute Geld. In einem Investment-Mitteilungsblatt stand eine kurze Notiz, daß er etwas im Haarpflegebereich vorhätte. Keine Aktien, bisher findet das alles nur in seinem Kopf statt.«

»Das ist interessant.« Al beschaffte sich also Kapital, um eine neue Firma zu gründen. »Ich frag mich, ob Darnell ihm einen Strich durch die Rechnung machen wollte, indem er die Wild-and-Free-Aktien manipulierte, damit die Firma in dem Moment schlecht dasteht, wo Hart versucht, die Leute zu beeindrucken.«

»Da steckt noch mehr dahinter, Baby. Hart selbst muß einen großen Batzen Geld aufbringen, um seine Seriösität zu beweisen, verstehst du, was ich meine? Eine Anleihe mit Aktien als Sicherheit aufzunehmen ist eine wunderbare Methode, alles zu verlieren. Wenn sie plötzlich sinken, stehst du mit runtergelassener Hose im kalten Wind.«

»Moment mal, ich komm nicht mehr mit. Erzähl das noch mal.« Ich zog an der Telefonschnur, ließ sie los und sah zu, wie sie sich langsam zu einer Doppelspirale aus dickem schwarzem Plastik zusammendrehte.

»Es ist ganz einfach. Al mußte sich rasch eine Menge Geld beschaffen. Dafür muß er einige Sicherheiten bieten, okay? Was macht er also? Sein Haus mag zwar schick und edel sein, aber dafür kann er nicht genug Geld aufnehmen. Also benutzt er seine Aktien, so wie man eine zweite Hypothek auf sein Haus nimmt. Aber während ein Haus seinen Wert behält, ist es bei Aktien so, wenn ihr Wert auf die Hälfte sinkt, wird dein Kredit gekündigt, und bevor du die Beine zusammenkriegst, hat man dich fürstlich gevögelt, verzeih meine Ausdrucksweise.«

»Wenn die Aktien zu stark fallen, um den Kredit abzudecken, würde er beides verlieren – die Aktien und den Kredit?«

»Du hast es erfaßt.«

Demnach hatte Boyce versucht, Als neues Unternehmen kaputtzumachen und ihn gleichzeitig aus Wild and Free herauszudrängen. Meine Gedanken rasten in verschiedene Richtungen wie ein übernervöser Hund. »Susan, ich schulde dir einen Gefallen. Vielen Dank. Ich erzähl dir, wie's ausgeht.«

»Ich helf dir gern. Alles Gute für dein neues Unternehmen. Wer weiß? Vielleicht mach ich in nächster Zeit mal Urlaub und laß mir von dir Afrika zeigen. Oh, noch was. An deiner Stelle würd ich versuchen rauszukriegen, wer Boyce' Anteil an Wild and Free erbt.«

»Müßte das nicht seine Frau sein? Ich meine, es gibt keinen Grund anzunehmen, daß er sie enterbt hat.« Die Dame mit den beigefarbenen Haaren schlenderte auf die Telefonzelle zu, blieb unentschlossen stehen und verschwand wieder aus meinem Blickwinkel.

»Sei vorsichtig mit deinen Vermutungen, wenn es um Geld geht. Es gibt unterschiedliche Arten von Geschäftspartnerschaften. In manchen Fällen erbt der Partner alles.«

»Oh, Gott.«

»Yeah. Ich kenne jemanden, der hat sein Leben lang für ein mickriges Gehalt bei seinem Vater gearbeitet, hat den ganzen Mist auf sich genommen, der in Familien so abläuft. Er dachte, es sei halt der Familienbetrieb, weißt du, als ob er für sich selber arbeitete. Dann stirbt der alte Herr, und der Partner kassiert alles ein. Er ist nie darüber hinweggekommen. Hat angefangen zu trinken, seine Frau hat ihn verlassen. Sein ganzes Leben ist ruiniert.«

»Das scheint mir aber nicht richtig, oder?«

»Wer sagt denn, daß das Leben gerecht ist? Also, ich muß jetzt Schluß machen.«

»Danke, Sue. Du bist eine Goldgrube.«

»Erzähl das meinen Kunden.« Sue lachte, und wir hängten beide ein.

Omondi saß in der Eingangshalle und beobachtete das geschäftige Treiben der Leute, die von ihren nachmittäglichen Pirschfahrten zurückkamen. Im kühlen Dunkel der Telefonzelle hatte ich vergessen, daß es immer noch hell war. Es schien ein regelrechter Ansturm auf den Pool und die Bar zu herrschen. Durch den Haupteingang strömten Leute in Khakiklamotten, die Gesichter von Schweiß und vom roten Staub Kenias verschmiert. Andere kamen aus den Zimmern und Hütten mit glänzenden Gesichtern und nassen Haaren vom Duschen. In der Bar waren alle Tische besetzt, und am Eingang wartete eine kleine Ansammlung von Menschen. Der Andenkenladen machte gute Geschäfte mit geschnitzten Holztieren, Sonnenhüten und Filmen. Ein distinguiert aussehender Italiener mit einem Leinenjakkett über der Schulter erklärte seinem Begleiter in einem Englisch mit starkem Akzent, daß er schon seit zwölf Jahren jedes Jahr im Januar nach Kenia fahre. Eine schwedische Familie marschierte in Shorts und Wanderstiefeln vorbei. Es lag eine fröhliche Urlaubsstimmung in der Luft, in der ich mich deplaziert fühlte. Ich konnte noch nicht einmal Omondis breites Lächeln erwidern. Seit sechsunddreißig Stunden war ich darauf fixiert, Lynns Mörder zu finden, doch die Suche auf Al zu beschränken, bereitete mir ein übles Gefühl in der Magengrube. Ich wollte nicht, daß der Mörder jemand war, den ich kannte.

»Endlich!« rief Omondi. »Sie müssen ein ergiebiges Gespräch geführt haben. Auch ich hab einige interessante Dinge erfahren. Davon erzähle ich Ihnen aber später.« Er klopfte mir auf die Schulter. Unter seinem Arm steckte ein brauner Briefumschlag. »Wir sollten gehen. Mr. Hart ist bereits draußen. Es ist besser, vor Sonnenuntergang zurückzukehren.«

»Was ist das?« Ich mußte mich beeilen, um ihm zum Ausgang zu folgen.

»Das?« Omondi wedelte mit dem Umschlag. »Ich fürchte, ich werde Mr. Hart ein bißchen verärgern. Das hab ich gestern aus Nairobi beantragt, nachdem er sich geweigert hat, mich in sein Zelt sehen zu lassen.«

»Ein Durchsuchungsbefehl?«

Omondi nickte. »Außerdem hab ich eine kleine Mitteilung,

daß niemand aus der Gruppe das Land verlassen darf, solange er für die Ermittlungen in einem Mordfall gebraucht wird. Sie glauben, die afrikanische Bürokratie ist langsam? Sehen Sie, wir können schnell sein, wenn es nötig ist. Man will, daß dieser Fall rasch geklärt wird. Rasch und so wie es sich gehört.«

Als ob seine eigenen Worte ihn angespornt hätten, legte Omondi noch einen Zahn zu. Als wir die Lodge verließen, sah ich das Polizeiflugzeug schon auf der Startbahn stehen. Verdammt. Ich wollte doch noch die Gelegenheit haben, mich bei Striker dafür zu entschuldigen, weil ich ihn blöd genannt hatte. Es war kaum zu fassen, daß ich mich so kindisch benommen hatte. Ich hoffte, ihn in letzter Minute noch zu entdecken, aber er war nirgends zu sehen. Auch sein Flugzeug sah ich nicht, obwohl ich mir nicht sicher war, ob ich es erkennen würde. Ich kann kaum ein Auto vom anderen unterscheiden.

Ich tröstete mich mit dem Gedanken, daß es auch nicht von besonders großer Reife zeugte, in einem Wutanfall abzuhauen, aber das war nur ein schwacher Trost. Striker und ich waren an einem schwierigen Punkt angekommen, wo wir uns so zueinander hingezogen fühlten, daß unsere Beziehung wahrscheinlich daran zerbrechen würde, wenn wir nicht wirklich zusammenfanden. Ich wollte mich aber zu nichts drängen lassen, ich wollte, daß alles so blieb, wie es war. Vielleicht war das unmöglich, genauso unmöglich wie in meiner Ehe mit Adam. Sollte ich etwas daraus lernen? Falls ja, dann wollte ich es nicht hören.

Am Rande der Startbahn hatte Al, klein und rundlich wie er war, eine Konfrontation mit einem Marabu.

»Der häßlichste Vogel, den ich je gesehen habe.« Al deutete auf sein Gegenüber. »Der sieht aus wie ein Leichenbestatter mit Hautproblemen.«

Das stimmte. Ein Marabu hat ungefähr die Größe eines Kindes, ist in konservativem Schwarz gefiedert und hat wie alle Aasfresser einen kahlen Kopf. Nackte rosa Haut überzieht Kopf und Hals und ein großer, fleischiger Kehlsack hängt wie ein Kropf auf seiner Brust. Der Marabu beobachtete uns erst mit einem Auge, dann mit dem anderen und klapperte mit seinem kräftigen Schnabel, als ob ihm nicht gefiele, was er da sah. Marabus bereiten mir eine Gänsehaut, außer wenn sie in der Luft sind. Dann sind sie eines der schönsten Flugwunder der Schöpfung.

»Unglücksvögel«, sagte Omondi und stürmte mit wedelnden Armen los. Der Marabu hielt noch einen Augenblick die Stellung, ging unwillig ein paar Schritte zur Seite und klapperte mit dem Schnabel.

»Wir haben nichts für dich, verschwinde.«

Der Vogel wollte nicht gehen. Schließlich wandten wir ihm den Rücken zu, stiegen ins Flugzeug und ließen den Marabu als einzigen Zeugen unseres Abflugs zurück. Wessen Unglück? fragte ich mich.

19

Auf dem Rückflug waren wir schweigsam. Ich weiß nicht, was die anderen beschäftigte, ich konzentrierte mich jedenfalls darauf, daß mir nicht schlecht wurde. Das Übelkeitsgefühl in meinem Magen wurde von dem lauten Vibrieren des Motors nicht gerade besser. Es war, als ob man in einer Waschmaschine steckte, in einer dieser altmodischen mit einem dicken Glasfenster vorne, wie die Maschinen in dem ersten Waschsalon, den ich benutzt habe, damals in Manhattan, ein Jahr nach dem Collegeabschluß. Meine wöchentlichen Ausflüge dorthin waren mir wie ein Abenteuer erschienen, nicht wegen der Gestalten, die in den löffelförmigen Plastikstühlen längs der Wand gegenüber den Maschinen herumhingen, sondern weil das bedeutete, daß ich erwachsen war und mich in der wirklichen Welt bewegte, nicht mehr in der Geborgenheit des sauberen kleinen Waschraums im Untergeschoß des Studentenheims. Dort konnte ich jedem begegnen, alles war möglich. Es war ein berauschender Vorgeschmack dessen, was das Leben zu bieten hatte. Ich rutschte auf dem schmalen gepolsterten Flugzeugsitz hin und her. Der Sicherheitsgurt, den ich zu eng gezogen hatte, drückte gegen meinen Bauch. Da lebte ich nun ein abenteuerlicheres Leben, als ich es mir je hatte träumen lassen, und anstatt mich frei zu fühlen, fühlte ich mich mehr denn je gefangen.

Eine weitere Woge von Übelkeit überrollte mich. Ich sah dem Piloten über die Schulter und richtete meinen Blick auf den Horizont. Eine Freundin von mir, die häufig segeln ging, hatte mir erklärt, auf diese Weise würde man nicht seekrank. Sie hatte unrecht gehabt. Nachdem ich soviel gereist war, sollte man eigentlich meinen, daß ich einen stärkeren Magen bekommen hätte. Meine Augen wanderten zu den Meßinstrumenten und Skalen und was man sonst noch alles auf dem Armaturenbrett des Flugzeugs untergebracht hatte. Striker würde mich auslachen, weil ich es so nenne, aber für mich sah es aus wie in einem überdimensionalen Sportauto. Mir dröhnte der Kopf. Zumindest hätten sie einen Vorhang anbringen können, der das Cockpit diskret verbirgt.

Die Sonne war eine riesige Kugel mit einer flachen Kuppe und ausufernden Seiten, die unten am Rand der Erde versickerte. Es gab keine Wolken, die ihr schmelzendes Orange hätten auffangen und damit herumspielen können. Die Sonne verschwand erstaunlich schnell, und der Himmel blieb als sanftes Spektrum zurück, bei dem eine Farbe unmerklich in die andere überging; gelb am Horizont, dann türkis, das Blau eines Wanderdrosseleies, dunkelblau, violett, purpur-schwarz. Wir landeten in dem sanften Abendleuchten, wenn die Erde einen Augenblick lang heller erscheint als der Himmel. Als wir das Camp erreichten, war es bereits dunkel geworden.

Cliff, Candy, Madge und Eleanor saßen um die nicht angezündete Feuerstelle, jeder einen Drink in der Hand. Der Tag hatte sich mit dem Sonnenuntergang abrupt abgekühlt, einer der Vorteile, wenn man eine Meile hoch ist. Candy trug einen engen

Wildlederrock, einen Pullover mit Schalrollkragen und hochhackige Stiefel in passendem Wildleder. Der Pullover sah sehr raffiniert aus, vermutlich ein Einzelstück, das aus unterschiedlichen Materialien in verschiedenen Cremetönen gemacht war. Ich versuchte mir vorzustellen, ich sei auf einer Party in New York, auf der die meisten Frauen Models waren. Würde Candy dann immer noch hervorstechen? Man konnte sich nur schwer vorstellen, daß sie in einer Gruppe unterging, aber vermutlich kannte sie eine Clique von Leuten, die ähnlich waren wie sie.

»Oh, Jazz, hast du Zigaretten besorgt?« fragte Candy. »Molezzi sind die Filter ausgegangen, und Cliff hat keine Lust mehr, welche abzugeben.«

»Tut mir leid, hab ich nicht dran gedacht. Wenn du Cliff ganz lieb bittest, schleppt er dich vielleicht heute abend noch durch. Morgen können wir neue besorgen.«

»Cliff«, quengelte Candy.

»Na gut, aber dir ist klar, daß du in meiner Schuld stehst? Ich warne dich, ich hol mir alles zurück.« Cliff hielt Candy seine Packung hin, aus der sie sich mit ihren langen Fingernägeln eine Zigarette herauszog. »Hast du uns irgendwelche Hinweise mitgebracht?« Cliff hielt Candy sein Feuerzeug hin und zündete sich dann selbst eine Zigarette an. Er zog heftig daran, bis sie richtig brannte und blinzelte mich durch den Qualm an.

Mein Magen zuckte, und ich sah schuldbewußt zu Madge. Doch sie merkte das nicht. Sie war damit beschäftigt, Al einen Pullover zu geben und dafür zu sorgen, daß er es sich mit einem Teller Käse und Crackers gemütlich machte.

»Willst du wirklich nicht was Wärmeres als diese Shorts anziehen?« fragte sie.

»Ich hab doch gesagt, es ist alles okay.« Al schob sich einen Cracker in den Mund.

Omondi antwortete Cliff. »Viele interessante Neuigkeiten. Vielleicht sollten wir die bis nach dem Essen aufsparen.«

»Oh, was gibt's, Inspector?« Eleanor knetete ihre Hände. Sie trug ein leichtes, marineblaues Wollkleid, das so aussah, als ob es kratzen würde. Puder und blauer Lidschatten konnten nicht über die dunklen Halbmonde unter ihren Augen und die angestrengten Linien um ihren Mund hinwegtäuschen. Madge hatte recht. Eleanor sollte zu Hause sein und in ihrem eigenen Bett liegen. Ihretwegen war ich sauer über die ganze Situation; es war schwer genug, mit einem persönlichen Verlust fertigzuwerden.

»Eigentlich nichts, Mrs. Darnell. Das ist nicht der richtige Zeitpunkt für eine Gruppenankündigung, aber ich würde mich gern vor dem Essen mit Ihnen unter vier Augen unterhalten. Seien Sie unbesorgt, die Ermittlungen gehen schnell voran. Das wird unsere letzte Nacht im Camp sein.«

»Verdammt richtig«, sagte Al.

Omondi fügte nicht laut hinzu, daß wir morgen in ein Hotel ziehen könnten, jetzt wo er einen Durchsuchungsbefehl für das Zelt der Harts hatte. Das würde noch eine nette Szene nach dem Essen geben, wenn er ihn vorlegte. Und wann hatte er vor, zu verkünden, daß niemand von ihnen das Land verlassen durfte? Auf diesen Augenblick konnte ich gut verzichten.

»Das ist eine gute Nachricht, Inspector. Dann geht's uns bestimmt besser, nicht wahr, Cliff?« Eleanor riß ihre Augen weit auf.

»Sieh es mal von der positiven Seite, zumindest sind hier draußen keine Klatschkolumisten.« Cliff warf seine Kippe weg und schüttelte sich sofort eine neue Zigarette aus seiner Packung. Er klopfte mit dem Ende gegen die Zellophanhülle.

»Cliff, hör auf. Mach Eleanor nicht nervös.« Madge hatte sich wieder neben Eleanor gestellt.

Sie waren etwa gleich groß, aber Madge hatte ungefähr den doppelten Umfang von Eleanor, wodurch sie kleiner wirkte. Sie trug ein vom Schneider gemachtes Kleid in einem kühnen braunweißen Muster, wie man es dicken Frauen immer zu tragen abrät. Als ob sie in langweiligen Sachen schlank aussehen würde. Eigentlich hatte Madge immer noch eine Figur, das heißt eine

Taille, aber darüber und darunter bauschten sich ihre Sachen unter üppigen Rundungen auf. In früheren Zeiten hätte sie als große Schönheit gegolten, und Candy wäre als halb verhungerte Mißgeburt bedauert worden. Madge wirkte warm und kuschelig wie eine Daunendecke. Plötzlich wurde mir klar, daß das finanzielle Motiv, falls da überhaupt was dran war, für Madge genauso gelten konnte wie für Al. Sie schienen ein Ehepaar zu sein, das alle wichtigen Entscheidungen zusammen besprach. Sollen wir ein neues Unternehmen gründen, einen Kredit aufnehmen, einen lästigen Partner umbringen? Ich zitterte und legte meine Arme um mich.

»Kind, Sie müssen sich was Wärmeres anziehen«, sagte Madge zu mir. »Sobald die Sonne untergeht, herrscht ein völlig anderes Klima.«

Ich war froh, eine Entschuldigung zu haben, mich zu entfernen. Nachdem ich mir ein dickes graugelbes Hemd angezogen hatte, ging ich bei Ibrahima und Molezzi nach dem Rechten sehen.

Ibrahima beugte sich über einen großen Emailletopf auf dem tragbaren Herd. Er rührte mit einem langstieligen Löffel darin, dann schöpfte er etwas Bratensauce heraus.

»Sieht gut aus. Schmorbraten?«

»Rindereintopf.« Er blies auf den dampfenden Löffel und probierte mit vorgeschobenen Lippen. »Nicht schlecht. Ngueye, hol mir den schwarzen Pfeffer.«

Ibrahima trug ein T-Shirt mit der Aufschrift SKI KILLINGTON und einem Bild von einem Skifahrer, der Ibrahimas dicken Bauch wie ein Mogul zu bewältigen schien. Ngueye unterbrach das Schälen der Kartoffeln und Möhren, um die Pfeffermühle zu holen, an die Ibrahima mit zwei Schritten rangekommen wäre. Ich nehme an, Ibrahima wollte die sportliche Betätigung nicht übertreiben. Molezzi polierte Gläser auf einem Tablett.

»'n Abend, Jazz. Wie war der Flug?« Er hörte sich sehnsüchtig und wißbegierig an.

»Bist du jemals mit einem Flugzeug geflogen?«

»Nein, noch nicht. Mein Onkel ist mal mit einem nach England geflogen.«

»Oh, yeah? Was hat er gesagt?«

»Es hat ihm sehr gut gefallen. Er war auch mal auf einem Eisenschiff, das schwamm. Ein großes Schiff auf dem Ozean. Doch wenn man eine kleine Axt ins Wasser wirft, geht sie unter.« Er schüttelte seufzend den Kopf. »Es gibt viele Dinge auf der Welt.« Er stellte ein Glas hin und nahm das nächste in die Hand.

»Das stimmt.« Ich dachte über das alltägliche Wunder eines Ozeandampfers nach. Seitdem mir Miss Marconi in der zehnten Klasse im Physikunterricht etwas über den statistischen Auftrieb erzählt hatte, habe ich aufgehört, mich darüber zu wundern, daß Stahl auf Wasser schwimmt. »Bei einem der nächsten Trips lasse ich euch alle mal mitfliegen.« Aus dem Gästebereich wehten Lachen und Gesprächsfetzen zu uns herüber und erinnerten mich an meine Pflichten. »Molezzi, würdest du bitte das Lagerfeuer anzünden und fragen, was die Gäste zu trinken haben möchten?«

Ibrahima machte einen Brenner für mich frei, um Wasser heiß zu machen, und ich nahm eine Dusche. Anschließend zog ich mich langsam an und legte mich auf das Bett. Mein Körper schien mir zu schwer, um mich zu bewegen. Ich beobachtete, wie eine fliegende Ameise über das Zeltdach kroch.

»Klopf, klopf, darf ich reinkommen?« rief Omondis freundliche Stimme vor dem Zelt.

Ich schwang meine Füße auf den Boden. »Natürlich, setzen Sie sich.« Ich deutete auf das Feldbett mir gegenüber. »Ich hab mich hier versteckt.«

»Ah, das hatte ich schon befürchtet. Seit unserem Trip zur Lodge sind Sie furchtbar still.« Er setzte sich vorsichtig auf das Bett. »Möchten Sie mir erzählen, was Sie beschäftigt?«

Ich verzog das Gesicht. »Eigentlich nicht, aber ich sollte es wohl tun.« Ich schwieg einen Augenblick. »Ich hab eine Freundin angerufen, die als Börsenmaklerin in New York arbeitet, und sie hat mir einige Dinge erzählt, etwas Klatsch, ein paar Mutmaßungen, nichts Handfestes, aber alles sehr... vielsagend.«

»Vielsagend.« Omondi nickte rasch. »Ich verstehe.« Er nickte erneut. »Es ist schrecklich, einen starken Verdacht gegen jemanden zu haben, den man mag.«

»Das stimmt.« Unsere Blicke begegneten sich. Omondis Augen waren voll mitfühlendem Verständnis. Doch da war noch etwas mehr, eine Andeutung von Zuneigung oder vielleicht auch nur menschlicher Verbundenheit. Als ob das ganz einfach wäre. Ich spürte, wie ich mich entspannte, als ob mich jemand in seinen Armen hielte. »Schrecklich ist das richtige Wort. Wie kann ich mich mit jemandem freundlich unterhalten, den ich des Mordes verdächtige?«

»Ich erzähl Ihnen mal, welche Technik ich benutze. Ich überprüfe alle und verdächtige niemanden, bis der endgültige Beweis erbracht ist.«

»Das läßt sich leicht sagen, doch was passiert, wenn Ihr Beweismaterial anfängt, in eine Richtung zu weisen? Geht es denn nicht letztlich darum, belastende Hinweise gegen jemanden zu sammeln?«

»Es geht darum, für alles offen zu bleiben, bis die Spur zwangsläufig zu dem Mörder führt. Andernfalls kann man sich leicht von falschen Vorstellungen und Nebensächlichkeiten irreführen lassen. Wenn man eine Zeitlang in diesem Geschäft ist, wird einem klar, daß man bei jedem Fall viel mehr unschuldige Menschen verdächtigt als Verbrecher. Das sind unnütze Verdächtigungen. Man sollte besser seine Energien aufsparen und langsam den Fakten nachgehen.« Er lächelte aufmunternd. »Das ist aber nicht Ihr Job. Das können Sie uns überlassen.«

»Danke, Inspector. Wirklich, ich weiß das zu schätzen. Es ist ja nicht so, daß ich kein Vertrauen zu Ihnen hätte.«

Omondi tat diese Bemerkung mit einer Handbewegung ab. »Das Problem ist, daß ich mittendrin stecke. Ich hab ja gar nicht die Wahl, ob ich mir Sorgen machen soll oder nicht, ob ich mich einmischen oder abseits stehen und mich darauf verlassen soll, daß jemand alles für mich erledigt. Ich finde es nicht schlimm, daß ich beunruhigt bin. Es scheint mir unvermeidlich.«

»Ja, wenn Sie Hinweise aufstöbern und dann deprimiert sind, weil die offenbar irgendwohin führen.«

Zu meiner Überraschung fing ich an zu weinen. Es war eine Mischung von allem, die Anstrengung der letzten beiden Tage, mein Streit mit Striker und der Gedanke, daß ich möglicherweise die Harts zur Strecke brachte, die ich mochte. Omondis sarkastischer Tonfall nach seiner bisherigen Herzlichkeit zerstörte meine mühsam aufrechterhaltene Selbstbeherrschung.

Ich versuchte, meine Tränen zu unterdrücken, doch statt dessen kam ein jämmerlicher Schluchzer heraus. Omondi setzte sich zu mir auf die Liege und legte den Arm um mich. Ich nahm die Hand, die er mir hinhielt, und kuschelte mich an seinen Hals. Er strich eine Haarsträhne zur Seite, die mir in die Augen gefallen war, und das tat er so zärtlich, daß ich nur noch mehr weinen mußte. Er küßte mich auf die Stirn, dann auf die Augenlider. Ich drehte ihm das Gesicht zu, legte meine Arme um ihn, und dann küßte er mich auf den Mund. Er hatte volle, weiche und sinnliche Lippen. Ich schloß die Augen und gab mich ganz meinen Gefühlen hin.

Irgendwann – war es nur eine Minute später – machte ich mich los. Durch den Kuß hatte sich alles verändert, und ich fühlte mich irgendwie orientierungslos. Wir sahen uns verlegen an, und ich küßte ihn leicht auf die Lippen, um ihm zu sagen, daß alles in Ordnung sei, und als Versprechen weiterzumachen – bloß später. Er drückte meine Hand. Schon stellte sich die wortlose Kommunikation zwischen Liebenden ein.

»Es geht mir wieder gut.«

Omondi strich mir noch einmal das Haar zurück. Es war ein Vorwand, um mich zu berühren. Ich spürte, wie mein Körper darauf reagierte und sich nach seinem sehnte, aber ich kämpfte dagegen an. Wir konnten jetzt wirklich nicht miteinander ins

Bett gehen, wo gleich das Abendessen serviert wurde, und die anderen sich bestimmt schon fragten, wo wir blieben.

»Bist du überrascht?« seine Stimme war fast ein Flüstern.

»Nein, eigentlich nicht.«

»Ich hab von Anfang an den Funken zwischen uns gespürt, schon bei unserer ersten Begegnung.«

»Ja, ich hab's auch gespürt.« Wir schufen uns eine Geschichte praktisch aus dem Nichts, um diesem plötzlichen Aufruhr der Gefühle den Anschein von Festigkeit zu geben. »Ich mag dich sehr gern, Inspector.«

»Ich mag dich sehr gern, Ms. Jazz Jasper.«

Wir lächelten und lösten uns voneinander.

»Bevor wir zum Essen gehen, sollte ich dir vielleicht noch erzählen, was ich von der Börsenmaklerin, mit der ich befreundet bin, erfahren habe.« Der Kuß hatte mich kuriert, was vernünftige Ratschläge nicht geschafft hatten. Plötzlich lag mir sehr viel daran, Omondi von dem Klatsch zu erzählen, den ich erfahren hatte.

Omondi nickte. »Also zurück zum Geschäftlichen. Wir werden sehr vernünftig sein, das seh ich schon.«

»Moment mal.« Ich brauchte einen Augenblick, um meine Gedanken zu sammeln. »Okay. Ich hab Susan gefragt, was sie über Wild-and-Free-Aktien wüßte. Erstens hat Boyce Darnell anscheinend den Preissturz herbeigeführt, indem er eine große Menge seiner Aktien auf den Markt geworfen hat. Zweitens ...« ich zählte an den Fingern ab, um mich zur Konzentration zu zwingen, »hat Al Hart versucht, sich Kapital für eine neue Firma zu beschaffen, die er gründen will. Meine Freundin meint, daß er möglicherweise seine Aktien beliehen hat, was bedeutet, wenn der Preis für Wild-and-Free-Aktien heruntergeht, würde er alles verlieren ... den Kredit und die Aktien.« Ich ließ meine Hände in den Schoß sinken. »Ich erkläre das schlecht.«

»Nein, nein, mach weiter.« Er nahm meine Hand und fuhr mit einer federleichten Berührung über einen Finger nach dem anderen. »Ich kann dir folgen. Boyce Darnell hat den Aktienkurs sinken lassen, um Al finanziell zu ruinieren.«

»Ganz genau.«

»Sehr interessant und sehr faszinierend.« Er ließ meine Hand los, verschränkte seine Finger und klopfte sich damit gegen das Kinn. »Hat Al Hart davon gewußt? Wenn er es nicht gewußt hat, gibt es kein Motiv. Und wenn er es gewußt hat, wie sollte der Mord an Boyce seinen Kredit retten? Man sollte doch meinen, daß die Aktien durch den Mord noch mehr sinken?«

»Das ist reine Spekulation, aber Susan hat gesagt, daß manche Geschäftspartnerschaften so angelegt sind, daß der Partner die Firma erbt. Der Partner und nicht die Familie des Verstorbenen.«

Omondi schlug in einem raschen Rhythmus mit dem Rücken seiner Finger gegen das Innere der anderen Hand. »Das ist das beste Motiv, das wir bisher gehört haben.« Er warf mir einen Blick zu. »Falls es stimmt.« Er klopfte auf meinen Oberschenkel. »Wir werden es überprüfen. Du hast ausgezeichnete Arbeit geleistet, und ich verstehe, daß du beunruhigt bist.«

Das Klopfen oben an meinem Oberschenkel wurde zu einem zärtlichen Streicheln. Er legte den Arm noch einmal um mich, und ich legte den Kopf zurück für einen weiteren Kuß.

20

Ein Löwe knurrte in der Nacht. Die Zirpfrösche schwiegen, als ob sie dem Löwen ein Solo gönnten, dann senkte sich ihr schriller Lärmvorhang erneut. Ich widerstand dem Impuls, das Speisezelt zu verlassen und zuzuhören. Niemand hatte mehr Lust, sich mit Afrika zu beschäftigen. Das war seit dem Tod von Boyce unsere dritte Nacht im Camp, und ich wußte, daß sich alle danach sehnten, endlich zu Hause zu sein.

»Hat dieser Löwe Husten?« fragte Madge, die wie immer am

meisten auf ihre Umgebung achtete. Als der Löwe erneut knurrte, drehte sie ihren Kopf in die Richtung, aus der das Geräusch kam. Runde silberne Ohrringe wie Radarschüsseln umrahmten ihr Gesicht.

»Nein, die hören sich immer so an. Das scheint man über weite Entfernungen gut zu hören; so hält er das Rudel zusammen und macht anderen Löwen klar, daß das Revier besetzt ist.« Ich aß den letzten Bissen meiner Apfelpastete und legte bedauernd die Gabel hin. Molezzi räumte den leeren Teller ab. »Sag Ibrahima, daß er sich selbst übertroffen hat.« Molezzi lächelte und sagte, er würde es ihm ausrichten.

Ich fing Omondis Blick über den Tisch hinweg auf.

»Wunderbares Essen«, stimmte Madge mit mir ein. »Es geht nichts über einen klassischen Rindereintopf, wenn man das Fleisch so zart bekommt.«

Am anderen Ende des langen Tisches tauschten Candy und Cliff Klatsch über die Madison Avenue aus und verdrängten damit erfolgreich ihre augenblickliche Situation. Wer wem die Kunden gestohlen hatte, der neueste Shooting-Star, wer zuviel trank, wer mit wem schlief. Cliff trug ein helles Tweedsakko über einem gelbgestreiften Hemd und um den Hals ein hellgrünes Tuch. Seine glatten blonden Haare bildeten einen auffälligen Kontrast zu Candys wilder Mähne. Trotz des Altersunterschiedes von dreißig Jahren gaben sie ein schönes Paar ab. Kakombe beobachtete sie durch seine halb geschlossenen Augen.

Al und Eleanor waren in ein Gespräch über Als Enkel Joey und Eleanors jüngste Tochter Wendy vertieft. Nach dem, was ich mitbekommen hatte, hatte Eleanor ihre vier Töchter in großen Abständen bekommen, wodurch sie zu einer historischen Expertin für die Kindheit der letzten drei Jahrzehnte geworden war. Ich fragte mich, ob Wendy ein kleines Mißgeschick oder ein letztes Festhalten an der Mutterrolle gewesen war. Eleanor versicherte Al soeben, daß die Schrecken des Erwachsenwerdens in der heutigen Zeit stark überschätzt würden.

Al nutzte eine Gesprächspause, um sich an Omondi zu wenden. »Nun, Inspector. Was waren denn die interessanten Neuigkeiten, die Sie uns versprochen haben? Sind Sie bereit, die Sache hier zu beenden?« Er hörte sich aufsässig an. Mir zog sich der Magen zusammen.

»Ja, Mr. Hart, noch eine Kleinigkeit und dann sind wir mit dieser Phase der Ermittlung fertig.« Omondi zog den Durchsuchungsbefehl aus der Innentasche seiner Jacke und gab ihn Al. »Leider muß ich darauf bestehen, mir Ihr Zelt anzusehen. Ich fürchte, es ist unumgänglich, daß wir alles im Camp überprüfen, bevor wir abreisen.«

Al las das Blatt zweimal durch. Ich sah, wie die Muskeln in seinem Kiefer vor Wut hervortraten. »Das ist das letzte.« Er schnippte es Madge herüber. »Sieh dir das an.«

Sie nahm sich Zeit für den juristischen Jargon. »Dir bleibt keine andere Wahl, Al. Gesetz ist Gesetz.« Sie gab ihrem Mann das Dokument zurück.

Al warf es auf den Tisch. »Das bringt mich zur Weißglut.« Der Rest von uns saß schweigend da und beobachtete ihn. »Ich kann Sie wohl nicht daran hindern. Scheiße, gucken Sie, wohin Sie wollen. Es gibt nichts zu finden. Mir paßt es nur nicht, wenn Leute in meinen Sachen herumwühlen.«

»Wir werden versuchen, so wenig wie möglich herumzuwühlen, Mr. Hart. Sie dürfen selbstverständlich zusehen, wenn Sie möchten.«

»Nee.« Al winkte ab. »Sie und Kakombe, erledigen Sie Ihren Kram. Ich rühre mich nicht von der Stelle. Hey, Molezzi, gibt's noch was? Mit ein bißchen Whiskey.« Er hielt seine Kaffeetasse hoch.

»Ich verstehe, daß das sehr unangenehm für Sie ist.« Omondi legte seine langen Finger wie ein Zelt zusammen. »Aber es ist ungeheuer wichtig, daß wir alles abgesucht haben. Der Mörder könnte etwas Kleines in den Sachen von jemand anderem versteckt haben.«

»Etwas Kleines?« fragte Cliff. »Dann war es also kein zwei Meter langer Speer, sondern eine Nagelfeile?«

»Der Autopsiebericht ist zurückgekommen. Wie ich Mrs. Darnell bereits vor dem Essen unter vier Augen erklärt habe«, er nickte Eleanor mitfühlend zu, »hat sich unser Verdacht auf einen unnatürlichen Tod bestätigt. Mr. Darnells Herzinfarkt wurde durch Amphetamine ausgelöst; man hat Spuren davon in seinem Blut gefunden.«

Eleanor senkte den Blick und fingerte an ihrer Perlenkette herum. Ihre Lippen zitterten. »Ich war nicht überrascht. Ich hab es gewußt«, sagte sie ganz leise. »Als ich das mit Lynn erfuhr, hab ich es einfach gewußt.« Sie fing an zu schniefen und kramte in ihrer Jackentasche nach einem Papiertaschentuch.

Madge fand vorher eins in ihrer Handtasche und gab es Eleanor. »Es ist zwar verknittert, aber sauber.«

Eleanor nahm das Taschentuch an und hielt es an ein Nasenloch.

»Was haben Sie herausgefunden?« fragte Candy. Sie sah von Omondi zu Kakombe, ihre vollen Lippen waren leicht geöffnet. »Sie meinen, es war gar kein Herzinfarkt?«

»Es war schon ein Herzinfarkt.« Omondi trommelte mit seinen Fingerspitzen gegeneinander. »Aber man hat Spuren von Amphetaminen in seinem Blut gefunden.«

»Amphetamine?« Candy zog ihre leicht geschwungenen Augenbrauen hoch.

»Er wurde also vergiftet«, sagte Madge. Sie ließ sich schwer in ihren Stuhl zurückfallen und sah Eleanor an. Eleanor blickte in ihren Schoß. Sie schniefte und tupfte sich die Nase. Dabei knüllte sie das Taschentuch immer kleiner zusammen.

Cliff schob sein Kinn vor. »Ich kann dich förmlich denken sehen, Candy. Das ist richtig spannend.«

»Das muß es wohl für jemanden wie dich sein, der überhaupt nie denkt«, entgegnete sie plump, aber emotionsgeladen.

»Sie wissen etwas, Candy«, sagte Omondi ganz ruhig.

»Amphetamine...«

»Ja?« versuchte Omondi, sie zu ermuntern.

»Meine Appetitzügler sind Amphetamine. Zumindest glaube ich das.«

»Ja«, warf ich ein.

»Vielleicht könnten Sie so nett sein und Sergeant Kakombe zeigen, wo Sie diese Appetitzügler aufbewahren«, sagte Omondi.

Candy sah ihn mit ihren raffaelblauen Augen an. »Das würde ich gerne tun, Inspector, aber ich kann sie schon seit Tagen nicht finden. Vielleicht ist es Ihnen aufgefallen, ich fresse wie ein Scheunendrescher.«

»Ich verstehe. Wann ist Ihnen aufgefallen, daß die Pillen verschwunden waren?«

Candy klopfte mit einem Finger gegen ihre Lippen und dachte nach. »Oje, ich bin mir nicht sicher. Ich weiß, daß ich sie gestern nicht mehr hatte, weil ich unbedingt eine nehmen wollte, und ich hab überall gesucht.«

»Wo haben Sie sie aufbewahrt?«

»In meiner Tasche.« Sie zeigte auf eine überdimensionale Handtasche, einer Art Schulranzen aus rötlichem Rindsleder mit nachgemachter Krokoprägung. »Sie sind in einer kleinen Pillendose aus Messing mit einem Malachitdeckel.« Sie deutete mit Daumen und Zeigefinger etwas an, das etwa drei Zentimeter hoch war. »Ich hab sie in Nairobi gekauft.«

»Hat jemand die Dose gesehen?« Omondi blickte in die Runde.

»Ich glaube, ich hab sie am Anfang der Reise mal gesehen«, sagte Madge. »Haben Sie sie nicht irgendwann mal beim Mittagessen rausgeholt? Wo war das? In Treetops?«

»Das kann ich Ihnen wirklich nicht sagen.« Candy schüttelte den Kopf, was ihre goldbraune Mähne hin und her wogen ließ. »Ich meine, ich achte da gar nicht drauf. Es ist eine Gewohnheit. Ich mach es einfach, wissen Sie?«

Ich versuchte mich zu erinnern. Wenn Candy so offen zugegeben hätte, daß sie Appetitzügler nahm, warum hätte sie sie dann ihre geheime Waffe nennen sollen? Ich glaubte mich zu erinnern, daß sie das gesagt hatte. Sie hatte ihre Backen aufgeblasen, und ich hatte ihr gesagt, sie sähe eher aus wie Mick Jagger als wie ein Bauernmädchen. Yeah. Sie sagte, sie hätte eine geheime Waffe, um schlank zu bleiben. Da hatte ich zum ersten Mal davon erfahren. War Madge ein Ausrutscher unterlaufen? Hatte sie etwas für allgemein bekannt gehalten, was es gar nicht war? Oder hatte sie in ihrer mütterlichen Art bemerkt, wie Candy beim Mittagessen eine Pille nahm, und mir war es nicht aufgefallen? Auch ihr mochten Appetitzügler durchaus vertraut sein.

Sonst sagte niemand, ihm oder ihr seien Candys Schlankheitspillen aufgefallen.

»Würden Sie freundlicherweise Ihre Tasche noch einmal durchsehen, um absolut sicher zu sein, daß sie nicht da sind?« bat Omondi Candy.

Candy zuckte die Achseln. »Ich seh nach, aber ich kann Ihnen sagen, ich hab schon hundertmal nachgesehen. Ich meine, ich wollte diese Pillen unbedingt haben. Ich hab bestimmt schon mindestens ein Pfund zugenommen.« Sie machte die Tasche von der Rückenlehne ihres Stuhls los, stülpte sie über dem Eßtisch um und ließ den Inhalt auf einen Haufen fallen. Ein Lippenstift schlug auf dem Tisch auf und rollte auf den Boden.

Molezzi sprang auf, um ihn für sie aufzuheben. Candy streckte die Hand aus und nahm den Lippenstift entgegen, ohne Molezzi anzusehen.

»Mensch, warum fliegt der denn lose hier rum? Der sollte doch in meinem Make-up-Täschchen sein?« Candy nahm eine bedruckte Stofftasche heraus, zog den Reißverschluß auf, sah hinein und hielt die Öffnung auf, damit Omondi hineingucken konnte. Dann warf sie den Lippenstift hinein, zog den Reißverschluß zu und stellte das Täschchen auf die Seite. »Da würde ich die Pillendose ohnehin nicht reintun.« Sie breitete den ganzen

Haufen vor sich aus: eine Tube Gesichtscreme mit französischem Namen; einige halbzerfetzte gelbe Kreditkartenbelege; ein rotbraunes Adreßbuch mit Goldschnitt und einem kleinen goldenen Kugelschreiber; eine halbleere Rolle Pfefferminz; einen silbernen Navajo-Schlüsselring mit Einlegearbeiten aus Obsidian und Türkis; ein Scheckheft, an dessen Deckblatt ein Taschenrechner befestigt war; ein Terminkalender; ein einzelner Kofferschlüssel; einige Ansichtskarten von den Parks, die wir besucht hatten; mehrere Stifte; eine schwarze Dokumentenmappe, auf die REISEPASS geprägt war; eine Stifttaschenlampe; eine raffiniert angelegte Brieftasche, bei der nicht erkennbar war, wie sie aufging; ein paar abgerissene Kino- oder Theaterkarten; ein in Zeitungspapier eingewickeltes Päckchen, aus dem sie ein Paar Massai-Perlohrringe auspackte; ein nachgemachter Kristall-Parfumzerstäuber; ein Päckchen Papiertaschentücher in einem Etui aus japanischem Reispapier, auf dem eine junge Geisha unter einem Schirm geziert lächelte; zwei Kämme und eine Bürste, obwohl ich geschworen hätte, daß Candy sich nie die Haare kämmte; eine kleine Dose Haarspray; ein weiteres Ledermäppchen, diesmal mit Visitenkarten, sowie eine verbeulte Pillendose aus Metall, auf deren Deckel Bayer stand.

Sie nahm die Dose in die Hand und öffnete sie. »Sehen Sie, ich hatte nur dieses Ding, in dem Aspirin war. Es ist eigentlich zu klein und völlig lädiert. Ich hab schon die ganze Zeit nach einer richtigen Pillendose gesucht. Ich hoffe, sie taucht wieder auf. Sie hat mir wirklich gut gefallen. Malachit hat doch diese Spiralmuster. Die haben ein wirklich schönes Stück genommen, wo die Spirale genau in der Mitte des Ovals ist.«

»Es ist einfach umwerfend, wie rasch du das Wesentliche erfaßt, Darling.«

»Ich erkläre ja nur, wie sie aussah«, sagte Candy zu Cliff, »und außerdem wissen wir gar nicht, ob es meine Schlankheitspillen waren. Ich meine, Speed ist nicht gerade eine besonders ungewöhnliche Droge.«

Cliff blickte langsam von einem zum anderen. Al und Madge saßen Schulter an Schulter in ihren Stühlen zurückgelehnt, ihre rundlichen, mittelalten Gesichter schienen die personifizierte Unschuld auszustrahlen. Eleanor hatte den zerfetzten Rest ihres nassen Taschentuchs weggeworfen und saß mit gefalteten Händen am Tisch, die Knöchel schimmerten weiß durch. Unsere Blicke trafen sich, und sie deutete ein nervöses Lächeln an.

»Du willst doch wohl kaum behaupten, daß Eleanor oder die Harts Aufputschmittel benutzen, Candy. Was Jazz angeht, so möchte ich bezweifeln, daß man derzeit in Nairobi viel mit Speed handelt. Das ist doch eher eine New Yorker Sache, meinst du nicht auch? Und es ist geschmacklos, seinen Boß zu beschuldigen, er hätte seinen ältesten Kunden vergiftet. Außerdem kann ich dir versichern« – Cliff streckte die rechte Hand über dem Tisch aus, seine Finger zitterten leicht – »ich bin schon nervös genug ohne Speed. Ich halte mich an die konventionellen Drogen, Whiskey, Nikotin und Koffein.«

»Oh, du weißt genau, daß ich dich nicht beschuldige.« Candy hielt ihre Tasche an die Tischkante und schob mit dem Arm alles wieder hinein. »Jedenfalls habt ihr gesehen, daß meine Pillen nicht hier drin sind. Sie können noch mal in meinem Zelt nachsehen, wenn Sie wollen, Inspector.«

Omondi und Kakombe gingen hinaus. Das Speisezelt schien dunkler, nachdem die Plane hinter ihnen zugefallen war. Ich sah in meine Kaffeetasse und dachte an unseren Kuß.

»Wollen Sie nicht mit Ihrem Hätschelcop mitgehen?« sagte Al.

Ich wurde schlagartig in die Gegenwart zurückversetzt und sah ihn erschrocken an. Er konnte nichts von Omondi und mir wissen. Hatten wir uns so schnell verraten? Küsse hinterlassen keine Spuren, und wir hatten uns während des Essens kaum beachtet. Bevor ich eine Antwort formulieren konnte, gab Madge ihm aus Spaß einen Klaps auf den Kopf, der das Fleisch an ihrem Arm erzittern ließ. »Al, sei doch nicht so ein schlechter Verlierer«, sagte sie. »Omondi ist auf unserer Seite, vergiß das nicht. Er arbeitet nicht nur für Jazz.«

Al wußte also nichts; er hatte nur auf meine Mitarbeit bei den Ermittlungen angespielt. Sie wandte sich an mich. »Ich möchte mich für ihn entschuldigen. Diese Sache mit der Durchsuchung« – sie schüttelte den Kopf –, »das gibt einem das Gefühl, verfolgt zu werden, selbst wenn man weiß, daß es nichts zu finden gibt. Al ist einfach nicht so lieb wie sonst.« Sie gab ihm einen dicken Kuß und drückte sein Gesicht so zwischen ihren Händen, daß er aussah wie ein Basset.

»Madge, bitte!« Cliff zog mit gespieltem Entsetzen die Schultern hoch. »Echte Zuneigung zu zeigen ist geschmacklos, meinst du nicht auch? So würd ich noch nicht mal jemanden küssen, wenn ich mit ihm allein wäre.«

Candy griff nach Cliffs Zigarettenschachtel, die neben seinem unbenutzten Wasserglas lag, steckte sich eine Zigarette zwischen die Lippen und drehte den Kopf zur Seite, so daß die Spitze auf Molezzi zeigte. Er sprang auf und zündete sie an, als ob das der Augenblick gewesen war, auf den er den ganzen Abend gewartet hatte. Sie wußte also doch, daß er existierte!

Ich bemerkte den gehässigen Unterton meiner Gedanken und warf mir selbst Eifersucht vor, aber das war es nicht. Ich genoß Candys Schönheit. Es war etwas anderes. Sie erinnerte mich an die Dame, die in die Telefonzelle wollte, als ich mein Gespräch führte. Wenn ich ihr im Weg stehen würde, wäre sie bereit, mich um die Ecke zu bringen. Ich beschuldigte die Dame von der Telefonzelle nicht, eine Mörderin zu sein – außer in ihrem Herzen –, und ich beschuldigte auch Candy nicht. Obwohl sie dazu in der Lage wäre. Wenn es einzig und allein eine Frage des Charakters wäre, würde es mich nicht wundern, wenn sie die Mörderin wäre. Sie verhielt sich so, als ob andere Menschen keine Eigenständigkeit besäßen. Wir spielten alle Statistenrollen, waren nur da, um ihre Bedürfnisse zu befriedigen, das galt für Molezzi wie für Madge wie für Cliff. Nein, ich traute Candy nicht.

Und nun sah es so aus, als ob ihre Pillen aller Wahrscheinlichkeit nach die Mordwaffe wären. Ich rief mir die Szene am Pool ins Gedächtnis, einen Tag, bevor Boyce ermordet wurde. Candy hatte Boyce gewarnt, sich nicht mit ihr anzulegen. Nicht gerade eine ernstzunehmende Morddrohung.

Cliff machte einen Scherz, und Candy warf lachend den Kopf zurück. Dabei stellte sie einen wohlgeformten Kiefer und leuchtend weiße Zähne zur Schau. Merkwürdigerweise würde ich mich eher mit einer Massai-Frau zu identifizieren versuchen als mit ihr, einer anderen Amerikanerin. Doch auch ich hatte Augenblicke gehabt, in denen ich mich schön fühlte, und das nicht aus Egoismus. Diese Momente hatten mich nicht zu einer herzlosen Person gemacht. Sie hatten damit zu tun, daß man sich begehrt und geliebt fühlt, ja und auch mit einem Gefühl von Macht. Ich pflichtete mir selbst nickend bei. Es war offensichtlich, daß Candy Macht liebte.

Ob nun aus Selbstsucht oder aus dem Verlangen, geliebt zu werden, Candy schien mir von uns allen am rücksichtslosesten zu sein. Doch sobald ich diesen Gedanken formuliert hatte, wußte ich, er stimmte nicht. Cliff gab zu – brüstete sich sogar damit –, daß er nur auf seinen persönlichen Vorteil bedacht sei. Ich konnte mir auch vorstellen, daß die Harts oder Eleanor rücksichtslos sein würden, wenn es um die Interessen ihrer Familien ging. Als ich mit Striker darüber diskutiert hatte, welche Motive Menschen bewegen, war ich völlig in meinen persönlichen Gefühlen gefangen gewesen. Verdammt, es war mir wichtiger gewesen, allem zu widersprechen, was Striker sagte, als gründlich über die Dinge nachzudenken.

Vielleicht ging mir Candy auf die Nerven, weil sie mich an mich selbst erinnerte. Behaupten die Psychologen nicht, daß man bei anderen das verabscheut, was man an sich selbst nicht mag und verleugnet? Ich hatte mich jetzt seit über zwei Jahren in meiner eigenen kleinen Welt verkrochen und niemanden hineingelassen. Mein Zufluchtsort war so weit und so offen wie die Serengeti-Ebene, doch unterschied er sich wirklich so sehr von der sicheren und einsamen Luftblase, die Candy bewohnte und die auf der Macht der Schönheit beruhte?

Ich fragte mich, ob ich das Wesen des Mörders verstehen müßte, um seine Identität zu entdecken, und mir schauderte.

»Sie sind immer noch nicht warm genug angezogen«, rief Madge. »Hier, nehmen Sie das.« Sie zog Als Safarijacke von seiner Stuhllehne.

»Hör endlich auf, die Leute zu bemuttern!« sagte Al und griff nach seiner Jacke.

»Na komm schon, Al, sei nicht so ein Ekel. Du trägst sie ja doch nicht.«

Ich wollte die Jacke nicht, aber Madge bestand darauf, und mir schien es nicht wert zu sein, sich deswegen zu streiten. Also legte ich mir die Jacke über die Schultern.

»Du siehst aus wie ein Zelt in einem Zelt«, bemerkte Cliff.

»Oh, Cliff, sei nicht so biestig.« Überrascht stellte ich fest, daß Candy mich verteidigte. »Jazz sieht immer gut aus, egal was sie anhat.«

»Das heißt, daß ich normalerweise in Säcken rumlaufe.« Ich lachte.

Candy sprach gleichzeitig. »Ich glaube, Männerklamotten für Frauen sind in der kommenden Saison noch in.«

»Im nächsten Herbst sind dann Rüschen dran«, antwortete Cliff. »Merkt euch meine Worte – ihr habt's hier zum ersten Mal vernommen.«

Draußen hörte man Schritte, und Gesprächsfetzen in Suaheli. Alle verstummten. Die Zelttür flog auf, und Omondi trat ein, gefolgt von Kakombe, dessen riesige Gestalt das Zelt klein erscheinen ließ. Alle wandten sich ihnen zu. Mein Brustkorb verkrampfte sich. Was hatten sie im Zelt der Harts gefunden?

Omondi streckte uns zwei leere Hände entgegen. Die rosafarbenen Handflächen hoben sich deutlich von seiner dunklen Haut ab. »Nichts. Wir haben absolut nichts gefunden.«

»Wie ich Ihnen gesagt habe, Inspector«, erklärte Al.

Omondi wandte sich direkt an Madge. »Dürfte ich bitte Ihre Handtasche sehen?«

»Nein. Jetzt ist Schluß.« Al schob seinen Stuhl zurück und stand auf, die Hände aggressiv auf den Tisch gestützt. »In Ihrem Durchsuchungsbefehl stand Zelt. Sie haben das Zelt durchsucht. Das reicht. Sie werden nicht die Handtasche meiner Frau durchwühlen. Schlimm genug, daß Sie uns in einer gefährlichen Situation hier festhalten, da muß man sich nicht noch wie der letzte Dreck behandeln lassen. Sie werden noch davon hören, Omondi.«

Zum ersten Mal bemerkte ich einen Funken Zorn in Omondis Augen, aber er vertuschte ihn mit einem freundlichen Lächeln. »Mein lieber Herr, es tut mir furchtbar leid, daß Sie sich schlecht behandelt fühlen. Ich bemühe mich, eine effektive Ermittlung durchzuführen und dabei soviel Rücksicht wie möglich auf die Privatsphäre jedes einzelnen zu nehmen.«

Al pochte mit dem Zeigefinger auf den Tisch. »Ich hab heute nachmittag mit meinem Anwalt gesprochen, und ich kenne meine Rechte.« Er schnappte sich Madges Handtasche, die an der Seite ihres Stuhls hing, nahm Madge am Ellbogen und führte sie aus dem Zelt.

21

Im Camp war es ruhig. Alle waren schon lange ins Bett gegangen. Ich lag in Omondis Armen, streichelte über seine Brust und genoß es, die harten Muskeln unter seiner seidigen Haut zu fühlen. Seine Fingerspitzen strichen sanft über meine Seite, über meine Brüste und meinen Bauch, als ob sie die Höhepunkte einer genußvollen Reise noch einmal erlebten. Wir hatten uns leidenschaftlich und zärtlich geliebt, und es war erstaunlich unexotisch gewesen.

»Du fühlst dich wunderbar an«, flüsterte er in meine Haare.

»Du auch.«

»Wie kommt es, daß du keinen Freund hast? Es ist nicht richtig, allein zu sein.«

Ich hatte keine Lust, mich über meine Beziehung zu Adam auszulassen, nicht jetzt, wo es mir so gut ging. Eine tiefe Entspannung breitete sich in meinem Körper aus. Omondi hatte recht; ich hatte zu lange ohne Sex gelebt. Ich spürte ein altvertrautes Wohlbehagen, eine starke körperliche und emotionale Ruhe, die jede einzelne meiner Zellen zu durchdringen schien.

»Was ist mit dir? Wie viele Freundinnen?«

»Oh, du hältst mich also für einen Frauenheld? Warum, bloß weil ich gesagt habe, daß ich uns beide mit Kondomen schützen würde? Das ist nur vernünftig.«

»Nein« – ich lächelte – »es ist die Art, wie du mich liebst... als ob du spüren kannst, was ich fühle. Es hat auch ein bißchen mit Selbstdarstellung zu tun... du führst vor, was du kannst, aber auf nette Art. Ich glaube, du magst Frauen. Hab ich recht?«

Er fuhr mit den Fingern an meinem Schlüsselbein entlang, bis zur Spitze einer Brust, an der Wölbung meines Bauchs entlang und mitten in den Hügel drahtiger Locken, die von unserem Liebesakt noch feucht waren und einen Moschusgeruch verströmten. »Es scheint dich nicht zu stören.«

Ich richtete mich auf und sah ihm ins Gesicht, ein dunkles Oval auf meinem Kopfkissen. »Warum sollte es? Ich bin nicht auf der Suche nach einem Partner. Es wäre schön, wenn wir Freunde werden könnten. Das würde mir schon reichen.«

»Einverstanden. Es würde mir gefallen, mit dir befreundet zu sein. Freunde, die manchmal eine wunderbare Nacht miteinander verbringen.«

»Das hört sich gut an.« Ich legte mich wieder auf die Seite, kuschelte mich an ihn und schlang meine Beine um seine.

»Du suchst also nicht nach einem Partner? Was ist denn mit Striker?«

»Striker? Wovon redest du? Wie gut kennst du ihn?«

»Ich kenne ihn eigentlich nicht, obwohl ich ihn wieder erkennen würde; wir sind uns mal vorgestellt worden. Ich habe mal ein kleines Problem für einen Freund von ihm gelöst, einen Russ Bartrim.«

»Ach ja, Russ kenn ich. Er arbeitet in einer Safari-Lodge draußen hinter Tsavo. Darüber besteht also die Verbindung. Aber wieso versuchst du mich mit Striker zu verkuppeln?«

»Weil du die ganze Zeit von ihm redest.«

»Das tu ich nicht!«

»Oh, doch, das tust du. Nicht mit Namen, aber du hast ihn oft auf den Lippen. Das ist mir aufgefallen. ›Ich hab einen Freund, der die Wilderei an Elefanten und die Verbindung nach Hong Kong untersucht.‹ ›Ein Freund, der am Mount Kenya lebt, hat eine Elefantenherde eine ganze Generation lang beobachtet.‹ ›Ich hab einen Freund, der an einem Naturkunde-Lehrplan für die Schulen in Kenia schreibt.‹ Das ist alles Striker, nicht wahr?«

»Das hat nichts zu bedeuten!«

»Ah, meine Kleine. Du willst es dir nur nicht eingestehen, aber ich kenne diese Zeichen. Du denkst sehr viel an ihn. Ich bin nicht eifersüchtig, ich sage dir das als Freund. Du bist schon ein bißchen in diesen Striker verliebt. Warum gibst du es nicht zu?«

Ich seufzte. »Vielleicht hast du recht. Aber ich will es nicht zugeben. Ich möchte vollkommen unabhängig sein.«

»Unabhängigkeit, tatsächlich? Merkwürdig, ich kann mir nicht vorstellen, daß deine Unabhängigkeit durch Liebe bedroht würde – vielleicht ist es etwas anderes.«

Wie ich im Dunkeln in Omondis Armen lag, konnte ich plötzlich über Adam reden, über die Scheidung und darüber, daß ich es nicht noch mal versuchen wollte.

Omondi zog meine Lippen mit dem Finger nach, dann beugte er sich über mich und küßte mich. »Du machst es dir zu kompliziert. Folge einfach deinem Herzen. Es ist nicht das Herz eines Teenagers, das dich zu Torheit verleiten wird. Vertrau ihm. Du brauchst Liebe, nicht Sicherheit. Wenn es mit Striker nicht klappt, wirst du daran nicht zerbrechen. Das Leben ist lang. Es gibt Platz für viele Dinge.« Er schwieg längere Zeit. Dann fuhr er mit sanfter Stimme fort: »Du bleibst vielleicht nicht für immer in Kenia. Würdest du es nicht bedauern, dieser Liebe keine Chance gegeben zu haben?«

Seine Worte hallten in meinem Kopf wider. Ich wußte, er hatte vollkommen unrecht, konnte mich aber nicht mehr erinnern warum. »Wenn es mir nicht so gut ginge, würde ich mich mit dir streiten, aber im Augenblick könntest du alles zu mir sagen, und ich würde dir Recht geben.«

»Tatsächlich? Mal sehen.«

Ich erwachte wenige Minuten, bevor das Geschrei losging. Ich hätte hinterher nicht schwören können, ob ich den Löwen gehört hatte oder wovon ich wach geworden war. Ich wußte nur, daß ich wach war und daß Omondi in meinem Zelt war, in meinem Bett. Wir lagen wie zwei Löffel. Sein Rücken schmiegte sich sanft gegen meine Brüste, und sein Hintern paßte genau zwischen meine Oberschenkel und meinen Bauch. Sein Atem war so leise, daß ich ihn mehr spürte als hörte. Ich legte meine Wange an seinen Rücken und genoß die Wärme seines Körpers. Ich hatte seit langem keine solche innere Ruhe mehr verspürt. Es war, als ob etwas in mir geschmolzen wäre.

Da hörte ich den ersten Schrei. Ich sprang aus dem Bett und hatte bereits meine Sachen angezogen, bevor mein Verstand überhaupt registrierte, was los war. Omondi stieß mit mir zusammen, während er in seine Klamotten sprang und sich seine schwere Taschenlampe schnappte. Man hörte ein lautes Krachen, wie wenn Glas zerbricht, und das Schreien verwandelte sich in Schluchzen. Es kam aus Eleanors Zelt.

»Eleanor!« Ich raste aus dem Zelt.

Trotz des hellen Mondlichts hüllten die Gummibäume das Camp in ihre Schatten, so daß die Zelte im Dunkeln lagen. Die

Luft roch stark nach Eukalyptus. Jemand mit einer Taschenlampe rannte aus einer anderen Richtung auf Eleanors Zelt zu. Es war Cliff, dessen Körper im Mondlicht ganz fahl aussah. Auch in den übrigen Zelten gingen die Lichter an und erschrockene Stimmen wurden laut. Wenn ihr nur nichts passiert war... Ich kam zusammen mit Cliff am Eingang des Zeltes an, Omondi war direkt hinter mir.

»Vorsicht mit den Scherben«, sagte Eleanor mit Tränen in den Augen. »Ich hab mit meiner Kerosinlampe geworfen.« Sie saß im Bett, die Decke bis an die Schultern hochgezogen, und zitterte. Im Zelt stank es nach Kerosin.

»Eleanor, ist alles in Ordnung mit Ihnen? Was ist passiert?« Ich bahnte mir vorsichtig einen Weg durch die Glasscherben, die unter meinen Sandalen knirschten. Dann setzte ich mich auf die Bettkante und legte einen Arm um sie. Ihr Körper fühlte sich zart und verletzlich an. Sie klammerte sich an mich und wurde von einem weiteren Weinanfall geschüttelt. Cliff und Omondi standen dicht gedrängt am Eingang. Das Licht der Taschenlampen, das von den Wänden reflektiert wurde, verzerrte ihre Gesichter zu Masken.

»Was ist passiert?« fragte Omondi.

Eleanor hatte ihr Gesicht an meiner Schulter verborgen. Ich schüttelte den Kopf. Noch mehr Leute liefen jetzt im Dunklen herum, und ich hörte sie die gleiche Frage stellen.

Candys Stimme war herauszuhören. »Uh, ich hab solche Angst. Ist noch ein Mord passiert? Das wird langsam unheimlich.«

»Sie brauchen keine Angst zu haben«, hörte ich Madges Stimme sagen. »Wir sind alle bei Ihnen.«

Eleanors Weinen wurde zu einem erstickten Wimmern. Ich konnte ihre Tränen durch mein Hemd spüren. Ich streichelte ihr über den Rücken und wiederholte Madges Worte. »Es ist alles okay. Ich bin bei Ihnen, und Sie sind hier sicher.«

Sie hob ihr nasses, verquollenes Gesicht, bekam einen

Schluckauf und kicherte verlegen. »Tut mir leid, daß ich mich so angestellt habe«, sagte sie. »Hat jemand ein Taschentuch?« Sie hickste erneut.

Ich fand welche auf dem Nachttisch und gab sie ihr. Eleanor schnaubte kräftig in das Taschentuch, wischte sich die Augen und lächelte schwach.

»Eleanor! Würdest du uns bitte sagen, was passiert ist.« Cliff brüllte beinahe.

Eleanor sah ihn an und rief schockiert und mißbilligend: »Cliff!« Da bemerkten auch wir übrigen, daß Cliff nichts an hatte. Al fing an zu lachen.

»Ich weiß, daß ich knubbelige Knie habe«, sagte Cliff würdevoll. »Aber ansonsten gibt es nichts zu lachen. Eleanor, erzähl bloß nichts, bis ich wieder da bin. Gib mir eine Sekunde, um meine Hose anzuziehen.«

Cliff verschwand. Statt dessen erschien Madge in einem grell pinkfarbenen Bademantel. »Kommen Sie, Jazz, ich löse Sie ab.« Sie richtete ihre Taschenlampe auf den Boden und wollte sich gerade an Omondi vorbei drängen.

Er gebot ihr mit einer Hand Einhalt. »Wir sollten im Zelt nichts berühren, bis wir über alles Bescheid wissen. Seien Sie bitte so freundlich.«

Er fuhr mit dem Strahl seiner Taschenlampe systematisch über den Boden. Glassplitter glitzerten in einer Kerosinpfütze. In der Nähe des Eingangs war noch ein weiterer feuchter verschmierter Fleck, der zu dunkel war, um Kerosin zu sein. Ich schnappte nach Luft. Blut?

Omondi hob die Stimme. »Wenn Sie jetzt alle bitte freundlicherweise in Ihre Zelte zurückkehren würden.« Madge machte Anstalten, in das Zelt hineinzugehen. »Das gilt auch für Sie, Mrs. Hart. Mrs. Darnell ist jetzt in Sicherheit.«

»Hey, wir haben ein Recht zu erfahren, was hier los war«, protestierte Al. »Ist Eleanor überfallen worden?«

»Nein, nein«, beteuerte Eleanor mit zitternder Stimme. »Jetzt bin ich mir gar nicht mehr so sicher… Ich meinte, ich hätte ein Schnuppern gehört, und dann war da eine niedrige Gestalt. War es ein Löwe?« Sie bekam wieder Schluckauf.

»Ihre Fragen können morgen früh beantwortet werden«, sagte Omondi bestimmt. Dann hob er die Stimme ein wenig. »Bitte kehren Sie sofort in Ihre Zelte zurück, ohne den Boden weiter zu zertrampeln. Tut mir leid, Cliff. Gute Nacht.«

Cliff war gerade wieder zu der Gruppe gestoßen. Er fluchte, verhielt sich aber kooperativ und veranlaßte alle, in ihre Zelte zurückzugehen. Ich hörte Leute schimpfen, doch dann entfernten sich die Stimmen, und in wenigen Minuten war es ganz still im Lager. Kakombe war der einzige, der noch vor dem Zelt stand, eine schwarze massige Gestalt bis auf ein paar auffällige weiße Boxer-Shorts.

»Sergeant, ziehen Sie sich doch bitte eine Hose an und kommen Sie mit Ihrer Kamera zurück.«

»Ja, Sir.« Kakombe tapste leise auf bloßen Füßen davon.

»Soll ich auch gehen?« fragte ich Omondi zaghaft.

»Nein, wenn es dir nichts ausmacht, könnten wir deine Hilfe bei dieser Löwengeschichte bestimmt gut gebrauchen«, antwortete Omondi.

Er wandte sich an Eleanor. »Wenn Sie jetzt so freundlich wären, uns genau zu erzählen, was passiert ist. Möchten Sie vielleicht einen Whiskey?« fügte er hinzu.

»Nein, danke, aber ich habe Durst.« Sie putzte sich vornehm die Nase und steckte das benutzte Taschentuch unter ihr Kopfkissen. »Jazz, könnten Sie mir bitte etwas Wasser eingießen?«

Auf dem Nachttisch stand eine Karaffe, über die ein Wasserglas gestülpt war. Ich goß das Glas behutsam halb voll, gab es ihr, und sie stürzte es hinunter.

»Ich bin mir nicht ganz sicher«, begann sie langsam. »Ich hab nicht fest geschlafen. Normalerweise schlafe ich sehr gut, aber in den letzten Nächten war es schwierig. Ich liege im Dunkeln, bis ich nicht mehr weiß, ob ich wach bin oder schlafe, und plötzlich ist Morgen.« Sie sah mit weit aufgerissenen Kleinmädchenaugen von einem zum anderen. »Ich glaube, ich hörte, wie der Reißverschluß aufgemacht wurde, hatte aber keine Lust nachzusehen. Sie wissen, wie man so im Halbschlaf ist. Ich dachte, es wäre Boyce.« Sie kniff die Lippen zusammen und kämpfte gegen neue Tränen an.

Omondi nickte wortlos.

»Ich muß plötzlich geträumt haben, daß er noch lebte. Vermutlich bin ich tiefer eingeschlafen. Vielleicht hab ich das alles nur geträumt.« Sie wühlte sich tiefer in ihre Decken.

Alles nur geträumt bis auf diesen Fleck in der Nähe des Zelteingangs, der aussah wie Blut.

»Jazz, könnten Sie mir bitte das zweite Kissen reichen?« Ich gab ihr das Kissen von der anderen Liege. Sie packte es hinter sich, so daß sie bequemer saß. »Danke. Das nächste, woran ich mich erinnere, ist dieses schnuppernde Geräusch und ein Rascheln am Moskitonetz.«

Ich beobachtete, wie Omondi das Netz und den Reißverschluß inspizierte. Vollkommen in Ordnung. Der Löwe hatte nicht daran herumgekratzt. »Wer auch immer es aufgezogen hat, es war jedenfalls kein Löwe«, sagte ich. »Es war ganz auf, als ich hierherkam.«

»Sie meinen, daß jemand rein wollte und von dem Löwen vertrieben wurde?« Eleanor zog die Decke noch fester um sich.

»Oder jemand hat das Zelt aufgemacht, damit der Löwe rein konnte.« Omondi schnalzte nachdenklich mit der Zunge.

»Ich weiß nicht.« Ich hatte meine Zweifel. »Das ist ziemlich weithergeholt. Menschen können auch schnuppernde Geräusche machen. Warum sollte ein Löwe um das Zelt herumschnüffeln?«

»Tja, warum?« Omondi leuchtete mit seiner Taschenlampe erneut auf den blutigen Fleck neben dem Zelteingang. »Sieh mal hier.« Er folgte der dunklen Spur bis zu einem Klumpen unter dem Saum des Moskitonetzes. Er zog das Netz hoch. Auf dem

Boden lag ein kleiner Haufen dunkler Würfel. Rindfleischstücke aus dem Eintopf. »Sieh dir das an!« Er hockte sich hin, um das Fleisch genauer zu betrachten. »Irgendwer hat diese Reste direkt in den Eingang gelegt. Sergeant, würden Sie bitte ein paar Fotos davon machen, bevor wir es wegräumen.«

Ich erschrak. Ich hatte Kakombe überhaupt nicht zurückkommen hören. Sein Blitz flammte im Zelt auf. Eleanor und ich zuckten beide zusammen und rissen die Hände hoch, um unsere Augen zu schützen. Einen Augenblick lang konnte ich nichts weiter sehen als einen immer größer werdenden orangefarbenen Kreis auf samtigem Hintergrund.

Als ich wieder sehen konnte, sagte ich: »Es ist dieselbe Vorgehensweise, nicht wahr? Ein weiterer Mord, der ganz natürlich aussieht.«

»Nun ja, nicht ganz dieselbe«, wandte Eleanor ein. »Ich lebe noch.«

»Das beunruhigt mich.« Omondis Stimme klang ernst. »Es ist ein Ausdruck von Panik. Und es gibt nichts Gefährlicheres als einen verzweifelten Mörder.«

»Warum ich?« fragte Eleanor kleinlaut. Sie kuschelte sich in die Kissen.

»Eine gute Frage«, sagte Omondi. »Entweder standen Sie dem Mörder bei einer Sache im Weg, die er haben will und für die Ihr Mann bereits gestorben ist, oder Sie wissen etwas.«

»Was sollte ich denn wissen? Sie meinen, etwas über Boyce?«

»Ja«, sagte Omondi. »Der Mörder könnte meinen, daß Sie etwas wissen, das einen Hinweis auf seine Identität gibt. Denken Sie scharf nach, Mrs. Darnell. Was könnte das sein?«

22 Omondi verbrachte den Rest der Nacht in seinem eigenen Zelt. Am nächsten Morgen kam er zu mir, als ich vor meinem Zelt Tee trank, vollkommen angeschlagen vor Müdigkeit nach dem unterbrochenen Schlaf letzte Nacht. Ich muß gestehen, daß ich mehr über wunderbare Arten, sich zu lieben, nachdachte, als über den Anschlag auf Eleanor. Omondi wirkte so munter wie immer. Wir lächelten uns wie Verschwörer zu, als wir uns zum Morgengruß die Hand schüttelten. Er starrte auf meine Lippen, aber ein Kuß kam nicht in Frage; wir konnten zu leicht dabei gesehen werden.

»Schon wieder bist du mit den Vögeln auf«, sagte er. »Hast du deine Adler schon gesehen?«

Ich war gerührt, daß er sich daran erinnerte. »Ich krieg die Augen kaum auf. Bisher hab ich nichts weiter geschafft, als hier zu sitzen und vor mich hinzustarren. Möchtest du Kaffee oder Tee?«

Wir gingen zum Speisezelt, wo Molezzi die Kessel mit Kaffee und heißem Wasser aufgestellt hatte. Dann nahmen wir die Becher mit zu meinem Zelt. Die Morgenluft roch stark nach dem scharfen Duft der Eukalyptusbäume. Die Sonne fiel schräg durch das Blätterdach, so daß sie statt ihrer normalen olivgrünen Färbung ein leuchtendes Frühlingsgrün angenommen zu haben schienen. Eine Gruppe Affen schnatterte laut in den Baumkronen. Die Äste senkten und wiegten sich unter ihren Bewegungen. Ab und zu sah man kurz einen braunen Rücken oder einen hin und her schlagenden Schwanz.

»Setz dich nicht auf Als Jacke«, ermahnte ich Omondi, der sich gerade auf meinen Gästestuhl fallenlassen wollte.

Omondi nahm die Jacke von der Rückenlehne und legte sie auf den Tisch. »Wie kommt die hierher?«

»Madge hat sie mir gestern abend aufgedrängt, als du das Zelt durchsucht hast und wir auf dich warteten. Ich hatte sie gestern abend an, als wir aus dem Speisezelt gingen. Sag bloß, das ist dir nicht aufgefallen? Ich dachte, dir entgeht nichts.«

»Ach ja, ich erinnere mich jetzt. Ich war den ganzen Abend so durch dich abgelenkt und hab versucht, dich nicht dauernd anzugucken.«

Ich faltete Als Jacke neu zusammen, um was zu tun zu haben und meine Verlegenheit und Freude zu verbergen. Als ich aufblickte, um festzustellen, warum Omondi zu reden aufgehört hatte, sah ich, daß er an mir vorbei auf die Jacke starrte.

»Ich wollte nicht, daß sie verknittert«, sagte ich.

Dann sah ich, was seine Aufmerksamkeit erregt hatte. Aus der inneren Brusttasche ragte ein Briefumschlag. Omondi stellte seinen Teebecher ab und zog den Umschlag heraus. Er war in einer krakeligen Schülerhandschrift adressiert. Omondi las den Absender vor: »Joey Hart.«

»Das ist Als Enkel.«

Omondi nahm den Brief aus dem Umschlag. »Komisch, daß in Joeys Brief ein Telex steckt.« Ich setzte mich gerader hin und sah zu, wie er das dünne gelbe Telexpapier auseinanderfaltete. Omondi las es aufmerksam und reichte es dann mir. »Ich nehme an, Al wollte nicht, daß wir das sehen.«

Es stammte von Als Anlageberater, der Al mitteilte, daß die Wild-and-Free-Aktien drastisch gesunken waren, und ihn um die Erlaubnis bat, mit dem Verkauf von Als Aktien zu beginnen, um seine Kredite zu decken.

»Das bestätigt, was deine Börsenfreundin dir gestern gesagt hat.«

»Ich frag mich, wann er das bekommen hat.« Ich gab es Omondi zurück. Diese Entdeckung gab meinem Gespräch mit Susan eine noch größere Bedeutung, aber ich konnte mich nicht darüber freuen. »Wir sind auf dem Weg von den Bergen hier runter eine Nacht in Nairobi gewesen, und die Leute haben dort Post abgeholt.«

Er sah, daß ich ein ernstes Gesicht machte. »Du glaubst, das ist ein weiteres Bindeglied in der Motivkette, aber du mußt objektiv bleiben.« Er schob den Brief in den Umschlag zurück und steckte ihn in seine eigene Tasche. »Al könnte ihn erst gestern bekommen haben, als wir nach Mara geflogen sind. Das läßt sich leicht feststellen.«

Nach dem Frühstück packte Omondi seine Sachen zusammen und flog nach Nairobi. Ich hoffte, daß der Fall sich nicht verzögerte, während er an dem Prozeß teilnahm oder was auch immer er zu tun hatte. Omondi versicherte uns, daß wir höchste Priorität hätten, aber warum wurde er dann abberufen, wo wir gerade anfingen, zu Ergebnissen zu kommen? Wir mußten herausfinden, wann Al das Telex erhalten hatte, wer Boyce' Anteil von Wild and Free erbte und ob die Amphetamine in Boyce' Blut denen in Candys verschreibungspflichtigen Schlankheitspillen entsprachen.

»Ich werde in Nairobi weiter an dem Fall arbeiten. Sergeant Kakombe bleibt hier, um auf Sie aufzupassen«, hatte er vor seinem Abflug angekündigt. Er sah gut aus in seinem grauen Tropenanzug, und seine Augen wirkten lebhaft trotz der ernsten Ankündigung. »Er wird dafür sorgen, daß Mrs. Darnell nichts passiert, und auch sonst niemandem. Bitte, haben Sie keine Angst. Bei Tageslicht besehen kommt es mir so vor, als sei der Zwischenfall letzte Nacht als Warnung gemeint gewesen.«

Die anderen schienen diese Schlußfolgerung für bare Münze zu nehmen. Ich fragte mich, ob Omondi selbst daran glaubte oder ob er uns nur zu beruhigen versuchte. Wir hatten eine Löwenfährte am Fluß gefunden, nicht weit vom Camp entfernt, aber es gab keine Spuren bei Eleanors Zelt. Mir kam der Gedanke, daß jemand das Fleisch eingeschmuggelt hatte als Teil eines Plans, Eleanor umzubringen. Vielleicht wollte man ihre Leiche aus dem Zelt ziehen und es so aussehen lassen, als sei es das Werk eines Löwen gewesen. Omondis Vorschlag folgend behielt ich meine Gedanken für mich. Wir konnten nicht wissen, was im Kopf des Mörders vor sich ging.

Inzwischen durften wir das Camp verlassen. Ich blieb mit dem Personal zurück, um alles abzubauen, und schickte die anderen mit Chris Mbare zur Masai Mara Lodge vor. Er würde dafür sorgen, daß alle Zimmer bekamen. So wie die Flugpläne aussahen, würden wir in der Lodge übernachten und am nächsten Morgen zurück nach Nairobi fliegen. Al bestand darauf, daß ich ihre Buchungen für den Nachtflug nach New York bestehen ließ, obwohl Omondi ihm offiziell mitgeteilt hatte, daß sie das Land nicht so ohne weiteres verlassen dürften. Als süffisantes »Das werden wir schon sehen« hatte mir Unbehagen bereitet.

Molezzi und ich arbeiteten uns systematisch durch die Zelte, stopften die schmutzige Wäsche in Kopfkissenbezüge, falteten die leichten Wolldecken zusammen und packten sie in einen Schrankkoffer. Ich war nicht in Plauderstimmung, und nach ein paar Versuchen, ein Gespräch anzufangen, ließ Molezzi mich taktvoll in Ruhe.

Eleanors leeres Zelt roch leicht nach Gesichtspuder und einem blumigen Parfum. Sie war als erste beim Frühstück gewesen, ganz untypisch für sie. Sie war angespannt, aber ruhig. Offenbar war sie letzte Nacht nicht mehr eingeschlafen; allmählich kriegte sie dunkle Ringe unter den Augen. Dennoch hatte sie sich die Mühe gemacht, sich sorgfältig zu schminken. Mir fiel auf, daß sie den ganzen Morgen in der Nähe von Madge blieb. Trotz Omondis beruhigender Worte mußte sie große Angst haben.

Molezzi warf mir ein Ende der Decke zum Falten vor. Ich hoffte, daß Chris Mbare keine Schwierigkeiten an der Rezeption bekam. Zwar hatte ich die Reservierungen am Morgen bestätigt, aber man weiß ja nie. Ich erinnerte mich daran, wie der Pavian-Mann den Angestellten angebrüllt hatte, und das brachte mich dazu, an Striker zu denken. Ich konzentrierte mich darauf, die Decke an den Ecken ordentlich zusammenzulegen. Wenn nun Striker in Mara war? Wenn Omondi ihm was von uns erzählt hatte – nein, das würde er nicht tun. Und ich würde Striker gegenüber nicht mit einem Geständnis herausplatzen. Ich legte die Decke in den Schrankkoffer, der vor dem Zelt stand. Unsere Beziehung mußte sich unabhängig davon klären. Wenn Adam mir bloß gesagt hätte, daß er unglücklich in unserer Ehe gewesen war, anstatt mir eine schwangere Studentin vor die Nase zu setzen. Wir gingen zum nächsten Zelt.

»Das ist gut, Molezzi. Wenn wir mit den Laken und den Dekken fertig sind, möchte ich sämtliche Matratzen draußen aufstapeln. Könntest du eine Strohmatte holen, wo wir sie drauflegen können. In der Zeit mache ich dieses Zelt fertig. Wenn du keine saubere findest, frag Ibrahima, wo sie sind.« Molezzi lächelte zustimmend sein Katzenlächeln, und schlenderte davon.

Striker mußte inzwischen zu Hause sein. Ich riß die Bezüge von einem sorgfältig gemachten Bett. Wenn er nicht nach Mount Kenya zurückgekehrt war, würde er nicht in der Lodge herumhängen, er wäre hierhergekommen.

Ich stellte fest, daß ich mit einem Ohr auf das Geräusch eines Flugzeugs horchte. Es war sehr ruhig; ein Gesprächsfetzen in Suaheli aus dem Personalbereich, den ich nicht verstehen konnte, das allgegenwärtige Zirpen der Zikaden und Grashüpfer, ein Windhauch, der die Blätter zum Flüstern brachte. Die Sonne stand jetzt über den Zelten, und bald würde es sich unter dem Tuch aufheizen.

Alle hatten erleichtert gewirkt, in die Lodge zurückkehren zu können, als ob ein Ort mit mehr Menschen den Verdacht und die Angst zerstreuen würde. Nach dem, was letzte Nacht passiert war, war es gut, daß wir das Camp verließen. Niemand wäre bereit gewesen, eine weitere Nacht hierzubleiben. Ich faltete die Decke in der Mitte, zog sie unter mein Kinn, damit sie glatt herunterhing, und faltete sie noch einmal.

Die Reisegruppe war beinahe fröhlich mit dem Land Rover losgefahren. Al hatte das versteckte Telex mit einem Schulterzucken abgetan sowie mit einem seiner üblichen Kommentare, daß Omondi nur seine Zeit verschwende und sich in seine Privatangelegenheiten mische. Madge hatte wortlos seinen Arm gedrückt. Daß Al beunruhigt war, konnte ich nur daran erkennen, daß er all seine Kameras eingepackt hatte. Zum ersten Mal fuhr er los, ohne sich seine gesamte Fotoausrüstung um den Bauch zu hängen.

Molezzi brachte die Matte, und wir gingen noch einmal durch alle Zelte, ein Zwei-Personen-Matratzenumzugsunternehmen. Die Arbeit ging schnell voran und war beruhigend geistlos. Ich genoß die Gelegenheit, meine Muskeln zu beanspruchen, und das Strecken tat meinem Rücken gut. Es wurde allmählich heiß. Ich zog mich obenrum bis auf mein T-Shirt aus. Selbst Molezzi schwitzte. Wir bauten die Zelte ab und stapelten sie neben den Matratzen auf. Sechs Zelte. Das siebte Zelt, in dem Lynn geschlafen hatte, und die Matratze aus ihrem Bett befanden sich im Flugzeug nach Nairobi.

Chris Mbare kehrte am frühen Nachmittag zurück. Er hatte den Land Rover in Mara stehengelassen, und kam mit einem kleinen Lieferwagen, den ich für ein Jahr geleast hatte. Er war mal khakifarben gewesen, obwohl man bei all dem Staub und den ganzen Dellen kaum erkennen konnte, ob er jemals lackiert worden war. Er sah fast aus wie ein motorisierter Felsbrocken, der den Flinstones alle Ehre gemacht hätte. Ich freute mich, Chris' lachendes rundes Gesicht zu sehen und zu hören, daß alle ein Zimmer bekommen hatten und daß Kakombe Eleanor wie ein wandelnder Berg überallhin folgte.

Es war harte Arbeit, die zusammengelegten Zelte und Feldbetten sowie die Schrankkoffer voller Wäsche, Porzellan und Küchenutensilien auf den Lieferwagen zu laden. Aus diesem Grund benutzte Seven Seas wohl feste Camps, wo die Zelte sogar mit eigenen sanitären Anlagen ausgestattet waren. Es war unpraktisch, ein Camp mit allem Komfort aufzubauen und wieder abzureißen. Wenn ich so viele Aufträge bekam, daß es sich lohnte, sollte ich ein festes Camp hier stehenlassen. Das bedeutete vermutlich, daß ich zwei Männer als Wächter engagieren müßte für die Zeit, in der das Camp nicht benutzt wurde. Ganz schön teuer, sofern ich nicht das Camp an andere Reisegruppen vermieten konnte, wenn ich es nicht brauchte. Hmmm. Wäre das eine nette Nebeneinnahme, oder würde ich damit eine der wenigen Besonderheiten meines Unternehmens an andere weitergeben? Ich müßte mit Striker darüber reden.

Ich seufzte. Was sollte ich bloß mit Striker machen? Ich erinnerte mich daran, wie ich mich gestern gefreut hatte, als er mich überraschte, was ich dann herunterspielen wollte, indem ich mich wie ein Arschloch verhielt. Ohne etwas wahrzunehmen, starrte ich über den Campingplatz. Was würde ich tun, wenn unsere Freundschaft zerstört war? Die ganze Zeit hatte ich mich auf ihn verlassen, dachte ich verbittert. Ich hatte so getan, als ob ich niemanden brauchte, und dabei nur mir selbst was vorgemacht. Ich hatte fast wie ein Einsiedler leben können, weil ich wußte, da war jemand, nicht allzuweit weg, der spürte, was ich durchmachte, und der mich mochte, ohne sich einzumischen. Und ich hatte dasselbe für ihn getan – ich war für ihn dagewesen ohne Ansprüche und Verpflichtungen.

Unter diesen Umständen glaubte Striker, mich zu lieben, aber wie würde er sich verhalten, wenn ich nachgäbe und wir eine ernsthafte Beziehung hätten? Es war so einfach, jemanden zu lieben, den man nicht haben konnte. Wäre er noch genauso von mir angetan, wenn ich zu haben wäre? Ich war nicht bereit, das auszuprobieren. Andererseits wollte ich auch unsere besondere Freundschaft nicht aufgeben. Dieses ganze Durcheinander machte mich sehr traurig.

Wir hatten alles eingepackt und tranken vor der Abreise noch etwas im Schatten, da hörte ich in der Ferne das Brummen eines näherkommenden Flugzeuges. Ich lief zu den Bäumen am Rand des Camps, von wo aus ich den Himmel in Richtung Masai Mara sehen konnte. Ein kleines Flugzeug flog gerade eine Kurve. Falls das Striker war, wußte ich immer noch nicht, was ich tun sollte. Konnte ich riskieren, ihm die Wahrheit zu sagen?

23

Ich wandte mich an Chris Mbare: »Sieht aus, als ob es hierhin will. Würdest du mich bitte zur Landebahn fahren? Das könnte Dan Striker sein, du weißt schon, mein amerikanischer Freund.«

Wir nahmen den Wagen vom Personal. Hitzewellen flimmerten über dem Gras. Vor uns stieg eine Staubwolke in die windstille Luft. Als wir näher kamen, sah ich, daß eine Elefantenkuh dort ein Staubbad nahm. Sie trat mit der Kante eines Fußes gegen den harten Boden, saugte den gelockerten Schmutz mit dem Rüssel auf und blies ihn mit einem lauten Schnauben über ihren Rücken. Sie schien ihren Spaß zu haben, eine schwergewichtige Lady, die nach dem Bad die Puderquaste benutzt.

In der Nähe stand noch ein Weibchen mit einem Kalb, das ihr gerade bis zum Bauch reichte. Zwischen ihren Vorderbeinen hingen zwei menschlich aussehende Brüste. Sie stieß das Kalb aufmunternd mit dem Rüssel an. Das Jungtier lehnte sich gegen eins der säulenartigen Beine seiner Mutter und betrachtete uns mit unschuldiger Neugier. Die andere Elefantenkuh, Tante und Pflegemutter des Kleinen, war weniger erfreut über unsere Anwesenheit. Sie unterbrach ihr Staubbad, richtete sich zu voller Größe auf und stürmte auf uns zu, die riesigen Ohren weit ausgestellt und den Rüssel hoch erhoben. Chris trat auf das Gas, und wir spurteten an ihr vorbei. Sie trompetete verächtlich hinter uns her.

Als wir am Landeplatz ankamen, war das Flugzeug bereits unten. Ich erkannte es an seinem schneidigen Profil, die Nase hoch und der Schwanz tief.

»Das *ist* Strikers Flugzeug.« Ich hörte die Freude in meiner Stimme und sah verlegen zu Chris.

»Fliegst du mit ihm zurück? Ngueye ist ein guter Fahrer, weißt du. Er könnte den Kastenwagen fahren und ich nehm den Lieferwagen.«

»Laß mich das erst mit Striker besprechen, mal hören, was er vorhat. Vielleicht ist er auf dem Weg nach Hause und will nicht noch mal zurück.« Es war dumm, so etwas zu einem Afrikaner zu sagen. Es käme Chris unnormal vor, daß jemand zu sehr in Eile sein könnte, um einem Freund zu helfen. Für Striker wäre es im übrigen auch nicht normal. Ich versuchte nur, mein Gesicht zu wahren für den Fall, daß er gewichtigere Gründe hätte, mich nicht zur Lodge zu fliegen.

Striker trug eine Lederkappe über seinem dunklen Haar, eine Pilotenbrille und ein offenes Hemd, das einen Blick auf seinen muskulösen Oberkörper freigab. Er schenkte uns ein breites, offenes Lächeln, umarmte mich ungestüm und schüttelte Chris kräftig die Hand. Als ich ihm sagte, wir hätten das Camp abgebaut, schlug er gleich vor, ich solle das Personal mit dem Auto losschicken, und er würde mich zur Masai Mara Lodge fliegen. Also fuhr Chris los, und Striker und ich standen uns allein unter der Weite des Serengeti-Himmels gegenüber.

Das Schweigen zog sich in die Länge, Strikers Augen waren hinter der dunklen Sonnenbrille kaum zu erkennen.

Ich sprach als erste. »Es tut mir leid, ich hab mich wie ein Idiot benommen.«

»Ich auch, so wie ich da rausgestürmt bin.«

»Ich hab allem widersprochen, was du gesagt hast, nur um dich zu ärgern. Ich hab dich noch nie für blöd gehalten... ich finde dich brillant.«

»Danke.«

»Es sieht immer übler für die Harts aus.«

»Denk nicht an die Harts.« Striker verschränkte die Arme über seiner Brust. »Laß uns über uns reden. Es hat mich gar nicht so sehr geärgert, daß du mich als blöd bezeichnet hast, sondern, daß du es gesagt hast, um mich zu verletzen. Warum bist du so wütend auf mich? Hab ich dir was getan? Was ist los, Jazz? Ich möchte unsere Beziehung nicht kaputtmachen.«

»Ich auch nicht.« Ich sah nach unten und fummelte an meinem Uhrarmband herum. »Du bist mir sehr wichtig.«

Er zog mich an sich und küßte mich. Ich versuchte, mich loszumachen, aber er hielt mich nur noch fester. Ich fühlte mich wie von den Krallen eines Adlers weggetragen. Strikers Kuß war rauh, ungestüm, voller unverfälschter Gefühle, beschwingend und frei. Ich ergab mich ganz, war von meiner eigenen Reaktion überwältigt und leistete erneut Widerstand. Er ließ mich los, und ich starrte ihn an. Meine Lippen zitterten wie bei einem fünfjährigen Kind, das gleich anfängt zu weinen.

»Weißt du, was ich für dich empfinde?« fragte er.

»Bitte nicht.«

»Du machst mich verrückt.« Seine Stimme klang schmerzerfüllt.

Ich brach in Schluchzen aus, beugte mich vor, flennte, heulte, zitterte. Striker hielt mich fest, und ich weinte hemmungslos.

»Ist ja gut.« Seine Stimme hallte tief in der Höhle seines Brustkorbs unter meinem Ohr wider, so beruhigend wie das Rauschen der Wellen in einer Muschel. »Laß ruhig alles raus.«

Ich riß mich los. »Ich hab in der letzten Woche mehr geweint als in den ganzen letzten zwei Jahren. Ich mag nicht mehr weinen.«

»Du brauchtest das eben.«

»Ach, hau ab. Du hörst dich an wie ein Relikt aus den Sechzigern.«

»Jetzt verhalt dich nicht schon wieder wie ein Arschloch.«

»Du solltest mich besser nicht noch mal küssen. Ich will nicht geküßt werden.«

»Ich weiß, daß du Angst hast, Jazz. Hab ich auch.« Er sah mir tief in die Augen und deutete ein Lächeln an. »Laß es uns zusammen riskieren.«

»Unsinn.«

»Kein Unsinn und das weißt du auch. Das wissen wir alle beide. Du bist völlig bescheuert, wenn du diese Chance sausen läßt und mir den Rücken kehrst.«

»Ich kehre dir nicht den Rücken... eher drehe ich mich zur Seite.«

»Es wird Zeit, nach vorn zu blicken.«

Ich konnte nicht den nächsten Schritt mit Striker tun, selbst wenn ich es gewollt hätte. Wie eine Mauer tauchte Omondi vor mir auf. Bei Omondi war ich sicher, freundschaftlicher Sex, ohne mich in Gefühle zu verstricken. Sicher und allein.

»Du hast einen absolut unmöglichen Zeitpunkt gewählt.« Ich schleuderte ihm die Worte förmlich ins Gesicht. »Du spürst, daß ich im Augenblick sehr verwundbar bin, und pirschst dich an mich heran, um zuzuschlagen.«

»Mein Gott, du kannst einem ganz schön auf die Nerven gehen. An allem hast du etwas auszusetzen.«

»Ich bin halt hartnäckig. Eine meiner positivsten Eigenschaften.«

»Eher eine bedauerliche Angewohnheit.«

Wir lächelten uns an. Striker hob meinen linken Arm und betrachtete meine Rippen. »Wieviel von dieser Seite krieg ich denn? Oder ist es die andere Seite?« Er berührte meine Seite. »Nicht zu dünn und nicht zu dick. Bekomm ich auch ein Stück Flanke?« Er wollte mich an der Hüfte packen, aber ich sprang zur Seite.

»Hör auf, Striker. Kein Küssen, kein Grapschen.«

Er machte wieder ein ernstes Gesicht. »Ich lasse dich jetzt in Ruhe, aber du weißt, daß du dich bald entscheiden mußt. So kann es nicht weitergehen.«

»Ich weiß.« Ich stieß einen lauten Seufzer aus. »Ich weiß das, Striker. Es tut mir wirklich leid. Ich glaube, im Augenblick möchte ich eher begehrt und nicht besessen werden.«

»Verdammt noch mal.« Er riß sich seine Kappe vom Kopf und warf sie auf die Erde. »Besessen!« Er bemühte sich sichtlich, seinen Zorn zu unterdrücken, aber es gelang ihm nicht. »Du glaubst, ich wollte dich besitzen?« brüllte er. »Was redest du für einen Unsinn? Ich will dich nicht besitzen, ich will dich lieben.«

Plötzlich spürte ich, wie mir die Hitze ins Gesicht stieg. Der obere Teil meines Kopfes schien sich auszudehnen und gleichzeitig in einer Schraubzwinge festgehalten zu werden. »Liebe!

Liebe!« Ich trat heftig nach seiner Kappe und verfehlte sie. »Worte sind billig. Adam hat mir zehnmal am Tag erzählt, daß er mich liebt, aber er hat seinen Scheißschwanz mehr geliebt. Ich hab die Schnauze voll von Liebe, hörst du? Das hat keinen Wert. Überhaupt keinen! Du, du...« Spucke trat mir auf die Lippen, ich war nicht in der Lage, einen zusammenhängenden Gedanken auszusprechen, aber das hinderte mich nicht daran, weiter zu brüllen. »Du willst mich lieben? Da glaub ich dir nicht! Du bist seit zwanzig Jahren Junggeselle, nachdem du es mal ganz kurz mit der Ehe versucht hast. Warum sollte ich dir glauben, daß du eine echte Beziehung willst? Du analysierst dauernd an mir herum, daß ich Angst habe, daß ich vor allem davonlaufe und mich an einen alten Schmerz klammere. Was ist denn mit dir? Was machst du denn seit zwanzig Jahren? Vergräbst dich hier mitten im Nichts. Du verfolgst mich durch ganz Kenia, das beweist lediglich, daß es dir Spaß macht, jemanden zu verfolgen. Also laß mich in Ruhe, okay? Laß mich verdammt noch mal in Ruhe.«

Wir fixierten uns mit zusammengebissenen Zähnen und vor Wut funkelnden Augen. Ich hätte ihn am liebsten geschlagen. Striker hob seine Kappe auf, setzte sie unwirsch auf den Kopf und stieg ins Flugzeug. Ich ging rasch aus dem Weg, als er den Motor anließ. Der Wind vom Propeller zerzauste mir Haare und Klamotten. Ich hielt die Hände an die Ohren. Er rollte bis ans Ende des Flugplatzes. Ich drehte mich zu ihm um. Großartig. Was sollte ich jetzt tun, zu Fuß nach Mara gehen?

Das Flugzeug wendete und kam über die Bahn auf mich zu. Die Propeller surrten, wurden immer schneller, bis sie verschwammen und fast unsichtbar waren. Die Sonne wurde von der Windschutzscheibe reflektiert, so daß Striker ebenfalls nicht zu erkennen war. Verdammte Scheiße. Der Motor heulte auf und ebbte dann ab zu einem dumpfen Dröhnen. Statt schneller zu werden, rollte das Flugzeug immer langsamer. Dann hielt Striker neben mir an.

Er sah zu mir herab und kratzte sich mit einem Finger an der Schläfe. »Also gut, was hältst du von einer Tasse Tee? Ich hab einen Korb mit Fressalien und eine Thermosflasche mitgebracht.« Er versuchte mich mit einem gewinnenden Blick zu überzeugen. »Bist du bereit, mit dem Feind Tee zu trinken?«

Die Lavaglut zog sich dahin zurück, wo sie hergekommen war. Mein Brustkorb entspannte sich, und ich konnte wieder normal atmen. Ich faßte mir auf den Kopf. »Puh. Ich fürchte, ich bin ein bißchen aus der Haut gefahren.« Dann lachte ich verlegen. »Ein Tee wäre schön. Hast du auch englisches Teegebäck mitgebracht?«

»Ich hab noch nie im Leben englisches Teegebäck gegessen.«

»Ich auch nicht.«

»Vielleicht sind wir uns ähnlicher, als wir denken.«

»Da hast du vielleicht recht.«

Es war ein Anfang.

24

Striker setzte mich an der Masai Mara Lodge ab, tankte auf und machte sich auf den Heimflug. Als ich auf die Lodge zuging, lastete plötzlich wieder das ganze Gewicht der Ermittlungen auf mir, verlangsamte meine Schritte und drückte auf meine Schultern. Vor dem Eingang standen wie immer die zebragestreiften Minibusse herum. Sie waren leer und warteten darauf, Leute auf eine abendliche Pirschfahrt mitzunehmen. Die Fahrer tauschten auf dem Gehweg Tips aus, wo man am besten Löwen und Geparde sehen konnte, die immer sehr beliebt sind und normalerweise in enger Nachbarschaft leben. Ich begrüßte einige der Fahrer, die ich mit Namen kannte.

Sobald ich die Hotelhalle betrat, kam Madge heftig winkend auf mich zugelaufen. Ihre braunen Augen waren vor Aufregung und Entsetzen weit aufgerissen.

»Jazz, Gott sei Dank, daß Sie hier sind. Sie können sich nicht vorstellen, was passiert ist.«

Mein Herz hämmerte wie wild. »Was? Sind alle okay?«

»Ja. Tut mir leid, daß ich Sie erschreckt habe.« Sie legte eine Hand auf ihren üppigen Busen. »Sie haben meine Handtasche.«

Räuber in der Masai Mara Lodge?

»Al jagt gerade hinter ihnen her, sie sind um die Lodge herumgelaufen. Ich dachte, ich geh hier durch für den Fall, daß sie vorne vorbeikommen.«

»Madge! Wer hat Ihre Handtasche? Würden Sie mir bitte sagen, was los ist?«

»Sag ich Ihnen doch. Die Paviane. Diese kleinen Biester haben meine Tasche gestohlen, von der Terrassenmauer. Ich hab sie nur ganz kurz da abgestellt – und weg war sie. Kommen Sie, mal gukken, ob wir die Biester finden.«

Unter der Kaskade lilafarbener Bougainvilleen hindurch eilten wir nach draußen, dann um das Gebäude herum in Richtung Luxuszelte. Wir scheuchten einen Schwarm wunderschöner Stare auf, die wie Saphiersplitter glitzernd um uns schwirrten.

»Wir haben was getrunken« – Madge keuchte – »und ich hab meine Tasche direkt neben mich gestellt. Puh.« Sie blieb einen Augenblick stehen und atmete tief durch. »Das ist zu schnell für mich. Und es gefällt mir auch nicht, daß Al bei dieser Hitze rumrast.«

Wir gingen um die Lodge herum. Die Luxuszelte standen ordentlich in einer Reihe. Bei einem Zelt war die Türplane zurückgeschlagen. Drinnen lag eine Frau auf ihrer Liege und las friedlich in einem Roman. Von Al und der Pavianhorde keine Spur.

»Versuchen wir's mal in der anderen Richtung.«

Wir gingen rasch auf den Pool zu. Wassergeplätscher und das Lachen von Kindern drang durch die Hibiskushecke. Auf dem Rasen davor war Al, völlig allein. Eine offene Handtasche baumelte an seinem Arm. Er hatte sich gebückt und suchte das Gras ab.

Ein großer junger Pavian hockte etwa drei Meter von Al entfernt auf den Hinterbeinen und beobachtete ihn aufmerksam. Er hatte ein dichtes, prächtiges Fell, braun mit goldenen Sprenkeln, und sein interessierter Gesichtsausdruck war fast menschlich. Er sah aus wie eine Kreuzung zwischen Mensch und Hund.

»Al!« Madge winkte. »Sieh mal, wer hier ist. Wir sind zuerst in die andere Richtung gegangen.« Inzwischen waren wir bei ihm. »Du hast sie!« Sie gab ihm einen dicken Kuß und nahm ihm die Tasche ab. »Haben Sie mir überhaupt was dringelassen, die kleinen Diebe?«

»Sieh dir dieses Chaos an.« Al deutete auf den Rasen. »Deine Sachen sind überall verstreut.«

Madge inspizierte ihre Handtasche. »Du hast meine Brieftasche wiedergefunden. Das ist die Hauptsache.«

»Das Geld ist egal. Hast du deinen Paß? Wir wollen doch morgen hier raus.«

»Immer mit der Ruhe, Al. Einen Augenblick.« Sie zog eine kleine Reißverschlußtasche im Futter auf und nahm das viereckkige blaue Büchlein heraus. »Bin ich nicht gut? Ich hab ihn sicher hier in dieser Seitentasche aufbewahrt.« Sie steckte den Paß wieder hinein. »Okay, dann wollen wir mal schauen, was wir hier noch alles finden. Hast du gesehen, wie sie sie aufgemacht haben?«

Wir gingen alle drei auf dem kurz geschnittenen Rasen hin und her und folgten einer Spur von Lippenstiften und Streichhölzern. Auch ihr Sonnenbrillenetui fand sich. Wir sammelten alles auf, was zu sehen war, und packten es in Madges Handtasche.

»Ich glaub, das ist alles«, erklärte Madge.

»He, was ist das denn?« Al hielt etwas Kleines zwischen Daumen und Zeigefinger hoch.

Madge und ich gingen zu ihm, um es uns genauer anzugucken. Es war eine weiße Pille.

»Gib her.« Madge streckte ihre Hand aus und Al ließ seinen Fund hineinfallen. »Das ist eine von Boyce' Pillen.«

»Oder von Candys«, sagte ich leise.

Madge sah mich erschrocken an.

»Wie zum Teufel kommt die hierher?« sagte Al.

»Ich weiß nicht. Sieht so aus, als ob die in meiner Handtasche war. Das gefällt mir nicht.« Madge schloß ihre Hand um die Pille.

Al suchte rasch an derselben Stelle weiter. »Guck mal, da ist noch eine.«

»Und noch eine.« Ich stürzte mich auf eine Pille, die zwischen den kurzen Grashalmen steckte, und gab sie Madge.

»Es sieht wirklich so aus, als ob die in meiner Tasche waren.«

»Das kommt davon, wenn man sich soviel Schrott in die Handtasche stopft, daß man nicht mehr weiß, was drin ist«, sagte Al.

»Jetzt mach mir keine Vorwürfe, Al. Ich hab meine Handtasche die ganze Zeit im Camp nicht benutzt. Sie hat tagelang im Zelt gestanden. Meinst du, ich hätte sie nach Candys verschwundener Pillendose durchstöbern sollen?«

Al gab Madge noch ein paar Pillen. »Das stinkt. Ich kann das Komplott förmlich riechen.«

»Du meinst, daß jemand versucht, uns den Mord anzuhängen?« Madge wirkte verängstigt.

»Wir sollten diese Pillen Kakombe geben.« Ich fragte mich, was die Harts damit gemacht hätten, wenn ich nicht da gewesen wäre.

»Da haben Sie wohl recht – man wird sie sicher prüfen wollen«, sagte Madge. »Kakombe hält sich vor Eleanors Tür auf. Seit wir hier sind, liegt sie im Bett. Ich kann Ihnen sagen, Jazz, ich mach mir wirklich Sorgen um sie. Ich fürchte, daß sie jeden Moment zusammenbricht.« Madge schüttelte den Kopf. »Diese Sache mit den Amphetaminen in Boyce' Blut hat ihr den Rest gegeben. Das nimmt sie mehr mit als die Möglichkeit, daß jemand hinter ihr her sein könnte.«

»Das ist auch gut so.« Al suchte den Rasen weiter nach Pillen ab. »Setz ihr bloß nicht die Idee in den Kopf, daß sie Angst haben müßte, hast du mich verstanden? Eleanor wird bewacht. Ihr wird nichts passieren.«

Wir näherten uns dem Pavian immer mehr, der uns betrachtete, als ob er hoffte, wir hätten für ihn was Gutes zu fressen.

»Er hat was.« Al zeigte auf den Pavian.

Ich sah genauer hin. Ganz eindeutig umklammerte der Pavian mit der rechten Pfote einen kleinen kompakten Gegenstand. Ein Stückchen gelbes Metall glitzerte zwischen seinen Fingern hindurch.

»Was ist das?« Madge ging auf den Pavian zu.

Ich packte sie am Arm. »Vorsichtig, Sie verjagen ihn. Wir müssen ihn mit irgendwas ködern.«

Ich bat die beiden, den Pavian im Auge zu behalten, und rannte zur Lodge zurück. Durch den leeren Speisesaal und die Schwingtüren lief ich in die Küche. Riesige Aluminiumtöpfe standen auf einem schwarzen Herd. Auf einer Anrichte waren mehrere angeschnittene Kuchen aufgereiht, die man vom High Tea noch nicht weggeräumt hatte. Ein Mann in weißer Kochkluft und mit einer pfannkuchenartigen Mütze auf dem Kopf saß auf einem Hocker, trank eine Tasse Tee und machte sich über ein Stück gelben Kuchen mit weißen Zuckerguß her. Es kostete mich einige Minuten und ein ansehnliches Trinkgeld, um ihm ein Büschel Bananen abzuluchsen. Als ich zurückgerannt kam, war alles noch so, wie ich es verlassen hatte. Al und Madge standen nebeneinander und beobachteten, wie der Pavian sie beobachtete.

»Okay. Al, gehen Sie ein Stück zurück.« Ich warf dem Pavian vorsichtig eine Banane zu. Er schob seinen Schatz von der rechten in die linke Pfote, hüpfte vor und nahm sich die Banane. Seine wachen Augen waren auf die Bananen in meiner Hand gerichtet. Ich hielt ihm mit ausgestrecktem Arm eine zweite Banane hin, und zwar auf die linke Seite. Mein Trick funktionierte. Er ließ den metallenen Gegenstand fallen und schnappte sich die zweite

Banane mit seiner linken Pfote. Während ich langsam rückwärts ging, bot ich ihm eine dritte Banane an. Er kam mir nach, in jeder Pfote eine Banane. Al ging vor und hob auf, was der Pavian fallengelassen hatte. Ich warf ihm die restlichen Bananen hin. Der Pavian schaffte es, sie alle aufzusammeln, drückte sie mit einem Arm an seinen Oberkörper und sprang in großen Sätzen davon, um sich im hohen Gras zu verstecken und seine Beute zu verspeisen.

Ich drehte mich zu Al und Madge um, die mit gesenkten Köpfen dastanden und den metallenen Gegenstand begutachteten. »Ich wette, Sie wissen schon, was es ist«, sagte Al zu mir.

»Candys verschwundene Pillendose?«

»Treffer.« Al hielt die kleine Dose aus Messing und Malachit hoch. »Hübsches kleines Ding, was?«

»Oh, Al, du solltest sie nicht anfassen«, rief Madge entsetzt. »Was ist mit Fingerabdrücken? Hier, tu sie da rein.«

Sie breitete ein Papiertaschentuch aus.

Al ließ sie folgsam in das Taschentuch fallen. »Ich kann dir sagen, wessen Fingerabdrücke ganz bestimmt nicht auf diesem Ding sind, nämlich die des Mörders, das solltest du mir lieber glauben. Das Ding ist in deine Tasche geschmuggelt worden.«

»Ich hoffe, Inspector Omondi glaubt mir«, sagte Madge. »Al, vielleicht sollten wir unseren Anwalt noch mal anrufen. Erst die Sache mit diesem versteckten Telex über den Kredit, und jetzt das hier...«

»Da hast du wohl recht, Chiquita. Gib doch Jazz das ganze Zeug. Sie kann es dann diesem – wie heißt der Kerl doch gleich – Kombe geben. Laß uns reingehen und alles unter vier Augen besprechen.«

Kakombe saß zurückgelehnt auf einem Stuhl vor Eleanors Tür, seine langen Beine nach vorne ausgestreckt. Er machte sich nicht mal die Mühe aufzustehen, selbst als ich ihm das in ein Papiertaschentuch eingewickelte Päckchen gab und ihm die Situation erklärte. Er nickte und steckte es, ohne es aufzumachen, in seine Hemdtasche.

»Ich werd mich darum kümmern.« Er sah mich mit seiner gewohnten ausdruckslosen Miene an.

Da gab es wohl nichts mehr zu sagen, also drehte ich mich um und ging.

In meinem Zimmer fand ich eine kurze Nachricht von der Hotelleitung, die jemand unter der Tür durchgeschoben hatte. Inspector Omondi hatte angerufen und eine Nummer hinterlassen, unter der ich ihn erreichen konnte. Ich warf einen sehnsüchtigen Blick auf die Dusche, drehte mich um und ging in die Hotelhalle zurück. Die Sauberkeit würde warten müssen. Das Telefon war besetzt, also bat ich darum, daß man mich in der Bar ausrufen ließ, sobald es frei war und die Vermittlung eine Verbindung nach Nairobi bekommen hatte.

An einem der kleinen runden Tische saßen Cliff und Candy. Cliff hatte seinen weißen Anzug an, dazu ein buttergelbes Seidenhemd. Candy trug ein Strandkleid, das ihre gebräunten, muskulösen Schultern zur Geltung brachte, keinen Zweifel an der Form ihrer Brüste und ihres Bauches ließ, und sich dann zu einem lockerfallenden Rock weitete, der ihr bis an die Waden reichte. Ich setzte mich zu ihnen und bestellte einen frisch gepreßten Orangensaft.

»Jazz, wir brauchen deine Erfahrung mit der Tierwelt.« Cliff legte einen Arm um meine Stuhllehne. Ich roch seine Alkoholfahne und rückte etwas von ihm ab. »Hast du mal Tolkien gelesen?«

»Klar. Hobbits, kleine Leute mit Haaren an den Füßen.«

»Kannst du dich an Gollum erinnern – ein schleimiges Wesen mit Wülsten an den Fingern, das in einer düsteren Höhle lebte?«

»Geht's um Tiere in freier Wildbahn oder um dein Zimmer?«

»Mein Zimmer hat ein Fenster mit einer bezaubernden Aussicht auf den Garten, aber ich scheine einige Mitbewohner zu haben.«

»Geckos.«

»Nein, Gollum.«

»Du kannst sie Gollum nennen, wenn du willst, aber die meisten Leute nennen sie Geckos. Eine Art Salamander mit haftenden runden Zehen. Sie klettern an Wänden hoch. Sind sehr schnell.«

»Ach ja, das sind sie. Wenn du ein halbes Dutzend davon sehen willst, geh mal in meine Dusche.«

»Sieh es doch mal so, Cliff. Sie fressen Ungeziefer.«

»Widerlich«, sagte Candy. »Hör mal, Jazz, hängen wir jetzt bis morgen früh hier in der Lodge rum oder was?«

Cliff fragte: »Was schlägst du denn vor, Darling?«

»Ich hab gedacht, wir könnten vielleicht eine Abendpirschfahrt machen. Ich meine, wo wir schon mal hier sind. Wir müssen doch nicht alle so tun, als ob wir in Trauer wären.«

»Darüber brauchst du dir bestimmt keine Sorgen zu machen.« Cliff hob sein Glas an die Lippen und trank die letzten Tropfen aus. Er winkte dem Kellner, ihm ein neues zu bringen.

Candy brauste auf. »Mit dir kann man sich nicht unterhalten. In den letzten drei Tagen hast du nichts anderes gemacht als gesoffen und dumme Sprüche gerissen.«

»Ich mach nie was anderes.« Cliff grinste sie an.

»Ganz im Ernst.« Candy sah mich mit ihren Raffaelaugen an. »Wir haben noch keinen Gepard gesehen, und ich hatte so sehr darauf gehofft. Das ist mein Lieblingstier.«

»Du siehst selbst aus wie ein Gepard«, sagte ich zu ihr und wurde mit einem entzückenden Lächeln belohnt. »Ich würd gern mit euch eine Tour machen, sagen wir gegen fünf? Ich muß erst noch telefonieren.« Ich sah auf meine Uhr. »Du willst dich vielleicht noch umziehen, wir können uns in der Hotelhalle treffen. Cliff, hast du Lust?«

»Nein, danke. Mir geht's hier prima.« Er hob seinen neuen Drink zu einem stillen Toast.

Die Frau von der Vermittlung bat mich zu warten, während sie das Gespräch durchstellte. Ich hielt den Hörer fester als notwendig, weil mich die Aussicht, Omondis Stimme zu hören, aufgeregt und nervös machte.

»Hello? Miss Jasper?«

Es war Omondi, aber irgendwas stimmte nicht. Seine Stimme hat ihr Timbre verloren.

»Hi, Inspector Omondi? Was ist los?«

»Ich bin auf der Polizeiwache.« War das der Grund für Miss Jasper? »Ich habe es Sergeant Kakombe bereits gesagt, aber ich wollte es Ihnen persönlich mitteilen.«

Aha, gab es einen Grund für Kakombes Wortkargheit? Hatten sie etwas Wichtiges herausgefunden. Vielleicht hatte Omondi Kakombe gebeten, den Mund zu halten, weil er mir die Nachricht selbst überbringen wollte.

»Tut mir leid, ich hab das nicht mitbekommen. Was haben Sie gesagt?« fragte ich.

»Die Ermittlung ist vorbei.«

Ich setzte mich aufrechter. »Vorbei? Sie wissen, wer's getan hat?« Mein Mund wurde ganz trocken.

»Nein, meine Liebe. Ich fürchte, wir werden nie erfahren, wer's getan hat.«

»Warum nicht? Wovon reden Sie?«

Er schwieg.

»Sie hatten all diese Anhaltspunkte... wir haben eine Vorstellung davon, wie es passiert ist. Wir haben handfeste Beweise.« Ich starrte auf die Wand, war aber zu angespannt, um mich über das »Ich liebe Elefanten«-Graffiti aufzuregen. »Ich hab eine wichtige Neuigkeit für Sie. Ich glaube, die Schlankheitspillen sind aufgetaucht. Ich...«

»Ja, ich wittere diese Spur ebenfalls, meine liebe Miss Jasper. Aber die Hunde sind zurückgepfiffen worden.« Seine Stimme klang müde und durch das Rauschen in der Leitung sehr weit entfernt.

»Zurückgepfiffen?« Meine Stimme war unangenehm schrill, ganz und gar nicht wie meine Stimme.

»Zwei bedauerliche Unfälle«, zitierte Omondi in offiziellem Tonfall. »Bitte entschuldigen Sie sich in unserem Namen bei diesen wichtigen Gästen und bieten Sie ihnen jede erdenkliche Hilfe für den Rest ihrer Reise an.«

»Das können Sie nicht machen!«

»Wo kein Verbrechen ist, gibt es auch keine Ermittlung.«

»Augenblick mal. Wenn die Rückwand eines Zeltes zerschnitten und jemand umgebracht wird, dann ist das kein Unfall. Wir haben das Zelt und den Speer. Es gibt einen Beweis, daß mit Boyce' Pillen was nicht stimmte, daß er Amphetamine im Blut hatte. Jemand hat Eleanors Zelt aufgemacht und Fleisch reingelegt. Das sind keine Unfälle. Sie können das nicht einfach so abtun.«

»Miss Jasper, beruhigen Sie sich. Ich bin völlig Ihrer Meinung, aber ich kann gegen die ausdrückliche Anordnung meiner Vorgesetzten keine Ermittlung führen. Es tut mir sehr leid.«

»Das wird die Gruppe nicht gut aufnehmen. In Amerika werden die Dinge nicht so geregelt.«

»Überlegen Sie doch mal. Irgendwer aus der Gruppe hat hier die Fäden gezogen. Und außer Ihnen fällt mir niemand ein, der sich darüber aufregen würde. Der Fall ist abgeschlossen.«

Ich biß die Zähne zusammen und starrte gegen die Wand einen halben Meter vor meinen Augen. Omondi hatte recht. Eleanor wäre erleichtert, weil ihr der Skandal erspart blieb. Al hatte sich eh die ganze Zeit unkooperativ verhalten, und jetzt waren er und Madge besorgt, daß sie selbst angeklagt werden könnten. Cliff war kein Kämpfertyp. Candy war es scheißegal. Sie würden über afrikanische Korruption lästern, aber niemand würde was unternehmen. Insgeheim wären alle erleichtert.

»Können Sie mir wenigstens sagen, was Sie bisher herausgefunden haben?« fragte ich.

»Ja, ich sehe keinen Grund, weshalb nicht. Al hat das Telex erst abgeholt, als Boyce und Lynn bereits tot waren, also hat er vermutlich von der Aktienmanipulation nichts gewußt. Was noch wichtiger ist, die Kinder von Boyce erben das Unternehmen, nicht die Harts. Damit hätten sie kein erkennbares Motiv. Was das Mittel angeht, die oberste Schicht Tabletten in Boyce' Pillendose waren ein Schlankheitsmedikament, das zu den Amphetaminen in seinem Blut paßt. Damit hätten wir die Bestätigung der Mordwaffe.«

Großartig, doch was die Verdächtigungen betraf, da war der Fall immer noch völlig offen. Ohne ein finanzielles Motiv wirkte es weitaus weniger verdächtig, daß die Pillen bei den Harts gefunden worden waren. Wie Al gesagt hatte, könnte es sich durchaus um ein Komplott handeln. Oder vielleicht hatten wir noch nie tief genug gegraben. Wir konnten jetzt nicht aufhören.

»Sind Sie noch da?« fragte Omondi.

»Ich bin noch da. Gesund, aber ganz und gar nicht munter. Sie kann man zwar zurückpfeifen, Inspector, aber mich nicht. Ich werde diesen Mörder finden.«

25

Ohne ein Zeichen des Erkennens beobachtete Sergeant Kakombe von seinem Posten vor Eleanors Cottage aus, wie ich über den Rasen auf ihn zukam. Mit verschränkten Armen wippte er auf dem nach hinten gekippten Stuhl. Ein Bild der Entspannung.

»Sergeant, ich hab gerade mit Inspector Omondi gesprochen.«

Er wartete, daß ich fortfuhr.

»Ich nehme an, er hat Ihnen mitgeteilt, daß der Fall abgeschlossen ist.«

Ein winziges Nicken.

Ich versuchte, es mit seinem Starren aufzunehmen. Er hielt meinem Blick stand, ohne zu blinzeln. »Hören Sie, Sergeant, die ganze Angelegenheit regt mich ohnehin schon genug auf, da brauchen Sie mich nicht auch noch auflaufen zu lassen, okay?«

Kakombe stellte den Stuhl gerade. »Was möchten Sie wissen, Miss?« fragte er betont kühl.

»Nichts. Nichts. Ich versuche nur, mit Ihnen zu reden.« Plötzlich klingelte es bei mir. »Hören Sie, wenn Sie glauben, ich hätte versucht, diese Ermittlung abzuwürgen, dann irren Sie sich. Lynn war eine alte Freundin von mir. Ich will, daß der Mörder geschnappt wird – egal wer es ist. Und ich gebe auch nicht auf.«

Kakombe schloß die Augen und nickte anerkennend. »Sie sind eine Kämpferin.«

»Was machen Sie überhaupt noch hier?« Ich sah zu den geschlossenen Vorhängen von Eleanors Zimmer.

»Morgen früh werde ich von einem Polizeiwagen abgeholt. Der Inspector hat gemeint, ich solle weiter Wache halten, solange ich noch hier bin.«

Omondi zeigte also zumindest soviel Veranwortungsbewußtsein. Nicht, daß es seine Schuld war, daß man die Ermittlungen eingestellt hatte. Ich fragte mich, wer da die Fäden gezogen hatte. Al und Madge telefonierten gerade mit ihrem Anwalt; so schnell konnten sie nichts bewegt haben. Dann fiel mir Als wichtiger Anruf von gestern ein, als er mit Omondi und mir zur Lodge geflogen war. Scheiße. Und ich hatte solche Gewissensbisse gehabt, weil ich ihn überhaupt verdächtigte.

In diesem Augenblick wurde der Vorhang zur Seite gezogen, und Madges Gesicht erschien. Sie guckte genauso überrascht wie ich. Der Vorhang fiel zurück, und die Tür ging auf. »Ich dachte, ich hätte Stimmen gehört. Haben Sie mich gesucht?«

Hinter ihr hörte ich Eleanor sagen, sie solle mich hereinbitten. Ich trat in das Zimmer. Es dauerte einen Moment, bis sich meine Augen von dem hellen Sonnenlicht draußen umgestellt hatten, obwohl Eleanor die Lampe neben ihrem Bett an hatte. Sie lag vollständig angezogen auf der Bettdecke, und so zerknittert, wie sie aussah, mußte sie schon länger dort liegen. Eine Zeitschrift lag aufgeschlagen neben ihr auf dem Bett. Es war ein kleines Zimmer mit zwei Betten und der üblichen Hoteleinrichtung. Mit uns dreien plus ihrem Gepäck war der Raum voll.

»Hi, entschuldigt, daß ich so ungesellig bin«, fing Eleanor an.

»Oh, das macht nichts, Eleanor. Wir verstehen das. Sie brauchen sich nicht zu rechtfertigen.« Ich lehnte mich gegen die Kommode neben der Tür. »Ich bin gekommen, weil ich eine Neuigkeit für Sie habe.«

Eleanor betrachtete ihre Hände. »Ich hab beinah Angst, sie zu hören.« Sie bog die Zeitschrift an einer Ecke um und ließ die Seiten über den Daumen gleiten.

»Nun ja, ich weiß nicht, ob es für Sie eine gute oder eine schlechte Nachricht ist. Ich hab eben mit Inspector Omondi telefoniert. Er hat mir mitgeteilt, daß die Ermittlungen über die beiden Todesfälle eingestellt wurden.«

»Eingestellt?« Madge kam einen Schritt auf mich zu.

»Sie werden offiziell für Unfälle erklärt.«

Eleanor starrte mit offenem Mund. »Was?« schrie sie auf.

Ihre Hand machte eine unkontrollierte Bewegung, und die Zeitschrift rutschte geräuschvoll auf den Boden. Madge hob sie auf und legte sie auf den Nachttisch. Dabei wandte sie mir kurz den Rücken zu. Ich fragte mich, was für Gefühle sich in ihrem Gesicht widerspiegeln mochten.

Ich stützte meine Hände auf die Hüften. »Offenbar hat sich jemand – jemand aus dieser Gruppe – an irgendein höheres Tier gewandt und Druck ausgeübt, damit man die Akte schließt und uns nach Hause läßt.«

Eleanor wandte sich an Madge. »Was meinst du? Natürlich will ich, daß Gerechtigkeit geübt wird, aber...«

»Ja.« Madge nickte. »Man fragt sich, ob sie in der Lage sind, den Richtigen zu finden. Ich meine, es ist ganz gut so. Wenn wir noch länger hierbleiben, können wir Boyce auch nicht mehr zurückholen.«

»Nein, er kommt nicht mehr wieder. Und diese arme junge Frau.« Eleanors Augen wurden feucht, aber sie behielt die Beherrschung. »Ich kann es kaum glauben. Wir können nach Hause.«

Omondi hatte ihre Reaktionen richtig eingeschätzt. Unter den gegebenen Umständen war ich kaum in der Lage, die Leistungen der örtlichen Polizei zu verteidigen, aber ich war sauer, daß so herablassend über ihn gesprochen wurde. Bei seinen Ermittlungen hatte er sich in keiner Weise als inkompetent erwiesen. Im Gegenteil, er war hervorragend gewesen. Doch das ist das alte Lied in Afrika: individuelles Talent, öffentliche Korruption. Wenn auch in Kenia viel weniger als anderswo. Scheiße. Es hatte jedoch keinen Sinn, wütend zu werden. Zu dumm, daß ich Kakombe sämtliche Pillen gegeben hatte.

Madge ließ sich auf der Bettkante neben Eleanor nieder und griff nach ihrer Hand. »Jetzt kannst du allmählich anfangen, diesen Alptraum zu verdrängen.«

»Das tue ich auch wirklich, Madge. Ich werde nicht mehr darüber nachdenken. Und was die Kinder betrifft, so ist ihr Vater einfach an einem Herzinfarkt gestorben.«

»Darf ich mal unterbrechen. Ich weiß nicht, ob eine von Ihnen Interesse hat, aber Candy hat mich gefragt, ob wir eine Abendpirschfahrt machen können. Sie braucht etwas Ablenkung.« Ich sah auf die Uhr. »Ich hab ihr gesagt, ich würde sie gegen fünf abholen.«

»Wie spät ist es jetzt?« fragte Madge.

»Gleich halb fünf.«

Sie streichelte Eleanors Hand. »Wenn du dich aufraffen könntest, würde es dir sicher gut tun, etwas frische Luft zu kriegen.«

»Ich weiß nicht«, sagte Eleanor zweifelnd.

»Nun ja, falls Sie mit wollen«, sagte ich, »wir treffen uns um fünf vor der Hotelhalle, unter der Bougainvillea. Es wird nur eine kurze Tour, höchstens eine Stunde.«

Vor und hinter uns fuhr eine Kolonne von Wagen unter der bogenförmigen Einfahrt des Hotels hindurch und bog in verschiedene Richtungen von der Hauptstraße des Parks ab. Zwei Löwen lagen über einen Felsbrocken in der Nähe des Eingangs drapiert, wie eine lebende Werbung für die Lodge. Wir fuhren an ihnen vorbei und traten in eine andere Welt. Die Ebene dehnte sich bis zu einem fernen steilen Bergkamm aus. Wir bogen in einen kleineren unbefestigten Weg ab. Man hörte nur den Wind und den Gesang der Vögel. Das hohe Gras war in dem schräg einfallenden Abendlicht außerordentlich klar zu erkennen. Während es im Wind schwankte, änderten sich seine Farbe und Beschaffenheit.

»Wenn man nur dieses subtile Grüngold als Stoff hinkriegte.« Candy seufzte. »Was für eine phantastische Farbe.«

Madge sah beifällig aus dem heruntergekurbelten Seitenfenster des Rovers. »Was könnte simpler sein als Gras? Trotzdem schafft man es nicht.«

»Subtilität entspricht nicht gerade deinem Image, was, Candy?« fragte Cliff mit seiner sanften Stimme. Überraschenderweise war er in letzter Minute aus der Bar aufgetaucht und hatte sich entschlossen mitzukommen.

Candy ignorierte die Spitze.

»Cliff, dir kommt dein Humor abhanden«, erklärte ihm Madge. »In letzter Zeit warst du nur bissig und kein bißchen liebenswürdig.«

»Das reicht.« Al tätschelte sie und versuchte, sie zu bremsen. »Noch ein Tag und dann ist alles wieder normal.«

»Al, du gibst einen wunderbaren Sir Galahad ab, aber ich will mich nicht retten lassen«, sagte Cliff. »Madge hat ganz recht. Ich bin in letzter Zeit absolut katzig gewesen. Ich werde versuchen, meine gewohnte Liebenswürdigkeit wiederzufinden.«

»Hey«, unterbrach Al, »apropos Katzen – seht mal da vor uns.«

Mbare bremste den Land Rover ab und hielt dann ganz an. Der Weg, den wir gewählt hatten, wurde von drei männlichen Löwen blockiert. Flach auf der Seite ausgestreckt lagen sie quer über der unbefestigten Piste und machten ein Schläfchen. Zwei von ihnen rührten sich nicht, obwohl wir nur wenige Schritte vor ihnen angehalten hatten. Der dritte erhob sich träge halb auf die Vorderpfoten, wandte den Blick von uns ab und gähnte mit weit aufgerissenem Maul. In einem perfekt geformten Fragezeichen stieß seine rosa Zunge sanft gegen die langen weißen Zähne.

»Zu schade, daß Eleanor nicht mitgekommen ist. Sie hätte das genossen.« Madge sah Al an. »Hast du das gefilmt?«

»Einen Augenblick.« Al wechselte eilig die Linse. »Wir sind zu nah dran, ich muß mein Teleobjektiv abmachen. Ich brauche nur das normale Zoom. Damit krieg ich jedes Schnurrbarthaar im Gesicht dieses Löwen drauf.«

Der Löwe, der gegähnt hatte, legte sich wieder hin, ohne einen weiteren Blick in unsere Richtung zu werfen.

»Ach, Scheiße.« Al war endlich soweit. »Jazz, können Sie ihn dazu kriegen, sich noch mal aufzurichten?«

Ich drehte mich zu den anderen um. »Ich halte nichts davon, die Tiere noch mehr zu stören, als wir das ohnehin schon tun. Wir haben es doch nicht eilig. Warten wir noch ein paar Minuten.«

Wir warteten. Ich genoß es, die muskulösen Körper der Löwen zu betrachten und die Einzelheiten ihres Fells. »Anhand der Gesichter und Mähnen kann man erkennen, daß es junge Löwen sind«, begann ich zu dozieren.

»Keine Narben!« sagte Madge.

»Richtig! Innerhalb weniger Jahre werden sie alle vom Kampf gezeichnet sein, und ihre Mähnen sind nicht mehr so voll und prächtig.«

Einer der Löwen hob den Kopf ein kleines Stück und starrte uns gleichgültig an.

»Er guckt regelrecht durch uns durch.« Candy klang etwas bestürzt.

»Magst du das Gefühl nicht, unsichtbar zu sein?« fragte Cliff.

»Ich nehme an, da wir kein Fressen für sie sind und auch keine Bedrohung darstellen, verdienen wir nicht mehr Aufmerksamkeit als ein Felsen«, sagte Madge.

»Solange wir im Wagen sind, nehmen sie uns nicht wahr«, erklärte ich ihnen. »Aber wenn man zu Fuß wäre, würden sie reagieren. Entweder Kampf oder Flucht.«

»Es ist erstaunlich, wie nah die uns ranlassen. Ist das nicht phantastisch, Schatz?« Madge lächelte Al an, der seine Aufnahme machte und sich dann mit einem zufriedenen Gesichtsausdruck zurücklehnte.

Mbare setzte den Wagen zurück und tauchte in das hohe Gras ein. Die nächste halbe Stunde fuhren wir querfeldein, mal auf unbefestigten Pisten, mal durch Gras, das bis an die Fenster reichte. Zweimal durchquerten wir mit hoher Geschwindigkeit schmale Flüsse, wo wir von Felsbrocken heftig durchgerüttelt wurden.

Alle paar Minuten tauchten neue Tiere vor uns auf, die uns überhaupt nicht beachteten. Vögel in allen Größen, Formen und Farben schossen aus dem Gras hervor. Wir sahen vier verschiedene Arten von Adlern, einen Sekretärsvogel mit einer Schlange im gebogenen Schnabel, einen Kronenkranich, der aussah wie einem japanischen Druck entsprungen. Gruppen von Gazellen, Gnus, Topis, Buschböcken, Impalas, Thomsongazellen und Zebras grasten verstreut. Wir sahen sogar einen dieser scheuen Dik-Diks, eine Antilopenart, die mir gerade bis ans Knie reicht. Er starrte mich mit seinen riesigen glänzenden Augen an, bevor er im Gras verschwand. Drei verschiedene Antilopenarten paarten sich direkt vor unseren Augen; Jungtiere saugten an den Zitzen ihrer Mütter oder wurden weggestoßen; Zebras balgten sich lautstark. Wir kamen an einem umgestürzten Baum vorbei, auf dem einige grüne Meerkatzen Fangen spielten. Wir hielten an, um zu beobachten, wie ein einzelner Elefant an einer großen schlammigen Pfütze Wasser mit dem Rüssel aufsaugte und es sich über den Rücken spritzte. Ganz in der Nähe standen mehrere Giraffen über Akazienbäume gebeugt und fraßen die Spitzen ab. Die Serengeti wäre ein Wald, wenn die Tiere nicht die Bäume fressen würden.

Es war eine tolle Pirschfahrt, auch wenn wir nichts Ungewöhnliches sahen. Ich merkte, daß alle viel Freude daran hatten, ich eingeschlossen. Ich gestattete mir, die jüngsten Ereignisse zu vergessen und ganz in der Gegenwart aufzugehen. Das ist der Zauber dieser Gegend, sagte ich mir. Sie gibt unseren menschlichen Belangen eine andere Perspektive. Gott sei Dank gibt es außer uns noch was anderes auf der Welt.

»Hey, Jazz, was ist mit dem Gepard?« rief Candy und zerstörte damit meine Illusion, daß alle zufrieden seien.

Ich sah Mbare an, und er zuckte mit den Schultern.

»Ich steig mal aufs Dach«, schlug ich vor. »Von da aus kann ich weiter sehen.« Ich schwang mich herum auf den Rand des Schalensitzes, zog mich an dem Sonnendach hoch und ließ die Beine in den Wagen baumeln.

Cliff und Candy fingen an, über die Arbeit zu reden, für mich ein störender Mißklang, doch vermutlich das sicherste Zeichen, daß sie sich amüsierten und wieder halbwegs normal fühlten.

»So könnten wir das machen, du hockst dich auf das Dach und die Kamera fährt in einem zweiten Wagen nebenher.« Cliff stand auf und steckte den Kopf neben mir durch das Sonnendach. »Es geht darum, dich mit Tieren in freier Wildbahn auf ein Bild zu kriegen. Wenn wir die Bilder nur einfach überblenden würden, könnten wir die Aufnahmen von dir genausogut im Studio machen.« Er dachte nach. »Was wir brauchen, ist ein bißchen Action.«

Wie aufs Stichwort standen wir nach der nächsten Kurve plötzlich vor einem großen Kaffernbüffel. Offenbar mitten in einem schönen matschigen Schlammbad gestört, raffte er sich taumelnd auf. Schlammklumpen klebten ihm an beiden Seiten und fielen platschend herunter. Wuchtige gebogene Hörner drückten seine Stirn herunter. Er hob sein Maul und schnupperte in der Luft, die Augen erschrocken aufgerissen.

»Ein Kaffernbüffel. Ziemlich bösartige Tiere. Im Auto sind wir jedoch absolut sicher. Für ihn gilt das gleiche wie für die Löwen, er weiß eigentlich gar nicht, daß wir da sind.«

»Ich will auch stehen.« Candy drängte sich neben Cliff, und ich rutschte ein kleines Stück auf dem Dach weiter.

Der Büffel behauptete seine Position und starrte uns finster an. Mbare drückte auf die Hupe. Der Büffel kam einen Schritt auf uns zu. Mbare lehnte sich aus dem Fenster und schlug kräftig gegen die Seite des Land Rover, um den Büffel dazu zu bewegen weiterzugehen. Der Büffel blieb stehen.

»Das wird eine tolle Aufnahme«, rief Al. »Madge, halt mich mal bitte am Gürtel. Ich will ihn direkt von vorn.«

Dann schien alles auf einmal zu passieren. Der Büffel trabte auf uns zu. Cliff stieß plötzlich heftig gegen mich, und ich verlor das Gleichgewicht.

»Candy!« schrie er verärgert auf.

Im gleichen Moment, nicht vorher – da war ich mir ganz sicher – setzte Mbare den Land Rover zurück. Ich konnte mich nicht mehr halten. Ich überschlug mich, knallte auf die Motorhaube des Rover, der gerade unter mir zurücksetzte, und landete mit einem dumpfen Aufschlag, der mir fast die Sinne nahm, auf dem Boden. Ich lag da und wußte nicht, was passiert war. Meine unmittelbare Sorge galt dem Atmen. Ich versuchte, wieder etwas Luft in die Lunge zu kriegen. Sie schien nicht mehr richtig zu arbeiten.

Ich hörte Candy schreien. Durch einen glücklichen Zufall war ich nicht direkt vor das Auto gefallen. Der Büffel beschleunigte sein Tempo und stürmte auf den fahrenden Wagen zu. Man hörte, wie Glas splitterte und Metall verbeult wurde. Ich lag immer noch flach auf dem Boden. Das einzige was ich sah, war der Himmel, an dem sinnigerweise die Geier kreisten.

Mbare preschte mit dem Land Rover vor und kam mit einem Ruck direkt neben mir zum Stehen. Er sprang vom Fahrersitz. Der Büffel krachte hinten gegen den Wagen und riß den Reservereifen ab, wie die anderen uns später erzählten. Der Reifen hat mich gerettet. Während der Büffel das seltsame schwarze Objekt, das an seinen Hörnern baumelte, abzuschütteln versuchte, es dann durchbohrte und achtlos liegenließ, hievte Mbare mich in den Rover, stieg selbst ein und brauste los wie der Teufel.

Mir war ganz kalt geworden, und ich zitterte nachträglich vor Angst.

»Sie hat einen Schock«, sagte Madge und schloß mich in ihre gut gepolsterten Arme. Ich versuchte, mich zu befreien. In dem Moment wollte ich einfach nicht von Madge umarmt werden.

Cliff war fast so weiß im Gesicht wie ich. »Candy, du hast sie fast umgebracht.«

»*Ich* hab sie fast umgebracht? Wovon redest du? Du bist doch gegen sie gestoßen.«

»Du bist mir mitten auf den Fuß getrampelt.«

»Da konnte ich nichts zu. Madge hat mich gestoßen.«

Madge erwiderte verärgert: »Ich hab mich nur vorgebeugt, damit ich Al besser am Gürtel festhalten konnte. Ich hab Sie nicht fest angestoßen.« Sie fing sich wieder. »Wir wollen uns doch nicht streiten wie die kleinen Kinder. Niemand hat Schuld. Es war ein Unfall. Gott sei Dank ist Jazz nichts passiert.«

Ein Unfall: ich sah alle drei verwundert an.

26

Die Propeller erwachten dröhnend zum Leben, erfüllten das Flugzeug mit Lärm und ließen es vibrieren. Weil mir von dem Benzingeruch schlecht wurde, atmete ich nur flach und sah aus dem Fenster, um mich abzulenken. Ich freute mich keineswegs auf den heutigen Tag, den Betrieb in Nairobi, die Mühe, bis alle im Grand Palace Hotel untergebracht waren, später ein schickes Abendessen und dann zum Flughafen raus, wo sie um Mitternacht den Heimflug antreten würden.

Zum Frühstück hatte ich nur Tee getrunken und ein Brötchen gegessen, das mir jetzt wie ein Stein im Magen lag. Eine Herde Kaffernbüffel graste weit verteilt neben der Startbahn. Die schweren Hörner, die in der Mitte ihrer flachen Stirn fast zusammenkamen, fand ich überhaupt nicht mehr harmonisch. Selbst wenn sie nur Gras fraßen, sahen sie gefährlich aus. Das paßte zu meiner Stimmung.

Cliff hielt den Kopf schräg, damit er von seinem Platz am Gang an mir vorbeigucken konnte. »Ah, dein Freund von gestern abend ist gekommen, um sich von uns zu verabschieden.«

Das Flugzeug begann, die asphaltierte Startbahn hinunter zu rollen. Ich prüfte meinen Sicherheitsgurt, obwohl ich wußte, daß ich ihn bereits geschlossen hatte. Ich spürte immer noch die Stelle am Rücken, wo ich auf dem Rover aufgeprallt war. Gott sei Dank war nichts gebrochen.

»Ich fand's toll, wie Chris Mbare dich in den Land Rover gehievt hat. Zu Hause werd ich allen erzählen, daß Tarzan lebt. Ich werd ihnen aber nicht sagen, daß er ein rundes Gesicht hat, schwarz ist und nur ein Meter fünfundsechzig.« Cliff glättete den Stoff seiner Hose. »Hoffnungslos. Ich weiß nicht, was in mich gefahren ist, als ich mir Leinensachen kaufte. Auf dem Bügel sehen sie wunderbar glatt aus, aber sobald man sie eine halbe Stunde getragen hat, sieht man aus, als hätte man einen verknitterten Schlafanzug an. Und ich behaupte von mir, ein Realist zu sein.«

»Ein Zyniker, Cliff. Du behauptest von dir, ein Zyniker zu sein. Ein Realist ist etwas anderes.«

Als das Flugzeug am Ende der Startbahn drehte, konnte ich einen kurzen Blick auf die Luxuszelte werfen. Die Paviane hatten sich häuslich niedergelassen, und zahlreiche Touristen machten aufgeregt gestikulierend Fotos. Dort hatte Striker mich entdeckt, vor unserem dummen Streit. Unsere letzte Begegnung war gut gewesen. Was für ein sagenhafter Kuß. Ich aalte mich in dieser sonnendurchfluteten Erinnerung und machte mir ausnahmsweise mal keine Sorgen um die Zukunft. Wir hatten uns für heute abend zu einem Drink im Grand Palace verabredet. Bald würde dieser mörderische Unfug vorbei sein.

Wir wurden schneller. Vor dem Fenster verschwamm der Asphalt, die Nase des Flugzeugs hob sich, und wir waren in der Luft. Unter mir konnte ich einen letzten Blick auf die Lodge werfen, daneben das Wasserloch, mitten in einer goldfarbenen Ebene. Immer mehr Tiere waren zu sehen, je höher wir stiegen. Ich sah eine Elefantenherde, einige auf einem Bergkamm aufgereihte Giraffen und Hunderte von Antilopen. Einen Augenblick war ich ganz hingerissen von dieser Pracht. Ich hoffte, daß ich rasch einen Kunden finden würde und hierher zurückkehren könnte.

Eine große schwarze Stewardeß kam und bot uns was zu trinken an. Ihr Haar fiel in winzigen, kunstvoll mit Perlen geschmückten Zöpfen von ihrem Kopf. Cliff bestellte einen Gin Tonic. In der Hoffnung, meinen Magen beruhigen zu können, bat ich nur um ein Tonicwasser. Die Stewardeß teilte zügig zwei Gläser aus, etwas Eis, eine Miniflasche Gin, zwei Flaschen Schweppes und Erdnüsse in glänzenden Stanniolbeuteln. Dann ging sie weiter den Gang entlang und verteilte lächelnd Erfrischungen.

Ich versuchte, die Erdnüsse aufzumachen, aber die Folie ließ sich nicht zerreißen. »Es ist zum Heulen. Ich könnte mich noch nicht mal mit Gewalt aus 'ner Papiertüte befreien.«

»Eine Sekunde, ich helf dir. Ich mach nur schnell das Tonic auf.« Während er das sagte, zog ich ein letztes Mal an der Folie. Mit einem metallischen Geräusch riß sie weit auf. Erdnüsse flogen in alle Richtungen, begleitet von einem plötzlichen Schwall Tonic. Wir besahen uns die Sauerei und fingen an zu lachen.

»Wenn du eine Flasche Tonic in der Tüte hättest, könntest du dir einen Weg nach draußen sprengen.« Cliff tupfte sich das Tonicwasser ab, das ihm die Wange herunterlief.

Eine Weile kauten und tranken wir schweigend. Jetzt oder nie, dachte ich.

»Hat Al oder Madge dir erzählt, daß wir Candys Pillendose in Madges Handtasche gefunden haben?«

»Ja. Das heißt, eigentlich hat der Pavian sie gefunden. Cleverer Kerl.« Cliff drückte den Knopf an seiner Armlehne, um den Sitz zurückzustellen.

»Ich hab sie Sergeant Kakombe übergeben, bevor ich erfahren habe, daß der Fall abgeschlossen ist.«

»Du bist ziemlich sauer darüber, oder? Hast du mich im Verdacht?«

»Sollte ich das?«

»Jazz, du kannst mir glauben, ich bin sehr traurig über Lynns Tod. Lynn ist von mir protegiert worden.« Er nahm einen kräftigen Schluck von seinem Drink. »Ich hab sie entdeckt, ihr Talent gefördert. Ich mochte sie. Der Mord an ihr schockiert mich und macht mich wütend.« Das *No Smoking*-Licht ging aus, und Cliff zündete sich sofort eine Zigarette an. »Du denkst jetzt vielleicht, daß ich das auf komische Art gezeigt habe, aber du kennst mich ja, ich halte nichts von Aufrichtigkeit.« Er schnippte das Streichholz aus und steckte es in den winzigen Aschenbecher in der Armlehne.

Sollte man jemandem glauben, der zugibt, daß er unaufrichtig ist? Ich betrachtete Cliffs manikürte Fingernägel an der Hand, die anmutig auf einem leinenen Hosenbein ruhte. »Es scheint dir egal zu sein, ob ich dich verdächtige oder nicht.«

»*Au contraire*, wenn du mich ausschließen würdest, käme ich mir furchtbar nutzlos vor.« Er nahm einen langen Zug aus seiner Zigarette und ließ den Rauch durch die Nasenlöcher entweichen. »Ich unterstelle grundsätzlich jedem alles.«

Mir drehte sich alles. Ich sah nach, ob in der Tasche an meinem Vordersitz ein Spuckbeutel war, umklammerte die Armlehnen und schloß die Augen. Ein furchtbares Schwindelgefühl ergriff mich. Ich öffnete die Augen wieder und versuchte, mich erneut auf den Horizont zu konzentrieren. Ich trank einen kleinen Schluck Tonic. Durch den Geschmack von alter Schuhsohle, den ich im Mund hatte, schmeckte selbst das Tonic seltsam. Ich schob mein Glas von mir.

Al stellte sich in den Gang. »Die Getränke gehen auf mich«, sagte er. »Ich möchte einen Toast auf Eleanor aussprechen.« Er hob sein Glas. »Was sie alles durchmachen mußte... es war schrecklich. Sie hat es wie ein Weltmeister überstanden. Auf Eleanor.« Er trank. »Wir sind alle froh, daß wir bald zu Hause sind.« Er sah nicht in meine Richtung.

»Ist es allen außer mir egal, daß hier im Flugzeug ein Mörder sitzt?« flüsterte ich Cliff zu.

»Die Leute denken nicht gern über unangenehme Dinge nach. Sie tun lieber so, als sei alles ein Irrtum gewesen. Damit läßt sich leichter leben. Spotte ruhig darüber, aber wenn du erst mal in unser Alter kommst, wirst du Heuchelei sehr viel mehr zu schätzen wissen. Außerdem *wissen* wir ja gar nicht, ob es einer von uns war.«

Ich nahm mir aus der Tasche an meinem Vordersitz eine Zeitschrift und blätterte wild darin herum, ohne etwas wahrzunehmen. Lynns Tod war nicht bloß eine kleine Unannehmlichkeit, die man einfach so vom Tisch fegen konnte. Ich steckte die Zeitschrift wieder in die Tasche. »Ich habe mir selbst ein Versprechen gegeben, das ab sofort gilt. Ich werde diesen Mörder finden, bevor wir Nairobi verlassen. Ich werde der Polizei einen so wasserdichten Fall präsentieren, daß sie ihn nicht ignorieren können, selbst wenn sie das wollten.« Ich schlug mit der Faust auf meine Armlehne. »Das ist mein Ernst.«

Cliff zog eine Augenbraue hoch. »Wie gedenkst du das zu tun?«

»Dazu muß ich mir noch was einfallen lassen.« Mit diesen Worten lehnte ich meinen Sitz zurück, verschränkte die Arme, schloß die Augen und begann nachzudenken. Erst später wurde mir klar, wie dumm es war, einen solchen Entschluß laut auszusprechen.

»Entschuldige, daß ich zu spät komme!« Candy lief in der Vorhalle des Grand Palace auf mich zu. Überall drehten sich die

Köpfe. Candy war kaum zu übersehen, besonders in ihrem Outfit als Höhlenfrau. Geschmeidiges Wildleder, so weich wie Seide, fiel in sorgfältig verarbeiteten Fetzen an ihr herunter, so daß man bei jeder Bewegung ein Stück von einem langen schlanken Oberschenkel erhaschen konnte. Sie tat so, als ob sie den Aufruhr, den sie verursachte, nicht bemerkte.

Ich lächelte sie an. »Das macht nichts, Candy. Es hat mir Spaß gemacht, die Leute zu beobachten, während ich auf dich gewartet habe.« Sie hatte eine Dreiviertelstunde gebraucht, um sich nach dem Mittagessen frisch zu machen und sich mit mir unten zu treffen, aber es hatte keinen Sinn, sich zu ärgern. »Nach zwei Wochen im Busch hatte ich vergessen, wie viele Menschen es gibt. Kommt Cliff nicht mit?«

»Nein, er hat gesagt, er hätte die Nase voll von geschnitzten Tieren und Khakisachen. Ich glaube, es zieht ihn mehr in die Bar als zum Einkaufen.«

Daß Cliff sich abgesetzt hatte, paßte mir gut. So konnte ich Candy heute nachmittag in aller Ruhe ausfragen. Ich hatte beschlossen, in bezug auf Candy meinem Instinkt zu folgen. Seit Boyce' Tod war etwas in ihrem Verhalten, das nicht zu ihr zu passen schien – zu starke Anspannung, eine Andeutung von Schuld. Omondi hatte das ebenfalls bemerkt. Die handfesten Anhaltspunkte führten immer wieder zu ihr zurück, doch davon ließ ich mich nicht leiten. Wenn ich mir die Frage stellte, warum gerade hier und jetzt, hatte ich das Gefühl, daß an dem Nachmittag am Swimmingpool, als Boyce Candy feuerte, alles anfing schiefzulaufen. Das war zwar nicht viel, aber es war alles, was ich hatte. Ein abgebrochener Zweig als Spur eines Mörders, die bereits eine Woche alt ist.

»Als wir ankamen, hatten wir kaum Zeit, auf den Markt zu gehen«, fuhr Candy fort, während wir auf die Tür zugingen, »und ich will unbedingt ein paar von diesen großen Korbtaschen aus Stroh, die man über die Schulter hängen kann. Die werden in den Staaten zur Zeit für horrende Preise verkauft.«

Auf der Straße fühlte man sich einen Augenblick geblendet. Mir wurde fast schwindlig. »Ach, sie exportieren sie in die Staaten? Das ist großartig. Erinnerst du dich, wie wir die Bäuerinnen mit diesen Taschen gesehen haben?«

Candy schüttelte den Kopf.

»Im Hochland an einigen vorbeigefahren, zwischen Nanyuki und Nakuru. Nachdem wir in der Mountain Lodge waren.« Sie schüttelte immer noch den Kopf. »Jedenfalls hatten sie sich die Riemen um die Stirn gelegt und die Taschen hinten über den Rücken hängen lassen. Diese Korbtaschen halten viel mehr Gewicht aus, als man meint. Laß uns hier rübergehen.«

Auf der anderen Straßenseite entfaltete ein altmodisches Bankgebäude seine Pracht aus weißem und goldenem Stuck und Säulen, die über zwei Stockwerke reichten. Daneben befand sich eine Reihe schmuddeliger einstöckiger Läden. Ihre offenen Eingänge versprachen kühlen Schatten und staubige Ware. Ohne zu zögern, stürzte sich Candy in einen Schmuckladen, und ich folgte ihr. Der Besitzer lächelte salbungsvoll und eilte auf uns zu. Nach einem Blick auf ihre Wildlederfetzen schätzte er Candy als ernsthafte Käuferin ein und konzentrierte sich auf sie. Nacheinander wurden Ketten, Ohrringe und Armbänder liebevoll auf ein Stück Samt plaziert, damit sie sie begutachten konnte. Candy lehnte die meisten Angebote ab, kam dann jedoch auf eine Kette aus Malachitperlen zurück. Sie handelten freundschaftlich miteinander und einigten sich auf eine bescheidene Summe.

»Jazz, du solltest dir auch eine kaufen«, flüsterte sie mir zu, als der Mann uns den Rücken zuwandte. »Die sind bestimmt das Dreifache wert, und noch mehr, wenn du sie dir neu aufziehen läßt.«

Ich probierte die Kette ebenfalls an. Die Steine lagen kühl und schwer um meinen Hals. Das Grün paßte gut zu meiner gebräunten Haut. »Sie gefällt mir«, sagte ich zufrieden. »Ich wußte, daß es eine gute Idee war, mit dir einkaufen zu gehen, Candy.«

Candy bekam noch fünf Dollar vom Preis abgezogen, da wir

zwei Ketten kauften, und rauschte triumphierend mit mir aus dem Laden. »Genug von diesen kleinen Läden«, kündigte sie an. »Jetzt gehen wir auf den großen Markt.«

Auf den Bürgersteigen drängten sich die Kenianer. Die Frauen trugen leichte Baumwollkleider in Pastellfarben, die Männer dunkle Hosen mit kurzärmeligen weißen Hemden.

»Wenn wir noch so einem kleinen Blümchenmuster begegnen«, sagte Candy, »fange ich an zu schreien.« Beinah wäre sie einer Frau vor ihr in die Hacken getreten. »Gott, gehen die Leute hier langsam. Man merkt kaum, daß man in einer Stadt ist. Hoffentlich gibt's gute afrikanische Stoffe auf dem Markt. Warme Farben mit tollen Mustern. Ich hab im letzten Jahr einen Werbefilm für den Club Med in Nigeria gemacht. Die Frauen dort ziehen sich phantastisch an.«

»Hast du da gelernt, wie man handelt?«

»Dort und in Marokko. Guck mal, wer da ist.«

Al und Madge kamen mit Paketen beladen auf uns zu. Sie unterhielten sich angeregt und sahen sich die Schaufenster an. Madge entdeckte uns und blieb stehen, um ein bißchen zu plaudern.

»Ich konnte nicht widerstehen, mir noch ein Safari-Outfit zu kaufen. Davon kann man nie genug haben, nicht wahr, Al?« Er zuckte gelassen mit einem angedeuteten Lächeln die Schultern. Offenbar gefiel er sich in der Rolle des nachsichtigen Ehemannes. »Seht euch mal diesen Hut an. Der ist sogar noch authentischer als der, den ich in Masai Mara gekauft habe.« Al übergab ihr zuvorkommend ein großes Paket, aus dem sie mühsam einen weißen Tropenhelm auspackte und ausprobierte. Er rutschte ihr ziemlich tief in die Stirn, und ihre Nase ragte majestätisch darunter hervor.

Madges erwartungsvolle Haltung wurde nur mit einem Schweigen quittiert. Ich versuchte, das Thema zu wechseln. »Wollte Eleanor nicht mit Ihnen kommen? Will sie in ihrem Zimmer bleiben, bis wir abreisen?«

Madges Lächeln verschwand. »Ja, es geht ihr nicht besonders gut, obwohl sie sich so tapfer hält.«

Die Leute strömten um unsere kleine Gruppe mitten auf dem Bürgersteig herum. Ich trat von einem Fuß auf den anderen und konnte es kaum erwarten weiterzugehen. Langsam hatte ich genug von Eleanors schrecklichem Martyrium und ihrer erstaunlichen Tapferkeit; was war denn mit Boyce oder mit Lynn? Sie konnten sich nicht mehr bewundern oder bedauern lassen.

»Wissen Sie was«, sagte Candy vertrauensvoll zu Madge, »ich hab ein ganz unheimliches Gefühl, seit Sie mir das von Eleanor erzählt haben.«

»Was erzählt?« fragte Al.

»Ach nichts, gar nichts«, sagte Madge abweisend. »Nur ein kleiner Schwatz von Frau zu Frau, nicht wahr, Candy?« Sie wurde von einem Passanten angerempelt. »Komm, laß uns nicht den ganzen Tag hier rumstehen und quatschen. Ich muß noch viele Geschenke kaufen.« Sie packte den Hut wieder ein und zog Al mit sich davon.

Ich spürte eine angespannte Wachsamkeit, wie ein Hund, der die Ohren spitzt und in der Luft herumschnuppert. Was hatte Madge Candy erzählt? War das das fehlende Stück, das ich finden mußte?

»Ein unheimliches Gefühl weswegen?«

»Ach nichts.« Candy sah zu, wie Madge in der Menge verschwand. »Ich hätte nichts sagen sollen.«

»Auf zum großen Markt?« Ich hütete mich, sie jetzt weiter zu bedrängen, weil sie dann wohl kein Wort mehr sagen würde. Ich konnte mir keine falschen Schritte erlauben.

Candy deutete geradeaus. »Man kann die Fassade des Gebäudes praktisch schon sehen. Es ist nur ein paar Blocks von hier.«

Hatte sie vergessen, daß ich hier lebte? Ein weiteres Beispiel dafür, daß andere Leute für sie nicht wirklich existierten. Auf dem kurzen Stück zum Markt plauderten wir über Klamotten. Das heißt, Candy plauderte, und ich hörte zu. Mein Interesse an

Kleidung hatte seinen Höhepunkt erreicht, als ich sechzehn war. Schuld daran waren meine großen Füße und mein mangelnder Masochismus. Man konnte sich einfach nicht richtig für einen Ball anziehen, wenn man keine zierlichen Tanzschühchen tragen konnte. Zwar hatte ich kürzlich gehört, daß die Frauen in New York jetzt Turnschuhe auf dem Weg zur Arbeit tragen. Doch erst wenn sie bequeme Schuhe *im* Büro tragen könnten, wüßte ich, daß die Gleichberechtigung erreicht war.

Wir gingen durch einen tunnelartigen Gang voller Stände, die geschnitzte Tiere und Perlenketten an Touristen verkauften.

»Schrott.« Candy lehnte die Sachen pauschal ab, obwohl sie sie kaum eines Blickes gewürdigt hatte, und zog mich an den Händlern vorbei, die uns wortreich ihre Waren anpriesen, auf den eigentlichen Markt.

Es war ein riesiger, gewölbter Raum mit einer Empore, die an allen vier Wänden entlanglief. Mein erster Eindruck war eine verwirrende Mischung aus Klängen, Farben und Düften. Das Untergeschoß bestand größtenteils aus einer atemberaubenden Schau tropischer Früchte und Blumen. Ich stand staunend da und genoß den Anblick der köstlichen Formen und Farben.

Candy blieb noch nicht mal stehen. »Komm, die Korbhändler sind auf der anderen Seite.« Sie nahm ihre Sonnenbrille ab und schob sie zurück auf den Kopf.

Ich trottete folgsam hinter ihr her. Dabei kam ich mir vor wie ein kleines Mädchen, das mit seiner Mutter einkaufen geht. Die Masse der Sinneseindrücke machte mich allmählich schwindlig. Ich hatte mich noch nicht wieder an die Stadt gewöhnt. Und ganz sicher stimmte was mit meinem Magen nicht. Normalerweise war alles in Ordnung, sobald ich das Flugzeug verließ. Hoffentlich muß ich mich jetzt nicht übergeben, betete ich.

Die Korbhändler hatten ihre Ware an der zweistöckigen Rückwand der Markthalle ausgestellt. Vom Fußboden bis zur Decke hingen weiche runde Körbe mit ledernen Schulterriemen. Sie waren aus Stroh und hatten Streifen in verschiedenen Farben.

»Hier werd ich richtig zuschlagen«, flüsterte Candy mir zu. Wir näherten uns dem Stand. »Die großen find ich ganz toll.« Sie zeigte darauf. »Man kann sie als Strandtasche benutzen, aber auch zu ganz normalen sportlichen Klamotten.«

Eine korpulente Frau kam gemächlich zu uns herüber. »Ja, Miss, kann ich Ihnen helfen?« fragte sie in ihrem weichen afrikanischen Englisch. »Schöne Körbe.«

Unter Candys Regie wurden zahlreiche Körbe heruntergenommen, bewundert und verglichen, und es wurde heftig gefeilscht. Mittlerweile war mir eindeutig übel. Ich versuchte, die Signale zu unterdrücken, die mein Magen aussandte. Endlich trotteten wir mit einem Bündel Körbe auf jeder Seite davon.

Wir gingen an der Rückseite hinaus und waren plötzlich in einer Gasse, in der nur Töpfer waren. Ein Stand nach dem anderen bot die gleichen Töpfe aus Ton an. Einige waren so groß, daß ein Kind hineingepaßt hätte. Sie waren hellrosa, aber die Farbe war von der starken Sonne verblaßt. Mir wurde immer schlechter, aber ich wollte nicht gehen, bevor ich erfahren hatte, worüber sich Madge und Candy so von Frau zu Frau unterhalten hatten. Was mochte sie gesagt haben, das Candys Mitleid mit Eleanor geweckt hatte? Könnte es irgendeinen Bezug zu den Morden haben? Ein abgebrochener Zweig, ein aufgewirbeltes Blatt. Es könnte ganz belanglos sein.

Ich hob einen kleinen Topf hoch. »Ich wünschte, die wären nicht so schwer«, stieß ich hervor.

»Primitive Kunst ist einfach großartig. *Vogue* hat im Herbst einen großen Bericht darüber gebracht. Das hast du wahrscheinlich nicht mitbekommen.« Candy schob ihre Sonnenbrille wieder auf die Nase. Die großen, viereckigen Gläser hatten eine abgestufte Tönung von dunkel bis hell. »Diese Töpfe machen sich gut zu meinem Kleid.«

»Ich hab gerade überlegt, ob wir ein Geschenk für Eleanor kaufen sollten. Sie könnte es verschiffen lassen«, bemerkte ich, wild entschlossen, das Gespräch wieder in diese Richtung zu lenken. »Vielleicht zu profan für sie?«

»Oh, Eleanor ist nicht so ein Engel, wie sie allen weismachen möchte.« Candy hob einen Topf hoch und drehte ihn um, um sich den Boden anzugucken. »Die sind ja fürchterlich schwer.«

»Du mußt zugeben, daß Eleanor was Besonderes an sich hat. Sie könnte durch ein Matschloch waten, ohne sich die Schuhe schmutzig zu machen.« Ich reckte mich nach einem runden Topf auf einem Stapel, der größer war als ich, und versuchte, so zu tun, als ob das Gespräch mich nicht sonderlich interessierte.

Candy klopfte gegen eine große Amphore. Sie gab einen dumpfen Ton von sich. »Du würdest dich wundern«, entgegnete sie. »Wußtest du, daß Eleanor...«

Der Ladenbesitzer, ein kleiner dunkelhäutiger Mann mit pokkennarbigen Wangen, eilte geschäftig auf uns zu. »Sehr schön, sehr schön, Miss. Guter Preis. Sie wollen großen Topf? Sagen Sie mir, was Sie zahlen wollen. Ich mache Ihnen guten Preis.«

Ich fluchte innerlich. »Könnten Sie bitte den da oben für mich herunterholen?« fragte ich in der Hoffnung, ihn zu beschäftigen. Er war zu klein, um dranzukommen, versprach, etwas Ähnliches zu suchen und verschwand in seinem Schuppen.

Ich wandte mich betont gleichgültig an Candy. »Was wolltest du gerade sagen?«

Sie sah mich fragend an. »Weiß ich nicht mehr. Was hältst du von der hier?« Sie hielt mir eine asymmetrische Schale hin.

»Diese geschwungene Linie an der Seite find ich schön. Meinst du, das könnte Eleanor gefallen? Sollen wir ein kleines Geschenk für sie kaufen? Ich hab ein schlechtes Gewissen, weil ich alles noch schwerer für sie gemacht habe.«

»Oh, du brauchst kein schlechtes Gewissen zu haben, Jazz. Niemand macht dir einen Vorwurf.« Sie stellte die Schale wieder zurück. »Ich hab selbst ein etwas dummes Gefühl, weil ich bei Boyce über Eleanor geklatscht habe. Ich war so wütend auf ihn. Kannst du dir das vorstellen, sagt der doch, ich sähe aus wie ein

Callgirl, bloß weil ich nicht mit ihm schlafen wollte.« Sie warf einen anerkennenden Blick an sich herab, spannte einen Fuß in der eleganten, hauchdünnen Sandale, so daß sich ihr Bein in seiner ganzen beeindruckenden Länge präsentierte. Es war offensichtlich, was sie dachte. Frauen, die so schön waren wie sie, hatten es nicht nötig, als Callgirl zu arbeiten. »Er war ein so unglaublicher Idiot. Aber dann fühlte ich mich schuldig, weißt du, daß er sie vielleicht verabscheut hat, als er gestorben ist.« Sie hob einen Krug mit einer großen Öffnung hoch und betrachtete ihn mit gerunzelter Stirn. »Alle sagen, wie sehr er sie angebetet hätte und lauter so Sachen.« Sie stellte ihn wieder hin und zeigte zufrieden lächelnd ihre Zähne trotz ihrer angeblichen Schuldgefühle.

Worüber geklatscht? Ich hätte schreien können. In meinem Kopf begann es zu hämmern, und ich kämpfte gegen eine Woge von Übelkeit an. »Vielleicht hat er Eleanor nichts davon gesagt, also was soll's.«

»Soll das ein Witz sein?« Ihr Lächeln wurde breiter. »Als ich ihm erzählte, daß Eleanor mit ihrem ersten Freund geschlafen hat... und auf der High School sogar eine Abtreibung hatte? Ich hab gedacht, er wär auf der Stelle tot umgefallen.«

»Madge hat dir das erzählt?«

Candy nickte. »Wir redeten darüber, was Boyce für ein widerlicher Kerl sei, und dann sprachen wir über Eleanor, und Madge sagte, Boyce wäre bestimmt nicht so schnell dabei, andere zu beschimpfen, wenn er die Wahrheit über sie wüßte. Wir haben herzhaft darüber gelacht. Du hättest sein Gesicht sehen sollen, als ich es ihm erzählte. Ich dachte, der kriegt einen Anfall.«

»Das kann ich mir vorstellen.«

»Es wäre ja an sich schon schlimm genug gewesen, aber daß er den Mann auch noch kannte, hat alles nur noch schlimmer gemacht.

»Wieso kannte er den Mann?« fragte ich ganz ruhig und leise. Ich konnte es nicht fassen, daß Candy das für sich behalten hatte. Hätte sie es doch nur gleich Omondi erzählt; wie konnte sie so blind, so verantwortungslos sein? Ich mußte meine Wut im Zaum halten und hoffte, daß man mir nichts anmerkte. Ich war so ruhig und wachsam, als ob ich einem unberechenbaren Nashorn gegenüberstände.

»Du wirst es kaum glauben«, sagte sie. »Es war jemand aus unserer Gruppe.«

Mir war erschreckend bewußt, daß ich keinerlei Macht hatte, Candy dazu zu bringen, mehr zu sagen, als sie wollte. »Nun ja, Boyce könnte trotzdem gestorben sein, ohne Eleanor damit konfrontiert zu haben«, sagte ich, weil ich mit diesem Ansatz schon mal Erfolg gehabt hatte.

»Boyce? Daß ich nicht lache. Er hat sich sofort ans Telefon gestürzt, um meine Geschichte irgendwie zu überprüfen. Ich glaube, Madge hat ihn gesehen, wie er völlig erschüttert aus der Telefonzelle kam. Er hat gesagt, wenn das wahr wäre, würde er sich von Eleanor scheiden lassen und Cliff vor Gericht schleppen.» Candy lächelte amüsiert.

»Cliff?«

»Yeah, deshalb ist Boyce doch ausgerastet. Daß sich seine Frau von einem Schwulen hat schwängern lassen, bevor er sie geheiratet hat.« Candy lachte. »Meine Rache an ihm ist mir echt gelungen!«

»Aber Candy! Was wollte er Cliff denn tun?« Ich versuchte, mich ganz naiv zu geben. Mir schwirrte der Kopf von den möglichen Schlußfolgerungen. Ich sah Cliff vor mir, wie er mitten in der Nacht durch das Camp streifte. Zugleich spürte ich erneut den stechenden Schmerz, als er mit seiner Schulter gegen mich stieß und ich vom Wagendach fiel, dem Büffel fast vor die Füße. Und ich sah Cliff vor mir, wie er am Morgen ganz gelassen neben mir im Flugzeug gesessen und gesagt hatte, er wolle, daß ich ihn verdächtige. Gott, der Mann war cool.

Candy schwang sich ihre Körbe bequemer über eine Hüfte. »Mensch, du hättest hören sollen, was er Cliff alles angedroht hat.« Sie kicherte. »Aber ich hab mir gedacht, was kann er Cliff schon tun. Er hätte ihn nicht vor Gericht schleppen können.« Sie sah in den Stand nach dem Topfhändler. »Ich hasse langsame Bedienung. Ich hab vor der Abreise noch viel zu tun.« Sie wandte sich wieder mir zu. »Ich meine, es gibt kein Gesetz, daß eine Frau vor der Ehe noch Jungfrau sein muß. Wenn er verbreitet hätte, daß seine Frau mit einem Schwulen geschlafen hat, hätte er sich doch nur selbst lächerlich gemacht. Er konnte nichts weiter tun, als ein großes Geschrei zu veranstalten.«

»Er hätte versuchen können, Cliff geschäftlich zu ruinieren«, gab ich zu bedenken. Ich legte eine Hand auf meine Stirn. Sie war kalt und verschwitzt, kein gutes Zeichen.

»Oh, da bin ich nicht draufgekommen«, sagte Candy mit gleichgültiger Stimme. »Aber das spielt ja jetzt eh keine Rolle mehr, schließlich ist der Kerl tot. Er kann niemandem mehr weh tun.«

Ganz genau, dachte ich. Ich wurde von Trauer und Entsetzen ergriffen. Cliff. Dazu kam noch die Hitze, der Geruch nach Staub und Schweiß und der Druck in meinem Magen. Er hatte mal zu mir gesagt, daß er vor langer Zeit beschlossen hätte, sich nur noch in sich selbst zu verlieben. Und ich hatte ihn für amüsant gehalten. Nur mit Abscheu konnte ich an unser lustiges Gespräch heute morgen im Flugzeug denken.

Mir fiel noch etwas anderes ein, und mein Magen zog sich vor Angst zusammen. Ich hatte geschworen, daß ich den Mörder finden würde. Dann hatte ich mit geschlossenen Augen dagesessen, während mein Glas Tonic vor mir auf dem Klapptisch stand. Wie konnte ich nur so leichtsinnig sein? Ich streckte die Hand aus, um mich an einem Stuhl festzuhalten, der mir bis zur Taille reichte. Cliff hätte ohne weiteres etwas in mein Glas fallenlassen können.

»Candy, warum hast du Omondi nichts davon erzählt?«

»Nun ja, erst war mir schon etwas unheimlich, es geheimzuhalten, aber Madge hätte mich umgebracht, wenn ich geplaudert hätte.«

»Das war dir wichtiger, als den Mörder zu finden?«

Candy sah mich mitleidig an. »Du mußt noch viel lernen, wenn du es in der Geschäftswelt zu was bringen willst. Wenn ich die Sache mit Eleanor und Cliff erzählt hätte, hätte mir das sehr schaden können.« Sie strich mit den Fingern leicht über den Rand des Topfes. »So wie es jetzt ist, schuldet Cliff mir wohl einen Gefallen. Nicht, daß er was getan hat, aber die Polizei hätte sich auf ihn gestürzt. Du weißt doch, wie sie hinter Schwulen her sind. Ich hab Cliff die Sachlage erklärt, und er war auch der Meinung, daß es keinen Sinn hätte, es zu erwähnen.« Candy lächelte. »Die ganze Sache ist für mich wunderbar gelaufen. Cliff kann bestimmt viel für meine Karriere tun.«

Wie aus weiter Ferne hörte ich sie sagen. »Du siehst ganz grün aus. Ist dir nicht gut?« Vor meinen Augen explodierten Hunderte von Sternen, dann wurde es dunkel. Als letztes merkte ich noch, daß ich fiel, daß einige Töpfe mit mir fielen und daß Candy ganz weit entfernt schrie.

27

Ich kam allmählich wieder zu mir. Um mich herum herrschte Lärm und geschäftiges Treiben. Selbst mit geschlossenen Augen konnte ich die Aufregung spüren. Ich blinzelte durch meine Wimpern. Candy beugte sich mit verängstigtem Gesicht über mich. Hinter ihr erspähte ich eine große Menschenansammlung. Eine korpulente Hausfrau stieß mit den Ellbogen einen älteren Mann beiseite, um besser sehen zu können, und scherzte mit ihm auf Suaheli.

Über dem erregten Stimmengewirr hörte ich die Stimme des Topfhändlers. »Ih-ih! Sie müssen zahlen. Sie zerbrechen. Sie müssen zahlen. Serr teure Töpfe.«

Ich richtete mich langsam auf, um den Schaden zu betrachten. Überall um mich herum lagen zerbrochene Töpfe wie aufgeplatzte Kürbisse. Es sah so aus, als hätte ich ungefähr ein Dutzend Gefäße umgeworfen.

»Zwanzig von meinen besten Töpfen!« jammerte der Mann. Er hatte eine qualvolle Miene aufgesetzt.

»Diese Töpfe scheinen teurer zu werden, wenn sie kaputt sind«, erwiderte Candy bissig.

Ich legte eine Hand auf meine Stirn, und eine neue Welle von Übelkeit ergriff mich. »Mein Kopf fühlt sich an wie ein zersprungener Topf. Ich fürchte, ich muß mich gleich übergeben.«

Candy wandte sich an den Topfhändler. »Wir brauchen sofort ein Taxi«, ordnete sie an. »Meiner Freundin geht es sehr schlecht.«

Der Mann richtete sein Gesicht zu ihr auf. »Sie bezahlen für meine Töpfe!«

Zu meiner großen Erleichterung bahnte sich in diesem Augenblick ein stämmiger Polizist einen Weg durch die Menge. Er hatte die Situation mit einem Blick erfaßt. »Mein Bruder, beruhige dich«, sagte er zu dem Ladenbesitzer. »Diese Ladys sind keine Diebe, die deine Töpfe kaputt machen und weglaufen.«

Er wandte sich an die Menge. »Ihr habt alles gesehen. Jetzt kümmert euch um eure eigenen Angelegenheiten.« Eine Horde Kinder tauchte aus dem Nichts auf und drängelte sich vor, um etwas zu sehen, ohne auf den Polizisten zu hören. »Verschwindet.« Widerwillig gingen die Kinder einige Schritte zurück. Er zeigte auf einen neunjährigen Jungen in T-Shirt und gammeligen Shorts. »Du besorgst ein Taxi auf dem Kenyatta Boulevard«, fuhr er ihn an. »Sag dem Fahrer, eine weiße Lady ist umgefallen und muß zum...« Er sah Candy an.

»Grand Palace«, fügte ich hinzu. Ich konnte es mir jetzt nicht erlauben, in meine Wohnung zu fahren und mich dort zu pflegen. Was immer Cliff mir auf dem Flug in mein Tonic getan hatte – es war offenbar nicht tödlich. Schon früher hatte ich mal heftig an der *Turista* gelitten. Ich dachte daran, Omondi anzurufen, beschloß dann aber, es auf später zu verschieben. Erst mußte ich

Candys Geschichte überprüfen. Wenn die Polizei alle bisherigen Beweise ignorieren konnte, würde sie ganz bestimmt auch ein Motiv ignorieren, das Candy nur vom Hörensagen kannte. Es hatte keinen Sinn, Omondi anzurufen. Er könnte nichts tun; er würde sich nur schuldig oder belästigt fühlen; und ich wäre wütend. Ich mußte ihm Beweise liefern, die seine Vorgesetzten nicht ignorieren könnten.

»Das Grand Palace Hotel. Hast du das verstanden?« fragte der Polizist. Der kleine Junge nickte mit einem breiten Grinsen, drehte sich um und lief los. »Sehr gut, und alle, die noch da sind, sollten jetzt verschwinden.«

Bis das Taxi am Ende der Gasse anhielt, hatte der Polizist einen vernünftigen Preis für die zerbrochenen Töpfe ausgehandelt, mir auf die Beine geholfen und mich mit einem Arm gestützt, damit ich nicht noch mal umkippte. Langsam bewegten wir drei uns auf das Taxi zu.

Ich konnte zwar nicht klar denken, aber ich wußte, daß ich als erstes überprüfen mußte, was Candy mir erzählt hatte. Und das konnte ich nicht tun, indem ich zu Hause mit einem feuchten Tuch auf dem Kopf im Bett lag. Allerdings wollte ich auch nicht nur aufgrund von Klatsch handeln. Hoffentlich war Madge vom Einkaufen zurück. Natürlich würde sie mir Eleanors Geheimnisse nicht erzählen wollen, aber ich würde sie schon irgendwie dazu überreden können. Ich wollte diesen Teil der Geschichte gerne bestätigt haben, obwohl das, was sie Candy erzählt hatte, nicht so entscheidend war wie Boyce' Reaktion. Auch mit Eleanor würde ich reden müssen. Das wäre heikel. Und was dann? Cliff sein Motiv direkt ins Gesicht sagen? Er war viel zu cool, um sich zu einem Geständnis drängen zu lassen. An diesem Punkt kam ich nicht weiter. Ich würde mir etwas ausdenken, wenn ich dort war.

Candy versuchte erfolglos, den Staub von meinem Rock zu reiben, so beladen wie sie mit ihren sperrigen Strohkörben war. »Du bist völlig verdreckt«, sagte sie und rümpfte die Nase über den beißenden Staubgeruch.

Ich nieste. »Es ist hoffnungslos, Candy. Laß mal. Ich hoffe bloß, daß wir im Hotel sind, bevor ich hier alles vollkotze.« Mein Magen fühlte sich an wie ein harter Stein. »Ich muß mir die *Turista* gefangen haben.«

»Kein schlechtes Timing«, versuchte Candy mich aufzuheitern. »Zumindest hast du es dir bis zum letzten Tag der Reise aufgespart. Den restlichen Tag kannst du schlafen, und um Mitternacht fliegen wir ab. Ich glaub kaum, daß irgendwer in Stimmung für ein Abschiedsessen ist. Wie gut, daß wir die Einkäufe erledigt haben.«

Ich faßte mir an die Stirn. Sollte ich Candy jetzt erwürgen oder später? Den ganzen Nachmittag nur schlafen? Zwischen jetzt und Mitternacht mußte ich einen Mörder schnappen. Mir drehte sich alles, und ich taumelte durch die Gegend.

»Es ist nicht mehr weit«, sagte der Polizist aufmunternd zu mir und packte meinen Arm noch fester.

Ich sah Candy grübelnd an.

»Du siehst seltsam aus«, sagte Candy. »Möchtest du einen Schluck Wasser oder so was?«

Ich hörte auf, sie anzustarren. »Nein, du hast mich nur gerade auf eine gute Idee gebracht, Candy.«

Ich hatte einen vagen Plan. Ein Abschiedsessen. Ich würde auch Omondi dazu einladen. Wir müßten Cliff so sehr schockieren, daß er die Selbstbeherrschung verlor. Wie wäre es, wenn Eleanor einen Nervenzusammenbruch vortäuschte. Nein, einen Herzinfarkt bekäme. Omondi könnte sie für tot erklären, und wir würden Cliff beschuldigen, er hätte sie vergiftet. Sie war die einzige, die wußte, daß Boyce sie vernichten wollte, würde Omondi mit donnernder Stimme brüllen. Nicht Eleanor, würde Cliff aufschreien, ich hab die anderen umgebracht, aber nicht sie.

Ich gab ein merkwürdiges Geräusch von mir, eine Mischung aus Lachen und Stöhnen. So was hielt ich für eine gute Idee? Ich würde mir was Besseres einfallen lassen müssen. Mein Magen hob sich und ich umklammerte ihn mit beiden Händen.

»Alles in Ordnung?«

»Bring mich bloß schnell ins Hotel.«

Ich wachte am späten Nachmittag auf. Zunächst war ich noch zu groggy, um mich überhaupt zu wundern, wo ich war. Ich lag auf einer dicken Matratze und grub meinen Kopf noch tiefer in das Kopfkissen. Im Zimmer war es dunkel. Doch an den Lichtstreifen um die zugezogenen Vorhänge herum konnte ich erkennen, daß es noch hell war.

»Bist du wach?« hörte ich Cliffs Stimme über mir.

Ich drehte mich auf die Seite und sah ihn verschlafen und fassungslos an. »Was machst du denn hier?« murmelte ich. Ich hatte einen furchtbaren Geschmack im Mund.

»Das ist mein Zimmer.« Cliff legte mir eine Hand auf die Stirn. Sie fühlte sich kalt, schwer und riesig an. »Candy hat mich in der Bar ausrufen lassen, und dann haben wir dich hier raufgebracht. Immer noch leicht fiebernd. Du hast stundenlang geschlafen wie ein Murmeltier.«

Ich setzte mich mühsam auf und sah mich um. Das Grand Palace war zwar immer eine Welt für sich, aber nach einer Woche im Zelt schien es wie ein anderer Planet. Das Zimmer wirkte ungeheuer groß und farblos. Schwere Vorhänge dämpften das Licht, und geschlossene Fenster und Klimaanlage sperrten die Geräusche der Außenwelt aus. Das Mobiliar machte einen zu wuchtigen Eindruck, als ob es mit der Absicht entworfen war, einen anzulocken und nie mehr gehen zu lassen. Manche Leute verbringen ihr ganzes Leben in solchen Räumen und werden dabei allmählich selbst schwer und grau. Ihnen ist nicht klar, daß sie an einem Entzug von Sinneswahrnehmungen leiden. Und das nennen sie Zivilisation.

Ich bewegte meine Beine unter der Bettdecke. Ich war angezogen; sie hatten mir nur die Schuhe ausgezogen. Ich erinnerte mich daran, wie ich auf dem Markt ohnmächtig geworden war. Ein paar blitzartige Bilder von der Rückfahrt ins Hotel: der starke Arm des Polizisten, der mir ins Taxi half, eine kurze, holprige Fahrt, wie ich mich an einem Gurt festklammerte, in der Hotelhalle ein hoffnungsloses Menschengewirr.

Ich sank in die Kissen zurück. »Gott, ich muß wohl ohnmächtig geworden sein. Ich weiß noch nicht mal, wie ich hierher gekommen bin. Und da ist noch was…« Ich wischte mir mit dem Handrücken die Haare aus dem Gesicht. Etwas Wichtiges. Ich hatte mit Madge sprechen wollen, oder war es mit Eleanor? Nun ja, es würde mir schon wieder einfallen. »Ich hoffe, mir ist im Taxi nicht schlecht geworden. Oder in der Hotelhalle.« Ich verzog das Gesicht bei dem Gedanken.

Cliff war ins Bad gegangen. »Ich kann dich nicht verstehen, wenn das Wasser läuft«, brüllte er zurück. Dann kam er wieder ins Zimmer. »Was hast du eben gesagt? Du hast nicht eine Minute den Mund gehalten.« Er reichte mir ein Glas. »Du hast sogar im Schlaf vor dich hingemurmelt.«

»Ich glaub nicht, daß ich Fieber hab. Ich schmore bloß unter den vielen Decken.« Ich warf die Wolldecken zurück. »Auch mein Magen hat sich wieder beruhigt. Ich fühl mich gut.«

»Halt, Darling! Der Hotelarzt war hier und hat gemeint, du hättest wahrscheinlich eine leichte Gehirnerschütterung erlitten, als du aus dem Wagen gefallen bist. Er hat diese Pillen hier für dich dagelassen.« Cliff hielt mir seine geöffnete Hand vor das Gesicht, auf der eine große Tablette lag. »Sie machen dich ein bißchen müde. Er will gegen sechs noch mal vorbeikommen.«

»Gehirnerschütterung! Das ist lächerlich. Ich hab keine Gehirnerschütterung. Er weiß nicht, wovon er redet!«

Cliff schob mir das Glas Wasser hin und sah mich streng an. »Anweisung des Arztes. Jetzt laß mich sehen, wie du sie einnimmst, sei ein lieber, kleiner Patient.«

»Was kommandierst du mich herum? Bloß weil mir schlecht geworden ist, bin ich doch nicht gleich schwachsinnig.«

Er stand bedrohlich über mir. »Diese ganze Sache hat dich mitgenommen. Du bist ganz bestimmt froh, wenn du uns los bist.«

Ich legte den Kopf zurück, um ihm in die kalten blauen Augen sehen zu können, und plötzlich war mir wieder alles klar. Es war, als ob sich eine Nebelbank hob und darunter eine Lokomotive zum Vorschein kam, die auf einen zuraste. Mir fiel ein, was Candy mir auf dem Markt erzählt hatte. Cliff und Eleanor. Cliff und Boyce. Cliff neben mir im Flugzeug, als ich schwor, daß ich den Mörder finden würde. Was auch immer er mir in mein Tonic getan hatte, es war nicht stark genug gewesen. Diesen Fehler würde er nicht noch einmal machen. Mein Herz fing so stark an zu hämmern, daß ich fürchtete, es würde auffallen. Meine Hand zitterte, als ich gehorsam die Pille entgegennahm.

»Du siehst blaß und zittrig aus. Am besten bleibst du im Bett.«

Ich beugte mich über das Glas, ließ die Pille in der Hand verschwinden, tat so, als ob ich sie schlucken würde und trank das ganze Wasser aus.

»Braves Mädchen.« Er ging zur Wand und zog an der Kordel, bis die schweren Vorhänge aufgingen. Ich steckte die Pille unter die Matratze. Schließlich konnten zwei Leute die gleiche Idee haben. Sonnenstrahlen strömten durch die hauchfeinen Gardinen.

»Cliff, könntest du mir bitte noch ein Glas Wasser holen?« Ich hielt ihm mein leeres Glas hin. Sobald er im Bad verschwunden war, sprang ich aus dem Bett, schnappte mir meine Schuhe und raste zur Tür. Ich ließ sie einfach offenstehen.

28

Ohne mir die Zeit zu nehmen, die Schuhe anzuziehen, rannte ich den Flur entlang und steuerte auf die Treppe zu. Der Gedanke, vor einem Aufzug zu warten, war wenig verlockend. Als ich die ersten Stufen hinunterstürzte, hörte ich, wie Cliff wütend meinen Namen rief. Eine Tür knallte zu. Was würde er jetzt machen?

Ich hetzte vier Stockwerke hinunter. Dann wurde die Treppe

breiter, und vor mir lag die Hotelhalle. Ich blieb auf dem letzten Absatz stehen, um wieder zu Atem zu kommen. Touristen aus allen Teilen der Erde erfüllten den hohen Raum mit ihren Stimmen. Paare in Safari-Anzügen oder Abendgarderobe saßen auf den plüschigen Sofas herum oder schlenderten durch den Raum. Dort gab es genügend Palmen, um eine kleine Kokosnuß-Plantage anzufangen. Ein großer Springbrunnen, den man in einer Treppenkrümmung angelegt hatte, sorgte für eine Geräuschkulisse und erinnerte mich an den Fluß in der Nähe des Camps. Mitten in der Vorhalle stand auf einem Sockel ein überdimensionaler Strauß wilder Bananenblüten, wie ein Schwarm scharlachroter Aras, die gerade wegfliegen wollten.

»Jazz! Sie hab ich gesucht.« Eleanor stand am Fuß der Treppe. Sie winkte mir zu und begann heraufzusteigen.

»Lassen Sie nur, ich komm runter.« Ich eilte den letzten Treppenabschnitt hinunter.

»Warum haben Sie Ihre Schuhe in der Hand?«

Ich sah auf die Turnschuhe, die an meiner Hand baumelten. »Lassen Sie sie mich rasch anziehen«, sagte ich, ohne auf die Frage einzugehen. Ich setzte mich auf die letzte Stufe, schlüpfte in die Schuhe und band die Schnürsenkel zu.

»Ich wollte auch mit Ihnen sprechen.« Ich ließ meinen Blick durch die überfüllte Hotelhalle schweifen. »Es wäre schön, wenn wir irgendwo hingehen könnten, wo es ruhig ist und uns niemand stört.« Oder findet.

»Sie wollten mit mir sprechen?« Sie sah sich in der überfüllten Hotelhalle um. »Wie wär's mit meinem Zimmer? Wir könnten uns unterhalten, während ich packe. Es haben sich so viele zusätzliche Päckchen angehäuft, ich weiß gar nicht, wo ich alles hintun soll.«

»Ja, das wär fein.«

Wir gingen zu den Fahrstühlen mit den Türen aus Messing und Mahagoni. Einer stand offen und war leer, also gingen wir hinein. »Welches Stockwerk?«

»Drittes.«

Ich drückte den Knopf, und die Türen schlossen sich mit einem leichten Zischen.

»Sie haben also doch mal das Hotel verlassen«, bemerkte ich.

»Oh, ich bin nicht weit gegangen.« Sie lächelte schwach.

Jetzt, wo ich Eleanor aus der Nähe sah, fiel mir auf, wie angespannt sie wirkte. Sie trug ein marineblaues Hemdblusenkleid; vielleicht war ja Marineblau keine Farbe für sie. Ihre Haut sah ungesund und bleich aus. Sie hielt sich ziemlich unbeholfen fest. Mit der freien Hand fuhr sie immer wieder nervös zu der Perlenkette an ihrem Hals. Außerdem lag ein leichter Whiskeygeruch in der Luft.

»Ich hab Candy getroffen«, sagte Eleanor. »Sie hat mir erzählt, daß Sie auf dem Markt ohnmächtig geworden sind, als Sie ein Geschenk für mich kaufen wollten. Ich wollte gerade mal nach Ihnen sehen, wie es Ihnen geht. Ich hab so ein schlechtes Gewissen, daß Sie meinetwegen bei dieser Hitze unterwegs waren. Das hätten Sie nicht tun sollen. Alle waren so nett zu mir.«

Der Fahrstuhl hielt auf der dritten Etage, und Eleanor führte mich zu ihrem Zimmer. Sie hatte Mühe mit dem Schloß.

»Nehmen Sie doch bitte Platz.« Sie deutete auf einen der beiden Sessel neben dem flachen Cocktailtisch. Auf dem Tisch stand eine Flasche Scotch, etwas Soda, ein Eiskühler und ein benutztes Glas. Sie ging zur Frisierkommode und betrachtete sich im Spiegel. »Ich sehe furchtbar aus.« Sie zupfte an einer widerspenstigen Strähne ihrer Frisur, die mit viel Haarspray gehalten wurde. »Darf ich Ihnen was zu trinken anbieten?«

»Nein, danke, ich glaube, lieber nicht.« Ich legte eine Hand auf meinen Magen. »Mir geht es zwar besser, aber ich möchte das Schicksal nicht herausfordern.«

Auf dem Bett lag ein halb gepackter Koffer mit aufgeklapptem Deckel sowie diverse Kleidungsstücke. »Es macht Ihnen doch nichts aus, wenn ich packe, während wir uns unterhalten, oder?« fragte sie.

»Nein, machen Sie ruhig weiter.« Ich wußte nicht, wie ich anfangen sollte.

Eleanor ging zum Wandschrank und kam mit einem Kleid auf einem Bügel zurück. Sie warf den Bügel auf den Boden und legte das Kleid ordentlich gefaltet auf den Stapel, der bereits im Koffer lag. Dann holte sie ein weiteres Kleid. »Ich nehme immer viel zuviel mit. Die Hälfte dieser Kleider habe ich überhaupt nicht angehabt.« Aus ihrer Handtasche nahm sie ein in braunes Papier eingewickeltes Päckchen und legte es in den Koffer. »Noch ein Geschenk für Wendy. Ich konnte einfach nicht widerstehen.«

Ein lautes Klopfen an der Tür. Wir zuckten beide nervös zusammen.

»Wer könnte das sein?« Eleanors Stimme klang verärgert.

»Hören Sie, wenn es Cliff ist, tun Sie mir einen Gefallen und sagen ihm, Sie hätten mich nicht gesehen.«

Eleanor sah mich fragend an.

»Ich erklär's Ihnen später.«

Sie stellte sich hinter die Tür und machte sie einen Spalt auf. »Hallo, Cliff.«

Ich hatte es gewußt. Hier bei Eleanor war ich sicher, aber trotzdem hatte ich noch Angst und wollte ihn nicht sehen. Die Dinge spitzten sich allmählich zu. Wenn ich Eleanor zum Reden bringen könnte – falls sie etwas wußte –, dann würde ich Omondi anrufen. Eventuell wäre er bereit, mir inoffiziell zu helfen.

Ich konnte nicht verstehen, was Cliff sagte.

»Tut mir leid, ich bin nicht angezogen«, sagte Eleanor durch den Türspalt. »Ich komme gerade aus der Dusche... Oh, das macht nichts... Nein, ich hab sie nicht geehen... Wie seltsam. Glaubst du, das hat was mit der Gehirnerschütterung zu tun? Vielleicht ist sie nach Hause gegangen. Warte noch ein bißchen und dann versuch's mal in ihrer Wohnung... Wer bringt uns denn jetzt zum Flughafen?«

Nachdem sie ihn losgeworden war, schloß sie die Tür ab und fuhr mit dem Packen fort. »Was sollte das?« fragte sie.

»Das ist ein bißchen kompliziert zu erklären. Ich weiß kaum, wie ich es sagen soll.« Ich goß mir ein Glas Soda ein, setzte mich wieder hin und spielte damit herum. »Ich hab den Eindruck, Sie sind ganz glücklich, daß alles so in der Schwebe geblieben ist.«

Eleanor hatte sich so tief über den Koffer gebeugt, daß ich nur den oberen Teil ihres starren blonden Haares über dem aufgestellten Deckel sehen konnte. »Ich würde kaum von glücklich sprechen«, sagte sie.

»Tut mir leid, da hab ich mich schlecht ausgedrückt. Ich wollte sagen, daß es Sie nicht stört, daß die Ermittlungen eingestellt wurden.«

»Nein, das tut es nicht, meine Liebe. Könnten Sie mir vielleicht auch einen Drink eingießen?«

»Entschuldigung.« Es war sogar noch schwerer, an sie heranzukommen, als ich erwartet hatte. Ich gab einen Schuß Scotch in ein Glas, tat Eis hinzu, damit es nach mehr aussah, und füllte es mit Soda auf.

Sie trank einen großen Schluck, ging zum Bett zurück und stellte das Glas auf den Nachttisch. Dann packte sie weiter. »Sie halten mich vermutlich für furchtbar.«

»Nein, überhaupt nicht. Ich kann Sie verstehen, aber ich glaube, Sie haben unrecht. Es scheint so einfach, alles unter den Teppich zu kehren.« Konnte man sich denn noch undiplomatischer verhalten? Hatte ich völlig vergessen, wie man mit Leuten umging? Ich versuchte, die richtigen Worte zu finden. »Ich kann verstehen, warum Sie diese Tragödie auf der Stelle beendet haben wollten. Es kommt Ihnen wahrscheinlich so vor, als ob die ganze Qual nur verlängert wird, wenn man herauszufinden versucht, wer es getan hat. Und Sie fragen sich, wozu?«

Eleanor nahm ein langes Kleid aus dem Wandschrank, faltete es ordentlich zusammen und legte es auf die anderen Sachen.

»Vielleicht glauben Sie sogar zu wissen, wer es getan hat, und Sie wollen nicht, daß derjenige erwischt wird... wollen nicht, daß alles herauskommt«, fuhr ich fort.

Das weckte ihre Aufmerksamkeit. Sie blickte ruckartig auf. »Was meinen Sie damit?«

»Candy hat mir erzählt, was sie getan hat.«

Eleanor trank einen weiteren Schluck und stellte das Glas vorsichtig zurück. »Ich weiß nicht, wovon Sie reden.«

Sie hörte sich falsch wie eine Schlange an. Sie log. Das war mein erster Durchbruch. Boyce hatte sie mit dieser Geschichte konfrontiert. Nun hoffte ich, ich könnte ihr die Bestätigung entlocken, daß er Cliff bedroht hatte. Ich hatte schon befürchtet, wir würden uns in diesem Punkt allein auf Candys Aussage stützen müssen.

Eleanor hob ein Paar Schuhe auf, steckte sie in eine Plastiktüte und stopfte sie seitlich in den Koffer. Ich wartete darauf, daß sie was sagen würde, aber sie schwieg. Mit raschen, beinahe zornigen Handbewegungen ordnete sie die Sachen im Koffer.

Ich sprach sehr schnell. »Vielleicht wissen Sie ja gar nicht, was Boyce so in Wut versetzt hat. Offenbar hat Madge Candy diese uralte Geschichte von Ihnen und Cliff erzählt, weil sie dachte, das könnte Candy trösten, nachdem Boyce sie als Nutte bezeichnet hatte. Ich kann kaum glauben, daß Madge so dumm sein konnte.«

»Madge hat Boyce immer gehaßt.«

Ich nickte vor mich hin. Ja, Madge mußte ihre eigenen Rachegefühle befriedigt haben, indem sie Geschichten erzählte, in denen Boyce ziemlich schlecht wegkam.

Jetzt war der Augenblick gekommen, an dem ich den Sprung wagen mußte. »Jedenfalls hat Candy gesagt, Boyce sei ausgerastet und habe gedroht, Sie und Cliff vor Gericht zu schleppen. Ist das wahr?«

»Und wenn schon?« Eleanors Stimme wurde lauter. »Was geht Sie das an, Jazz? Können Sie Ihre Nase nicht da raushalten?«

»Nein, tut mir leid, das kann ich nicht.« Ich starrte auf mein Soda und beobachtete, wie die Blasen nach oben stiegen und sanft zerplatzten. »Ich kann mich da nicht raushalten. Ich will mich zwar nicht als der große Richter aufspielen. Doch wer auch immer das getan hat, hat auch Lynn ermordet, und das kann ich nicht auf sich beruhen lassen.«

»Ich fürchte, das werden Sie wohl müssen.« Eleanors Stimme wurde eisig, und ich blickte auf.

Genau in die Mündung einer kleinen, zierlichen Faustfeuerwaffe.

29

Ein roter, rasender und hämmernder Adrenalinstoß schoß durch meinen Körper. Doch trotz des Getöses in meinen Adern war mein Kopf ganz ruhig. Ich war völlig fasziniert von der Pistole, konnte den Blick gar nicht davon abwenden. So sah also eine echte Pistole aus. Wie konnten Leute bei Raubüberfällen auf Spielzeugpistolen reinfallen? Niemand würde diese Pistole irrtümlich für ein Spielzeug halten. Es war eine ernstzunehmende Waffe aus dickem glänzendem Stahl. Vielleicht bekamen diese Leute nie die Gelegenheit, die Pistole so aus der Nähe zu betrachten.

»Wie gefällt Ihnen mein Geschenk für Wendy?« Eleanors Stimme hatte einen neuen Tonfall angenommen, kalt und voller Schärfe. »Ich hatte schon befürchtet, es könnte schwierig sein, in Nairobi eine Waffe zu kaufen, aber der Service in diesem Hotel ist phantastisch. Es geht letztlich nur um die Frage, wen man bestechen muß.«

Ich stellte mein Glas auf den Tisch. Es knallte mit lautem Klirren auf die Tischplatte. Ich hatte Koordinierungsprobleme.

»Nehmen Sie die Hände hoch.«

Ich gehorchte, obwohl mir das alles unwirklich vorkam. War ich in einen Spätfilm geraten? Offenbar hatte ich eine Schlüsselszene verpaßt. Was ging hier vor? Versuchte sie, Cliff zu schützen? Sie konnten doch kein Verhältnis mehr miteinander haben.

Es ergab alles keinen Sinn. Obwohl mein Verstand kühl und gelassen zu arbeiten schien, fiel es mir wegen des Getöses in meinen Adern schwer, klar zu denken. Oder vielleicht wollte ich aus Angst einfach nicht wahrhaben, was sich da vor mir abspielte. Ich löste den Blick von der Waffe und sah Eleanor ins Gesicht. Eine Maske aus Haß und Angst verzerrte ihre Züge und gab ihnen etwas Monströses. Oder Wahnsinniges. In dem Moment erkannte ich die Wahrheit. Eleanor war die Mörderin. Nicht Cliff. Eleanor. Meine eisige Distanz wurde von einem plötzlichen Anfall panischer Angst zerstört, doch ich wappnete mich innerlich dagegen. Keine Panik, diese Worte wiederholten sich unaufhörlich in meinem Gehirn ab, im Rhythmus meines hämmernden Herzens.

Ich zwang mich, ruhig und bestimmt zu sprechen. Meine Zunge fühlte sich geschwollen an, mein Mund war vollkommen ausgetrocknet. »Was tun Sie da? Legen Sie die Waffe weg, bevor sie aus Versehen losgeht.«

»Ich hab versucht, es Ihnen auszureden, aber Sie wollten mir ja nicht zuhören.«

Sie redete sich selbst ein, daß sie mich umbringen mußte. Leider lag eine gewisse verrückte Logik in ihrer Entschlossenheit. Falls ich nicht versucht hätte, den Fall wieder aufzurollen, hätte sie nach Hause gekonnt und wäre frei gewesen. Sie hatte es beinah geschafft, mit zwei Morden unentdeckt davonzukommen. Doch wie konnte sie glauben, sich einer Verfolgung zu entziehen, wenn sie mich umbrachte? Allerdings dachte sie nicht über das unmittelbare Ziel hinaus, sich von meinem heißen Atem in ihrem Nacken zu befreien. Ich war nur einen Schritt hinter ihr gewesen.

»Ich höre Ihnen zu!« rief ich. »Wir reden immer noch miteinander!«

Ich schätzte die Entfernung zwischen uns ab. Das Problem waren die Möbel. Da wo ich saß, war mir der Cocktailtisch im Weg, und Eleanor stand so, daß sie durch das Bett geschützt war. Ich hatte keine Möglichkeit, mich auf sie zu stürzen.

»Oh, nein, das tun wir nicht, meine junge Lady. Die Diskussionszeit ist abgelaufen.« Sie lächelte über ihren kleinen Scherz. Ein furchtbares Lächeln und so starr, daß ihre Lippen kaum ihre Zähne entblößten. Das Lächeln einer Hyäne, kurz bevor sie ihr Opfer in die Genitalien beißt.

Eleanor würde mich jeden Moment umbringen.

»Sie haben Boyce umgebracht, damit dieser alte Skandal nicht aufgewirbelt würde«, sagte ich.

»Das ist absoluter Unsinn!« Eleanors Stimme klang schrill. Die Pistole zitterte in ihrer Hand und wurde dann stabil. Sie war auf meinen Magen gerichtet. »Dieser Skandal ist mir scheißegal. Ich hab es getan, um meine Kinder zu schützen.«

»Ihre Kinder? Glauben Sie denn, die wollten eine Mörderin als Mutter?« Solange wir redeten, war ich noch am Leben. Sollte ich doch versuchen, mich auf sie zu stürzen, trotz der Möbel, die im Weg standen? Ich wollte nicht in den Magen geschossen werden. Wahrscheinlich würde sie ja daneben schießen. Wenn nun aber nicht, bei dieser kurzen Entfernung? Ich mußte sehen, daß wir aus dem Zimmer kamen.

»Sie werden es nie erfahren. Sie sind die einzige, die wissen will, was passiert ist. Ich habe gehört, wie Sie sich vor meinem Zimmer mit diesem Polizeisergeanten unterhalten haben. Sie haben gesagt, Sie würden nicht aufgeben. Ich werde Sie dazu bringen aufzugeben – mit einer Kugel.«

Schon wieder das furchtbare Lächeln. Sie genoß das Ganze.

»Damit werden Sie nicht ungestraft davonkommen. Wenn Sie mich kaltblütig umbringen, wird alles nur noch schlimmer.«

»Ich hab ihn auf ganz natürliche Weise umgebracht, damit die Kinder es nie erfahren würden.« Sie schien mit sich selbst zu reden. »Und nun wollen Sie es ihnen sagen.« Sie hob die Pistole.

»Na los!«

Das ließ sie aufhorchen.

»Wenn Sie mich umbringen, wird man Sie sofort schnappen. Und dann werden Ihre Kinder alles erfahren.«

Eleanors Augen schweiften unstet umher. »Ich muß mit Ihnen nach draußen. Das ist viel besser. Hinter dem Hotel ist dieser große Park, von dem Sie uns erzählt haben, wo es nur so von Räubern wimmeln soll. Niemand geht dahin.« Ganz unpassend fuhr sie mit ihrer Hand nach oben und fingerte an ihren Perlen herum. »Ich muß Sie hier rausbringen.«

Ich empfand ein kurzes Triumphgefühl. Immerhin hatte ich es geschafft, sie aufzuhalten, und wir würden durch das volle Hotel und über die Straße gehen müssen. Da sollte ich doch wohl die Chance haben, mich zu befreien. Aber wenn es mir nicht gelang? Ich spürte, wie mich der Mut verließ. Wenn sie erst mal allein mit mir hinter einem Busch war, dann gab es keine Hilfe, niemand, der die Tür einschlagen und mich ganz schnell ins Krankenhaus bringen würde. Ich wäre erledigt. Es gab nur eine Möglichkeit, ich mußte entkommen, bevor wir den Park erreichten.

»Stehen Sie auf und drehen Sie sich um.«

Ich raffte mich langsam auf und stellte mich mit dem Gesicht zur Wand. Die Tapete war hellgrau und hatte eine Textilstruktur. Ein traditionelles Gemälde in einem Goldrahmen zeigte den Kilimandscharo, rosa gefärbt in der Morgendämmerung – oder war es bei Sonnenuntergang? Im Vordergrund hob ein Elefant den Rüssel. Würde das mein letzter Blick auf diesen Berg sein?

»Legen Sie die Hände auf den Rücken. Ich komme jetzt rüber und binde Ihnen die Hände zusammen. Wenn Sie versuchen, nach der Waffe zu greifen, werde ich Sie erschießen.«

Ich dachte an Lynn, wie sie in ihrem eigenen Blut gelegen hatte. Eleanor hatte bereits zwei Menschen umgebracht. Ich hielt meine Handgelenke zusammen. Solange ich die Beine noch frei bewegen konnte, hatte ich eine Chance. Sie schlang einen Stoffgürtel um meine Handgelenke und band ihn so fest, daß er in meine Haut schnitt. Es war zwar ungeschickt gemacht, aber es erfüllte seinen Zweck. Dann drapierte sie ihren Regenmantel über meine Schultern.

»Drehen Sie sich rum. Das sieht gar nicht so schlecht aus. Da würde niemand drauf kommen. Und jetzt bin ich dran.« Sie legte sich eine blaue Strickjacke über die Hand, in der sie die Pistole hielt. »Reizende, kleine Strickjacke, nicht wahr?« Sie trat zurück. »Machen Sie die Tür auf und gehen Sie langsam in den Flur. Vergessen Sie nicht, ich bin direkt hinter Ihnen. Und Sie können mir glauben, mein Schuß wird tödlich sein.«

Ich ging zur Tür und drehte mich um. »Damit werden Sie für den Rest Ihres Lebens leben müssen.« Das klang wie eine Zeile aus einem schlechten Film. Eleanor war auch keineswegs beeindruckt.

»Sie glauben, damit können Sie mir angst machen? Ich hab schon mit Schlimmerem leben müssen. Damit meine ich auch nicht Lynn oder Boyce. Ich hab meinen einzigen Sohn umgebracht. Robert, mein erstes Kind.«

»Sie meinen die Abtreibung? Auf der High School?«

»Madge weiß nicht alles. Selbst Cliff hat es nicht gewußt. Ich hab nie eine Abtreibung machen lassen. Abtreibung ist Mord.«

Der Widerspruch in ihren Worten schien Eleanor nicht aufzufallen. Ich ging nicht darauf ein. Das war nicht der richtige Zeitpunkt, um eine Rede über die freie Entscheidung der Frau loszulassen.

»Sie haben das Kind also bekommen?«

»Ja, ich habe das Kind bekommen.« Eleanors Augen wurden düster. »Ich hab ihn in meinen Armen gehalten. Sie haben keine Kinder, oder?« Sie starrte mich haßerfüllt an, als ob es ein Schwerverbrechen wäre, keine Kinder zu haben. »Cliff hatte angeboten, mich zu heiraten, aber meine Eltern glaubten, ich könnte eine bessere Partie machen. Sie teilten der Schule mit, ich litte an Depressionen, und schickten mich in ein ›Sanatorium‹, damit niemand meinen dicken Bauch sah. Natürlich wurde ich depressiv. Sie zwangen mich, Robert wegzugeben.«

»Das ist sehr traurig.« Ich fragte mich, ob man irgendwie an sie herankommen könnte. Sie schien jenseits jeder Vernunft zu sein, aber je mehr ich sie verstand, um so besser waren meine Chancen, lebend hier rauszukommen. »Ein Baby zur Adoption freizugeben ist aber doch kein Mord.«

»Fünf Jahre später, nachdem ich Boyce geheiratet und Margaret bekommen habe, hab ich versucht, ihn zu finden. Das war zwar illegal, aber mit Geld kann man alles machen. Ich nahm mir einen Privatdetektiv.«

»Und haben Sie ihn gefunden?«

»Die Leute, die ihn adoptiert hatten, waren ein nettes Ehepaar aus der Mittelschicht. Bloß, daß der Mann Alkoholiker war. Man glaubt, daß er beim Fernsehen mit einer brennenden Zigarette eingeschlafen ist.« Ihre Stimme klang ganz mechanisch. »Das Haus ist vollkommen abgebrannt. Man hat nur noch verkohlte Leichen gefunden.«

»Wie furchtbar.« Das Komische ist, ich meinte das ehrlich.

»Mein Sohn ist verbrannt. Damit mußte ich all die Jahre leben und so tun, als ob nichts wäre. Es hätte mich fast umgebracht. Hätte ich ihn doch bloß nicht weggegeben.« Sie zuckte mit den Schultern. »Ich hab ein schlechtes Gewissen wegen Boyce, aber ich mußte es tun. Er wollte mir Wendy wegnehmen.«

»Das hätte er nicht tun können.«

Eleanor stieß ein trockenes, freudloses Lachen aus. »Sie haben Boyce nicht richtig gekannt. Er kriegte alles, was er wollte. Nachdem Candy ihm von meinem ersten Kind erzählt hatte, war ich plötzlich nichts mehr wert. Er wollte immer nur das Beste. Das war eine seiner geliebten Redensarten. Er wollte sich von mir scheiden lassen und die Kinder zu sich nehmen.« Sie sah mich grimmig an. »Ich hatte mir geschworen, ich würde nie mehr eins meiner Kinder aufgeben. Niemals. Deshalb müssen Sie sterben.«

»Und was ist mit Lynn? Sie hat Ihnen doch nichts getan.«

Sie wurde rot vor Zorn. »Das war alles Boyce' Schuld. Warum mußte er diese Pillen im Auto fallenlassen? Alles war so perfekt.«

»Sie haben sich Candys Schlankheitspillen genommen und gegen die oberste Schicht in seiner Pillendose ausgetauscht, war es so?«

Eleanor lächelte süffisant.

Ob ich hier nun lebend rauskam oder nicht, auf jeden Fall wollte ich die ganze Geschichte erfahren. Es war auch meine Geschichte geworden. Ich ignorierte den Schmerz in meinen gefesselten Handgelenken. »Sie wollten die Schlankheitspillen wieder aus seiner Pillendose rausnehmen, als sie bei seiner Leiche Wache hielten... stimmt's? Sie hatten erwartet, daß die Pillen in seiner Jackentasche wären, wo er sie normalerweise aufbewahrte.«

»Ja.« Eleanor blinzelte mit ihren hellblauen Augen. »Ich hatte alles genau geplant. Niemand hätte es je herausgefunden. Doch dann hob Lynn seine Pillendose auf. Ich hatte Angst, sie könnte hineingucken und feststellen, daß etwas nicht stimmte.«

»Deshalb mußte sie ebenfalls sterben.«

»Zum Glück bekam ich mit, wie Lynn sagte, sie hätte sie, als wir um das Lagerfeuer standen. In dieser Nacht holte ich Boyce' Pillendose aus ihrer Hose und versteckte sie zusammen mit dem Speer. Als die Polizei kam, hatte ich immer noch Candys Pillendose. Ich mußte sie ganz schnell loswerden, also steckte ich sie Madge in die Handtasche. Sie hat es noch nicht mal bemerkt.« Eleanor lächelte starr. »Es hat alles wunderbar geklappt, und das wird es hier auch.«

Wunderbar? Plötzlich war alle Angst verschwunden. Ich war nur noch wütend. Wie konnte sie es wagen? Wie konnte sie so selbstgefällig darüber reden, wie sie Lynn ermordet hatte? Wie konnte sie es wagen, mein Leben zu bedrohen? Was glaubte sie, wer sie war, daß sie so einfach menschliches Leben zerstören konnte? Die Worte schossen aus mir hervor, bevor ich überhaupt wußte, was ich sagte. »Sie sollten für immer in der Hölle schmoren, Sie widerliches Miststück.«

Schon wieder dieses furchtbare Lächeln. »Jetzt reicht's. Machen Sie die Tür auf. Langsam. Und keine komischen Sachen. Denken Sie daran, ich hab die Pistole auf Ihr Rückgrat gerichtet.«

Ich drehte mich um, um zu tun, was sie mir gesagt hatte, und bemühte mich, meine Wut in den Griff zu kriegen. Ich mußte soweit die Ruhe bewahren, um denken zu können. Eine falsche Einschätzung, und ich wäre tot. »Ohne Hände kann ich sie nicht öffnen.«

»Gehen Sie zurück, so ist's recht, mitten ins Zimmer, damit ich Sie sehen kann.«

Ich sah mich nach einer möglichen Waffe um, irgendwas, das ich benutzen konnte. Das Bett war mit Kleidern übersät, der Koffer halb gepackt. Der Zimmerschlüssel lag auf der Frisierkommode. Es war lächerlich. Was sollte ich nur tun? Mir mit den Zähnen ein Nachthemd schnappen und es als Schutzschild benutzen?

Sie machte die Tür auf und hielt dabei die Pistole auf mich gerichtet. Dann trat sie auf den Flur. »Kommen Sie.«

Ich ging zu ihr. Sie hielt sich außerhalb meiner Reichweite. Obwohl meine Hände gefesselt waren, traute sie mir nicht. Mein Verstand fand zu seiner eisigen Gelassenheit zurück, und mir kam eine Idee. Eleanor war sicher viel zu spießig, um die Tür aufzulassen, und damit hatte ich recht. Sie griff nach der Klinke, ohne mich aus den Augen zu lassen.

»Haben Sie den Schlüssel?« fragte ich in ganz normalem Tonfall.

Ihr Blick glitt automatisch in das Zimmer. Diese kurze Unachtsamkeit war meine Chance, und ich nutzte sie. Ich duckte mich und rannte auf die Treppe zu, die nur wenige Meter auf dem Flur von mir entfernt war. Es gab einen Knall. Sie hatte auf mich geschossen! Ich preschte um die Ecke und stürzte mich die Treppe hinunter.

Ein bißchen zu hastig. Durch die auf den Rücken gefesselten Hände war mein Gleichgewicht gestört. Ich verlor den Halt, rutschte aus und verfehlte eine Stufe. Der Regenmantel fiel mir von den Schultern. Ich landete darauf, verhedderte mir die Füße und stürzte kopfüber hinunter. Ohne Arme hatte ich keine Möglichkeit, mich festzuhalten oder zu schützen. Das einzige, was ich tun konnte, war über die Schulter abzurollen und zu versuchen, nicht auf dem Kopf zu landen. Ich kam mir vor, als würde ich überall getreten. Ich rechnete damit, daß ich auf dem Treppenabsatz liegenbleiben würde, aber ich hatte mich erneut geirrt. Ich hatte zuviel Schwung und rollte weiter.

Das hat mir vermutlich das Leben gerettet. Es ist schwer, auf eine menschliche Lawine zu schießen. Ich prallte gegen die Wand, donnerte gegen die Mahagonibalustrade und rollte dann die nächste Treppe hinunter. Ich landete unglücklich am Fuß der Treppe, ein Bein abgebogen unter mir, und raffte mich mühsam auf. Mein linkes Bein gab sofort nach, und ich schlug heftig auf die Seite. Doch dann gelang es mir, auf die Knie zu kommen.

»Stehen Sie auf und bleiben Sie stehen, oder ich bring Sie um. Das ist mein Ernst.« Eleanor stand auf dem Treppenabsatz über mir und hielt ihre kleine blaue Strickjacke auf mich gerichtet.

Ich verlagerte mein ganzes Gewicht auf das gute Bein und schaffte es aufzustehen. Ein Stockwerk über mir waren eilige Schritte zu hören.

»Ist alles in Ordnung?« Die Stimme des Mannes klang besorgt. Er konnte Eleanor auf dem mittleren Treppenabsatz sehen, mich jedoch nicht. »War das ein Schuß?«

»Ich hatte auch den Eindruck!« Während sie antwortete, sah Eleanor erst zu dem Mann hoch und dann zu mir herunter. Sie unterstützte den Arm, mit dem sie die Pistole hielt, indem sie scheinbar ganz harmlos ihre hohle Hand unter ihren Ellbogen schob. »Es hörte sich so nah an.«

»Sie haben niemanden gesehen?«

»Keine Menschenseele. Wie unheimlich! Ich glaube, es kam von oben. Auf dem Dach gibt's ein Penthouse.«

»Wie kommt dieser Regenmantel da auf die Treppe?«

Ich war versucht, mich bemerkbar zu machen, doch ich überlegte es mir anders. Unter den Falten der babyblauen Strickjacke sah ich die Pistolenmündung hervorgucken, die auf mich gerichtet war. Ich wollte es nicht darauf ankommen lassen, ob sie es wagen würde, mich vor einem Zeugen zu erschießen. Sie schien entschlossen genug, notfalls auch noch den Mann mit zu erschießen.

»Ach«, sagte Eleanor, »der muß mir von der Schulter gerutscht sein.« Sie hob den Regenmantel auf, beobachtete mich dabei jedoch mit einem Auge durch das Treppengeländer. Mir blieb nichts anderes übrig, als auf einem Bein zu balancieren und mir anzuhören, wie Eleanor dem Mann erklärte, sie würde dem Sicherheitsdienst Bescheid sagen. Darauf entfernten sich seine Schritte auf dem Flur.

Eleanor kam die Treppe herunter und drapierte den Mantel wieder über meine zusammengebundenen Arme. »Na los. Wie Sie sehen, bin ich durchaus bereit, Sie zu erschießen. Kommen Sie also bloß nicht auf die Idee, mit jemandem zu reden. Wenn ich sehe, daß Sie den Mund aufmachen, drücke ich den Abzug.«

Mein Mund fühlte sich so trocken an, als ob ich ihn nie wieder aufmachen könnte. Also nickte ich bloß.

»Sie haben mich verstanden. Weiter.«

In Büchern über Psychologie hatte ich gelesen, daß Masochisten nur dürftig verkleidete Sadisten sind. All die Jahre, in denen sie sich liebenswürdig und unterwürfig verhalten hatte, blätterten von Eleanor ab, als sie vor meinen Augen in die Rolle einer Tyrannin schlüpfte, die die Macht genoß, über Leben und Tod bestimmen zu können. Ich ging weiter.

Drei Treppenabsätze. Mir blieb keine andere Wahl, als mit meinem verletzten Knöchel aufzutreten. Er tat höllisch weh. Ich biß die Zähne zusammen, um nicht laut aufzuschreien. Nachdem ich mich auf den Schmerz eingestellt hatte, konnte ich den Fuß vorsichtig belasten. Zumindest gab er nicht noch mal unter mir nach. Ich hoffte, Eleanor irgendwie zum Stolpern bringen zu können, doch diese Chance ergab sich nicht, weil sie immer ein paar Stufen über mir blieb.

Der Lärm von den Leuten in der Hotelhalle wurde größer. Wir kamen auf einen breiten Treppenabsatz, und unter uns lag der riesige Raum. Gewaltige Kronleuchter glitzerten über dem dunklen Palmenwald. Frauen in roten, königsblauen und smaragdgrünen Abendkleidern setzten strahlende Akzente zwischen den khakifarbenen Safari-Anzügen. Irgendwer mußte etwas Lustiges erzählt haben, denn eine kleine Gruppe von Leuten brach in schallendes Gelächter aus. Ich sah mich vergeblich nach einem Verbündeten um, nach irgend etwas, das mir nützen könnte.

Direkt unter uns, im Bogen des letzten Treppenabschnitts, war der Springbrunnen. Das Rauschen seines künstlichen Wasserfalls erinnerte mich wehmütig an meinen geliebten Fluß in der Serengeti. Auf dem Boden des Brunnens sah ich silbrige Münzen schimmern. Als ich näher hinsah, kam mir eine weitere verrückte Idee. Das Becken des Springbrunnens konnte durchaus 1,50 Meter tief sein.

Ich ging auf die Treppe zu.

»Nein.« Eleanor pfiff mich entschieden zurück. »Da ist es zu voll. Es muß doch auch eine Hintertreppe geben. Gehen Sie jetzt den Flur entlang.«

Ich konnte mich an die Hintertreppe erinnern und stellte mir den Weg vor, den wir gehen würden, die enge, kahle Betontreppe hinunter, über den schlecht beleuchteten Parkplatz und dann direkt in den Park auf der anderen Straßenseite. Um diese Zeit würde der Park menschenleer sein.

Ohne zu wissen, was ich mir davon erhoffte, warf ich einen letzten Blick über die Hotelhalle. Da sah ich eine vertraute Gestalt durch die Drehtür kommen und mit langen, lockeren Schritten auf die Bar zueilen. Striker. Ich hatte ganz vergessen, daß wir uns vor dem Abendessen hier verabredet hatten. Mein Herz begann so stark zu klopfen, daß mein ganzer Körper bebte.

»Gehen Sie weiter.«

Ich schätzte die Höhe des Treppengeländers ab. Würde ich ohne Arme und mit nur einem gesunden Bein darüber kommen? Ich würde mich kopfüber fallenlassen müssen. Die Münzen schimmerten auf dem Boden des Beckens. Wenn etwas schiefging, könnte ich mir das Rückgrat brechen.

»Sie sollten mir lieber glauben. Ich werde Sie auf der Stelle erschießen, wenn Sie nicht weitergehen.« Eleanors Stimme war nicht wiederzuerkennen. Ihr Größenwahn hatte sie in eine gräßliche Imitation von Boyce' Stimme verwandelt.

Ich holte kräftig mit meinem gesunden Bein Schwung und stürzte mich kopfüber über das Geländer. Schreie und ein Schuß waren zu hören. Ich rollte mich im Fallen zu einer Kugel zusammen. Gesegnet sei der Architekt, der dieses Hotel so großzügig angelegt hatte. Unter mir breitete sich das Wasserbecken wie ein Sprungnetz aus. Ich landete mit einem ungeheuren Platscher im Wasser und kam sofort auf den Boden. Der Aufprall tat zwar weh, wurde jedoch durch das Wasser gedämpft, so daß ich mir nichts brach. Ich versuchte aufzustehen. Da spürte ich einen Schlag an der Schulter, der mich sofort wieder ins Wasser warf. In der Hotelhalle brach ein Tumult aus.

Trotz des Höllenlärms hörte ich, wie Striker so unbeschreiblich laut meinen Namen brüllte, daß es von den Wänden widerzuhallen schien. Ein trompetender Elefantenbulle war nichts im Vergleich mit ihm.

Ich tauchte und schwamm, wie ein Frosch nur mit den Beinen schlagend, auf den Wasserfall zu. Als ich auftauchte, um Luft zu holen, hatte Striker den Fuß der Treppe erreicht und stürzte hinauf, immer drei Stufen auf einmal nehmend. Er sah mich nicht an; sein Blick war auf Eleanor fixiert; er brüllte ihr etwas zu, das ich nicht verstehen konnte. Wenn sie ihn erschoß, wollte ich auch nicht mehr leben.

Eleanor war jedoch nur von einer einzigen Idee besessen. Sie beachtete Striker überhaupt nicht, sondern beugte sich über das Geländer, richtete die Pistole direkt auf mein Gesicht und drückte den Abzug. Ihre Hand zuckte, und der Schuß traf hinter mir ins Wasser.

Ich verlor immer mehr Blut und wurde immer schwächer. Dunkle Wolken, die aus meiner Schulter kamen, breiteten sich in dem klaren Wasser aus. Ich schnappte nach Luft und drückte mich flach gegen die marmorne Rückwand des Brunnens in der Hoffnung, in der Gischt des fallenden Wassers weniger gut erkennbar zu sein. Das war ein großer Fehler. Wie ein Knüppel schlug der Wasserfall auf meine verletzte Schulter ein. Ich verlor einen Augenblick die Besinnung, schaffte es aber, mich von der Wand wieder mitten ins Becken zu stoßen, wo ich allerdings wieder eine bessere Zielscheibe abgab.

Ich schaute gerade noch rechtzeitig hoch, um zu sehen, wie Striker den Treppenabsatz erreichte und wie Eleanor sich die Pistole in den Mund steckte. Ich schloß die Augen, aber es gab keine Möglichkeit, sich dem einzelnen Schuß zu entziehen, der dann wie ein Donnerschlag dröhnte.

30

Ich legte mich in die Kissen zurück, betrachtete die vertrauten van Eyck- und Rembrandt-Drucke an den Wänden und versuchte, das Pochen in meiner Schulter zu ignorieren. Es sei nur eine Fleischwunde, hatte mir der Arzt fröhlich erklärt. Wie sich ein von einer Kugel zersplitterter Knochen anfühlt, wollte ich nie erfahren müssen. Ich war so schwach, daß ich nur im Bett liegen und vor mich hinstarren konnte.

Im Schlafzimmer war alles friedlich. Draußen lachten und spielten die Kinder. Aus den Hütten hinter dem Apartmenthaus kam Ziegengemecker und der Geruch von einem Holzfeuer. Der Duft eines auf dem Feuer gebratenen Hähnchen ließ mir das Wasser im Mund zusammenlaufen.

In meiner Küche hörte ich Leute herumlaufen, Wasser rauschen, Strikers tiefes, dröhnendes Lachen, das hellere Kichern meiner Nachbarin Khady Camera, das Klappern von Geschirr, das Geräusch, mit dem ein Holzlöffel gegen die Wände einer Schüssel schlägt. Khady brachte Striker bei, wie man senegalesischen Erdnußeintopf machte.

Khady steckte den Kopf durch die Tür, um mir zu sagen, daß Ibrahima und Molezzi vorbeigekommen wären, als ich geschlafen hatte, und später wiederkommen wollten. Ihr Gesicht sah aus wie gemeißelt, lauter glatte Flächen und Dreiecke. Sie hatte hohe Wangenknochen, ein schmales Kinn und mandelförmige Augen. Sogar ihre blauschwarze Haut erinnerte mich an eine Maske aus Ebenholz. »Möchtest du einen Tee?« fügte sie hinzu.

Ich lächelte sie an. »Danke, ich möchte im Moment nichts. Wann ruhst du dich denn mal aus? Moussa meint bestimmt, du hättest ihn verlassen.«

Khady lachte. »Moussa ist beim Fußball. Mach dir wegen ihm keine Sorgen. Erdnußeintopf ist sein Lieblingsgericht, also wird er sich sehr freuen.« Sie zeigte mit ihrem langen Zeigefinger auf mich. »Ich seh schon, du willst mich loswerden, damit du Striker für dich hast. Da machst du dir zu Recht Sorgen.« Sie grinste. »Wenn du nicht aufpaßt, nehm ich ihn dir weg, und dann hab ich zwei Männer.«

Ich wollte ihr sagen, wie froh ich über ihre Hilfe war, doch sie lachte nur und tat meinen Dank auf ihre ganz natürliche, liebenswürdige Art ab. »Was mein ist, ist auch dein. Außer Moussa.«

Mit ein paar spaßigen Bemerkungen verabschiedete sich Khady von Striker, und ich hörte, wie die Tür hinter ihr zuging. Striker kam ins Schlafzimmer.

»Dornröschen ist erwacht.«

»Jetzt komm bloß nicht auf prinzliche Gedanken.«

Er lächelte. »Tut mir leid, ich hab mich geirrt. Die böse Hexe ist erwacht.«

Ich lächelte zurück. »Das paßt schon eher. Zumindest können Hexen fliegen.«

»Ich bin nicht sicher, ob ich es fliegen nennen würde, aber du hast schon einen großen Satz gemacht.«

»Weißt du, als ich dich durch die Drehtür kommen sah, hatte ich plötzlich den Mut zu springen.«

Striker setzte sich auf die Bettkante, nahm meine heile Hand und küßte einen Finger nach dem anderen. »Diese Wirkung hab ich häufiger auf Frauen.« Seine Lippen liebkosten mein Handgelenk.

Ich legte den Kopf wieder auf das Kissen, um besser genießen zu können, was er da tat. »Während der Narkose hatte ich einen ganz wunderbaren Traum.«

»Erzähl ihn mir«, flüsterte er über meinen Hals gebeugt.

»Ich hab geträumt, ich flöge auf dem Rücken eines Adlers. Wir schwebten über der Serengeti. Es war im Morgengrauen, und die Sonne warf lange Lichtstreifen über das Gras.«

Strikers Lippen strichen so sanft wie flatternde Schmetterlinge über mein Gesicht, bis er an meine Lippen kam. Da verwandelte sich diese Sanftheit in stürmische Glut. Es war genauso verblüffend wie bei unserem ersten Kuß, eine verwirrende, durchdringende und süße Mischung aus Emotion und Lust.

Plötzlich schrie ich auf.

Striker wich zurück. »Dein Arm! Hab ich dir weh getan? Ich hab versucht, nicht dranzukommen.«

»Du hast meinen Fuß erwischt. Rechte Schulter, linker Fuß. Ich bin komplett vermint.«

»Das ist ja nichts Neues. Ich muß mir halt einen Weg um die angeschlagenen Stellen herum suchen.«

Wir redeten und küßten uns und redeten. Wir dachten uns Reisen und Projekte aus. Unter anderem kamen wir auf die großartige Idee, eine Spezialtour anzubieten, auf der man Wissenschaftlern bei ihrer Arbeit in der Natur zusehen könnte und den Leuten ein größeres Verständnis für das Verhalten der Tiere vermitteln würde. Außerdem einen Trip durch die Kulturen, bei dem man Dörfer und Bauernhöfe besuchen und sich mit ganz normalen Kenianern unterhalten würde. Cliff wollte nächsten Monat mit Candy und der Film-Crew wiederkommen. Wir heckten einen Plan aus, wie wir ihn dafür begeistern könnten, auch ein paar nicht kommerzielle Werbefilme zu drehen, in denen erklärt würde, wie die Elefanten mit ihrem Heißhunger auf

Bäume für das Entstehen der afrikanischen Buschlandschaft verantwortlich sind. Wenn die Leute erst begreifen würden, daß wir auch die Tiere in den weiten Ebenen – »das ganze Drum und Dran«, wie Al sagen würde – verlieren würden, wenn die Elefanten durch die Jagd auf das Elfenbein aussterben würden, dann würde sich ganz sicher ein allgemeiner Aufschrei rund um den Erdball erheben.

Ich war so aufgeregt, daß ich am liebsten aus dem Bett gesprungen wäre und angefangen hätte, die Vorschläge aufzuschreiben. Aber Striker bremste mich. Er machte sich auf den Weg zum Markt und ließ mich schwach und frustriert im Bett zurück. Ich tröstete mich mit dem Gedanken, daß mein langer emotionaler Genesungsprozeß vorbei zu sein schien. Die körperliche Genesung war dagegen ein Klacks.

Etwas später hörte ich zwei afrikanische Stimmen aus meinem Wohnzimmer. Khady und ein Mann. Es war nicht Ibrahima. Es war Omondi.

»Hallo«, rief ich.

Khady kam als erste herein. »Ist Striker noch nicht zurück? Ich hab hier ein Glas frischen Orangensaft. Den hat Astou für dich gemacht.« Astou war ihre halbwüchsige Tochter, ein kicherndes, lebhaftes Mädchen, das sich vor männlichen Besuchern nicht retten konnte.

»Das ist sehr lieb von ihr.« Ich nahm mir das schwere Glas und trank dankbar. »Er schmeckt phantastisch.«

»Rat mal, wer hier ist? Der Inspector. Darf er reinkommen?«

»Na klar. Würdest du mir bitte den Morgenrock da reichen?« Ich setzte mich ein bißchen gerader, und Khady half mir, einen Arm in den Baumwollmantel zu stecken und die andere Seite über meine Schlinge zu drapieren. »Ich hab mich schon gefragt, ob er mich besuchen würde.«

Omondi kam mit gewohnt raschen Schritten ins Zimmer, schüttelte den Kopf und lächelte breit. »Aber, meine Liebe. Hast du etwa daran gezweifelt, daß ich dich besuchen würde?« Er streckte seine Hände aus, die Handflächen nach oben gedreht. »Hast du's vergessen? Wir haben doch beschlossen, Freunde zu sein.« Er warf einen Blick zurück ins Wohnzimmer, wohin Khady sich diskret zurückgezogen hatte. »Ich werde mich immer daran erinnern.«

»Ich auch.« Ich lächelte ihn an.

»Es beruhigt mich, daß du lächelst. Du bist nicht furchtbar böse auf mich, weil ich den Fall eingestellt habe? Ich kann dir gar nicht sagen, wie ich mich gefühlt habe, als ich hörte, du seist angeschossen worden. Es war, als hätte ich selbst eine Kugel abbekommen.« Er legte eine Hand auf sein Herz. »Ich bin sofort ins Krankenhaus gefahren. Ich war dabei, als man dich aus dem Operationssaal rollte.«

»Du warst da? Wegen der Betäubung habe ich sicher nichts mitgekriegt.«

Omondi holte sich den Holzstuhl aus der Ecke, um sich neben mich zu setzen. Seine elegante dunkle Hand griff nach meiner Hand.

Ich sah ihn ernst an. »Natürlich war ich wütend, als die Untersuchung eingestellt wurde, aber nicht auf dich. Mir war klar, daß du selbst ziemlich frustriert warst.«

Omondi schloß die Augen und nickte. Dann sah er mich mit seinen intelligenten Augen an. »Ich hatte befürchtet, daß du nicht aufgeben würdest.«

»Weißt du, wer den Fall abgewürgt hat? Wie ist es Eleanor gelungen, jemanden zu bestechen?«

»Das war nicht sie. Al Hart hat das arrangiert. Natürlich ist ihm das jetzt sehr peinlich. Er hat mir gesagt, er hätte befürchtet, selbst unter Mordanklage gestellt zu werden, nachdem wir die beiden Telexe über Wild and Free gefunden hatten. Aber in erster Linie wollte er ganz schnell nach Hause, um seine neue Firma zu retten. Er hat einen Geschäftskontakt benutzt. Es fand alles auf höchster Ebene statt, als persönliche Gefälligkeit. Selbst der Polizeipräsident konnte nichts dagegen tun. Der Tourismus ist für uns lebenswichtig – aber darüber wollen wir jetzt nicht reden. Al hat eingesehen, daß es gefährlich ist, geschäftliche Interessen über die Klärung eines Mordfalls zu stellen. Jetzt erzähl mir, wie du Eleanor auf die Schliche gekommen bist?«

Ich lächelte schief und schüttelte den Kopf. »Als sie eine Pistole zog und sagte, sie würde mich töten, dachte ich mir, daß sie es sein mußte.«

»Das ist nicht dein Ernst?«

»Ich fürchte schon. Das einzige, was ich richtig gemacht habe, war, mich an Candy zu hängen.«

»Nach den Harts«, zog er mich auf.

Ich nickte. »Ich muß zugeben, daß ich geglaubt habe, sie wären es gewesen, bis du die finanzielle Sachlage untersucht hast. Dann fiel mir dein Rat ein, sich nicht auf die erste Lösung zu fixieren, die einem in den Sinn kommt.«

»Es freut mich, daß du mir zuhörst.«

»Als ich mich dann fragte, warum gerade jetzt, warum wurde Boyce ausgerechnet jetzt ermordet, mußte ich immer wieder an die Szene denken, als Boyce Candy feuerte. Das war das einzige ungewöhnliche Ereignis auf der Reise.«

Omondi beugte sich vor. »Und inwieweit war Candy das fehlende Glied?«

Ich erzählte ihm die tragische Geschichte von dem Kind von Eleanor und Cliff und wie Candy Madges Getratsche benutzt hatte, um sich an Boyce zu rächen – mit tödlichen Folgen.

Omondi lehnte sich zurück und schlug rasch die Finger gegeneinander. »Ach ja. Jetzt wird mir alles klar. Also hat Eleanor selbst das Fleisch in ihr Zelt gelegt, den Reißverschluß vorne aufgezogen und so getan, als ob sie einen Eindringling gehört hätte. Wie hast du Candy dazu gekriegt, dir das alles zu erzählen?«

»Eine Bemerkung, die sie gegenüber Madge gemacht hat, hat mich in die richtige Richtung gelenkt. Das schwierigste war, Candy zum Reden zu bringen.« Ich lachte kurz auf. »Bloß, daß ich dann die falsche Schlußfolgerung gezogen habe, nämlich, daß es Cliff wäre. Ich hab geglaubt, er hätte mich bei unserer letzten Pirschfahrt aus dem Wagen gestoßen – das muß ich dir ein andermal erzählen – und er hätte mir sogar im Flugzeug was ins Glas getan, damit mir schlecht wurde.«

»Deshalb arbeiten Detektive immer zu zweit. Es kann einem zu leicht die Phantasie durchgehen, wenn man nicht mit jemandem darüber reden kann.«

»Apropos reden... Ich möchte dir für unser Gespräch in jener letzten Nacht danken. Du weißt schon, darüber, daß das Leben lang ist und ich meinem Herz vertrauen soll.«

»Du und Striker?«

Ich nickte.

»Als ich hörte, daß er als erstes bei dir und Eleanor war, hab ich das vermutet.« Omondis Augen funkelten vor Vergnügen. »Ich bin ein sehr weiser Liebesgott, nicht wahr? Mein Großvater war ein großer Zauberer. Nur gute Magie. Er war berühmt für seinen Liebestrank und ist sehr reich geworden.«

»Lebt er noch?«

»Nein.« Omondi schüttelte den Kopf. »Ich fürchte, er war sein bester Kunde. Acht Ehefrauen.« Er grinste. »Er ist glücklich gestorben.« Omondi schob den Stuhl zurück und stand auf. »Nun, meine Liebe, ich bin sehr, sehr froh, daß du so gut aussiehst.«

»Ja, abgesehen davon, daß ich mich so fühle, als hätte eine Herde Gnus auf mir herumgetrampelt, bin ich gut in Form.«

An der Tür drehte Omondi sich noch einmal um. »Wir brauchen übrigens eine offizielle Aussage von dir. Meinst du, du bist morgen dazu in der Lage? Ich könnte mit einem Protokollanten vorbeikommen.«

»Natürlich, kein Problem.« Ich sah reuevoll lächelnd hinter Omondi her. Doch ich hatte seit langem die Illusion aufgegeben, daß man alles haben kann. Meine Augenlider wurden schwer, ich rutschte auf die Seite und schlief ein.

Als ich aufwachte, pochte es in meinem Arm, die Sonne schien auf meine Füße, und die Drucke lagen im Schatten. Eine blaue Schüssel mit einem Turm von Apfelsinen stand auf meinem Nachttisch.

Ich drehte mich um. Striker saß an meinem Bett und las in einem Buch. Er hatte eine Platte von Billy Holiday aufgelegt. Ihre gefühlvolle und melancholische Stimme schwebte über uns und erfüllte den Raum mit einer schwer erfaßbaren Schönheit.

Striker legte das Buch zur Seite. »Du hast schön lange geschlafen. Kann ich dir was bringen?«

Ich nahm seine Hand und zog ihn an mich, um ihn zu küssen.

Folgenden Leuten möchte ich meinen Dank aussprechen: den Frauen aus meiner Autorengruppe, ohne deren Unterstützung und Anregungen ich dieses Buch niemals hätte schreiben können; Alan Feldman und Arthur Edelstein für ihre ausgezeichnete Einführung in Kunst und Technik des Schreibens; meinen begeisterten ersten Lesern Jean McCann und Karen Lewis; meiner Lektorin Jesse Cohen, weil ihr mein Buch gefallen und sie mir geholfen hat, es noch besser zu machen; meinem Mann John, Begleiter bei vielen Safari-Abenteuern und geduldiger Helfer bei der Erstellung des Manuskripts; meinem Vater, der mich gelehrt hat, Afrika zu lieben, und meiner Mutter, die mich gelehrt hat, Kriminalromane zu lieben.